Une lune de miel avec l'ennemi

★

Une si dangereuse alliance

★

Amoureuse malgré tout

MELANIE MILBURNE

Une lune de miel avec l'ennemi

Traduction française de
ANNE DAUTUN

HARLEQUIN

Titre original :
WEDDING NIGHT WITH HER ENEMY

Ce roman a déjà été publié en 2018

HARPERCOLLINS FRANCE
83-85, boulevard Vincent-Auriol, 75646 PARIS CEDEX 13
Service Lectrices — Tél. : 01 45 82 47 47 - www.harlequin.fr
ISBN 978-2-2804-6168-9

Composé et édité par HarperCollins France. Achevé d'imprimer en août 2021.
par CPI Black Print - Barcelone - Espagne
Dépôt légal : septembre 2021.

FSC www.fsc.org
MIXTE
Papier issu de sources responsables
FSC® C159065

Pour limiter l'empreinte environnementale de ses livres, HarperCollins France s'engage à n'utiliser que du papier fabriqué à partir de bois provenant de forêts gérées durablement et de manière responsable.

1

En gagnant Santorin, sa terre natale, Allegra Kallas ne s'attendait pas à un accueil en fanfare, ni à ce qu'on lui déroule le tapis rouge. Elle ne se faisait pas la moindre illusion, habituée qu'elle était à l'indifférence de son père, ainsi qu'à son désintérêt manifeste pour son travail d'avocate en droit de la famille à Londres. Elle anticipait déjà son expression chagrine, quand elle lui confirmerait qu'elle était toujours célibataire. Pour lui, Grec et père d'une fille de trente et un ans, cela s'apparentait à une maladie honteuse !

Or, à sa grande surprise, son père l'attendait avec une bouteille de champagne dans un seau à glace, alors que sur un plateau d'argent étaient disposées trois coupes en cristal. À peine fut-elle à sa hauteur qu'il se réjouit avec effusion de sa venue, déclarant qu'il était merveilleux de l'avoir à la maison.

Merveilleux ? Rien de ce qui la concernait ne trouvait grâce aux yeux de son père, d'ordinaire ! Ce qu'il trouvait merveilleux, c'était sa jeune épouse Elena — qui n'avait que deux ans de plus qu'Allegra — et leur bébé, Nico. Tous deux ne rentreraient qu'en fin de soirée d'Athènes, où Elena rendait visite à ses parents. Et comme le baptême du petit garçon n'avait lieu que le lendemain… À qui pouvait être destinée la troisième coupe ?

Allegra se débarrassa de son sac fourre-tout sur le canapé en cuir.

— Qu'est-ce qui se passe ? demanda-t-elle, en alerte.

Son père lui décocha un sourire, qui ne se refléta pas dans son regard.

— Un père n'a-t-il plus le droit de se réjouir de voir sa fille ?

Ah, il était content de la voir ? Première nouvelle ! Quand lui avait-il donné le sentiment d'être un membre apprécié de la famille ? Mais elle n'avait pas envie de remuer de vieilles blessures. Pas ce week-end. Elle était venue assister au baptême, c'est tout. Elle rentrerait à Londres en avion dès lundi, à la première heure. Un séjour plus long lui aurait paru suffocant. Deux jours, c'était déjà un gros effort de sa part.

— Le troisième verre est pour qui ? fit-elle en désignant les coupes à champagne. Tu attends quelqu'un d'autre ?

Bien que son père conservât une expression indifférente, il parut soudain mal à l'aise. Décidément, son attitude était étrange. Il n'y avait pas que son accueil chaleureux, mais il y avait aussi la façon dont il consultait sa montre, ou triturait la manchette de sa chemise, comme s'il la trouvait trop serrée.

— Eh bien, oui, répondit-il enfin. Il ne devrait pas tarder.

— *Il ?* répéta-t-elle, sur le qui-vive.

Son père cessa de sourire, ses sourcils poivre et sel se rapprochèrent en une mimique intimidante.

— J'espère que tu ne feras pas de difficultés. Draco Papandreou a...

— Draco ? lâcha-t-elle avec un coup au cœur. Tu l'attends ? Mais pourquoi ?

— Elena et moi l'avons prié d'être le parrain de Nico.

Allegra cilla, trahissant sa surprise. Lorsque son père et sa nouvelle épouse lui avaient demandé d'être la marraine de Nico, elle s'était sentie très flattée. Elle avait supposé que l'idée venait d'Elena et que le parrain du petit garçon serait choisi parmi les vieux amis de son père. Pas une seule seconde, elle n'avait imaginé que Draco recevrait cet honneur. Après tout, celui-ci n'était qu'un simple associé de son père, ou plutôt même, un rival. À quel moment Draco était-il devenu un ami proche ? Si autrefois les Papandreou et les Kallas avaient été partenaires en affaires, l'exacerbation de la concurrence sur le marché avait au fil des ans fragilisé l'association de ces deux puissantes familles.

Quoi qu'il en soit, Allegra n'avait aucune envie de voir Draco. En effet, toute rencontre entre eux ne pouvait être qu'une source d'amusement pour lui et de honte pour elle. À chacune de leurs entrevues, elle se remémorait avec gêne l'épisode qui remontait au temps de son adolescence, lorsqu'elle avait tenté de retenir l'attention de Draco en flirtant avec lui. Elle se remémorait surtout, avec plus d'embarras encore, la façon humiliante dont il y avait mis un terme.

— Mais pourquoi diable l'as-tu sollicité ? s'exclama-t-elle.

Lâchant un profond soupir, son père tendit la main vers le verre d'ouzo qu'il s'était servi un peu plus tôt et le vida d'un trait. Puis il le reposa avec un bruit sonore, presque menaçant.

— Les affaires vont mal, dit-il. La crise économique en Grèce m'a très durement touché. Je perdrai tout, si je n'accepte pas son offre de fusion généreuse.

— Draco Papandreou te vient en aide ?

Chaque fois qu'Allegra prononçait le nom de Draco, un drôle de frisson lui parcourait le dos. Six mois plus tôt, à Londres, elle était tombée sur lui dans un night-club très couru où elle avait rendez-vous avec un partenaire… qui lui avait posé un lapin. Témoin du fait, Draco avait manifesté la plus vive hilarité. Le sale type !

Elle le détestait ! Elle le détestait parce qu'il avait toujours le dernier mot ! Chaque fois qu'elle avait commis quelque stupide erreur, il avait fallu qu'il en soit le témoin. Après sa tentative de flirt avec lui à l'époque de ses seize ans, elle avait jeté son dévolu sur un autre jeune homme de leur milieu. Draco l'avait mise en garde à son sujet. Et qu'avait-elle fait ? Elle avait ignoré l'avertissement et s'était retrouvée avec le cœur brisé. Enfin, brisé… pas vraiment. Mais son ego en avait pris un coup, c'est sûr.

Quand elle avait dix-huit ans, lors d'une soirée d'affaires de son père, qu'elle était censée assister, Draco l'avait surprise en train de se servir du punch, notoirement corsé, et lui avait déconseillé de trop boire. Elle avait ignoré son sermon, et un moment plus tard, lorsqu'elle avait vomi, il avait assisté à sa déconfiture, évidemment ! Certes, il s'était montré serviable, lui présentant une serviette rafraîchissante et écartant ses cheveux de son visage avec douceur…

Elle ne lui en avait pas moins voulu. Férocement.

Au cours des années suivantes, chaque fois qu'elle l'avait croisé par hasard, il l'avait traitée comme si elle était toujours une adolescente gauche et non une adulte menant une carrière d'avocate en vue.

— Draco m'a proposé un marché, précisa son père. Une fusion qui résoudra mes problèmes financiers.

Allegra laissa échapper un soupir de dédain.

— Cela paraît trop beau pour être vrai. Donc, ça ne l'est pas. Que demande-t-il en échange ?

Son père esquiva son regard, et se versa un nouveau

verre. Elle le connaissait, il n'était porté sur l'alcool qu'en deux circonstances : lorsqu'il était d'humeur à se laisser aller ou en cas de stress. Cette dernière hypothèse était sans doute la bonne, en l'occurrence.

— Il y attache certaines conditions, reprit-il. Mais je n'ai pas le choix, je dois accepter. Il faut que je pense à ma nouvelle famille. Nico et Elena ne doivent pas pâtir de mon infortune. J'ai tout tenté pour freiner les créanciers, mais les choses ont atteint un seuil critique. Draco est ma seule bouée de sauvetage… Du moins, la seule que je sois disposé à saisir.

Sa nouvelle famille. Ces mots blessèrent Allegra plus qu'elle n'aurait voulu l'admettre. Son père l'avait-il un jour considérée comme faisant partie de sa première famille ? En fait, elle n'avait été qu'une « enfant de secours ». Une pièce de rechange, et non une vraie personne. Son frère aîné, Dion, avait été atteint de leucémie lorsqu'il était tout petit, et ses parents avaient été incités à avoir un deuxième enfant, qui pourrait être un donneur compatible de moelle osseuse. Allegra avait failli sur tous les plans : elle n'était pas compatible ; elle n'était pas un héritier mâle. Elle n'avait pas encore deux ans lorsque Dion était mort, et elle ne se souvenait pas de lui. Elle se souvenait seulement d'avoir été élevée par une série de nounous, parce que sa mère éprouvait un chagrin terrible. Ce chagrin s'était mué en grave dépression, au point que, pour qu'elle puisse « souffler un peu », Allegra avait été envoyée en pension.

L'année de ses douze ans, la veille de son retour à la maison pour l'été, sa mère avait pris « accidentellement » une dose massive de somnifères. Nul n'avait prononcé le mot « suicide », mais Allegra avait toujours été convaincue que sa mère avait mis fin à ses jours. Le plus dur, pour elle, avait été de comprendre qu'elle n'avait pas de réelle importance pour sa mère — elle ne lui suffisait pas. Son père, lui, n'avait jamais caché sa déception d'avoir une fille à la place d'un fils adoré. Durant toute son enfance et son adolescence, il lui avait fait sentir la morsure de cette déception.

Mais à présent, son père était passé à autre chose. Il avait une nouvelle épouse, un nouvel enfant. Allegra n'avait guère eu de place dans la famille, et désormais, elle en avait moins que jamais.

— Draco te parlera lui-même de notre accord, reprit son père. Ah, justement le voici.

Allegra fit volte-face. Au même instant, Draco s'engageait dans la pièce. Elle croisa son regard d'obsidienne, et une sensation étrange enflamma le cœur de sa féminité. Chaque fois qu'elle posait les yeux sur lui, son pouls s'accélérait, son cœur était en émoi. Quand Draco Papandreou entrait quelque part, les têtes se retournaient, les cœurs féminins se mettaient à battre plus vite, comme le sien en cet instant.

Draco portait un pantalon couleur sable, une chemise blanche aux manches relevées sur ses avant-bras hâlés — une tenue décontractée qui ne diminuait en rien son charisme. Sa haute silhouette d'un mètre quatre-vingt-dix exsudait un sex-appeal ravageur. Allegra réagissait d'emblée à sa séduction. Son corps était sensible à sa présence comme s'il était mû par une volonté propre.

Une volonté retorse et incontrôlable ! Car déjà surgissait dans son esprit la vision de son corps viril dénudé, de ses longues jambes ombrées de poils s'entrelaçant avec les siennes...

Pour dissimuler les réactions qu'il lui inspirait, elle recourait au sarcasme en sa présence. Draco la prenait donc pour une mégère. Et alors ? Au lieu de lui laisser croire qu'elle éprouvait pour lui un désir secret, elle préférait le savoir convaincu que sa folle toquade pour lui s'était dissipée. Pas question d'avouer qu'il apparaissait dans ses rêves dans toutes sortes de poses érotiques, se livrant avec elle à des ébats torrides. Elle aurait préféré mourir, plutôt que d'admettre que ses activités sexuelles de l'année avaient relevé de la pratique solitaire assortie de fantasmes, avec Draco dans le rôle principal. Et que la dernière fois qu'elle avait couché avec un homme, c'était Draco qui avait occupé ses pensées. Seigneur !

— Draco, quelle élégance de ta part de t'imposer dans une cérémonie privée sans y être invité ! ironisa-t-elle. Comment, pas de rendez-vous ce soir avec une de ces blondes écervelées dont tu es adepte ?

Draco eut un sourire en coin, mi-cynique mi-amusé.

— Ma cavalière, c'est toi, *agape mou.* Ton père ne t'a pas mise au courant ?

Allegra lui décocha un regard glacial.

— Tu prends tes désirs pour des réalités !

Les yeux noirs de Draco s'animèrent d'un éclat soudain, comme si cette rebuffade l'excitait.

— J'ai une proposition à te faire, dit-il. Préfères-tu que ton père soit présent, ou faut-il te la soumettre en privé ?

— Cela m'indiffère, figure-toi. Aucune proposition de ta part n'amènera dans ma bouche le mot « oui », répliqua Allegra.

Son père toussota.

— Euh, il me semble qu'un domestique m'appelle, glissa-t-il, avant de s'éclipser comme s'il avait le diable aux trousses.

— Enfin seuls, dit Draco, la tenant sous l'emprise de son regard.

Allegra détourna les yeux, réprimant un frisson, et alla se servir une coupe de champagne tout en affectant une attitude décontractée. Elle n'appréciait pas spécialement l'alcool, mais en cet instant, il ne lui aurait pas déplu de vider d'un trait la bouteille avant de la fracasser contre le mur. Ainsi que des verres. Et tout ce qui aurait pu lui venir à portée de main !

Pourquoi Draco aidait-il son père ? Que faisait-il ici ? Et en quoi cela la concernait-il ? Toutes ces interrogations se bousculaient dans sa tête, et elle n'arrivait pas à comprendre que la Kallas Corporation pût être en danger. C'était une des entreprises les mieux établies de Grèce, depuis plusieurs générations. Tous les hommes d'affaires admiraient son père et ce qu'il avait accompli. Et celui-ci avait toujours mis en avant sa richesse comme s'il était le roi Midas en personne. Comment les choses avaient-elles pu en arriver là ?

Se tournant vers Draco, elle lui adressa un sourire mielleux.

— Que puis-je t'offrir ? De la ciguë ? De la strychnine ? Du cyanure ?

Il laissa couler un rire rauque, qui la rendit toute chose. Décidément, elle était sur une pente dangereuse !

— Le champagne est idéal pour l'occasion, soutint-il.

Elle remplit une coupe et la lui tendit, contrariée de voir que sa main tremblait un peu. Quand il saisit le verre, leurs doigts s'effleurèrent, et ce fut comme si elle recevait une décharge électrique. Ébranlée dans tout son être, elle se surprit à espérer qu'il aille plus loin et, aussitôt, retira sa main. Erreur. Draco avait le don d'interpréter ses moindres gestes, tel un cryptographe déchiffrant un code secret.

En lui, tout la déstabilisait ; il éveillait en elle des sensations indésirables. Pourtant, elle avait beau s'en défendre, il l'attirait irrésistiblement. Elle avait eu l'occasion de voir beaucoup d'hommes beaux, mais aucun d'entre eux n'avait eu des traits aussi frappants. Les cheveux noirs de Draco lui donnaient envie d'y passer les doigts, de remettre en place les mèches rebelles si sexy. Sa bouche sensuelle semblait avoir été sculptée pour le péché, et évoquait des baisers prolongés et grisants. À l'idée de sentir cette bouche sur la sienne, elle s'embrasait…

Elle avait senti, une fois, ces belles lèvres sur les siennes. Elle avait même répondu à leur pression. Mais elle avait été repoussée aussitôt, fustigée par un commentaire ravageur : jamais une gamine comme elle ne pourrait satisfaire un homme tel que lui. Pendant des années, cette rebuffade cruelle avait laminé son amour-propre, détruit sa confiance dans son pouvoir de séduction — qui n'avait jamais été bien grande. Pourquoi fallait-il que Draco soit aussi attirant ? Pourquoi ne pouvait-elle pas s'empêcher de le couver des yeux telle une gamine énamourée ?

Elle voulut avaler une gorgée de champagne, mais alors qu'elle levait sa coupe, il approcha la sienne pour porter un toast.

— À nous.

Elle écarta le bras avant qu'il ait pu entrechoquer leurs verres et, dans ce mouvement vif, le champagne de sa coupe se déversa sur son chemisier en soie. Le liquide inonda le tissu, qui adhéra à son sein droit enveloppé de dentelle, lui conférant un relief bien trop suggestif. Bon sang, pourquoi était-elle si maladroite ? Quelle humiliation ! Elle voulut essuyer le liquide d'un revers de main, et cela ne fit qu'aggraver les choses.

Draco sortit un mouchoir.

— Veux-tu que je t'aid…

Elle lui arracha le carré de tissu avant qu'il ait fini sa phrase. Pas question qu'elle autorise de tels attouchements, fût-ce à travers plusieurs épaisseurs de coton ! Elle n'aurait pas répondu de sa réaction, même si elle avait été protégée par une armure ! Alors qu'elle tamponnait la rondeur de son sein pour éponger le champagne, elle réalisa que son geste prenait une tournure terriblement érotique. La pointe de son sein s'était raidie… sans doute parce que Draco observait ses moindres mouvements. Elle roula le mouchoir en boule et le flanqua sur la table basse.

— Je le ferai nettoyer et veillerai à ce qu'on te le fasse parvenir.

— Tu peux le garder en souvenir.

— Le seul souvenir que je veuille de ta part, c'est le mot « adieu ».

Comme Draco soutenait son regard, elle frémit.

— Pour qu'une telle chose se produise, il faudrait que je renonce à la fusion.

— Je me fiche de la fusion !

— Et tu as tort. Elle repose uniquement sur ton acceptation des termes du marché.

Un marché ? *Quel marché ?* se demanda-t-elle.

Elle renvoya ses cheveux en arrière d'un geste désinvolte pour dissimuler son malaise. Le regard inébranlable de Draco lui donnait le sentiment qu'il jouait au chat et à la souris, et qu'il avait la certitude de la tenir à sa merci. Que pouvait-il vouloir ? À quoi devait-elle se prêter ?

Depuis le baiser fatal qu'ils avaient échangé des années auparavant, il y avait toujours une certaine tension entre eux, lorsqu'ils se trouvaient face à face. C'était une guerre des volontés, une lutte pour le pouvoir qui électrisait l'atmosphère. Draco était son ennemi. Sa haine pour lui l'aidait à oublier le violent désir qu'il lui inspirait. Elle la protégeait de sa libido contrariante, qui restait indifférente à tous les hommes sauf lui.

— Les affaires de mon père ne me concernent pas, dit-elle. Je suis tout à fait indépendante. Depuis dix ans.

— Tu as peut-être ton indépendance financière, mais tu restes sa fille unique. Il a payé ton éducation hors pair, il t'a donné tout ce que l'argent peut acheter, fit valoir Draco avec gravité. T'est-il vraiment égal qu'il risque de tout perdre sans mon aide ?

Allegra aurait aimé être indifférente. Hélas, elle ne l'était pas. Le besoin d'être aimée et estimée par son père, seul parent qu'il lui restât, était son talon d'Achille. Elle avait vainement quêté son amour pendant toute sa vie. Même s'il avait ses défauts, elle aspirait toujours, au fond d'elle-même, à obtenir son approbation. C'était pathétique ! Mais vrai.

— Je ne vois pas en quoi cela me concerne. L'état des affaires de mon père m'indiffère totalement.

Elle passerait pour une femme froide et insensible en tenant de tels propos, mais pourquoi aurait-elle attaché de l'importance à ce que Draco pensait d'elle ?

Il la considéra longuement.

— Tu mens, finit-il par dire. Cela ne te laisse pas indifférente. Donc, tu accepteras de m'épouser pour maintenir l'entreprise à flot.

Sous le choc, Allegra resta un moment interdite. *Épouser Draco ?* Elle avait mal entendu, il n'avait pas pu dire ça ! Elle et lui, mariés ? Allons donc ! Elle secoua la tête, puis soudain, s'esclaffa. D'un rire presque hystérique.

— Si tu t'imagines que je vais me marier, avec toi qui plus est, alors, tu es encore plus imbu de ta personne que je ne le pensais !

Draco continua à la tenir sous la coupe de son regard.

— Tu m'épouseras, Allegra, sinon tu assisteras à la lente et douloureuse agonie de l'entreprise de ton père. Elle est déjà sous perfusion. Je n'ai pas cessé de la renflouer depuis un an. Ton père n'a pas les moyens de me rembourser, même si j'efface les intérêts. Personne ne lui consentira un prêt d'argent. Pas dans l'état actuel de notre économie. J'ai donc imaginé cette solution. Tout le monde y gagne… toi en particulier.

Allegra fut sidérée par son arrogance. Croyait-il vraiment qu'elle accepterait ce marché scandaleux ? Décidément, il était haïssable ! S'il était un homme au monde qu'elle ne désirait pas épouser, c'était bien lui ! Draco était un don Juan. Un libertin qui croquait les femmes à la vitesse d'un lecteur compulsif dévorant des polars bon marché. Épouser Draco, c'était consentir à un suicide affectif, quand bien même il ne lui aurait pas inspiré de la haine.

— Mais sur quelle planète vis-tu ? lança-t-elle avec colère. Comment peux-tu croire que cette proposition m'apparaîtra comme une aubaine ? Le mariage n'a rien d'un ticket gagnant pour une femme. C'est un aller simple pour la servitude, point final. Je ne veux même pas en entendre parler.

— Il y a trop longtemps que tu fréquentes les tribunaux de divorces, dit Draco. Les unions réussies, profitables pour les deux parties, ce n'est pas ce qui manque. Cela pourrait très bien marcher, entre nous. Nous avons beaucoup de points communs.

— Nous n'en avons qu'un : l'oxygène qu'on respire tous les deux, rétorqua-t-elle. Tout me déplaît chez toi. Et si j'étais en quête d'un mari, je n'envisagerais pas un instant de t'épouser. Tu es du genre à attendre qu'on t'apporte ta pipe et tes pantoufles à ton retour à la maison. Ce n'est pas une femme que tu veux, mais une domestique.

Le sourire en coin de Draco reparut, faisant pétiller son regard noir.

— Je t'aime aussi, *glyka mou.*

— Grave-toi bien ça dans le crâne : je ne t'épouserai pas, dit-elle en détachant chaque syllabe. Ni pour sauver mon père, ni pour aucune autre raison. C'est non et non. Cent fois non !

Draco sirota une gorgée de champagne, puis reposa la coupe sur la table, tranquillement.

— Évidemment, tu seras obligée de faire le va-et-vient entre Londres et ma demeure, mais tu pourras utiliser mon jet privé. Quand je n'en aurai pas besoin, bien entendu.

Elle serra les poings.

— Serais-tu sourd ? Je te répète que je ne t'épouserai pas !

Il s'assit sur le canapé et se renversa en arrière, mains sur la nuque, chevilles croisées, affichant la grâce indolente d'un fauve au repos.

— Tu n'as pas le choix, dit-il. Si tu refuses de m'épouser, ton père te rendra responsable de la faillite de son entreprise. C'est une excellente société, mais elle a été très mal gérée ces derniers temps. Le directeur commercial que ton père a engagé il y a deux ans, lorsqu'il a eu des soucis de santé, ne lui a pas rendu service. Je peux réparer le mal et rétablir la rentabilité de l'entreprise. Ton père continuera à faire partie du conseil de direction et à avoir sa part des bénéfices, dont je garantis qu'elle sera beaucoup plus juteuse que ce qu'il a pu percevoir pendant des décennies.

Allegra demeura pensive. L'époque où son père avait souffert d'un cancer avait été préoccupante. Elle avait fait des voyages en avion aussi souvent que possible pour le soutenir pendant sa radio-chimiothérapie — ce qui ne lui avait pas valu une grande reconnaissance de sa part, évidemment. Mais... épouser Draco pour lui éviter la ruine financière ? C'était un scénario digne d'un roman de la Régence anglaise !

Pourtant, son père avait réellement besoin d'elle. Et des hommes bien pires que Draco auraient pu la demander en mariage. Comme ceux qu'elle affrontait au tribunal. Des hommes mauvais et dangereux qui n'avaient aucun respect pour les femmes, instrumentalisaient leurs enfants pour exercer des représailles. Des hommes capables de harceler, traquer, menacer, violenter et même tuer pour parvenir à leurs fins.

Draco était arrogant, certes, mais ce n'était pas un mauvais homme. Dangereux ? Il l'était pour la tranquillité de ses sens, qui s'affolaient dès qu'il était proche. Le trouble qu'il exerçait sur elle était une raison suffisante pour ne pas l'épouser.

— Pourquoi moi ? s'enquit-elle. Pourquoi me prendrais-tu pour épouse, alors que tu peux avoir toutes les femmes de ton choix ?

Il promena avec lenteur son regard sur elle, l'enveloppant de la tête aux pieds, la faisant frissonner tout entière.

— Parce que je te veux.

Ces mots, prononcés d'une voix sexy n'auraient pas dû lui donner envie de danser de joie ! Elle pouvait dire sans prétention qu'on la trouvait séduisante, dans le genre classique. Elle avait un teint de pêche, les yeux bleu foncé et la silhouette mince de sa mère anglaise, et tenait de son père ses cheveux d'un noir de jais. Et sa volonté de réussite.

Mais Draco sortait avec des mannequins, des stars en herbe et des jeunes filles en fleur en âge de se marier. Pourquoi voudrait-il s'enchaîner à une femme vouée à sa carrière, comme elle ? D'autant qu'ils croisaient le fer à la moindre occasion !

Au fil des ans, elle avait dissimulé de son mieux son attirance pour lui. Elle avait remisé dans un tiroir de son esprit l'incident humiliant qui datait de sa seizième année. Aujourd'hui, elle ne minaudait plus, elle maniait le sarcasme. Elle tournait les choses en dérision et fustigeait son adversaire, au lieu de l'aduler.

Tomber amoureuse de Draco Papandreou, ce serait aller au-devant des ennuis dont, chaque jour, elle aidait d'autres femmes à s'extirper. L'amour a un drôle d'effet sur les femmes. Aveuglées, bernées, envoûtées, elles voient leurs hommes à travers des lunettes roses, ne percevant leurs défauts que lorsqu'il est trop tard.

Allegra ne voulait pas être l'une d'elles — victime du jeu de pouvoir d'un homme qui la rendrait aussi pitoyable qu'un chaton égaré trempé par la pluie.

— Merci pour le compliment, mais je ne suis pas candidate au mariage. Et maintenant, si tu veux bien m'excuser…

— L'offre ne tient que pour aujourd'hui. Ensuite, je réclamerai mon dû. Avec intérêts.

Elle passa la langue sur ses lèvres, soudain sèches. La crise économique en Grèce était grave. Si grave que de nombreuses entreprises établies s'étaient effondrées comme un château de cartes. Elle avait des problèmes avec son père, mais pas au point de vouloir le voir ruiné et publiquement humilié. D'autant qu'il avait une épouse et un bébé à nourrir. Allegra aimait bien Elena — ce qui était plutôt inattendu. D'une certaine façon, la jeune épouse de son père lui ressemblait : elle s'efforçait beaucoup trop de faire plaisir à tout le monde, afin d'être aimée et acceptée.

Cependant, en épousant Draco pour sauver son père

de la ruine, Allegra s'exposerait à un danger sensuel qu'elle aurait préféré esquiver. Pendant des années, elle avait gardé ses distances avec Draco Papandreou. Cela avait été son seul moyen de se protéger. Mais comment pourrait-elle continuer à le faire, si elle devenait sa femme ?

— Ce mariage… que tu proposes, fit-elle, trouvant sa voix avec difficulté, qu'as-tu à y gagner ?

Le regard de Draco brilla d'un éclat malicieux, et la troubla à l'instar d'une caresse intime. Nul autre n'avait sur elle un tel pouvoir. Celui de la mettre en émoi d'un simple regard. D'éveiller en elle un désir si avide qu'elle se retenait difficilement de le toucher. Elle aurait tant voulu promener les mains sur ce grand corps masculin, pour savoir s'il était aussi délicieusement viril et ferme qu'il en avait l'air. Elle voulait Draco depuis toujours. Dès son éveil au désir dans son adolescence, il avait été l'homme de ses fantasmes. Personne ne pouvait rivaliser avec lui. Il avait effacé à ses yeux tous les autres hommes, et pourtant, depuis le baiser fatal, il l'avait à peine touchée, et toujours accidentellement.

— J'obtiens une femme qui me désire follement, dit-il. Quoi de mieux, pour un homme ?

Allegra se força à rester impavide.

— Si c'est un trophée qu'il te faut, pourquoi ne puises-tu pas dans ton réservoir d'adoratrices sexy ?

— Je veux une épouse dotée d'intelligence.

— Toute femme dotée d'un brin de cervelle se garderait d'un homme tel que toi.

Cette insulte n'eut pas d'autre effet que d'élargir le sourire de Draco, comme s'il s'amusait ferme à ses dépens.

— Et si en prime tu me donnais un héritier…

— Un... *Pardon* ? coassa Allegra, la bouche sèche. Tu attends que j... ?

— Tout bien réfléchi, la coupa Draco, un héritier et un deuxième enfant en supplément, ce serait parfait, non ?

Il s'était levé avec une agilité de félin et la couvait d'un regard sardonique. Cherchait-il à la taquiner ou parlait-il sérieusement ? Difficile de trancher.

— Tu négliges un détail, il me semble, observa-t-elle. Je ne veux pas d'enfants. Je tiens à ma carrière, je ne suis pas disposée à la sacrifier à une vie de famille.

— C'est ce que prétendent beaucoup de femmes. Mais dans la plupart des cas, elles ont seulement peur que personne ne leur propose le mariage.

Allegra n'en revenait pas.

— Tu ne manques pas d'air ! De quelle caverne sors-tu ? Une femme n'est pas une machine à procréer, figure-toi. Et elle n'attend pas en retenant son souffle qu'un homme lui passe la bague au doigt et l'emporte sur son cheval blanc pour en faire son esclave ménagère. Nous avons autant d'ambition et d'ardeur que les hommes, et parfois même plus !

— J'apprécie beaucoup ton ardeur, dit-il avec un éclat renouvelé dans le regard. C'est encore un de nos points communs, n'est-ce pas ?

Moins il serait question de son *ardeur*, mieux elle se porterait. Nul n'exsudait plus de charisme sensuel que Draco. Il allait de femme en femme avec une rapidité déconcertante. Qu'est-ce qui avait pu susciter en lui cette envie soudaine d'une famille ? Il n'avait que trente-quatre ans, à peine trois ans de plus qu'elle. À moins que... Était-ce le moyen qu'il avait trouvé pour lui forcer la main ? Après tout, elle avait passé la trentaine et n'avait toujours pas d'enfant...

— Je me demande d'où t'est venue l'idée que je

me prêterais à une telle farce. Est-ce mon père qui l'a suggérée ?

— Non, l'idée est venue de moi seul.

De lui ? Allegra se rembrunit.

— Mais, tu n'as même pas de sympathie pour moi ! s'écria-t-elle.

Il vint se planter devant elle, la dominant de sa haute stature. Il ne la touchait pas, mais elle sentait l'attraction puissante que son corps viril exerçait sur le sien. Levant les yeux, elle se perdit dans les profondeurs de son regard noir, frangé de longs cils.

Pourquoi fallait-il qu'il soit aussi séduisant ? Pourquoi sa libido s'éveillait-elle, chaque fois qu'il était près d'elle ? Elle porta le regard sur sa bouche, savourant le dessin à la fois ferme et sensuel de ses lèvres. C'était une bouche qui semblait toujours sur le point de sourire. Comme si Draco trouvait la vie plus amusante que triste. Pouvait-on rêver une bouche plus délectable ?

— Il pourrait y avoir une merveilleuse alchimie entre nous, *agape mou*.

À ces mots provocants, Allegra réprima un frisson. Draco avait une voix profonde et mélodieuse, et son accent grec, plus soutenu que les légères inflexions qu'elle conservait pour sa part, faisait courir sur sa chair des picotements de plaisir.

Il s'exprimait toujours en anglais avec elle, car elle ne pratiquait plus guère le grec, après tant d'années passées en Angleterre. Elle le comprenait, mais elle n'aurait pas pu prétendre qu'elle le parlait couramment. Elle s'était toujours entretenue en anglais avec sa mère, native du Yorkshire, et sans doute avait-elle négligé la langue de son géniteur parce qu'il n'était pas le père qu'elle aurait tant aimé avoir.

Draco lui prit la main, l'enveloppant de la sienne. Sa

poigne était tiède et ferme, et à ce contact, elle éprouva une curieuse sensation de vertige. Jamais elle n'aurait cru avoir autant de sensibilité dans les doigts ! Elle se sentait les nerfs à vif.

— Pourquoi as-tu si peur, près de moi ? demanda Draco.

Elle déglutit, cherchant sa voix.

— Je… Je n'ai pas peur.

En réalité, elle avait peur des réactions de son corps à sa proximité.

Il caressa ses doigts du pouce. Cet attouchement aussi léger que le battement d'ailes d'un papillon suscita pourtant en elle une explosion de sensations étourdissantes. Son pouls s'accéléra. Étourdie, elle en oublia sa résolution de garder ses distances avec Draco.

Il la fixait comme s'il voulait graver dans sa mémoire le moindre de ses traits : la forme de ses yeux, de son nez, de sa bouche, le petit grain de beauté au-dessus de la commissure de ses lèvres, à droite…

Elle passa la langue sur ses lèvres, réalisant trop tard le caractère révélateur de ce signal d'attirance. Son corps semblait mû par une volonté propre. Si elle était résolue à résister, elle ressentait le besoin primitif de toucher Draco, d'être touchée et embrassée au point de tout oublier, de n'avoir plus conscience que de ses lèvres viriles sur les siennes.

Mais que lui arrivait-il, bon sang ?

Soudain délivrée de l'envoûtement, elle s'écarta de lui pour rétablir une distance entre eux.

— Ne me provoque pas, dit-elle.

Il eut un sourire suffisant.

— Je suis d'un naturel patient. Plus l'attente sera longue, plus je serai comblé.

Allegra se doutait qu'elle serait plus que comblée, si

elle s'abandonnait à la passion entre les bras de Draco. Elle aurait droit au plaisir qui lui avait échappé avec ses précédentes relations. Jamais elle ne s'était sentie à l'aise auprès de ses différents partenaires. La jouissance qu'elle savait trouver en solitaire se dérobait alors à elle, ce qui ne manquait pas d'être gênant. Jusqu'ici, elle avait pu donner le change. Mais elle devinait que Draco ne se laisserait pas abuser. Pas une seule seconde.

Elle remplit de nouveau sa coupe de champagne, pour se donner une contenance. Draco l'observait, son regard brun l'effleurant comme une caresse, et des picotements parcouraient sa peau. Un désir intense l'avait envahie.

— Il vaut mieux oublier cette conversation, dit-elle. Il me déplairait de gâcher le baptême de Nico, demain.

— Il sera bel et bien gâché, si tu refuses de m'épouser pour sauver la mise à ton père, répliqua Draco. Tu n'as pas le choix, Allegra. Il a besoin de toi, plus que jamais.

Ce marché odieux était plus tentant qu'elle ne voulait l'admettre. Cela lui vaudrait d'être enfin appréciée par son père. Et puis, elle entrevoyait déjà ce que ce serait, d'être la femme de Draco. Partager sa vie… sa luxueuse villa sur son île privée… Avoir son corps viril tout à elle, en recevoir du plaisir, faire l'expérience de la passion absolue… Pour l'Allegra maladroite d'autrefois, c'était la concrétisation d'un rêve.

Mais elle n'était plus une adolescente !

Une pensée la traversa soudain. Était-ce à cause de la proposition de Draco que son père et Elena l'avaient priée d'être la marraine de Nico ? Lui auraient-ils fait cet honneur, s'il n'y avait pas eu la fusion en vue et la clause du mariage ? Manquait-elle à leurs yeux des qualités nécessaires pour être la marraine de leur fils ? Pourquoi la contraignait-on à s'apparier avec son ennemi ? Un homme qu'elle abhorrait avec une violence égale au désir qu'il lui inspirait ?

Elle mania un instant son verre, puis le reposa sur le plateau.

— J'ai une question purement hypothétique à te poser, reprit-elle. Si je t'épouse, combien de temps durera notre mariage, à ton avis ?

— Aussi longtemps que je le voudrai.

C'est-à-dire ? Confuse, elle se tourna vers la fenêtre pour contempler la vue et se donner le temps de réfléchir.

Le soleil était si éblouissant qu'il lui faisait mal aux yeux. Le bleu intense de la mer Egée, le bleu tout aussi vif des coupoles contrastant avec la blancheur éclatante des maisons, exaltaient un paysage à couper le souffle. Il avait la perfection d'un panorama de carte postale, surtout depuis la luxueuse villa de son père, à Oia, où l'on observait les plus beaux couchers de soleil du monde.

C'était sa maison, sans l'être réellement. Elle avait toujours eu l'impression d'avoir un pied en Angleterre et l'autre en Grèce, ce qui avivait son sentiment de n'être à sa place nulle part.

Si elle épousait Draco pour éviter à son père la faillite, dans quelle situation se retrouverait-elle, le moment venu de mettre fin à cette union ? Peu de mariages se concluent par une séparation à l'amiable. Presque toujours, une des deux parties ne se satisfait pas de la rupture. Par ailleurs — si toutefois Draco ne plaisantait pas en disant vouloir un héritier —, il était hors de question qu'elle fasse un enfant dans le cadre d'une union sans garantie d'un engagement profond et durable.

— Toujours par hypothèse... que deviendrait ma carrière ? Attends-tu que j'y renonce ? demanda-t-elle.

— Évidemment pas. Mais il y aura des compromis

à envisager. Si j'ai des affaires à Londres, je passe le plus clair de mon temps en Grèce. Cela dit, le fait que tu aies ta propre carrière renforcera notre mariage, à mon avis.

— Et tu attendras que je vive avec toi la plupart du temps ?

Allegra avait posé cette question comme si une telle requête revenait à la condamner à une séance de torture quotidienne.

Draco répondit avec une expression amusée :

— C'est comme ça quand on est mari et femme, non ?

Elle lui décocha un regard éloquent.

— Quand il y a de l'amour en jeu, fit-elle valoir. Ce qui est loin d'être notre cas.

Le sourire en coin de Draco s'accentua.

— Tu es amoureuse de moi depuis ton adolescence. Allons, reconnais-le. C'est pour ça que tu n'es pas mariée, ou que tu n'as pas de liaison régulière. Tu ne trouveras jamais quelqu'un qui te fasse vibrer autant que moi.

Allegra affecta de rire.

— Tu ne le penses tout de même pas sérieusement !

Quels signaux lui avait-elle donc adressés pour qu'il soit convaincu qu'elle n'avait pas changé ? Elle n'était plus la petite sotte énamourée d'autrefois ! Elle était adulte, et elle le détestait ! Oui, elle n'éprouvait que de la haine pour lui !

— À quand remonte ta dernière nuit avec un homme ? lança-t-il, le regard étincelant.

Elle croisa les bras et le toisa, telle une institutrice face à un gamin impertinent.

— Ma vie sexuelle ne te regarde en rien. Tu n'as pas à savoir avec qui je couche, bon sang !

— Ce sera mon affaire, une fois que nous serons mariés. J'attends que tu me sois fidèle.

— Et toi ? lança-t-elle avec colère. Me seras-tu fidèle, ou bien devrai-je fermer les yeux sur tes aventures, comme ma mère l'a fait avec mon père ?

Draco serra les mâchoires.

— Je ne suis pas ton père, Allegra. Je prends très au sérieux l'institution du mariage.

— Donc, très sérieusement, tu es prêt à épouser une femme que tu n'aimes pas pour le plaisir d'acquérir une entreprise qui bat de l'aile ? Allons donc ! Ne te fiche pas de moi, Draco. Je sais pourquoi tu veux m'épouser. Pour avoir une femme trophée. Une épouse qui sait disposer l'argenterie. Une épouse que tu pourras emmener n'importe où sans qu'elle te place dans l'embarras. Puis, quand je t'aurai donné un héritier et que tu seras lassé de moi, tu m'enverras promener en gardant l'enfant. Je ne marche pas. Pas question. Trouve-toi une autre marionnette.

Elle voulut le dépasser pour quitter la pièce, mais il la retint par un poignet, et la fit pivoter face à lui. Elle éprouva une sensation de brûlure à l'endroit où il l'avait saisie, mais cela n'avait rien de désagréable. C'était plutôt une délicieuse sensation de chaleur qui irradiait son corps et se concentrait au cœur de sa féminité. Tous ses sens vibraient.

Draco lui effleura le poignet du bout du pouce, lentement, en douceur, la tenant captive sous son regard.

— Pour l'héritier, je plaisantais, dit-il. Mais réfléchis un peu, Allegra. Je suis en quête d'une épouse convenable, c'est vrai, et tu corresponds à mes besoins. Mais songe que c'est aussi pour toi l'occasion d'amener ton père à te montrer de la considération. Ce n'est pas lui seulement que tu aideras, tu apporteras aussi de la sécurité à Elena et Nico. Si l'entreprise coule, ils couleront avec elle.

Draco venait de mettre le doigt sur une autre de ses faiblesses, pensa-t-elle. Elena et Nico. Ils étaient innocents dans l'affaire. Elle aurait pu proposer un prêt à son père. Mais ce qu'offrait Draco se chiffrait par dizaines de millions. Si Allegra était fortunée, ce n'était pas au point de pouvoir renflouer une grosse entreprise ! Comment pourrait-elle ne faire aucun cas de la détresse financière de son père alors qu'elle pouvait y remédier ? S'il faisait faillite, Elena et l'adorable petit Nico en pâtiraient. Elle n'allait pas rester les bras croisés, alors qu'elle avait le moyen d'agir. Elle devait épouser Draco.

— On dirait que je n'ai pas le choix, soupira-t-elle.

— Je te promets que tu ne regretteras rien, affirma Draco, lui relevant le visage par le menton.

Écartant sa main, elle recula vivement.

— J'accepte pour sauver ma famille et aucune autre raison. C'est clair ?

Une lueur de triomphe éclaira ses prunelles.

— Mais bien sûr.

Elle s'efforça d'ignorer le regard qu'il posait sur sa bouche.

— Quand envisages-tu… le mariage ? demanda-t-elle.

— Je me suis permis de prendre des dispositions pour le week-end prochain. Je l'aurais bien programmé ce week-end, mais je ne voulais pas voler la vedette au petit Nico.

— Si vite ? s'écria Allegra, alarmée.

— C'est un peu précipité, mais il s'agira d'une cérémonie assez simple. Avec quelques amis proches et la famille.

— Et si je veux le grand tralala ?

— C'est le cas ?

— Non, soupira-t-elle de nouveau.

— Tu serais surprise de ce qu'on peut obtenir quand on a les moyens. Si tu désires un mariage en grande pompe, eh bien, tu l'auras.

Allegra n'avait jamais rêvé d'un mariage de conte de fées. En réalité, elle n'avait jamais songé à se marier. Elle avait donné la priorité à sa carrière. Pourtant, depuis qu'elle avait été la demoiselle d'honneur d'une amie, quelques mois auparavant, elle se demandait quel effet ça faisait d'être mariée. D'être aimée par un homme au point qu'il ait choisi de s'engager pour la vie. C'était un rêve très fleur bleue, à vrai dire. Et tous les jours, dans l'exercice de son métier, elle assistait à la pulvérisation de ce rêve illusoire.

— Nous nous marierons sur mon île, dit Draco. Il sera plus facile de tenir les médias à distance.

Allegra n'était jamais allée sur l'île privée de Draco, mais elle en avait vu des photos. Il possédait une villa à Oia, un appartement à Athènes et d'autres demeures à Céphalonie et Mykonos. Mais son refuge secret sur son île avait des jardins magnifiques et une piscine à débordement au faîte d'une falaise vertigineuse. Un endroit merveilleux pour un mariage.

Et le lieu idéal pour une lune de miel.

Ne pense surtout pas à la lune de miel, s'intima-t-elle.

— Tu ne t'inquiètes pas de ce que les médias penseront de notre union ?

Draco haussa les épaules.

— Pas particulièrement. Je suis habitué à leurs spéculations sur ma vie privée. Les trois quarts du temps, ce sont des inventions.

Tout n'était pas de la fiction, pensa Allegra. Elle avait vu suffisamment de photos de Draco en compagnie de très belles femmes pour savoir qu'il ne menait pas une existence de moine. Loin de là ! Les femmes se bousculaient pour avoir un rendez-vous avec lui. Que diraient les gens, quand ils sauraient qu'elle allait l'épouser ? Elle, la femme vouée à sa carrière, liant son sort à un play-boy invétéré tel que lui !

— Il va falloir que tu prennes une semaine de congé, bien sûr, reprit Draco. Nous aurons une courte lune de miel sur mon yacht.

— Hé, minute ! Pourquoi faudrait-il qu'on ait une lune de miel ?

Une étrange lueur, sensuelle et tentatrice, rôda dans le regard de Draco.

— S'il te faut un dessin, *agape mou*, alors tu as mené une vie encore plus monastique que je ne l'imaginais.

Une lune de miel ? Sur son yacht ? Ce dernier n'était certes pas une coquille de noix, mais il ne lui offrirait jamais assez d'espace pour qu'elle se sente protégée, à l'abri de ses propres désirs.

— Écoute, je consens à t'épouser pour la sauvegarde de mon père, mais je ne coucherai pas avec toi. Ce sera un mariage sur le papier seulement. Et rien de plus.

Draco revint vers elle, et comme elle s'était adossée au mur, elle se trouva acculée. Son parfum la troublait — des arômes d'agrumes et de cèdre auxquels se mêlait une fragrance qui lui était particulière.

Draco glissa les doigts dans ses cheveux, sur le côté de son visage, éveillant des sensations délicieuses. Une lueur amusée dansait dans son regard, et Allegra en oubliait sa résolution à lui tenir tête.

— Combien de temps durera, selon toi, ce mariage sur le papier, mmm ? s'enquit-il de sa voix grave et caressante. Je te veux, et je compte bien t'avoir.

Malgré elle, Allegra fixait sa bouche, le mouvement de ses lèvres, la repousse de barbe qui lui ombrait la joue et lui donnait envie d'y coller les lèvres pour en sentir le contact légèrement abrasif.

Embrasse-moi. Embrasse-moi. Ces mots résonnaient dans son esprit, mais elle ne voulait pas être celle qui ferait le premier pas. Elle l'avait accompli autrefois ! Elle s'était jetée à la tête de Draco et n'avait eu droit qu'à un rejet ! Mais elle avait changé. Si elle faisait le premier pas, elle lui concéderait trop de pouvoir sur elle. Oh ! elle était capable de lui résister !

Comme s'il avait lu dans ses pensées, il posa un doigt sur sa bouche et redessina lentement le contour de ses lèvres, éveillant une cascade de frissons sur sa peau.

— Quelle belle bouche ! murmura-t-il. Mais je ne sais pas très bien si elle va m'embrasser ou me mordre.

Allegra redressa le menton.

— Essaie, et tu seras fixé.

Un sourire nonchalant aux lèvres, Draco se contenta de lui tapoter la lèvre inférieure de la pointe de l'index, puis s'écarta d'elle.

— Une autre fois, peut-être.

2

Draco prit sa coupe de champagne pour s'occuper les mains. Sinon, il n'aurait été que trop tenté de brûler quelques étapes. Oh ! il pouvait attendre ! Allegra n'avait que le mot contrat à la bouche, pourtant elle craquerait avant que l'encre ait séché sur leur certificat de mariage !

Elle avait de l'attirance pour lui, et il en était conscient. Son béguin pour lui lorsqu'elle était adolescente l'avait aussi amusé que contrarié. Il avait géré ça avec quelque brutalité, à l'époque. Mais il n'avait guère eu envie de s'empêtrer dans une histoire avec une jeune fille, surtout peu après avoir rompu avec la femme qu'il pensait épouser. En ce temps-là, Allegra était jeune, fleur bleue, s'imaginait être amoureuse, et il avait dû la remettre fermement à sa place.

Mais aujourd'hui, elle était femme — une belle jeune femme. Et il la désirait.

Depuis leur rencontre inopinée à Londres, quelques mois plus tôt, Draco avait compris qu'Allegra était l'épouse qu'il lui fallait. Et lorsque le père de la jeune femme, Cosimo Kallas, avait sollicité son aide, il avait saisi l'occasion, promis son soutien financier à condition d'épouser Allegra. D'autres hommes, des créanciers, rôdaient comme des requins, et n'hésiteraient pas à jeter leur dévolu sur elle. Draco n'allait pas tolérer que l'un d'eux s'impose dans le lit d'Allegra, afin de solder des dettes qu'il avait les moyens de payer sans sourciller. S'il se désintéressait de son sort, qui pouvait prédire ce qui se passerait ensuite ? Cosimo Kallas s'était attiré la fureur d'un grand nombre de ses associés d'affaires. Draco ne permettrait pas qu'Allegra soit menacée à cause de la stupidité de son père.

Allegra avait de la classe. Elle était cultivée, et à moitié grecque. Et d'une stupéfiante beauté. Elle n'aurait pas déparé dans un défilé de mode ou sur un plateau de cinéma de la grande époque hollywoodienne. Avec sa démarche de danseuse et sa grâce légère, elle promenait élégamment sa mince silhouette. Ses cheveux noirs et brillants, longs jusqu'à la taille, accompagnaient ses mouvements. Malgré lui, il imaginait cette chevelure d'ébène répandue sur son torse, et les longues jambes d'Allegra entrelacées avec les siennes…

Il réprima un frisson d'anticipation. Il avait follement envie d'elle ! En sa présence, il était si excité que son cœur battait plus vite. Il ne pouvait pas s'empêcher de la contempler, c'était plus fort que lui. Quand elle avait répandu par mégarde le contenu de sa coupe de champagne sur son haut en soie, et que le tissu mouillé avait épousé la rondeur de son sein au galbe parfait, son sang s'était échauffé. Il avait rarement touché Allegra, par le passé. Depuis leur baiser lointain, il avait gardé ses distances avec respect, parce qu'il y avait des barrières à ne pas franchir. Il lui avait signifié qu'il n'était pas intéressé, il avait donc évité de lui adresser des signaux ambigus. Aujourd'hui, c'était différent.

Leur mariage ne durerait pas éternellement, juste le temps de remettre l'entreprise à flot et de mater son obsession pour Allegra. Draco n'avait rien contre le mariage à long terme, mais n'arrivait pas à se projeter dans une union durable.

Il avait taquiné la jeune femme au sujet d'un héritier, afin de sonder ses sentiments sur la maternité. Il aurait été déloyal de l'enfermer dans un mariage — fût-ce à court terme — si elle aspirait à avoir des enfants. Heureusement, ce n'était pas le cas. Et en ce qui le concernait, c'était bien la dernière chose qu'il attendait de cette union. Étant donné l'enfance qu'il avait eue, il n'était pas sûr de vouloir fonder un jour une famille.

Sa mère était morte d'une appendicite gangreneuse quand il avait six ans, et son père et lui avaient alors formé un duo occupé à survivre dans un monde qui ne se souciait guère des pauvres. Draco se rappelait être passé devant le siège de la Kallas Corporation avec son pêcheur de père, un mois à peine avant la mort de ce dernier. Levant les yeux sur l'édifice et sa rutilante plaque en cuivre, son père avait exprimé le désir de voir son fils viser haut, être ambitieux, devenir quelqu'un afin de ne pas tirer le diable par la queue, comme lui-même. Quand il était mort dans un accident en mer, quatre semaines plus tard, Draco avait dû se débrouiller seul.

Mais les paroles de son père, gravées en lui, avaient alimenté son énergie et sa détermination. Draco avait lutté pour sortir de la pauvreté, effectué des petits boulots pour se payer une éducation. À dix-neuf ans, il était copropriétaire d'une entreprise, qu'il avait reprise à la retraite de son associé. Après, il n'avait cessé de se renforcer, de développer toutes les boîtes qu'il avait acquises. Il était un self-made-man, et il en était fier.

Et quelle meilleure épouse pour lui qu'Allegra Kallas, fille du patron de l'entreprise que son père avait pointée ce jour-là, comme par inspiration ? L'acquisition de Kallas Corporation signerait la réussite de Draco. Ce serait le symbole des rêves et des espoirs que son père avait placés en lui, et qu'il avait concrétisés en son honneur.

Draco regarda Allegra, assise sur un confortable canapé en cuir et sirotant son champagne. Elle avait croisé ses longues jambes, agitant une cheville et un pied racés — seul indice révélateur de sa nervosité. Elle avait recouvré son expression indifférente, un des traits qui l'excitaient en secret. Ses airs d'institutrice l'amusaient. Quand elle le toisait de ses grands yeux bleu foncé, il avait une érection. En cet instant même, il était excité.

Il avait très envie de l'embrasser, bien sûr. Quel homme au sang chaud n'aurait pas désiré goûter à cette bouche pulpeuse ? Il l'avait fait, une fois, et mourait d'envie de recommencer. Mais s'il avançait ses pions trop vite, cela pourrait jouer en sa défaveur. Il voulait lui passer la bague au doigt. Il voulait qu'elle ait faim de lui. Qu'elle le supplie. Il voulait qu'elle exprime le désir qu'il lui inspirait. Car elle le convoitait. Il était bien placé pour le savoir, puisqu'il éprouvait la même chose ! Il ne pouvait pas détacher le regard de cette belle bouche charnue. Ni s'empêcher d'imaginer ces lèvres entrouvertes, accueillant la part la plus intime de son anatomie, le suçant avec gourmandise...

Il croisa son regard, à travers la pièce, et elle haussa les sourcils d'un petit air dédaigneux très aristocratique. Elle le jugeait indigne d'elle, c'était évident. Il l'aurait volontiers soulevée et renversée sur son épaule comme le proverbial homme des cavernes, pour prouver qu'il pouvait, au contraire, lui donner toute satisfaction !

— Une autre coupe pour fêter nos fiançailles, *agape mou* ?

— Cesse de m'appeler comme ça, fit-elle avec une moue. Tu n'en penses pas un mot.

— Attention, dit-il en s'écartant de la fenêtre à laquelle il s'était accoudé. Nous devons nous comporter comme un couple heureux. Tu vas devoir enterrer la hache de guerre.

— Personne ne sera dupe. Tout le monde sait que nous nous détestons ! Surtout après cette soirée à Londres en décembre dernier !

Draco eut un sourire à ce rappel. Il avait ressenti de l'attirance, alors. Une attirance inouïe. Qui, ensuite, l'avait tourmenté pendant des heures.

— Oh ! Londres, lâcha-t-il. Ce n'était pas un de tes meilleurs moments, n'est-ce pas ? J'ai voulu t'aider, et à quoi ai-je eu droit ? À ce que tu m'inondes avec un verre de vin.

— Tu m'avais provoquée, répliqua-t-elle. Estime-toi heureux, tu aurais pu recevoir le vin en pleine figure !

— *Tss, tss, tss*, fit-il, comme s'il avait affaire à une gamine récalcitrante. Il va falloir que je t'apprenne à te comporter, c'est clair. Ça promet d'être amusant. *Règles de conduite pour épouse débutante.*

Allegra se leva d'un bond, comme si quelque guêpe l'avait piquée. Elle était toujours très réservée, distante et maîtresse d'elle. Mais avec lui, elle montrait son côté passionné que les autres ne voyaient pas. Elle était fougueuse, prompte à la repartie et manifestait un esprit vif. Il raffolait de leurs joutes oratoires. Cela l'excitait. Peu de femmes osaient lui tenir tête ou le défier. Il appréciait qu'elle ait du tempérament. Qu'elle n'ait pas peur de croiser le fer avec lui.

Il aurait préféré bien sûr qu'elle l'embrasse au lieu de ferrailler, mais chaque chose en son temps.

— Je conçois que tu appréhendes de coucher avec moi, mais je t'assure que je fais des étincelles au lit.

Les pommettes d'Allegra s'empourprèrent.

— Je n'appréhende pas les relations sexuelles ! J'en ai très souvent. Je ne suis pas tentée d'en avoir avec toi, c'est tout.

Oh ! il lui aurait volontiers rentré ses paroles dans la gorge, et fait employer tout autrement sa langue si bien pendue ! Il était rongé de désir, en réalité. C'en était presque douloureux. Décidément, l'abstinence ne lui réussissait pas. Il y avait des semaines — non, des mois — qu'il n'avait couché avec une femme. Il avait été trop accaparé par son travail et par la situation désespérée de Cosimo Kallas pour envisager une relation. Mais là, il était prêt. Si prêt qu'il se maîtrisait à peine !

— Tu partageras mon lit, même si nous ne faisons pas tout de suite l'amour. Je ne tolérerai pas que mes domestiques ricanent dans mon dos sur mon incapacité à consommer notre mariage.

Allegra le foudroya d'un regard enflammé.

— Si tu me touches, je hurlerai si fort qu'on m'entendra à des kilomètres !

Draco laissa éclore sur ses lèvres un sourire indolent.

— Oh ! tu crieras, *glyka mou*, sois-en sûre. C'est ainsi que réagissent les femmes, dans mon lit.

Elle serra les poings, vibrante de colère.

— Je m'étonne que tu veuilles patienter jusqu'au mariage. Qu'est-ce que tu attends pour te jeter sur moi ?

— La proposition est très tentante, mais je suis un homme civilisé, hélas !

Elle lui décocha un regard mordant, révélateur du peu de cas qu'elle faisait d'une telle affirmation, et se plaça derrière le canapé, comme pour dresser un bouclier entre eux.

— Tu temporises pour faire durer le supplice, c'est ça ? fit-elle.

— Le genre de supplice que j'envisage pour nous deux sera délectable.

— J'ai du mal à comprendre que tu veuilles coucher avec une femme qui te déteste. Je trouve cela plutôt pervers.

— Tu ne me détestes pas, Allegra. Ce qui te fait horreur, c'est que je ne te laisse pas agir à ta guise. Tu as besoin d'un homme qui a du tempérament. D'un homme qui te fera exprimer la nature passionnée que tu brides sans cesse.

Allegra laissa couler un rire de dérision.

— Sors un peu de ta caverne ! Il y a eu un mouvement de libération des femmes, au siècle dernier ! Tu n'en as pas entendu parler ? Tu étais occupé à chasser le mammouth ?

Cette riposte excita Draco de plus belle. Allegra avait de la repartie, et c'était aussi pour cela qu'elle serait une épouse idéale. Il ne voulait pas d'une femme incapable de lui renvoyer la balle.

Il voulait Allegra. C'était aussi simple que ça. Depuis leur rencontre à Londres, il avait perdu tout intérêt pour les autres femmes. Le milieu des célibataires en quête de partenaire lui semblait de plus en plus ennuyeux et prévisible. En revanche, ses rencontres avec Allegra étaient riches de surprises. Elle le stimulait, physiquement et intellectuellement.

Glissant la main dans une poche, il en sortit l'écrin qu'il avait apporté.

— Au fait… J'ai quelque chose pour toi. Si elle ne te va pas, je la ferai ajuster.

Allegra prit l'écrin et l'ouvrit avec précaution, comme si elle redoutait d'en voir jaillir une créature prête à mordre. Puis elle émit un soupir, et prit le solitaire entre ses doigts avec une sorte de révérence.

— C'est une bien belle bague, soupira-t-elle, levant vers lui un regard bleu un peu incertain qui le remua étrangement. Elle a dû coûter horriblement cher...

Il haussa les épaules.

— Ce n'est qu'un bijou comme il y en a tant.

— Elle me va, dit-elle en la glissant à son doigt.

— Ce doit être un présage, alors.

— Je te la rendrai, quand on divorcera.

Draco n'était pas disposé à lui laisser croire qu'il y avait du romantisme amoureux dans ce présent. Il s'était prêté à ce jeu-là, une fois, et cela s'était révélé la plus grossière erreur de sa vie !

— Garde-la, dit-il. Je doute qu'une de mes futures épouses veuille porter une bague de seconde main.

Allegra ouvrit la bouche, puis la referma, visiblement à court de mots. Elle contempla le solitaire qui scintillait à son doigt, et mit un moment à relever la tête vers Draco.

— Qu'est-ce qui me garantit que tu ne seras pas volage, lorsque nous serons mariés ? Tu enchaînes les conquêtes. Les hommes dans ton genre se lassent vite d'une unique maîtresse.

Pour le moment, Draco n'arrivait pas concevoir qu'il puisse se lasser d'Allegra. Mais cela ne signifiait pas qu'il lui offrait une relation de longue durée. Une relation durable, c'était pour les amoureux, et ce mot ne le définissait pas. Il n'allait certes pas réemprunter ce chemin ! Mais éprouvait-il du désir ? Oh ! oui. Terriblement.

— Quand je m'ennuierai, je te le ferai savoir, lâcha-t-il. Nous pourrons mettre un terme à ce mariage avant que l'un de nous ait à en souffrir.

— Je serai peut-être la première à m'ennuyer, dit Allegra. Les femmes ont le droit de choisir leur mari au lieu qu'on le leur impose. Si j'avais voulu en choisir un, tu es le dernier homme que j'aurais élu. Le tout dernier !

Draco sourit à cette réplique insultante, puis se dirigea vers la porte.

— Il est temps d'annoncer la bonne nouvelle à ton père. Mais attention : à part lui, *personne* ne doit savoir que ce n'est pas un mariage d'amour. Je me passerai aisément de l'attention que nous porteraient les médias en pareil cas.

Plus tard, Allegra se demanda où elle avait trouvé la force de supporter le repas et la soirée, alors que Draco et son père bavardaient comme deux copains venant de conclure une excellente transaction. Bon sang, la transaction, c'était *elle* ! Comment était-ce possible ? Elle épousait son pire ennemi ! Et tout allait trop vite. Car Draco avait pris la liberté d'annoncer leurs fiançailles sur les réseaux sociaux ! De quoi aurait-elle l'air auprès de ses amis et collègues, auxquels elle avait prétendument caché sa « relation secrète » avec le célibataire le plus couru de Grèce ?

Très vite, elle reçut un SMS de sa secrétaire et meilleure amie, Emily Seymour.

M… alors ! C'est une blague ?

Honteuse, Allegra ne put se résoudre à lui mentir.

Non, ce n'est pas une blague, mais ce n'est pas non plus ce que tu crois.

Emily réagit sans tarder :

J'ai hâte de savoir ! Je me doutais bien que tu en pinçais pour lui depuis que l'autre idiot t'a posé un lapin. Il est tellement SEXY !

Elle avait ajouté après le mot « sexy » une émoticône représentant un bouquet de flammes. Allegra soupira.

Mariage arrangé. Pas de sexe.

Emily lui envoya l'émoticône d'une personne en train de s'esclaffer en se tenant les côtes.

Allegra leva les yeux au ciel, et rangea son portable avant d'avoir droit à d'autres espiègleries. Comment Emily avait-elle pu capter son attirance pour Draco ? Certes, son amie était plutôt romantique, mais quelles indications Allegra lui avait-elle données à son insu ? Elle avait peut-être… râlé un peu trop fort contre Draco ?

— Bon, je vous laisse, il est temps que j'aille me coucher, dit Cosimo Kallas en se levant de table.

Il s'arrêta près d'Allegra et posa une main sur son épaule.

— Je sais que tu seras heureuse, lui déclara-t-il. Draco est l'homme dont tu as besoin.

Allegra aurait eu des tas de choses à rétorquer, mais elle garda le silence. Restée seule avec Draco, elle lui jeta un regard assassin, tandis qu'il maniait son verre de brandy, l'air amusé.

— Ravi d'apprendre que mon beau-père me donne sa bénédiction.

— Dommage que tu n'aies pas la mienne ! Mais tu ne sembles guère t'en préoccuper. Tu as peut-être manigancé tout ceci parce que tu m'aimes en secret. C'est ça ?

Sourcils froncés, Draco reposa son verre.

— Je ne me crois pas capable d'aimer. Je suis trop réaliste. Mais je me soucie de toi, si ça peut te consoler.

Là-dessus, son sourire en coin reparut, et une lueur sardonique anima son regard.

— Quand tu auras envie d'être enceinte, fais-moi signe, lâcha-t-il.

Allegra lui décocha un regard assassin, même si un trouble soudain enflammait le cœur de sa féminité. Jamais auparavant elle n'avait envisagé d'avoir un enfant. Elle était vouée à sa carrière. Pourtant, une image d'elle avec le ventre arrondi s'insinua dans son esprit. Le bébé de Draco aurait les yeux et les cheveux noirs… Draco tiendrait au creux de ses bras protecteurs le fragile petit être tout en levant sur elle un regard tendre…

Elle secoua la tête, afin de chasser ce fantasme ridicule.

— Donc, tu n'as jamais été amoureux ? lança-t-elle. En dehors de toi-même, je veux dire.

Il laissa couler un rire.

— Il n'est pas mal de s'accorder une petite gâterie de temps à autre. Ce n'est pas ton avis ?

Allegra n'était certainement pas disposée à entrer dans ce genre de détails !

— J'ai cru être amoureuse de mon premier petit ami, dit-elle, mais tu sais aussi bien que moi comment ça s'est terminé.

À cause de Draco, le diable l'emporte !

— Tu as couché avec lui ? demanda-t-il.

— Oui.

— Et ?

— Tu n'imagines quand même pas que je vais te livrer des détails aussi intimes ! C'est ta faute, si ça a tourné au désa…

Elle se tut brusquement, furieuse d'en avoir trop dit.

— Il y avait consentement mutuel, au moins ? s'enquit Draco avec une note d'inquiétude dans la voix.

— Bien sûr.

Il resta rembruni, figé par la tension.

— Pourquoi cela a-t-il tourné au désastre ? C'est bien le mot que tu as failli prononcer ?

Allegra détourna les yeux.

— Je voulais me débarrasser de ma virginité, dit-elle, et il m'a semblé qu'il était le meilleur candidat pour ça. Il faut croire que c'est plus facile pour les hommes. Pour vous, c'est toujours agréable, apparemment.

— La vie n'est pas toujours équitable, observa Draco. Surtout en ce qui concerne les femmes.

Il y eut un court silence.

— Tu avais raison à son sujet, en tout cas, lâcha Allegra. C'était un minable. Il a raconté à tous ses copains que je l'avais déçu au lit. Je te laisse imaginer mon humiliation.

Elle ne savait pas pourquoi elle consentait à confier ce fait blessant à Draco. Elle n'en avait fait part qu'à Emily. C'était trop douloureux d'y penser, d'en parler. Et horriblement gênant, qui plus est !

— Je parie qu'il l'a fait pour évacuer ses propres insuffisances, observa Draco. Ton plaisir aurait dû avoir la priorité. C'est la règle d'or d'un homme digne de ce nom.

Allegra était sûre qu'aucune des maîtresses de Draco n'avait eu à se plaindre de ses prestations sexuelles. À la seule idée que son grand corps si viril pourrait lui donner du plaisir, elle se sentait tout excitée. Mais pourquoi parlait-elle avec lui de ces choses ? Si elle continuait, il comprendrait qu'elle avait à peine plus d'expérience qu'une nonne !

— Une balade sur la terrasse, ça te tente ? suggéra-t-il, comme s'il avait deviné son malaise.

Dehors, alors qu'ils contemplaient l'étendue frémissante et veloutée de la mer bleu nuit en contrebas, où se reflétait le croissant argenté de la lune, Allegra soupira.

— Tout ceci me manque, lorsque je suis à Londres. Mais une fois ici, c'est Londres que je regrette.

L'épaule de Draco effleura la peau nue de son bras ; sa main virile était toute proche de la sienne, qu'elle avait posée sur la rambarde.

— Lorsqu'on aime deux endroits différents, c'est compliqué, commenta-t-il. Moi, je partage mon temps entre les deux pays, et j'obtiens le meilleur de chacun en fonction des saisons. Bien sûr, tout le monde n'a pas les moyens financiers d'en faire autant.

En ce début d'été, l'air vespéral était saturé par l'odeur saline des embruns et la fragrance des bougainvillées qui se répandaient sur un côté de la terrasse en une profusion de fleurs écarlates. La brise légère apportait jusqu'à eux le cliquetis des gréements des yachts de la marina.

Allegra coula un regard vers Draco. Le clair de lune mettait en relief sa beauté saisissante, accentuant l'impression qu'il venait de quitter le piédestal d'une statue antique pour sortir de son musée. Son front haut et intelligent, ses sourcils de jais au dessin net, son nez droit et sa bouche bien dessinée s'imprimaient dans son esprit. Nul homme ne pouvait rivaliser avec lui !

C'était un lieu commun, mais l'archétype du beau brun ténébreux — grec par-dessus le marché — était sa perdition, songea-t-elle. Draco lui inspirait une attirance suprême. Elle en avait conscience. Et Draco aussi. Chaque fois qu'ils se retrouvaient seuls, cela rôdait dans l'air, tel un parfum enivrant et défendu. Si elle inspirait cette drogue une seule fois, elle en deviendrait dépendante. C'est pourquoi elle devait garder ses distances, même si elle frémissait tout entière et aspirait au contact de leurs corps. Si elle ne cessait pas de fantasmer au sujet de cet homme, tant pis pour elle ! Elle ne pouvait pas se permettre un rapprochement physique avec Draco. Il l'avait déjà rejetée une fois. Elle ne lui donnerait pas l'occasion de récidiver.

Mais ce serait si excitant de l'embrasser…, pensa-t-elle pourtant.

Il se tourna, vit qu'elle le regardait et, avant qu'elle ait pu s'écarter, il leva la main pour ramener derrière son oreille une mèche vagabonde. Son visage restait dans l'ombre, mais la clarté de la lune se reflétait dans son regard viril, tel un éclat de quartz sur du marbre noir.

Allegra savait qu'elle aurait dû s'écarter, repousser sa main, lui ordonner de reculer. Mais son esprit et son corps semblaient en désaccord. Des idées affriolantes, dangereuses, s'imposaient à elle. Elle imaginait son corps mince écrasé sous son corps viril, leurs frissons et leurs soubresauts d'extase, leurs bouches soudées par un baiser. Elle se rapprocha de lui comme si on l'avait poussée et ses hanches le touchèrent. Ce contact follement érotique embrasa le cœur de sa féminité, affola les battements de son cœur. Ses mains, comme mues par une volonté propre, se posèrent sur son torse, et elle sentit vibrer ses muscles fermes, électrisés par cet attouchement.

La main de Draco vint sur sa taille, douce mais aussi brûlante que de la braise. Ses cuisses puissantes étaient toutes proches, elle en sentait la chaleur. Il inclina la tête mais sa bouche, plutôt que de couvrir la sienne, s'immobilisa à un souffle de distance, et son haleine tiède s'exhala sur sa peau.

Elle s'humecta les lèvres, tendue, dans l'attente du baiser. *Embrasse-moi. Prouve-moi que tu partages mon désir.*

— Tu vas m'embrasser ?

— J'y songe, murmura-t-il d'une voix à la fois suave et rauque.

— Pourquoi réfléchir ? dit-elle, se rapprochant plus encore. Tu en as envie.

Ses seins effleuraient maintenant son torse, et sa peau en frémissait de plaisir.

Si elle se trompait, quelle humiliation !

L'haleine de Draco, légère et sexy, chatouilla le coin de sa bouche ; sa repousse de barbe, gentiment râpeuse, lui effleura la joue.

— Tu as beaucoup trop bu, dit-il.

— Pas du tout. Je n'ai même pas la tête qui tourne.

Pas à cause de l'alcool, en tout cas.

Il donna un petit coup de langue sur son grain de beauté, puis décrivit des cercles à l'entour, comme il l'aurait fait autour de la pointe d'un sein. Un plaisir aigu la traversa, enflammant le cœur de sa féminité. Il laissa errer sa bouche le long de sa mâchoire, bécota l'endroit sensible au-dessous de son oreille. Lorsqu'il mordilla le lobe, elle frémit, son dos parcouru d'une pluie de sensations délicieuses. Elle avait soudain les jambes défaillantes, et ne restait debout que parce qu'il lui avait enserré la taille et la maintenait contre lui.

Il continua son voyage sensuel, se rapprochant de ses lèvres, et elle aspirait au baiser, mais il ne cessait de se dérober. Leurs bouches étaient si proches, pourtant…

Les doigts de Draco, quittant sa taille, se replièrent tendrement autour de son visage.

— Tu es si belle, murmura-t-il de sa voix rauque.

— Embrasse-moi, alors.

Elle se pendit à son cou, amenant le bas de son corps au niveau de celui de Draco. Elle sentit la lutte qui l'agitait — un besoin primitif, en lui, livrant combat à sa volonté implacable.

Allegra voulait qu'il l'embrasse. Elle en avait besoin. Elle en mourrait, si Draco ne cédait pas au désir qu'elle sentait vibrer dans cette chair masculine pressée contre la sienne ! Ce désir mutuel, obscur et ensorceleur qui refusait de rentrer dans sa cage maintenant qu'il avait échappé au déni. Si Draco l'embrassait, cela prouverait qu'elle n'était pas la seule à être vulnérable. Cela prouverait qu'il avait lui aussi son point faible : elle. Cette fois, il ne la repousserait pas avec une réplique blessante. Cette fois, elle l'embrasserait comme une vraie femme. Et elle lui prouverait qu'il n'était pas immunisé contre elle, comme il voulait le faire croire.

— Embrasse-moi, Draco. De quoi as-tu peur ?

Il replia les mains autour de sa taille d'un geste presque possessif, et la contempla, paupières mi-closes.

— Es-tu bien sûre de savoir ce que tu fais ?

Allegra se frotta contre lui avec des ondulations de chatte, nouant les bras autour du cou de Draco, maniant ses boucles noires. Son membre viril érigé était chaud contre son ventre, animé de pulsations qui faisaient écho au battement sourd de son pouls, et le cœur de sa féminité anticipait déjà la volupté. Elle n'avait jamais éprouvé un tel désir, pareil au déferlement d'un torrent qui emportait tout sur son passage. Elle n'avait pas l'intention de coucher avec Draco, mais un baiser la libérerait. N'est-ce pas ? Quel mal y avait-il à un baiser ?

— Tu me veux tellement, dit-elle.

Draco se plaqua violemment contre elle, comme malgré lui.

— Je parie que tu as embrassé des tas de femmes..., murmura-t-elle, lui effleurant la bouche.

— Quelques-unes.

— Savais-tu que tu as eu mon premier baiser ?

s'enquit-elle, relevant les yeux sur ses prunelles sombres et intenses.

— Pas avant que tu m'embrasses.

Fallait-il vraiment qu'il lui rappelle sa gaucherie et son manque d'expérience ?

— J'ai fait des progrès depuis, dit-elle. Tu ne veux pas découvrir lesquels ?

Elle sentit qu'il fléchissait, en dépit de son silence. Son corps parlait pour lui, son désir pour elle devenait presque palpable. Dans un regain de faim sensuelle, elle se hissa sur la pointe des pieds pour amener sa bouche contre celle de Draco, l'effleura en douceur.

Avec un soupir étranglé, Draco prit le contrôle. Écrasant ses lèvres sur les siennes, il accentua la caresse. Elle l'accueillit avec un soupir, leurs langues entamant un duel érotique imprégné d'intensité fiévreuse. Avec un grondement guttural, il envahit la bouche qui s'offrait à lui, l'explorant avec des mouvements de langue profonds et sensuels qui étourdissaient Allegra de sensations aiguës, l'enveloppaient de leur magie.

Une main de Draco se posa sur son sein, en trouva la pointe et la pelota à travers le tissu. C'était aussi délicieux que si elle avait été nue, touchée à même la peau, et elle gémit, aspirant à d'autres caresses. Il passa à l'autre sein, renouvelant ses attouchements à travers la fine épaisseur de sa robe et de son soutien-gorge, comme en un duo d'adolescents savourant un amour clandestin.

Détachant la bouche de ses lèvres, Draco se promena le long de son cou et de son décolleté, dessinant un sillage humide et ardent sur sa chair. Elle avait l'impression de sombrer dans l'incandescence de son désir. Mais Draco, lui, n'avait apparemment pas perdu son sang-froid.

Lentement, il s'écarta d'elle, la retenant encore

dans le cercle de ses bras, mais sans la toucher. Une sensation de manque l'envahit — elle brûlait encore après cet échange, et elle leva les yeux pour le scruter. L'expression de Draco restait en grande partie indéchiffrable... mais une petite lueur de triomphe dansait dans les profondeurs de son regard.

Allegra échappa à son étreinte et lissa le devant de sa robe. Il était temps de reprendre le contrôle ! Elle ne pouvait pas lui laisser croire qu'il pouvait disposer d'elle à sa guise. Elle avait marqué un point... en quelque sorte. Pourtant, elle avait l'impression dérangeante que Draco en avait marqué un aussi.

— Sache que ça n'ira pas plus loin qu'un baiser, entre nous, lâcha-t-elle.

Le sourire en coin de Draco refit surface.

— Tu penses sérieusement t'en tenir là, même si j'étais prêt à y consentir ?

— Ce sont mes règles, dit-elle, redressant le menton.

— Tes règles, voici ce que j'en fais.

Il la rejoignit, ranimant aussitôt le désir qui la faisait vibrer tout entière, et posa sur elle un regard interrogateur, pénétrant, empli de défi. Un doigt viril vint errer sur sa joue, poursuivit sa progression tentatrice vers sa lèvre inférieure. Elle eut toutes les peines du monde à ne pas happer ce doigt dans sa bouche. Elle agrippa Draco par la chemise, se pressant contre lui, écrasant les lèvres contre son cou hâlé, suçotant, mordillant sa chair. Et enfin, leurs bouches se rencontrèrent.

Il lui dispensa un baiser habile, enfonçant la langue dans le cœur secret de sa bouche pour provoquer la sienne, l'inciter à une réponse sensuelle. Elle lâcha de petits gémissements approbateurs lorsqu'il la prit par les hanches pour la plaquer contre son membre chaud. Elle voulait aller plus loin. Beaucoup plus loin. Ses mains, elles aussi, initièrent un parcours voyageur, enveloppèrent le renflement viril et le frottèrent, à travers le tissu du pantalon.

Au bout d'un instant, Draco immobilisa sa main.

— Si les règles doivent s'appliquer, alors elles doivent être fair-play.

— Tu t'alarmes au premier badinage ? fit-elle, haussant les épaules avec une feinte indifférence.

Le regard de Draco brilla dans la pénombre.

— Je te prendrais sans hésiter, mais cela choquerait peut-être les domestiques. Ne regarde surtout pas derrière toi. Mais Sophia, la gouvernante de ton père, était au spectacle à la fenêtre.

Allegra rougit comme un coquelicot. Comment avait-elle pu se laisser aller ainsi ? Elle respectait toujours les convenances. Les comportements provocants, l'impudeur, cela ne lui ressemblait pas ! Pourtant, dans les bras de Draco, elle se dévergondait, elle ne songeait qu'à la satisfaction de ses besoins sensuels. Des besoins très peu apaisés en cet instant. Cet homme la faisait vibrer comme les cordes d'un violon sous un archet.

— Nous sommes censés agir en amoureux, non ? fit-elle observer. Tu en as d'ailleurs donné une excellente imitation.

Draco laissa couler un rire bas.

— Ne confonds pas la concupiscence avec l'amour.

Allegra se tourna vers la mer nappée par la lumière argentée du clair de lune. Elle avait une conscience aiguë de la présence de Draco, si proche. Elle percevait sa sensualité et son énergie, imaginait malgré elle ce qu'elle ressentirait entre ces bras hâlés et puissants dans les élans de la passion.

— Et si tu tombes amoureux de moi ?

Cette question lui avait échappé, et elle se demanda

si elle avait eu l'air, en disant cela, d'avoir *envie* qu'il s'éprenne d'elle.

Draco se retourna pour s'adosser à la balustrade.

— Nous avons déjà abordé le sujet, lâcha-t-il. Je ne pense pas être capable de t'aimer.

— Quel flatteur tu es !

Il haussa les épaules, comme pour concéder que le propos était insultant et qu'il ne s'en excuserait pourtant pas.

— C'était dit sans aucune malveillance, fit-il.

Il était impossible, bien sûr, que Draco tombe amoureux, pensa-t-elle. Il avait le cœur barricadé. Il n'était pas du genre à se rendre vulnérable. C'était lui qui gardait la mainmise, et rares étaient ses liaisons qui avaient duré plus de quelques semaines.

Allegra regarda leurs mains, côte à côte sur la rambarde. La peau de Draco était si brune par comparaison avec la sienne, plus claire et lisse ! Le contraste était si érotique ! Elle était terriblement tentée de rapprocher ses doigts pour le toucher, comme sous l'attraction d'un aimant. Il avait de belles mains, grandes et ombrées de poils bruns, et elle les imagina sur sa peau nue… Que ressentirait-elle si ces mains la caressaient ? Si elles la touchaient là où elle n'avait pas été touchée depuis trop longtemps ?

— Pourquoi n'as-tu jamais eu de liaison durable ? demanda-t-elle soudain.

— J'en ai eu.

— Un mois ou deux, ce n'est pas considéré comme une longue relation.

Il y eut un temps de silence.

— J'ai eu une compagne pendant près d'un an, une fois.

— Ah ? Je ne savais pas. Tu l'as bien cachée ! Les médias n'en ont ja…

Allegra se tut brusquement. Elle ne voulait pas révéler qu'elle avait suivi de près sa vie amoureuse. Cela l'avait même plutôt obsédée, et elle n'en était pas fière. Elle avait eu une sorte de fascination pour les femmes avec lesquelles il sortait.

Il y eut un autre silence marqué.

— J'envisageais de la demander en mariage, reprit finalement Draco.

Elle se tourna face à lui. Il était à contre-jour, il n'était donc pas facile de distinguer son expression. Mais elle voyait que sa bouche avait un pli triste.

— C'est vrai ? questionna-t-elle, incrédule.

— J'avais même acheté la bague.

Jamais Allegra n'avait lu la moindre allusion à d'éventuelles fiançailles de Draco. Comment se faisait-il que la nouvelle n'eût pas été rendue publique ? Draco s'était arraché à la pire des pauvretés pour devenir le célibataire le plus convoité de Grèce. Le public se serait forcément intéressé au futur mariage d'un play-boy tel que lui. Qui était la femme qui avait retenu son attention au point qu'il veuille l'épouser ? Et surtout, pourquoi cette union n'avait-elle pas eu lieu ?

— Que s'est-il passé ? demanda-t-elle.

Il se retourna pour contempler le panorama. De toute évidence, il ne lui était pas agréable d'évoquer ce souvenir. Il avait un visage fermé, le regard perdu au loin.

— Il s'est avéré qu'elle n'était pas l'élue.

— Elle a refusé ?

Il consulta sa montre, fronça les sourcils.

— Je ferais mieux de retourner à ma villa. J'ai du travail à boucler.

Elle le retint alors qu'il esquissait un mouvement de retraite.

— Attends. Dis-moi ce qui s'est passé.

— Laisse tomber, Allegra.

Mais elle accentua son emprise. Il n'était pas question qu'elle le laisse s'en tirer ainsi. Pas lorsqu'elle avait l'occasion de découvrir l'homme qu'il était réellement sous son apparence de businessman poli et implacable.

— Je t'ai parlé de ma première fois, et ce n'était pourtant pas facile. Seule Emily, ma meilleure amie, était au courant. Alors, tu me dois bien cette confession.

Un moment s'écoula avant qu'il consente à parler. Il restait là, à la regarder, alors qu'elle le retenait toujours par le bras. Elle sentit soudain sous ses doigts comme un fléchissement de ses muscles virils, et il poussa un soupir.

— Elle avait quelqu'un d'autre en vue. Quelqu'un de beaucoup plus riche que moi. J'ai fini par racheter l'entreprise de ce type, il y a un an ou deux, lorsqu'il a eu des ennuis. Et je l'ai revendue avec un beau bénéfice.

Comme on le fait quand on est milliardaire et qu'on veut se venger, pensa-t-elle.

Ce fut un rappel à l'ordre salutaire. Draco pouvait être impitoyable et calculateur, s'il le fallait. Ne l'avait-il pas déjà prouvé avec sa proposition de mariage ?

— Et qu'en a pensé ton ex ? s'enquit-elle.

Il laissa échapper un rire bref, et un éclair de cynisme durcit son regard noir.

— Elle a demandé à me rencontrer en privé et s'est offerte à moi.

Allegra éprouva un élan de jalousie féroce qu'elle ne s'expliqua pas. Il lui était égal de savoir avec qui couchait Draco, après tout ! Elle s'en soucierait peut-être quand ils seraient mariés, mais son passé n'appartenait qu'à lui et ne la concernait en rien.

— Comment as-tu réagi ? lui demanda-t-elle.

— À ton avis ?

— Tu l'as envoyée promener ?

— Erreur, dit-il avec une lueur vindicative dans le regard. J'ai d'abord couché avec elle, et *ensuite* je l'ai envoyée promener.

3

Pendant la cérémonie du baptême, le lendemain, Allegra pensa à l'ex-maîtresse qui avait rejeté la demande en mariage de Draco. Elle avait tenté de se procurer des informations sur le Net, mais n'avait rien trouvé sur une liaison prolongée le concernant. À quand remontait cet épisode ? Avait-il eu lieu avant l'ascension spectaculaire de Draco ?

Était-ce à cause de cette déconvenue qu'il n'était jamais tombé amoureux, et affirmait que cela ne lui arriverait jamais ? Cela expliquait-il pourquoi il n'avait que de très brèves relations avec les femmes ? Car s'il finissait par s'attacher à l'une d'elles, cela le rendrait vulnérable… S'il avait aimé cette femme, alors, il avait dû être profondément atteint — d'autant qu'elle lui avait préféré un homme plus fortuné. Cela avait dû être une gifle cuisante pour un homme aussi fier que Draco Papandreou.

Il y avait peu d'hommes plus riches que lui en Grèce, désormais. Son empire ne se limitait pas au chantier naval de construction de yachts, qui ne cessait de se développer à l'échelle internationale. Il y avait aussi l'immobilier. Draco possédait de nombreuses villas à titre privé, mais aussi pour la location de luxe à de richissimes clients. Il avait un sens aigu des affaires, et avait sauvé beaucoup d'entreprises du désastre avant de les revendre avec un maximum de profit. Fils unique d'un pêcheur, il évoquait rarement ses humbles origines. Mais elle devinait que c'était une puissante motivation dans l'expansion de son empire financier.

Cependant, Draco était aussi quelqu'un d'énigmatique. Il gardait ses distances, ne se laissait jamais manipuler ni rouler. Il était bon juge des caractères, et elle en avait eu un exemple, lorsqu'il l'avait mise en garde contre son premier petit ami. Il l'avait avertie qu'elle perdrait son temps avec un garçon qui s'intéressait à elle parce qu'elle était issue d'un milieu riche. Cela l'avait blessée. À seize ans, quand on doute de soi et de sa séduction, on n'a pas envie d'entendre de telles choses. Mais hélas, Draco avait vu juste.

Le garçon en question s'était vanté d'avoir couché avec elle, puis avait raillé ses insuffisances au lit. Le vocabulaire blessant auquel il avait eu recours avait rendu l'insulte plus humiliante encore. Elle avait mis des années à coucher avec un autre homme. Des années ! Même lors de sa dernière expérience sexuelle — si lointaine qu'elle se souvenait à peine de son partenaire —, elle s'était angoissée à l'idée qu'il jugeait peut-être sa « prestation », prenait mentalement des notes pour rire d'elle ensuite avec ses potes dans quelque bar. Allegra avait rendu Draco responsable de tout cela, parce que c'était après avoir subi son rejet qu'elle s'était intéressée à ce minable. Les commentaires cruels de ce dernier avaient fait écho à la rebuffade de Draco, et n'en avaient que plus profondément sapé son amour-propre.

Elle regarda à travers la salle de réception ouverte sur la terrasse où tous s'étaient rassemblés. Son père arrosait le baptême, c'était le moins qu'on puisse dire. Elle ne comptait plus les coupes de champagne qu'il avait avalées. Il avait l'air heureux, plus heureux qu'elle ne l'avait vu depuis des années. Pourquoi ne l'aurait-il pas été ? Il avait une parfaite petite famille, à présent. Et sa fille de trente et un ans, la laissée-pour-compte, passait à l'autel pour résoudre ses difficultés financières.

Elena surprit le regard d'Allegra et s'approcha d'elle, tenant Nico dans les bras.

— Je n'ai pas encore pu te parler en privé, dit-elle avec un large sourire. Nous nous réjouissons, ton père et moi, de ton futur mariage avec Draco. Cosimo était plus que stressé ces derniers temps, mais depuis qu'il a appris la nouvelle, on dirait qu'on l'a délesté d'un fardeau. Tu es heureuse, n'est-ce pas ? Je te trouve bien silencieuse, alors je me demandais…

Allegra se força à sourire.

— Bien sûr que je suis heureuse. Je suis juste un peu dépassée. Ça s'est décidé si vite.

— Oui, mais Draco n'a jamais été du genre à traînasser, fit Elena avec un petit rire. C'est si romantique qu'il veuille t'épouser sans tarder. Ce n'est quand même pas parce que… ? fit-elle en fixant le ventre d'Allegra.

Allegra caressa doucement la joue du bébé.

— Non. C'est juste que nous n'avions pas d'autre créneau disponible. Nous avons tous les deux un agenda surchargé.

Qui aurait cru qu'elle pouvait jouer si bien la comédie ? songea-t-elle, tandis qu'Elena lui confiait Nico pour qu'elle puisse le câliner un peu.

— Mais tu voudras des enfants ? Je veux dire, quand tu y seras prête ? Ce serait affreux que tu ne connaisses pas les joies de la maternité. J'ai cru que je n'aurais jamais d'enfant avant de rencontrer ton père. Je suis tombée enceinte par hasard et je n'en reviens toujours pas.

Elena regarda son mari, de l'autre côté de la pièce, et soupira.

— Je n'arrive pas à croire qu'il m'ait épousée. Je pensais que personne ne m'aimerait jamais.

Cosimo Kallas aimait-il Elena ? Allegra doutait que son père rende à sa jeune femme l'amour qu'elle lui portait. Il avait sans doute seulement voulu un héritier mâle, ainsi qu'une épouse grecque malléable, qui ne contesterait pas son autorité et se satisferait d'élever des enfants.

— Je n'ai jamais pensé à devenir mère, dit Allegra. Mon bébé, c'est ma carrière.

Elle n'avait jamais été gaga devant les bébés, s'était concentrée sur son métier. Mais, en tenant Nico dans ses bras, elle se demanda soudain ce qu'elle éprouverait si elle avait un enfant. Son filleul ouvrit sa petite bouche en bouton de rose pour émettre un bâillement et s'étira, agitant son petit poing. Elle prit sa menotte et l'embrassa, s'émerveillant de la perfection de ses doigts minuscules.

Draco avait mentionné l'éventualité d'un enfant, mais par jeu. S'il ne tenait pas à ce que leur courte union aboutisse à une paternité, c'était compréhensible. Et d'ailleurs, pourquoi envisageait-elle d'avoir des enfants avec lui ? Leur mariage n'en était un que de nom.

— Tu veux bien garder le bébé un moment ? demanda Elena. J'aimerais aller aux toilettes.

— Bien sûr, répondit Allegra.

Nico s'agita de nouveau et ouvrit les yeux, puis il lui adressa un grand sourire. Un élan d'amour pour son petit demi-frère lui gonfla le cœur, et elle se sentit fondre. Était-ce ce qu'elle aurait éprouvé, si ce bébé avait été le sien ?

— Alors, petit bonhomme, dit-elle en lui chatouillant le menton, qui a été bien sage malgré toute cette agitation ?

Draco survint près d'elle et, tout en glissant un bras autour de sa taille, il tendit un doigt à Nico, qui l'agrippa avec sa menotte.

— C'est fou ce qu'il est petit, commenta-t-il. Comme un poupon.

— Oui, dit Allegra. J'ai peur de le laisser tomber.

— Tu t'en tires très bien. On dirait que tu as fait ça toute ta vie.

— Tu veux le tenir un peu ?

— Pas question, fit Draco, levant les mains comme si elle lui tendait un flacon de nitroglycérine. Je ne sais pas y faire avec les bébés.

— Allons, voyons, insista Allegra. Tu n'as quand même pas peur d'une toute petite chose comme ça ?

Draco hésita, puis parut se résigner.

— S'il tombe, ce sera ta faute.

— Tu ne le laisseras pas tomber.

Allegra se rapprocha pour déposer le bébé entre ses bras. L'odeur grisante de l'eau de toilette de Draco — un parfum d'agrumes auquel se mêlaient des notes boisées — l'effleura, éveillant sa nostalgie.

Il prit le petit, le tenant un peu loin comme pour éviter tout contact. Mais lorsque Nico gazouilla et lui adressa un grand sourire, il le cala contre son torse et le berça doucement, le contemplant avec un léger sourire. Allegra, remuée, s'étonna d'éprouver autant d'émotion à le voir ainsi.

— Je n'avais jamais été parrain, dit-il au bout d'un instant.

— Ni moi marraine. Je me demande vraiment quelle bonne fée je pourrais être pour ce petit bout de chou. J'aurais moi aussi grand besoin d'un conseiller, quelquefois.

— Comme chacun d'entre nous, non ?

— Quoi ? L'invincible Draco Papandreou a besoin d'un guide ? Décidément, avec toi, on n'est jamais au bout de ses surprises.

— Tu n'imagines pas à quel point, fit-il avec un sourire d'autodérision. Il m'a fallu du temps pour prendre le contrôle de ma vie. J'ai failli m'égarer plusieurs fois.

Il contempla le bébé, et son sourire s'effaça en partie.

— Surtout après la mort de mon père. Je me suis brutalement retrouvé seul au monde.

— Quel âge avais-tu quand ta mère est morte ?

— Six ans.

Allegra avait deux fois cet âge lorsque sa propre mère avait disparu, et elle lui manquait toujours. Cela avait dû être affreusement dur, pour Draco, de perdre sa mère si jeune, puis de perdre aussi son père quelques années plus tard.

— Ça a dû être terrible pour toi, de perdre successivement tes deux parents. Qui s'est occupé de toi, ensuite ?

— Je m'en suis chargé moi-même.

Elle se rembrunit, frappée par son intonation cynique.

— Mais comment as-tu survécu ? N'y avait-il personne pour te recueillir ?

L'expression de Draco se durcit. Elle eut l'impression d'avoir affaire à un bloc de marbre.

— Les rares parents qu'il me restait ne s'intéressaient guère à un garçon de quinze ans avec des problèmes de comportement.

— Qu'as-tu fait, alors ?

— Je me suis débrouillé seul.

— Comment ?

— Tu veux vraiment savoir quelles folies j'ai commises ? Cela pourrait te choquer.

— Mets-moi à l'épreuve, on verra bien.

Il contempla le bébé, puis décocha à Allegra un sourire indéchiffrable.

— Pas devant le petit Nico, dit-il.

Allegra fut frustrée de constater qu'il n'avait pas assez confiance en elle pour lui parler. Le passé tragique de Draco expliquait-il en partie son refus de s'établir ?

C'était bien joli de fantasmer sur la maternité, mais, même si Draco avait désiré être père, avoir un enfant avec lui impliquerait des problèmes qu'il valait mieux fuir. Elle avait plaidé de nombreux divorces où le mari et la femme étaient originaires de pays différents, ce qui compliquait les arrangements concernant les enfants. Surtout en cas de séparation acrimonieuse. Ce qui arrivait souvent ! Allegra voulait éviter ça à tout prix. Elle savait à quoi s'en tenir avec les Grecs, Draco en particulier. Il n'accepterait pas d'être séparé de ses enfants. Il voudrait avoir le contrôle. Et serait prêt à tout pour ça. Elle devait se réjouir qu'un bébé ne fasse pas partie de leur marché.

Nico s'agita et, comme guidée par quelque radar secret, Elena reparut, délivrant Draco de son petit fardeau.

— C'est l'heure de la tétée, commenta-t-elle. Au fait, comme baby-sitters, vous êtes parfaits !

Quand elle se fut éloignée, Draco emmena Allegra dans un coin retiré du jardin, à l'ombre, près d'une fontaine qui rafraîchissait l'atmosphère.

— Nous devons régler certains aspects légaux de notre mariage, dit-il. Peux-tu te libérer au milieu de la semaine prochaine ? Je serai à Londres, pour affaires. Je prendrai rendez-vous avec mon avocat londonien pour qu'on règle ça.

Allegra ne voyait aucun inconvénient à signer un contrat prénuptial. Elle avait des propriétés et des investissements qu'elle voudrait préserver au moment du divorce. Pourtant, ces propos lui rappelèrent de façon cuisante l'état d'esprit cynique avec lequel Draco abordait leur relation.

— Pas de problème. Tu n'auras qu'à t'arranger avec Emily, ma secrétaire, elle tient mon agenda.

— Je sais ce que tu penses, lâcha Draco. Mais je dois protéger mes actionnaires. Et je suis sûr que tu as un capital à préserver. Un accord nous facilitera les choses.

Il ajouta après un temps d'arrêt :

— Je ne cherche pas à t'insulter, Allegra.

— Je n'ai pas pris ça pour une insulte.

— Alors, pourquoi cet air rembruni ?

Allegra se força à se détendre.

— J'ai tendance à froncer les sourcils lorsque je réfléchis, dit-elle, se rapprochant de la fontaine. C'est étrange de penser que nous serons mariés dans huit jours.

Il vint se placer derrière elle, les mains sur ses épaules, et en le sachant si proche, elle eut la tentation de se laisser aller contre lui, de sentir l'effet qu'elle lui faisait.

— Tu as des arrière-pensées ? fit-il.

— Si jamais j'en avais, cela compterait-il ? Je n'ai pas le choix. Je dois en passer par là, ou voir souffrir Elena et Nico.

Draco la fit pivoter face à lui et, l'enlaçant, planta son regard dans le sien.

— Je sais que ça n'a pas été facile pour toi, dit-il enfin, l'air assombri. La situation de ton père a tout précipité. Les créanciers s'impatientent vite par les temps qui courent. Mais j'espère que tu en viendras à considérer que notre union est une bonne solution. Pour toi en particulier.

Pourquoi, pour elle en particulier ? Le mariage est un grand pas à franchir pour tout le monde, même pour un couple qui s'aime. Alors quand il n'y a pas d'amour, ce n'est guère de bon augure ! Certains mariages arrangés tournent bien, mais il s'agit alors d'un coup de chance. À moins que les partenaires, résignés, ne décident que l'amour est préférable à la haine.

Allegra avait longtemps éprouvé une aversion farouche à l'égard de Draco, et ne comprenait pas sa violente attirance pour lui. Elle s'en était forgé une image négative, l'avait considéré comme son pire ennemi.

Étrange ! Car elle n'avait pas l'impression d'avoir affaire à un ennemi, lorsqu'il la contemplait avec ses yeux noirs et insondables. Il ne lui donnait pas le sentiment d'être un adversaire, lorsqu'il l'embrassait, lorsque sa langue entamait avec la sienne une danse érotique qui mimait les ébats amoureux. Ni lorsqu'il caressait ses seins, ou la tenait par la taille comme en ce moment.

Il se porta vers elle, et elle sentit la montée de son désir viril, aussi fort que celui qu'elle éprouvait. Alors qu'il contemplait sa bouche, il inclina la tête avec lenteur, lui laissant tout loisir d'empêcher ce baiser. Le cœur battant, elle ne s'y opposa pas.

Le contact de ses lèvres viriles, fermes et chaudes, fut léger au début, à peine un effleurement. Il réitéra cet attouchement une, deux fois encore et, soudain, le baiser vira à l'échange passionné. La caresse sensuelle de sa langue, enveloppant la sienne, lui arracha un gémissement approbateur, et elle noua les bras autour de son cou pour mieux se plaquer contre sa virilité triomphante. Lui saisissant le visage à deux mains, Draco accentua la caresse, et comme sous l'effet d'un coup de fouet charnel, elle fut emportée dans la tourmente sensuelle.

— Holà, vous deux, un peu de retenue ! lança une voix à quelque distance. Réservez-vous pour la lune de miel !

Draco s'écarta tout en la gardant enlacée, et sourit à Spiro, un ami du père d'Allegra.

— Alors, ça va, Spiro ?

— Pas aussi bien que vous deux, je parie, dit ce dernier avec un large sourire. Draco est une belle prise, n'est-ce pas, Allegra ? Tu dois être enchantée d'avoir ferré un homme tel que lui.

Vexée par cette remarque, Allegra essaya de n'en rien laisser paraître. Tout le monde la considérait-il comme le mouton noir ? Une femme dont personne n'aurait voulu ?

— C'est plutôt Draco qui fait une belle prise ! répliqua-t-elle avec un sourire éclatant. Pas vrai, chéri ?

— Bien sûr, *kardia mou*, fit Draco avec un regard de braise. Je suis le grand gagnant de ce mariage.

Allegra serra les mâchoires, agacée par son intonation narquoise. Heureusement, Spiro alla bavarder avec d'autres invités, sortis dans le jardin pour profiter de l'ombre et de la brise légère venue de la mer.

— Tu jubiles, hein ? fit-elle entre ses dents.

— Bah, tu connais Spiro, lâcha Draco en la reconduisant vers la maison d'une poussée légère.

— Oh ! ça oui ! Il est convaincu qu'une femme n'aspire qu'à trouver un mari avec un compte en banque bien garni ! C'est si insultant ! Un homme, ce n'est pas un placement financier, que je sache. Et s'il existe des croqueuses de diamants, en ce qui me concerne, je n'épouserai jamais quelqu'un pour sa fortune. La valeur humaine d'un individu ne se mesure pas avec l'argent.

Dans le creux de son dos, Draco décrivait des

mouvements circulaires, doucement caressants, qui lui donnaient la sensation qu'elle allait défaillir.

— D'accord avec toi. Mais le fait qu'un individu ait accumulé des richesses grâce à son acharnement au travail est sûrement un indice de qualités admirables, non ?

Allegra eut un ricanement bref.

— Une de mes clientes avait épousé un très riche héritier. Je n'ai jamais rencontré quelqu'un d'aussi paresseux et odieux. Il était brutal envers sa femme, et au moment du divorce, il a été d'une ladrerie écœurante au sujet de la pension alimentaire des enfants. L'argent a un drôle d'effet sur certaines personnes. Il fait ressortir leurs pires instincts. Je le constate tous les jours dans mon travail.

— Sur ce terrain-là, nous au moins entrons dans ce mariage à égalité. Ou presque.

— Je ne dirais pas que ma richesse équivaut à la tienne.

— Peut-être, mais nous avons l'un et l'autre travaillé dur pour obtenir ce que nous avons, et aucun de nous n'aimerait le perdre.

Il y avait des pertes pires que celle-là, songeait Allegra. Si elle n'y prenait pas garde, elle pourrait perdre son cœur dans cette affaire.

Allegra venait à peine de déposer son sac, à son retour au bureau le lundi matin, quand Emily survint. Celle-ci ferma la porte et s'installa dans un fauteuil en face d'elle.

— Bon, qu'est-ce qui se passe ? Tu n'imagines pas à quel point j'ai été sidérée, quand j'ai su que tu te mariais !

— Je te l'ai déjà expliqué, il ne s'agit que d'une union

de convenance. Mon père est dans le pétrin, et Draco l'en tire grâce à une fusion.

— Soit, mais comment se fait-il qu'il veuille t'épouser ?

Un peu vexée, Allegra haussa les épaules.

— Apparemment, il cherche une épouse, et je corresponds à ce qu'il lui faut.

Emily fit amende honorable.

— Pardon, je ne voulais pas suggérer que tu n'es pas mariable. Tu es très belle, et n'importe quel homme digne de ce nom serait ravi de t'épouser. Mais tu as toujours été tellement remontée contre le mariage ! Tu as même eu une crise d'urticaire avant celui de Julie, tu te rappelles ?

Allegra ne s'en souvenait que trop bien ! Elle n'aurait pas fait très bonne figure, c'était le cas de le dire, avec un visage couvert de plaques rouges sur les photos de la noce ! En réalité, elle avait eu une réaction allergique au soin du visage qu'elle avait eu la veille dans un spa — le lieu choisi pour enterrer entre copines la vie de jeune fille de Julie. Heureusement, sa maquilleuse avait réalisé des miracles.

— C'était une réaction allergique, précisa-t-elle.

— Je maintiens mon argument, Votre Honneur ! répliqua Emily.

Allegra leva les yeux au ciel.

— De toute façon, j'ai accepté parce que… eh bien, parce que. Point final. Je connais Draco depuis mon adolescence. Je le rencontrais à des réunions et autres activités avec mon père.

— Mais il y a six mois, tu fustigeais son arrogance et sa prétention, observa Emily. Et maintenant, tu portes sa bague. Fais la voir un peu, au fait. Waouh ! Elle est magnifique !

— Oui. Je n'aurais pas mieux choisi moi-même.

Allegra se demanda si Draco ne la connaissait pas mieux qu'elle ne l'avait cru, bien qu'il eût affirmé avoir choisi la bague au petit bonheur la chance.

Emily, qui s'était levée pour mieux voir le bijou, se rassit avec un soupir.

— Mince ! J'adorerais qu'un beau milliardaire me contraigne à un mariage de convenance. Au fait, Draco est bien milliardaire ?

— Je crois que oui.

Emily se pencha de nouveau, le regard soudain inquiet.

— Tu es bien sûre de ne pas faire une bêtise ? Tu n'es pas obligée d'aller jusqu'au bout, tu sais. Tu peux toujours dire non, même au moment où le prêtre te demandera si tu veux prendre cet homme pour époux.

Allegra ne pouvait pas dire *non.* Mais si elle avait expliqué pourquoi, elle aurait eu l'air si pathétique ! Elle avait honte de vouloir complaire à son père, à son âge, mais c'était plus fort qu'elle.

— Je sais ce que je fais, Emily.

— Tu as dit que ce serait un mariage sur le papier, mais tu plaisantais, bien sûr. Vu le physique qu'il a ! Tout est désirable, chez lui.

Allegra sentit ses joues s'empourprer.

— Je lui ai dit que nous n'aurions pas de relations sexuelles.

— Pff ! Comme si ça pouvait tenir ! Et il a accepté ?

— Pas de manière formelle, mais il doit respecter mon souhait, sinon…

— Ton souhait finira aux oubliettes, la coupa Emily, le regard pétillant. Tu as envie de lui, avoue. C'est pour ça que tu lui en voulais à mort, en décembre. C'est lui que tu désirais, et pas ce fichu loser qui n'a même pas eu le cran de venir, alors qu'il t'avait invitée.

— J'étais furieuse parce que Draco trouvait amusant

qu'on m'ait posé un lapin. Je ne voyais pas ce qu'il y avait de drôle ! C'était humiliant, en fait !

— Ce qui t'humiliait, c'est que Draco ait su qu'on t'avait laissée en plan, observa finement Emily. Aucune femme n'a envie que l'homme qui l'intéresse la voie snobée par un autre. C'est mauvais pour l'ego. Au fait… Est-ce que je serai ta demoiselle d'honneur ?

— Désolée, Emily, soupira Allegra. Ce sera une cérémonie discrète avec juste quelques invités, sur son île privée.

— Son île privée, fit Emily, souriant de plus belle. Pas de problème. Mais je compte sur un récit détaillé assorti de photos, OK ?

— Entendu.

— Où a lieu la lune de miel ?

— Sur son yacht.

Les yeux d'Emily pétillèrent.

— Tu vas craquer. C'est couru d'avance.

4

Une fois les dispositions juridiques prises, Allegra ne revit pas Draco avant la veille du mariage, lorsqu'elle arriva dans sa retraite privée en hélicoptère — il l'avait fait réserver pour elle à son arrivée à l'aéroport d'Athènes. Elle avait vécu une semaine chaotique : travail à boucler, robe de mariée à acheter, bagages à préparer en vue de la fameuse lune de miel. Chaque fois qu'elle pensait au moment où elle se retrouverait seule avec Draco, son cœur battait la chamade.

Emily avait raison : comment allait-elle résister ? Une semaine sur un yacht avec Draco, cela mettrait sa résolution à l'épreuve ! Quand elle était avec lui, elle n'était plus maîtresse d'elle-même. Il suffisait qu'il la regarde avec ses yeux noirs si éloquents, et ses sens étaient bouleversés.

Après la lune de miel, elle devrait honorer des obligations professionnelles à Londres. Mais comme Draco y avait des rendez-vous d'affaires cette semaine-là, il était convenu qu'ils s'y rendraient ensemble, comme un vrai couple…

À son arrivée, Allegra crut pénétrer au paradis. Le bleu intense et éclatant de la mer frangée de sable blanc fascinait le regard. Avec son paysage de collines et de falaises, avec ses roches, dômes et colonnes de pierres volcaniques, l'île, qui faisait partie des Cyclades, portait la trace de l'intense activité hydrothermale qui avait affecté l'archipel voici des millions d'années et lui conférait sa beauté hors du temps.

Mais ce fut surtout la villa qui éblouit Allegra. D'une blancheur éclatante, elle était assortie d'une piscine à débordement surplombant la plage immaculée en contrebas. Des jardins enchanteurs environnaient la maison, et il y avait des cyprès un peu partout — ils formaient même une forêt dense sur les collines, au bout de l'île.

Il était prévu que Draco viendrait à sa rencontre. Mais il lui avait envoyé un message pour annoncer un empêchement, ce matin-là. Elle avait tenté d'obtenir des précisions du pilote, qui avait simplement dit que Draco était retenu sur l'île. Cela n'avait rien d'anormal : le mariage était pour le lendemain, il y avait sûrement quantité de choses à organiser, même pour une cérémonie restreinte.

Pourtant, lorsqu'une femme d'une cinquantaine d'années sortit de la villa et la salua dans un anglais hésitant, Allegra se surprit à être déçue. Elle aurait aimé que Draco l'accueille en personne ! N'avait-il pas insisté pour qu'ils se comportent en véritable couple devant le personnel ?

— *Kyria* Kallas, dit la gouvernante. *Kyrios* Papandreou ne va pas tarder. Il est… Comment dit-on ? Occupé ?

Allegra espéra que ce n'était pas un avant-goût de l'avenir. Elle n'avait jamais compté aux yeux de son père, qui avait toujours accordé la priorité à ses affaires. Draco allait-il lui infliger un traitement semblable ? Même si elle n'avait rien à attendre de ce mariage, l'idée d'être négligée la glaçait.

Cependant, elle sourit à la gouvernante et assura qu'il n'y avait pas de problème. Son interlocutrice, qui s'appelait Iona, lui apprit qu'elle travaillait pour Draco depuis cinq ans et qu'il était le meilleur employeur du monde. Le charme de Draco avait visiblement exercé sa magie sur Iona ! Il l'avait, disait-elle, sauvée de la rue à Mykonos, où elle s'était retrouvée après un divorce. Son ex-époux ne lui avait laissé que ce qu'elle avait sur le dos après trente ans de mariage. Allegra connaissait la générosité de Draco. Mais elle n'aurait pas cru qu'il était capable d'accueillir une personne sans domicile fixe et de la former au métier de gouvernante !

Iona la mena dans la maison, et l'introduisit dans la suite où elle résiderait avant la noce. C'était un ensemble de pièces superbement meublées, avec une salle de bains en marbre aux robinets et accessoires raffinés. Dans la chambre et le salon, lustres en cristal, velours et brocart de soie se conjuguaient pour parer les lieux d'une élégante splendeur. Au-delà des fenêtres, le paysage était à couper le souffle.

Un domestique apporta les bagages, puis se retira. Iona proposa de repasser la toilette de mariage et autres vêtements si besoin était.

— Ce serait vraiment aimable, merci, dit Allegra.

Elle s'approcha de la fenêtre qui donnait sur la mer. La villa bénéficiait de l'air conditionné, mais l'idée d'une baignade était si tentante qu'elle devança la gouvernante pour ouvrir sa valise et sortir son maillot de bain.

Un chemin en escalier descendait vers la plage, au-delà de la piscine à débordement. Allegra évita la piscine, proche de la villa. Elle préférait être à l'écart des domestiques.

Bientôt, elle enleva ses sandales et sa robe de plage, ses pieds s'enfoncèrent dans le sable chaud et ses membres nus éprouvèrent la chaleur du soleil. Elle avança dans l'onde cristalline, si claire qu'on voyait les poissons qui fuyaient à chacun de ses pas, puis plongea, accueillant avec délice le contact de l'eau sur sa peau enfiévrée. Elle se mit à nager, savourant ses sensations, les mouvements de l'eau, le soleil tout là-haut, le cri occasionnel d'une mouette dans le silence.

Elle pourrait s'habituer facilement à ce genre de vie, pensa-t-elle. Travailler à Londres une ou deux semaines d'affilée puis revenir ici, retrouver le soleil, le sable, la mer… et son beau mari si sexy.

De retour à la villa après avoir réglé un problème avec un jeune employé, Draco aperçut Allegra, à la plage. Il la repéra de la terrasse, en train de nager telle une sirène, ses longs cheveux noirs flottant derrière elle. Il frémit de désir. Son maillot une pièce marine et blanc soulignait joliment ses courbes — qu'il brûlait d'envie d'explorer… Il avait caressé ses seins à travers le tissu de sa robe, et cela avait suffi à le rendre fou !

Elle disait vouloir que leur relation reste chaste, mais chaque fois qu'il l'embrassait, ses réactions lui envoyaient un message diamétralement opposé. Il n'était pas du genre à s'imposer à une femme. Mais jusqu'ici, tout indiquait qu'Allegra éprouvait du désir pour lui. Un désir aussi vif que le sien.

Il descendit sur la plage et longea la mer, la main en visière pour se protéger du soleil, regardant Allegra qui fendait les flots. Comme si elle avait senti sa présence, elle s'arrêta, se mit debout dans l'eau qui lui effleurait la taille et renvoya en arrière ses longs cheveux mouillés. On aurait dit une déesse surgissant des profondeurs. Des gouttelettes scintillaient sur sa peau crémeuse, presque aussi claire que le sable, comme si elle avait été éclaboussée de diamants.

Draco se débarrassa de son jean et de son T-shirt, enleva ses chaussures, entra dans la mer et avança vers elle. Il avait conservé son caleçon, par décence : il n'avait aucune envie de s'ébattre avec Allegra pendant que, là-haut, les domestiques seraient au spectacle. Mais une fois sur son yacht, loin des regards indiscrets, tout deviendrait possible, non ? Il s'approcha d'elle et la contempla, plein de désir, se demandant si, dans un avenir proche, elle répondrait à ses élans avec une ardeur égale...

Elle leva sur lui ses yeux bleu nuit.

— Ça y est, cette affaire *si importante* est réglée ?

Draco la saisit par la taille mais, si elle ne repoussa pas son geste, elle resta cependant figée, le transperçant du regard.

— Désolé, *agape mou*. J'ai eu un souci avec un membre de mon personnel. Un jeune sans domicile fixe que j'ai accueilli il y a quelques semaines. Il a du mal à respecter nos conventions.

— Oh..., lâcha-t-elle, se détendant soudain.

Il lui caressa les bras, doux comme de la soie. En lui, tout le poussait vers cette femme. Des pulsations sourdes animaient la partie la plus virile de son anatomie et il s'imaginait déjà la renverser sur le sable, céder à des instincts primitifs.

— Tu ne vas pas me faire la tête la veille de notre mariage ? fit-il.

Allegra émit un léger soupir, posa ses doigts fuselés sur son torse nu — avivant le désir qui le tourmentait.

— Pardon, je... Je me sentais un peu dépassée. Alors, cet employé ?

— Je l'ai trouvé dans un drôle d'état dans les quartiers des domestiques. Je ne savais pas s'il était sous l'influence de l'alcool ou une autre substance, et il fallait le déterminer. Yanni a un passé de toxicomane.

— Cela doit te causer du tracas ! Il va bien ?

— Oui, il aura juste une sacrée gueule de bois dans quelques heures. J'ai laissé quelqu'un s'occuper de lui et veiller à ce qu'il s'hydrate convenablement.

— Quel âge a-t-il ?

— Seize ans et l'air d'en avoir beaucoup plus, dit Draco. Il a vécu des choses que nous ne voudrions jamais vivre, même dans un cauchemar. Il était à la rue depuis l'âge de dix ans.

— Comment l'as-tu connu ? s'enquit Allegra.

— Il essayait de me faire les poches. Je lui ai mis la main dessus, et il s'est débattu comme un beau diable. Et puis j'ai compris qu'il était en manque. Il tremblait, il était en sueur, incohérent. Je l'ai emmené dans un centre de désintoxication où on l'a aidé, mais bien entendu, il a replongé dès sa sortie.

— Alors, tu as pris la responsabilité de l'emmener ici ?

— Oui, sur une île, il est à peu près en sécurité. Je peux le tenir à l'écart des night-clubs et des bars, des types douteux qui veulent l'exploiter pour lui faire faire leur sale boulot. C'est un brave gosse, sous ses airs vantards. Il a eu des malheurs, c'est tout.

Pendant un instant, Allegra demeura songeuse.

— As-tu connu la rue, toi aussi ? demanda-t-elle finalement.

Draco n'aimait pas évoquer la période qui avait suivi la mort de son père, où il s'était retrouvé seul au monde. Il préférait oublier ce temps où sa vie aurait pu emprunter un tout autre cours — voire se terminer prématurément — s'il avait fait de mauvais choix comme Yanni. En s'occupant de l'adolescent, il s'essayait à être le genre de mentor qu'il avait lui-même trouvé en son premier patron, Josef.

— Pendant quelques mois, admit-il. C'était dur. J'aurais pu mal tourner. Mais j'ai réussi à m'en sortir pour honorer mon père.

— Comment es-tu parvenu où tu en es ?

— Du cran et de la détermination, voilà la recette, dit Draco. Et assez de chance. J'ai obtenu du travail au chantier naval, le patron d'une des flottes de yachts de croisière m'a recueilli. J'ai suivi des cours du soir pour finir mes études tout en menant de front plusieurs boulots. Je me suis fait une place dans le business, et ensuite, j'ai racheté la firme à Josef quand il a pris sa retraite, et développé mes affaires à partir de là. J'ai pensé que Yanni avait lui aussi besoin de quelqu'un comme Josef. Exigeant, mais juste.

Allegra lui accorda un demi-sourire et, se pendant à son cou, amena contre lui les rondeurs de son corps encore humide.

— Qui aurait cru que tu étais un chic type, sous tes airs arrogants ?

Draco sourit, lui enveloppa les fesses avec ses paumes, laissant errer son regard sur la naissance de ses seins.

— Si tu savais à quoi je pense en ce moment, tu ne me traiterais pas de « chic type ».

Les yeux d'Allegra brillaient de cette excitation sensuelle qui le mettait lui aussi en émoi. Elle entrouvrait les lèvres…

— Vas-tu m'embrasser ? Pour le plaisir des membres de ton personnel qui nous regardent peut-être ? lâcha-t-elle d'une voix enrouée, en se haussant sur la pointe des pieds.

Il sentit sur ses lèvres son souffle doux. Elle fleurait bon le soleil, le sel et la crème solaire.

— Puisque tu insistes…

Il prit sa bouche, d'un baiser exalté par le désir lancinant qu'il éprouvait, et elle mêla sa langue à la sienne en une valse érotique qui semblait tantôt dire « pas tout de suite » et tantôt « je te veux maintenant ». Il la plaqua presque brutalement contre lui. Jamais il n'avait désiré ainsi une femme, avec cette violence presque désespérée, cette ardeur avide. Ses petits gémissements de volupté le rendaient fou, il dévorait sa bouche humide au goût de sel, tel un accro sous l'emprise de sa drogue.

Il lui caressa les seins à travers le tissu humide du maillot de bain, mais ce n'était pas suffisant. Il voulait sentir contre lui, à même la peau, ces appétissants globes de chair.

Il pivota en entraînant Allegra avec lui, de façon à opposer comme un bouclier son propre dos à d'éventuels spectateurs. Puis il fit glisser les bretelles du vêtement en homme qui déballe un cadeau. Allegra avait des seins d'un volume parfait, ni petits ni trop lourds, d'un blanc crémeux, avec des pointes brun rose. Elle gémit lorsqu'il promena ses pouces légèrement calleux sur les bouts raidis et elle lui mordilla la bouche avec de petits coups de dent. Il sentit un long frisson le parcourir, et fut tenté de précipiter les choses, tel un adolescent à son premier duo amoureux.

Il lui releva les seins tout en inclinant la tête, hâtant le rapprochement, et promena la langue autour des pointes, tour à tour, puis explora les rondeurs délectables. Allegra renversa la tête en arrière, sa longue chevelure flottant sur l'eau, et lui offrit ses seins, telle une adoratrice faisant un don à une idole. Il se moquait bien, à présent, qu'on les voie de la villa, et il ne se fit pas prier pour déguster l'offrande, caressant et léchant, mordillant en douceur.

Les réponses haletantes qu'il obtint dopèrent son énergie sensuelle. Il était excité à en avoir mal. Comme si elle devinait son calvaire, elle faufila une main entre leurs corps enlacés et libéra son membre du boxer qui l'emprisonnait. Ses doigts, fermes et frais autour de lui, comprimèrent et caressèrent la chair gonflée, au-dessous de l'eau — abri précaire s'il en était, car elle était d'une clarté cristalline. Mais il s'en moquait ! Il rabattit le maillot au-dessous de ses hanches, enveloppant d'une main le cœur de sa féminité, et elle se frotta à ses doigts en haletant doucement.

— Je t'en prie... Je t'en prie, gémit-elle, comme si elle aussi n'y tenait plus.

Il aventura un doigt câlin, la titillant en douceur, puis l'enfonça enfin au cœur de sa chair humide et chaude, la caressa jusqu'à ce qu'elle se convulse. Il sentit avec délice les contractions de ses muscles, et le souffle court, sexy, d'Allegra lui procura une satisfaction plus vive encore qu'il n'aurait pu l'imaginer. Elle était si réactive. Quel homme n'en aurait pas été comblé ? Il avait toujours aimé donner du plaisir à ses partenaires, mais, d'une certaine façon, la jouissance d'Allegra représentait quelque chose de particulier pour lui.

Il n'aurait pas su dire en quoi.

Il retira son doigt, attendit qu'elle se reprenne.

— C'était..., murmura-t-elle.

— Bon ?

— Inattendu, lâcha-t-elle, fuyant son regard.

— En quoi ?

— En général, je ne... Je veux dire, ça ne m'est jamais arrivé avec un partenaire.

Il lui releva le menton pour rencontrer son regard. Les yeux bleus d'Allegra étaient envahis d'incertitude... ou d'hésitation ? À moins que ce ne fût les deux.

— C'est la première fois que tu fais l'amour dans l'eau ? s'enquit-il, déconcerté.

— La première fois que je jouis avec un partenaire.

— Vraiment ?

Elle eut une grimace d'autodérision, ses paupières se fermèrent à demi, lui voilant le regard.

— Eh bien, oui. Quand je suis seule, ce n'est pas un problème, mais quand je suis avec un homme, et qu'il s'impatiente, je... Ça me paralyse.

Draco fut sidéré. Comment avait-elle pu supporter un tel déséquilibre dans sa vie sexuelle ? Cela venait-il de sa première expérience ? De la honte d'avoir été humiliée par un minable qui était sûrement nul au lit ? Draco se révolta à la pensée de la façon dont on l'avait traitée. Avec lui, elle était réactive. Très sensuelle. Parce qu'elle avait confiance en lui, en réalité. La confiance joue un rôle important dans les relations sexuelles, en particulier pour les femmes, qu'il est si facile d'utiliser, d'exploiter en les malmenant. Pour sa part, il appréciait les ébats vigoureux, mais jamais il n'aurait avili ou fait du mal à une partenaire, et jamais il n'aurait voulu d'un plaisir non partagé.

Pour le moment, son propre orgasme pouvait attendre.

— Sois sûre que je donnerai la priorité à ton plaisir, dit-il en lui caressant la joue. Tu as tout ton temps. L'horloge des femmes n'est pas réglée comme celle des hommes. Un bon amant sait cela, et il est patient avec sa partenaire.

Alors qu'il ressentait soudain le besoin de la protéger, Allegra, empourprée, lui adressa un sourire tremblé.

— Notre mariage de pure forme est en pleine dérive, dit-elle. Nous ne sommes pas encore passés à l'autel, et regarde comment je me comporte !

Il écarta de son visage les mèches humides de ses

cheveux, plongea le regard dans ses yeux bleus, presque de la même couleur que la mer.

— Il ne faut pas avoir honte de notre alchimie sensuelle, *glykia mou*. Il faut s'en réjouir, au contraire. Elle augure bien de notre entente conjugale.

— Mais, et toi ? fit-elle, coulant un regard vers son entrejambe. Est-ce que tu ne... ?

Il secoua la tête.

— Ce n'est pas l'envie qui me manque, mais la prochaine fois que nous ferons l'amour, ce sera pour consommer notre mariage. De préférence en tête à tête sur mon yacht, pas sous les yeux de la moitié de mon personnel.

— Ce n'est pas très fair-play envers toi... Je veux dire, ça avait pris une tournure plutôt torride.

Draco lui emprisonna les mains entre les siennes et les retint contre son torse, histoire d'éviter qu'elles s'aventurent sur la partie la plus virile de son anatomie. Il se défiait de ces petites mains satinées qui savaient le caresser avec un instinct sûr.

— Un homme doit maîtriser son désir en toutes circonstances. Je te veux, Allegra. Tu ne dois pas en douter. Jamais je n'ai désiré une femme autant que toi. Mais si nous savons attendre, demain, ce sera meilleur encore.

Un sourire apparut sur les lèvres d'Allegra.

— Attention, Draco. Tu commences à parler comme si notre mariage devait être réel.

— Au lit, ce sera le cas, affirma-t-il.

Sa main dans celle de Draco, Allegra marchait sur le sable, vers le sentier qui menait à la villa. Son corps frémissait encore du plaisir que son compagnon lui avait offert, tandis que tous ses sens semblaient aiguisés à l'extrême.

Comment cela avait-il pu se produire ? Pourquoi avait-elle permis à Draco de la toucher ainsi ? Il n'avait pas cherché à assouvir sa gourmandise virile, ce qui la rendait d'autant plus pathétique, non ? Comme du temps de son adolescence… Sa réaction désinhibée démontrait sa vulnérabilité. Voilà qu'elle lui fournissait des armes contre elle, alors qu'elle était censée lui résister, au contraire. Elle aurait dû rejeter ses avances, et non encourager des échanges aussi intimes. Que lui était-il arrivé ?

Elle avait la sensation que ses seins étaient plus lourds, plus sensibles, et au souvenir du contact de son doigt enfoncé en elle, le cœur intime de sa chair frémissait à nouveau. Si elle était capable d'un tel débordement à cette caresse, comment réagirait-elle quand Draco lui ferait totalement l'amour ?

Comment ça, *quand* ? pensa-t-elle, surprise par sa propre faiblesse. Hélas, si sa conscience la taraudait, elle devait se rendre à l'évidence. Elle éprouvait un désir torride pour Draco, au point de ne plus dormir la nuit !

Mais après tout, qu'y avait-il de répréhensible à avoir une liaison maritale avec lui ? C'était un des atouts de leur marché. C'était même *le seul* atout qu'elle pourrait y trouver. Enfin, peut-être y en avait-il d'autres, mais pour le moment, elle ne voulait pas y penser. Avoir des relations sexuelles serait même souhaitable pour elle ; il fallait juste qu'elle évite de s'impliquer sur le plan émotionnel. Cela ne lui poserait aucun problème, puisqu'elle ne s'était jamais investie affectivement.

En fait, elle était prête à cette relation sensuelle avec Draco. Plus que prête. Elle méritait de vivre quelque chose d'excitant, pour une fois. La perspective de la cérémonie du mariage serait plus agréable, si elle savait qu'ils feraient l'amour ensuite.

Rectificatif : ils auraient des *relations sexuelles*. Autant être claire dès le départ. Elle n'avait rien d'une romantique. Cela, c'était le domaine d'Emily. Son amie rêvait d'être soulevée de terre par un beau prince. Jusqu'ici, ce fantasme ne lui avait rien valu de bon !

Allegra était trop réaliste pour se laisser aller à de telles bêtises, et c'était une des raisons pour lesquelles, à son âge, elle n'avait jamais été amoureuse. Elle s'était toujours gardée de s'attacher aux hommes avec lesquels il lui était arrivé de sortir. Elle donnait la priorité à sa carrière. Mais même les femmes d'affaires ont besoin de satisfaire leur sexualité, non ? On ne peut pas exiger qu'elles ne songent qu'au travail. Ce n'est pas sain. Il faut un équilibre. Et quoi de mieux, pour l'acquérir, que d'être l'épouse du beau Draco Papandreou, si incroyablement sexy, et prêt à lui accorder le droit de partager son temps entre le lit et le bureau ?

L'ennui était que... elle pourrait finir par être plus attirée par le lit que par le travail. Rentrer à Londres sous un ciel sinistre et gris, dans des rues embouteillées, alors qu'elle pouvait jouir ici du soleil, du sable et de la mer si bleue... Cela ne la tentait plus comme du temps où elle avait hâte de fuir la Grèce et son père pour reprendre le cours normal de sa vie.

La paperasse, les appels téléphoniques incessants, les courriels, les séances au tribunal, la tension constante face à des couples difficiles, désemparés, en colère ou amers... Ici, il y avait, au contraire, les appels des mouettes, le bruit apaisant du ressac, le murmure du vent dans les pins...

Au bout du sentier, Allegra se tourna vers Draco.

— J'ai besoin de prendre une douche.

Une petite lueur éclaira le regard de son compagnon.

— Je t'accompagnerais volontiers, mais la tension serait insoutenable pour moi.

Elle s'interrogea, gagnée par le doute. Et si le sang-froid de Draco était dû au fait qu'elle ne lui avait pas rendu la pareille ? Tout à l'heure, dans l'eau, elle aurait juré qu'il perdait la tête et allait être balayé par la passion tout comme elle. Mais cela n'avait pas été le cas.

Il s'était écarté comme s'ils avaient eu une étreinte anodine, alors qu'elle en avait été bouleversée. Cela signifiait-il qu'elle serait celle qui aurait le moins d'emprise, dans leur relation ? Dans un couple, le plus dépendant est aussi le grand perdant. Elle le constatait tous les jours dans son métier. Les femmes qui prennent les choses trop à cœur, qui aiment ou désirent trop, finissent par être perdantes. Allait-elle compter parmi l'une d'elles, dont elle avait secrètement pitié ?

Draco vit son air rembruni et, avec douceur, plaça les mains sur ses épaules.

— À quoi penses-tu ?

Allegra se donna une contenance.

— J'ai chaud et je suis toute collante, j'ai du sable un peu partout.

Il laissa couler un rire bas, avant de lui caresser la joue.

— Cesse de douter de toi, *agape mou*. Tu n'as aucune raison de manquer de confiance en toi.

Comme si ces belles paroles allaient la rassurer…, songea-t-elle avec lassitude.

En réalité, elle ne s'était jamais sentie plus en danger. Elle avait l'impression de côtoyer un précipice… Dans moins de vingt-quatre heures, elle serait la femme de Draco Papandreou. Elle porterait son alliance, partagerait son lit, et toutes ses superbes demeures. Mais elle ne devait pas oublier que *jamais elle n'aurait son cœur*.

5

Allegra se prépara pour son mariage comme toute autre fiancée — à cette différence près qu'elle commençait à être gagnée par la panique. Plus l'heure de la cérémonie approchait, plus elle avait l'estomac noué.

Elena, arrivée de Santorin en hélicoptère à la première heure avec le père d'Allegra et Nico, l'aidait à sa toilette. Iona se mettait en quatre pour elle, comme si elle était sa propre fille. Malgré sa nervosité, Allegra se sentait réconfortée par leur présence. Ses compagnes étaient persuadées qu'il s'agissait d'un jour de bonheur pour les futurs mariés, et Allegra ne voulait pas laisser entrevoir une vérité qui aurait gâché leur joie.

Un petit coup de théâtre lui était réservé. Le vrombissement d'un hélicoptère annonça un invité et peu de temps après, alors qu'Allegra s'apprêtait à mettre sa robe de mariée, on frappa à la porte de la suite.

— C'est ta demoiselle d'honneur ! s'exclama Elena.

— Mais je n'ai pas d…

— Surprise ! claironna une voix alors qu'on poussait la porte. Demoiselle d'honneur au rapport !

Emily entra, une housse à vêtements repliée sur son bras. Allegra cilla, refoulant un brusque afflux de larmes.

— Ne pleurez pas, votre mascara va couler, intervint la maquilleuse, se précipitant avec sa trousse, tel un artiste soucieux de rectifier sa toile.

Emily tendit la housse à Iona, qui s'empressa de déballer et défroisser les vêtements qu'elle contenait.

— Draco m'a téléphoné au bureau pour me prier de venir. Il m'a fait jurer de ne rien dire, il voulait te faire la surprise.

Allegra n'en revenait pas. Elle ne comprenait pas qu'il se soit donné la peine de contacter son assistante et amie sans lui en parler. Il ignorait, il est vrai, qu'Emily était au courant de la nature réelle de leur mariage. Son amie avait-elle laissé transparaître qu'Allegra l'avait mise dans le secret, malgré l'interdiction expresse de Draco ?

— Je suis si contente que tu sois là ! dit-elle à Emily dès que la maquilleuse eut parachevé son travail.

Emily sourit comme une gamine invitée à puiser dans les bocaux d'une confiserie.

— Draco m'a offert un vol Londres-Athènes en première classe, et réservé une suite dans un hôtel incroyable, hier. On ne m'a jamais servi autant de champagne pendant une traversée en avion ! J'avais l'impression d'être une star. Cet homme a une sacrée classe !

— Mmm ? marmonna Allegra avec un regard éloquent, cherchant à savoir si elle avait parlé ou pas.

Sans se départir de son large sourire, Emily lui adressa à la dérobée un clin d'œil complice tout en continuant :

— Si tu voyais ma robe ! En fait, il y en a trois, pour que tu choisisses la couleur que tu préfères.

Elle s'approcha des toilettes qu'Iona avait suspendues à un portant, sur des cintres rembourrés.

— Alors, quel est ton verdict ? lança-t-elle. La rose pâle, la bleu ciel ou la café au lait ?

— Rose pâle, dit Allegra, se tournant vers Elena pour quêter son avis. Qu'en penses-tu ?

— Tout à fait d'accord, approuva Elena. Ce ton poudré ira à ravir avec le blanc nacré de ta robe. Que tu devrais te dépêcher d'enfiler, il reste peu de temps avant la cérémonie.

Allegra eut l'impression d'être une princesse quand Emily et Elena, assistées d'Iona, l'aidèrent à mettre sa robe de mariée et son voile. Elle n'avait jamais été l'objet d'autant d'attention, et se surprit à trouver cela très agréable. Elle était si heureuse que son amie soit présente ! Pourquoi Draco s'était-il donné tant de peine ? On aurait dit qu'il *tenait* à elle. Ou alors... Il s'inquiétait de ce que les gens penseraient de leur mariage précipité ?

Elena et Iona sortirent, pour s'asseoir sur les sièges qui leur étaient réservés dans le jardin à la française, où des rangées de fauteuils tapissés de velours et parés de rubans étaient disposées de part et d'autre d'un tapis rouge.

Emily ajusta le voile d'Allegra, avant qu'elles sortent à leur tour.

— Tu es superbe, ma belle. Tu pourrais poser pour un magazine de mode.

Allegra saisit la main de son amie.

— Tu n'as pas laissé voir que tu es au courant du marché, j'espère ?

— Non, mais il est clair que tu es amoureuse de Draco. Éperdument amoureuse, même ! dit Emily. Je reconnais qu'il est beau à tomber. Et ce sourire ! Bon sang, je succomberais presque à son charme, moi aussi.

Emily lui fit un clin d'œil.

— Rassure-toi, je blague, conclut-elle.

Allegra inspira profondément pour se donner du courage, et lissa le satin de sa robe fourreau.

— Dis, je suis présentable ? Je n'ai pas l'air boudinée, au moins ? J'ai acheté cette robe à la va-vite pendant une pause de midi et je...

— Tu es divine, la coupa Emily. Cette robe est parfaite. Elle met en valeur tout ce qui me rend jalouse chez toi : tes seins, tes hanches, tes fesses. Franchement, Draco va être subjugué.

Un instant plus tard, Allegra, à l'extrémité du tapis rouge avec son père, tentait de dominer sa nervosité. Elle était contente qu'Emily soit là, qu'Elena et Iona soient si adorables avec elle. Mais cela ne changeait rien au fait qu'elle n'avait pas voulu ce mariage. Même si c'était *Draco* qu'elle épousait — l'homme le plus sexy et attirant qui soit.

Surtout parce que c'était Draco qu'elle épousait. Il avait sur elle trop de pouvoir sensuel, et l'avait déjà prouvé avec un savoir-faire consommé.

Dans son smoking stylé, relevé d'un nœud papillon, il était splendide. Comme leurs regards s'aimantaient, elle sentit les battements de son cœur redoubler. Sans doute perçut-il son trouble, car il esquissa un sourire. Un sourire de victoire, et non d'émotion comme elle l'aurait souhaité.

Pourquoi réagissait-elle ainsi ? Elle n'avait même pas de sympathie pour Draco ! De plus, épouser un homme qui ne voulait d'elle que pour assurer un contrat d'affaires avait quelque chose d'avilissant, il fallait l'admettre.

— Prête ? lui demanda son père.

— J'aurais pu rester seule, tu sais, lui souffla-t-elle. Un père qui donne sa fille, je trouve ça féodal.

Il lui serra le bras, presque à lui faire mal.

— Ne gâche pas mon plaisir, Allegra. J'ai attendu ce jour pendant des années. Je ne croyais même plus qu'il arriverait.

Piquée par cette critique à peine voilée, elle murmura :

— Je le fais pour Elena et Nico. Tu le sais, j'espère ?

— Tu devrais te réjouir qu'il ait remporté ta main,

observa Cosimo Kallas, tendu. Un ou deux autres candidats nettement moins engageants étaient intéressés, mais Draco les a battus aux enchères avec sa proposition de mariage. Et de loin.

Un frisson glacial parcourut Allegra. *Remporté ta main ?* Qu'est-ce que son père voulait dire ?

— Quoi ? fit-elle.

— Ce n'est pas le moment. Tu lui poseras la question plus tard.

Là-dessus, son père l'entraîna inexorablement vers Draco Papandreou.

Draco connaissait la beauté d'Allegra, il avait toujours su qu'elle serait une mariée sublime. Et il ne fut pas déçu. Elle était divine dans cette robe fourreau en soie nacrée qui épousait ses jolies formes avec l'élégance d'un long gant de soirée. Son voile blanc, tout simple, flottait devant ses traits et derrière son dos comme un nuage évanescent, et ses cheveux tressés en couronne lui conféraient l'allure altière d'une princesse — une vision à couper le souffle. Il dissimula son émoi avec un sourire qui risquait de passer pour un sourire de jubilation, mais du diable s'il lui laissait voir que cette cérémonie était autre chose qu'un moyen de parvenir à ses fins.

Le contrat conclu penchait en sa faveur, et cela lui convenait. C'était ainsi qu'il dirigeait ses affaires, et après tout, ceci était une transaction d'affaires. Il serait le grand gagnant de cette union. Allegra n'avait pas besoin de sa fortune ni de son statut. Il avait misé sur son besoin de faire plaisir à son père qui ne le méritait probablement pas. Cosimo Kallas était un narcissique qui n'était heureux que s'il monopolisait l'attention.

Il avait choisi Elena comme épouse parce qu'elle était jeune, belle, et avait de l'attirance pour lui.

Tout comme tu as choisi Allegra.

Draco chassa cette pensée comme il aurait chassé un insecte indésirable. Son mariage avec Allegra allait bien au-delà ! Il ne l'avait pas choisie sur catalogue ! Il la connaissait depuis son adolescence. Il l'admirait et la respectait. Il la *voulait*.

Et puis, compte tenu de l'état de l'entreprise de son père, la sauvegarde d'Allegra requérait une solution d'urgence. Draco en offrait donc une. S'il n'avait pas demandé la main d'Allegra, un autre l'homme l'aurait fait, avec des intentions infâmes. Le milieu des affaires est un panier de crabes sans scrupule ni conscience. Il savait à quoi s'en tenir sur certains des riches et puissants créanciers de Cosimo Kallas : ils n'auraient pas hésité à tirer parti de son endettement pour s'imposer dans le lit d'Allegra. Draco avait trouvé le moyen de les éliminer de l'échiquier.

Et puis, ce n'était pas comme si Allegra et lui allaient vivre en vase clos. Draco appréciait qu'Allegra soit indépendante, qu'elle ait sa carrière et ses engagements personnels. Cela le laisserait libre de s'occuper des siens. Il était prêt à lui être fidèle : il ne voyait pas de raison de ne pas l'être dans une union à court terme. Et il savait que son alchimie sensuelle avec Allegra n'était comparable à aucune autre. Plus ils auraient d'échanges charnels, plus cette alchimie s'affirmerait, c'était certain. Il avait hâte d'en finir avec tout ce tralala, afin d'avoir Allegra pour lui seul et consommer leur mariage. La jeune femme éprouvait du désir pour lui. Ne l'avait-il pas prouvé sur la plage ? Leur relation serait même fondée sur un violent désir mutuel.

Le quatuor à cordes commença à jouer la *Marche*

nuptiale, et Emily avança la première sur le tapis rouge. Mais Draco n'avait d'yeux que pour Allegra, qui attendait avec son père le moment d'entamer sa marche vers lui. Avait-on jamais vu une femme aussi belle ? Elle avait l'air de sortir d'un de ces anciens films en noir et blanc, fascinante et divine. Son teint lumineux et son maquillage exaltaient le bleu intense de ses yeux, le dessin aristocratique de ses hautes pommettes, la perfection de sa bouche rose et gourmande surmontée de cet adorable grain de beauté. La soie de sa robe se mouvait au rythme de son corps, dont il avait hâte d'explorer les courbes délectables.

Il eut soudain la gorge nouée, et n'en fut pas peu surpris. Il ne s'était *jamais* laissé émouvoir par les mariages ! Cela ne lui rappelait que trop son ex, son amour adolescent et les espoirs insensés qu'il avait placés dans cette relation vouée à l'échec. Il avait assisté à un certain nombre de cérémonies nuptiales au fil des ans pour des amis, collègues, associés, et il n'avait jamais eu la gorge nouée comme en cet instant. Il avait presque la sensation que toute son existence s'était dirigée vers ce moment. Que tous les chemins qu'il avait empruntés l'avaient conduit à cet instant, ce lieu, cette femme qui marchait vers lui.

Allegra vint se placer près de lui et rencontra son regard, à travers la fine gaze de son voile. Elle lui adressa un petit sourire tremblé qui lui remua le cœur.

— Bonjour…

Draco dut s'éclaircir la gorge pour réussir à parler. Le regard hésitant d'Allegra, le léger tremblement de sa voix l'amenèrent à se demander si elle éprouvait la même émotion inattendue.

— Tu es belle.

Le prêtre s'avança avec un large sourire.

— Chers amis, commença-t-il, nous sommes ici réunis pour...

Draco ne vit pas arriver l'instant où, enfin, il put sceller d'un baiser son union avec sa femme. Il attira Allegra à lui et prit sa bouche, en un baiser différent de tous ceux qu'il avait donnés jusque-là. Ce n'était pas à cause des témoins assemblés, ni du caractère solennel de la cérémonie. Le baiser *en lui-même* avait quelque chose de sacré. Il scellait une promesse.

Allegra répondit avec passion à la pression de ses lèvres, les mains posées sur son torse, l'une juste à la place du cœur. Elle avait le parfum des fleurs d'été, ses lèvres avaient un goût de fraise. Il la serra contre lui, priant pour que son érection s'apaise avant l'instant où il leur faudrait rejoindre les invités. Lui qui avait toujours trouvé de mauvais goût les baisers prolongés des cérémonies de mariage, il aurait aimé à présent que celui-ci dure jusqu'à la fin des temps.

Il s'écarta, lui enveloppant le visage entre ses paumes. Elle avait les yeux brillants de larmes contenues.

— *Yia sou, Kyria* Papandreou, dit-il.

Elle cilla, semblant lutter contre son émotion.

— Merci d'avoir fait venir Emily. C'est très important pour moi. Et merci pour... le reste aussi.

Était-ce la présence de son amie qui la remuait ? se demanda-t-il, non sans éprouver un pincement de déception. Ce n'était pas à cause de lui, bien sûr. Il avait voulu qu'Emily soit là parce qu'Allegra n'avait plus de mère pour la soutenir. Et puis parce que toutes les mariées ont droit à une demoiselle d'honneur, non ? Il avait prié son meilleur ami d'être son garçon d'honneur, alors, il lui avait semblé juste qu'Allegra ait aussi près d'elle quelqu'un de confiance.

— Tout le plaisir est pour moi, assura-t-il. J'ai pensé

qu'elle pourrait accrocher avec mon garçon d'honneur, un ami du temps où j'étais étudiant : Loukas Kyprianos. Il a un faible pour les Anglaises.

— Quand même. C'est gentil de ta part de t'être donné cette peine.

Il glissa un bras sous le sien, et la fit pivoter avec lui vers les invités.

— On donne le coup d'envoi des festivités ?

C'était une belle fête, Allegra en convenait. Même si elle s'interrogeait de plus en plus sur les motivations de Draco. Pour quelles véritables raisons l'avait-il épousée ? Elle n'avait pas encore pu le prendre en aparté pour lui demander des éclaircissements sur les propos de son père. Mais ils cadraient avec ce qu'elle savait de Draco. Qui étaient les hommes qui auraient exercé un chantage sur elle pour la forcer à entrer dans leur lit, s'il n'était pas intervenu ? Il était révoltant, répugnant de penser qu'elle aurait pu échoir dans le lit d'un associé d'affaires de son père. Ce dernier n'avait tout de même pas pu attendre qu'elle se prête à cela si Draco ne s'était pas porté sur les rangs ?

Pourquoi Draco était-il intervenu ? Quelles avaient été ses véritables motivations pour envisager un mariage *temporaire* avec elle ? De toute évidence, il avait fait ce choix parce qu'il la voulait, mais tenait à se ménager une porte de sortie. C'était cela, l'explication. Il avait été disposé à agir honorablement pour la protéger. Mais sans aller jusqu'à lui promettre amour et protection pour le restant de leurs jours.

Allegra regardait les invités qui profitaient de la fête. Il ne faut pas grand-chose pour que des Grecs s'amusent et se détendent quand il y a à manger et à boire, surtout lors d'une réunion de famille. Non que Draco eût de la famille ici. Il était seul au monde. Il avait des amis et des associés, mais pas de parents proches à inviter à son mariage...

Soudain, elle eut la nostalgie de sa mère. Cette dernière n'avait pas été particulièrement présente. Mais Allegra regrettait ce qui aurait pu être. Et, étrangement, elle était sûre que sa mère aurait eu bonne opinion de Draco. Il avait du caractère et de la discipline, contrairement à Cosimo Kallas, qui avait tendance à ne vivre que pour lui-même. Draco n'était pas non plus du genre à se donner de l'importance. Il agissait dans l'ombre. Aurait-elle entendu parler de ces autres hommes, si son père ne les avait pas mentionnés ? Draco lui avait tu ce qu'il avait fait pour Iona. C'était la gouvernante qui l'avait mise au courant. Elle avait même dit que Draco avait prévu pour elle une retraite très généreuse.

Allegra, glissant le bras sous celui de Draco, accueillit avec lui les invités qui les abordaient. Comme si Iona avait senti que les pensées d'Allegra s'étaient attardées sur elle, elle vint les voir, les joues rosies par le champagne, l'air heureux. Elle leur prit les mains, et son regard s'embua.

— Soyez heureux. Soyez indulgents. Soyez amis, dit-elle avec ferveur.

Draco l'embrassa sur les deux joues.

— C'est promis.

Allegra attendit qu'elle se soit éloignée avant d'observer :

— Elle a de la chance de t'avoir. Je sais que sans toi elle serait à la rue.

Il lui prit la main, lui effleurant le poignet du bout du pouce, en douceur.

— Ce qu'il lui aurait fallu, quand son mari l'a laissée

tomber pour une femme plus jeune, c'est une avocate comme toi. Elle n'avait personne pour la défendre. Elle me fait penser à ma mère. C'est une femme bonne, loyale, et qui travaille dur.

Il marqua une pause.

— Tu parles rarement de ta mère, reprit-il. Vous n'étiez pas proches ?

— Ma mère ne s'est jamais remise de la disparition de mon frère. Sa mort l'a anéantie. Après, elle a renoncé à vivre. Mon père n'a jamais voulu admettre qu'elle s'est suicidée. Il maintient la version du certificat de décès, mais je sais qu'elle avait abdiqué. Elle n'avait plus la force de continuer.

— Cela a dû être dur pour toi de la perdre dans ces circonstances affreuses. Et ton père n'est pas du genre affectueux.

— Il voulait un fils, un héritier. Et quand ce fils est tombé malade, il a désiré en avoir un autre pour le guérir ou, si le pire advenait, prendre la relève. Au lieu de cela, il m'a eue, moi. Une fille. Et en plus, je n'étais pas une donneuse compatible pour sauver Dion.

Draco se rembrunit.

— Mais il ne t'a tout de même pas dit qu...

— C'était inutile, le coupa Allegra, j'ai parfaitement compris le message. Même ma mère, dans ses mauvais moments, me signifiait que je l'avais déçue. C'est pour ça qu'on m'a envoyée en pension en Angleterre. J'étais le rappel de son impossibilité à avoir un fils en bonne santé. À cause de moi, elle ne pouvait plus avoir d'enfant. Elle a eu une rupture utérine à ma naissance et a dû subir une hystérectomie. Cela explique pas mal de choses sur mon enfance. Ma mère n'était pas très affectueuse, et pourtant, il y a de nombreuses photos d'elle en train de dorloter mon frère. Elle s'est désintéressée de moi quand il est mort, et je n'ai eu droit qu'aux câlins de mes nounous.

En avait-elle trop dit ? Avait-elle trop appuyé sur le drame de son enfance ? Elle en parlait rarement. Même Emily n'avait eu droit qu'à une version édulcorée. Allegra n'aimait pas se poser en victime, mais son enfance sans amour l'avait marquée. Cependant, Draco et elle avaient perdu leur mère très jeunes. Si quelqu'un pouvait la comprendre, c'était lui.

Il émit un long soupir, la contemplant d'un air soucieux.

— J'ai toujours été surpris que tu aies si bien tourné, vu les circonstances tragiques qui ont entouré ta naissance. Mais je ne me doutais pas que tu te sentais si peu aimée.

Et maintenant, voilà qu'elle était engagée dans un mariage sans amour.

— Pour être juste, je crois que mon père m'aime à sa manière. En tout cas, depuis que j'ai sauvé sa précieuse entreprise, reprit Allegra. Il m'a appris que d'autres hommes avaient eu des vues sur moi. Pourquoi me l'as-tu caché ?

Draco parut songeur, et troublé par ses propres pensées.

— Je ne voulais pas que ça te tracasse. Puisque j'avais réglé le problème.

— C'est très honorable de ta part…

Il haussa les épaules.

— Entre deux maux, il faut choisir le moindre, paraît-il.

— Je commence à croire que je ne te connais pas du tout. Tu es plein de surprises.

— N'accorde pas trop de signification à mes actes. Je

ne suis pas fan de ton père. Je lui ai toujours trouvé des excuses parce que la perte d'un enfant, c'est horrible. Ce n'est pas un deuil dont on se remet aisément. Même s'il semble avoir réussi à aller de l'avant, maintenant.

— Oui, ses liaisons éphémères étaient sa façon de gérer le drame, dit Allegra. Ma mère les acceptait comme si c'était normal. Moi, j'avais beau être une gamine, ça me dérangeait. Peut-être ma mère aurait-elle pu se rétablir, s'il lui était resté fidèle ?

— Va savoir, dit Draco. Nous avons une bien triste conversation pour un mariage, tu ne crois pas ?

Allegra esquissa un sourire triste.

— Mais ce n'est pas un mariage comme les autres. Je me suis sentie un peu coupable de jouer la comédie à Iona. J'espère qu'elle ne finira pas par m'en vouloir, parce que je ne suis pas follement amoureuse de toi comme toutes les femmes de la planète.

Les mains de Draco, qui n'avaient pas cessé de la caresser, se figèrent soudain. Il la considéra avec un regard scrutateur qui donna à Allegra le sentiment qu'il lisait en elle plus de choses qu'elle ne l'aurait désiré. S'était-elle trahie ? Avait-elle montré sa vulnérabilité en ce qui le concernait ? Pas seulement au sujet de son attirance physique pour lui, mais aussi des *sentiments* qu'il lui inspirait malgré elle.

Elle ne pouvait pas se permettre de tomber amoureuse de Draco ! Car cet amour ne serait jamais partagé. Draco avait fermé la porte de son cœur, et elle ne devait pas l'oublier. Même s'il ne l'épousait pas que pour des raisons sexuelles, cela ne signifiait pas qu'il avait des sentiments pour elle. Il avait voulu la protéger comme tout homme digne de ce nom l'aurait fait. Ce qu'elle pouvait espérer de mieux, c'était de lui inspirer un désir durable. Un bien fragile espoir !

Soudain, Draco glissa un bras sous le sien et sourit.

— Tu dois lancer un bouquet, non ?

6

Le soleil déclinait, lorsque le luxueux bateau de Draco s'éloigna du quai. Allegra, debout à côté de son mari, enveloppée d'un châle, adressa des signes aux invités massés sur la jetée et la plage de l'île. Emily, fière détentrice du bouquet de la mariée, lui envoya un baiser.

Son amie se tenait non loin de Loukas Kyprianos, le garçon d'honneur de Draco, et le contemplait d'un air émerveillé. Sur le plan de la beauté, Loukas était comme Draco : hors concours. Mais alors que Draco était enclin à sourire, Loukas avait une attitude plus sombre, qui semblait indiquer un homme porté à la solitude et à ne prendre conseil que de lui-même. Emily n'était pas du genre à se pâmer devant un homme parce qu'il était beau. Mais elle ne savait pas résister, en revanche, à ceux qui avaient des secrets, car elle-même avait les siens...

Draco manœuvra le bateau en direction du soleil couchant, qui n'était plus qu'un disque incandescent au-dessus de la ligne bleu cendré de l'horizon. Le ruban de nuages en suspension au-dessus de lui reflétait ses nuances d'or bruni et les teintes grises et indigo du ciel.

Une brise légère courait à la surface de l'eau, accélérée par le passage du navire. Elle jouait dans les cheveux d'Allegra, qui s'échappaient de leur couronne. Elle chassa de son visage les mèches rebelles, et résista à la tentation de saisir la main libre de Draco, qui était à la barre.

— Ça va ? lui demanda-t-il en souriant. Tu n'as pas le mal de mer ?

— Non, j'ai le pied marin, en général. Enfin, je parle peut-être un peu trop vite.

— Tout ira bien, sois tranquille, affirma Draco, qui porta son regard vers le rivage. Comment Emily s'entend-elle avec Loukas ?

— Essaierais-tu de les rapprocher, par hasard ?

Il haussa les épaules.

— Qui vivra verra…

— Il ne semble pas avoir besoin d'un coup de pouce, en tout cas. Qui est-ce ? J'ai l'impression de le connaître, et pourtant, je suis sûre de ne l'avoir jamais rencontré avant.

— Il s'efforce de rester discret, répondit Draco. Nous nous sommes connus à l'université. Je préparais un diplôme de commerce et lui en ingénierie informatique. Il a conçu certains des systèmes de sécurité les plus sophistiqués du monde. À tel point que des agences gouvernementales telles que le MI5 et le FBI utilisent ses logiciels.

Bonne chance, Emily ! pensa Allegra.

— Et il cherche une épouse, c'est ça ?

Draco eut l'un de ses sourires en coin.

— Non. Ses parents se sont séparés lorsqu'il était petit. Un de ces divorces acrimonieux où les enfants sont instrumentalisés. Il n'en parle jamais, et je me garde de le questionner là-dessus. Ses parents se sont remariés chacun de leur côté et ont à nouveau divorcé — plusieurs fois d'affilée en ce qui concerne son père. Ce dont je suis sûr, c'est que Loukas ne passera jamais à l'autel. J'ai eu le plus grand mal à le convaincre d'assister à notre mariage. On aurait dit que je l'invitais à une séance de torture !

— Lui as-tu dit que c'était un mariage de...

— Non, coupa fermement Draco. Nous sommes proches, mais pas à ce point-là. Personne n'a ce genre d'intimité avec Loukas. Personne.

Allegra observait l'horizon, qui avait maintenant englouti le soleil. Pourquoi Draco n'avait-il rien dit à son meilleur ami ? Était-ce réellement parce que Loukas était lui aussi plutôt secret ? Ou l'avait-il fait pour éviter qu'on la prenne en pitié ?

— Je l'ai dit à Emily, lâcha-t-elle.

— Je sais.

— Ah ? fit-elle avec surprise.

Draco la regarda d'un air plus amusé que contrarié.

— Je m'en suis douté. C'est une chic fille, qui semble avoir la tête sur les épaules.

— Tu lui as laissé voir que tu la savais au courant ?

— Non.

— Désolée, mais je n'ai pas pu me résoudre à lui mentir. Emily aurait deviné, de toute façon, elle sait que je ne suis pas du genre à tomber amoureuse sur un coup de tête. Mais rassure-toi, elle ne dira rien. Elle est d'une loyauté à toute épreuve et on peut lui faire entièrement confiance.

— C'est bon à savoir.

Il y eut un court silence, à peine rompu par le bruit des vagues heurtant la coque du yacht.

— Tu veux prendre un peu la barre ? proposa Draco.

— Je ne sais pas... Je pourrais heurter un autre bateau.

— Il n'y a que nous dans les parages. Allons, viens devant moi, on va le piloter ensemble.

Allegra obéit à son injonction, et Draco se plaça derrière elle. L'entourant de ses bras, il posa les mains sur celles qu'elle avait repliées sur la barre. Jamais elle n'aurait cru qu'elle trouverait troublant et excitant de piloter un yacht ! La présence du corps ferme et chaud de Draco, derrière elle, avivait l'acuité de ses sens, et ses grandes mains sur les siennes avaient quelque chose de dangereusement réconfortant.

Elle sentait contre ses fesses le renflement de son sexe, rappel érotique de ce qui l'attendait ce soir. Elle frémit quand il se pencha un peu plus pour l'aider à franchir un passage houleux. Le mouvement de balancier du yacht la renvoya tout contre lui, démultipliant l'excitation qui l'avait saisie.

— Je te veux, dit Draco.

— Je ne m'en serais pas doutée.

Il laissa couler un rire doux.

— Petite sorcière ! fit-il, donnant un coup de langue sur l'ourlet de son oreille nacrée. Mais bon, je te veux depuis cette fichue soirée à Londres.

Il lui mordilla le lobe de l'oreille, et elle eut un frisson.

— Eh bien, tu vois, je n'avais pas capté cette vibration-là, dit-elle.

— Et maintenant, laquelle captes-tu ? demanda Draco, poursuivant son manège.

— J'ai l'impression que la lune de miel commence.

Il la fit pivoter face à lui, le regard étincelant.

— Il faut que je jette l'ancre.

Se pendant à son cou, Allegra lui décocha un sourire sexy.

— Je parie qu'on peut faire quelque chose de bien plus amusant.

Il lui donna un baiser bref et ardent à pleine bouche.

— Descends, je te rejoins dès que tout sera réglé...

Allegra descendit dans la cabine principale avec bar et télévision à grand écran. Il y avait au-delà une cuisine et un espace de repas dignes d'un grand restaurant. La chambre de maître — parmi les quatre chambres à bord — était immense.

Allegra était accoutumée au luxe, mais l'opulence des lieux surpassait tout ce qu'elle avait pu voir : canapés et lits de jour en cuir souple et doux, lampes en cristal, moquette crème épaisse et moelleuse, lambris en bois lustré, marbre italien dans la salle de bains avec jacuzzi...

L'équipage avait préparé à leur intention deux coupes et une bouteille de champagne dans un seau à glace, et leurs bagages avaient été défaits, leurs vêtements suspendus dans les dressings de la suite. Des préparations gastronomiques et des ingrédients frais étaient stockés dans le réfrigérateur et le garde-manger, et la cave à vin était remplie de bouteilles.

Allegra ne put se départir d'un frisson d'excitation en voyant le vaste lit — ce même frisson qu'elle avait ressenti en entendant que Draco éprouvait du désir pour elle depuis leur rencontre de hasard à Londres, six mois auparavant. Qu'est-ce qui avait aiguillonné son intérêt ? Avait-il vu en elle une épouse appropriée, une femme seule ayant dépassé la trentaine dont il avait supposé qu'elle serait confondue de gratitude lorsqu'il demanderait sa main ?

Allegra s'assit sur le lit moelleux et soupira. Pourquoi se préoccupait-elle du fait qu'il n'était pas amoureux d'elle ? Beaucoup de couples avaient des relations sexuelles sans éprouver de sentiments l'un pour l'autre. L'amour n'était plus une condition préalable de nos jours. La camaraderie et le respect mutuel cimentaient de nombreux mariages. Et la passion ne durait pas toujours...

Ce n'était pas comme si elle était éprise de Draco. Mais si elle succombait à son charme mortel ? Elle lui avait déjà fait plus de confidences qu'à d'autres. On aurait dit que sa carapace protectrice tombait, quand elle était face à lui. En réalité, elle aimait sa compagnie, son sourire, son regard pétillant, son corps. Ah, quel corps !

Le bruit de ses pas, alors qu'il descendait la rejoindre, l'enflamma de plus belle. Elle avait résolu de lui résister. Et combien de temps sa résolution avait-elle tenu ? La durée d'un baiser ! Pourtant, que se passerait-il, si elle ne savait pas se comporter au lit ? Si elle n'arrivait pas à avoir un orgasme ? Il s'impatienterait, et elle devrait simuler le plaisir. Ensuite, elle serait gênée, et la fois suivante, elle serait soumise à davantage de pression encore…

La porte de la chambre s'ouvrit, et Allegra se leva d'un bond.

— Je… prendrais bien un verre, dit-elle. Du champagne, ça te tente ?

Elle s'échina à décacheter le goulot de la bouteille, maladroite et intimidée soudain, les nerfs à fleur de peau. Draco s'approcha, lui ôta la bouteille des mains et la remit dans le seau à glace. Puis il l'enlaça avec une expression tendre qu'elle ne lui avait jamais vue.

— Tu es nerveuse, constata-t-il.

Elle s'empourpra.

— C'était sûrement un coup de chance, à la plage. Il se pourrait que ça ne se renouvelle pas.

Il lui releva le visage, glissant un doigt sous son menton.

— Personne ne chronomètre rien, *agape mou*. Tu as tout le temps qu'il faut. Nous ne sommes pas obligés de coucher ensemble ce soir, si tu ne te sens pas prête.

— Est-ce que tu n'as pas envie de... ?

— Bien sûr que si, dit-il, lui effleurant la joue avec des gestes doux. Mais pas si tu n'en as pas envie.

J'en ai envie depuis l'âge de seize ans.

— Je n'ai pas de lingerie sexy...

— Crois-tu vraiment que j'y prêterai attention ? lâcha-t-il avec un sourire. Je n'aurai d'yeux que pour toi. Toi tout entière.

Le regard brûlant de Draco la fit frémir. Il la désirait, cela ne faisait aucun doute. Elle noua les bras autour de son cou, se porta contre lui.

— Fais-moi l'amour... S'il te plaît...

Draco s'empara de sa bouche en un baiser ardent qui traduisait l'étendue de son désir. Sa langue se glissa entre ses lèvres, rencontra et courtisa la sienne, affolant ses sens, lui arrachant des gémissements de volupté. Les mains qu'il avait posées sur sa taille errèrent vers ses hanches, l'attirèrent contre son membre érigé en un mouvement d'un érotisme grisant.

Il donna un tour plus profond à leur échange, accentuant les assauts de sa langue. Une onde de volupté gagna le cœur de sa féminité, trahissant l'émoi qui l'avait saisie, sa hâte à être comblée. Draco fit glisser sa robe vers le bas, l'en dépouillant avec expertise, et le tissu s'affala à terre. Elle l'enjamba à l'aveuglette, les lèvres collées à celles de son amant, puis s'attaqua aux boutons de sa chemise avec des gestes que la précipitation rendait maladroits. Bientôt elle déposa un baiser sur sa chair enveloppée d'une senteur d'agrumes et de cuir.

Il dégrafa son soutien-gorge et, en douceur, accueillit ses seins au creux de ses paumes, tandis que sa bouche virile errait sur sa peau, allait à la rencontre des globes laiteux. Il referma ses lèvres sur une pointe raidie et la suça avec une sensualité légère, déchaînant en elle une valse de sensations étourdissantes, avant de continuer par une cascade de baisers… Jamais personne ne l'avait caressée avec tant de délicatesse. De révérence, presque.

La bouche de Draco reprit la sienne, exacerbant le désir qui la possédait, et elle tira sur les pans de la chemise, défit la ceinture de son pantalon, glissa les mains sur son ventre plat et musclé. Il prit le relais, achevant lui-même de se dévêtir avant elle. Alors, et seulement alors, il fit glisser la culotte qui la couvrait encore pour l'aider à s'en délivrer — et elle trouva délicat qu'il ait ménagé sa pudeur, contrairement à ses autres partenaires.

Il l'enveloppa d'un regard gourmand, enflammé de désir. Elle se serra contre lui, savourant le contact de son pénis en érection contre son ventre. Draco la fit reculer vers le lit, et y bascula avec elle, une de ses mains viriles délicieusement proche du cœur de sa féminité.

— Je ne veux pas brusquer les choses, dit-il.

Mais Allegra aspirait à ce qu'il le fasse. Incapable de prononcer un mot, elle ne laissait échapper que des gémissements de volupté, alors qu'il lui octroyait des caresses plus intimes, et que sa bouche virile rencontrait son sexe, que sa langue œuvrait avec expertise. Soulevée par des sensations aiguës, elle se cambra et lâcha un long cri d'ivresse.

Elle allongea le bras et caressa son sexe tendu, lui intimant en silence de la prendre. Il finit par s'écarter et, après quelques mots échangés, qui le révélaient soucieux de lui offrir une protection, il se gaina d'un préservatif avant de revenir vers elle. C'était une des choses qui la frappaient, chez Draco. Il faisait toujours preuve de prévenance…

— Il n'est pas trop tard pour arrêter, si tu le désires, dit-il.

— Si tu arrêtes maintenant, je ne te le pardonnerai jamais. Je te veux, je ne veux que toi, murmura-t-elle.

Il eut ce petit sourire en coin qui la bouleversait, et le baiser qu'il lui donna alors, empreint de passion brûlante, démultiplia l'émoi qui la traversait. Enfin, Draco la pénétra, se coulant en elle d'un mouvement aisé, et elle accueillit son membre dur avec transport. Il se mit à remuer en elle, de plus en plus profondément et en accentuant le rythme, tout en s'assurant qu'elle était au diapason.

Allegra avait le sentiment de ne faire plus qu'un avec Draco, elle était consumée par les sensations qu'il faisait naître en elle. Il lui semblait être suspendue au bord d'un précipice, sur le point de prendre son envol.

Glissant entre leurs corps une main habile, il lui dispensa des caresses intimes, et elle s'enflamma tout entière. Traversée de sensations inouïes, elle bascula dans les convulsions de l'orgasme à l'instant où Draco, lui aussi, lâchait tout en une ultime poussée, tout en laissant monter un cri guttural de jouissance. Elle resta cramponnée à lui pendant cet échange éphémère et sauvage, jusqu'à ce qu'enfin il s'affaisse sur elle, abandonné peu à peu dans la langueur d'après l'amour.

Jamais elle ne s'était sentie aussi proche d'un être humain. Cette rencontre charnelle, ces ébats n'étaient pas nouveaux pour elle, pas plus que l'entrelacement de leurs silhouettes en sueur et alanguies vautrées sur les draps froissés.

Mais elle sentait que la réaction intense, violente, qu'elle avait eue n'était pas limitée à un échange sexuel. En vérité, ils avaient *fait l'amour*. Draco avait vénéré son corps, au lieu de se servir d'elle. Il l'avait caressée, sans rien imposer. Et en la respectant, il avait suscité en elle une réponse passionnée et inédite. Jamais elle n'avait désiré un homme comme elle désirait Draco. On aurait dit qu'elle était programmée pour réagir ainsi avec lui, et lui seul.

Draco se redressa sur un coude et la contempla, lui effleurant la joue de sa main restée libre. Son regard viril posé sur le sien semblait établir un lien presque palpable entre eux. Elle se sentait si proche de lui, à cet instant. Elle avait l'impression qu'il avait entrevu qui elle était vraiment, et qu'il avait apprécié cette secrète rencontre.

— Tu étais merveilleuse, dit-il.

Elle lui adressa un sourire timide.

— Je ne crois pas que tes maîtresses aient eu à se plaindre de toi.

— Dans ce domaine, un homme ne doit jamais rien tenir pour acquis. Ce qui satisfait une femme peut ne pas contenter une autre. La communication, et bien sûr le respect, voilà la clé.

Allegra redessina du bout du doigt la bouche si bien sculptée de Draco, en songeant avec étonnement au plaisir inouï qu'elle lui avait donné, et dont son corps conservait l'empreinte. Soudain, une pensée la traversa. Et si elle cessait de combler Draco ? S'il s'ennuyait avec elle et se mettait en quête d'une autre femme ?

— Tu as l'air rembruni, tout à coup. Qu'est-ce qui te trouble ? s'enquit Draco.

— Rien. Rien du tout, soupira-t-elle.

— Parle, *agape mou*, insista-t-il avec tendresse. C'est bien de communiquer, physiquement et verbalement. Non ?

N'osant pas rencontrer son regard noir, elle murmura :

— Je crois que je me demande combien de temps cela va durer.

— Cela ?

— Notre... Le fait qu'on couche ensemble. L'attirance sexuelle de la plupart des couples mariés s'émousse avec le temps, n'est-ce pas ? Que feras-tu, à ce moment-là ? Tu trouveras quelqu'un d'autre ?

Il fronça les sourcils.

— Ne t'ai-je pas promis d'être fidèle aujourd'hui, entre autres choses ? Tant que nous serons mariés officiellement, je le serai, et j'attends que tu le sois aussi.

Officiellement mariés... Allegra le scruta, espérant de toutes ses forces qu'il disait vrai. Mais comment aurait-elle pu être sûre de lui ? La plupart des gens croient aux vœux qu'ils prononcent au moment de leur mariage. Et elle s'avisait avec surprise qu'en prononçant les siens elle avait été sincère. Même si elle n'avait pas d'amour pour Draco, elle tenait à honorer ses engagements.

— Notre situation est particulière, fit-elle valoir. Nous ne partons pas du même point que les autres couples. Imagine que tu tombes amoureux d'une femme rencontrée au travail ou ailleurs ?

— Et si c'est toi qui tombes amoureuse ? répliqua Draco en jouant avec une mèche de ses cheveux.

Allegra eut du mal à soutenir son regard. Comment aurait-elle pu s'éprendre d'un autre homme, alors qu'elle était obsédée par lui ? Elle s'arracha à son étreinte, balança les jambes hors du lit et chercha à couvrir sa nudité. Elle mit la première chose qui lui vint sous la main, la chemise de Draco, et s'en enveloppa sans la boutonner.

— Je ne crois pas que ça se produira, dit-elle.

— Pourquoi alors crois-tu que ça m'arrivera ?

— Parce que ça fait partie des choses de la vie. Parmi mes clientes, il y en a beaucoup dont le partenaire s'est épris d'une autre femme sur un simple regard. Et cela a signé la fin de leur mariage. La plupart étaient convaincues d'être à l'abri, elles pensaient avoir une relation réussie, et tout à coup, elles se trouvaient rejetées au profit d'une femme plus jeune et plus belle. Les hommes regardent ailleurs plus facilement, surtout après la naissance des enfants. C'est dur d'élever une famille, et certains d'entre eux supportent mal de ne plus être au centre de l'attention. J'ai vu ça chez mon père. Après la mort de Dion, il s'est lassé de l'état dépressif de ma mère et s'est mis à avoir des aventures. Elle était à peine enterrée qu'il avait déjà installé une nouvelle maîtresse à la maison.

Draco se leva, enfila son pantalon et en remonta la fermeture à glissière d'un geste vif.

— Tous les hommes ne sont pas comme ton père, Allegra. La situation de tes parents était tragique. La perte d'un enfant mettrait à l'épreuve la plus solide des relations, or, à en croire ce que j'ai pu entendre, leur couple était loin d'être solide. Mais évite de me dépeindre sous le même jour que ton père. C'est insultant. Par ailleurs, je suis incapable d'éprouver le genre d'émotion que tu décris.

— Mais tu n'es pas incapable d'amour, souligna Allegra. J'ai vu comment tu te comportes avec Iona. Je sais que tu aimais ton père et que tu as eu un très grand chagrin quand il est mort. Et regarde le mal que tu t'es donné hier pour Yanni. Tu te soucies des autres, Draco. Beaucoup de gens appelleraient ça de l'amour.

Le sourire de Draco se teinta de cynisme.

— C'est vrai, je ne suis pas indifférent aux autres, et on peut considérer jusqu'à un certain point que c'est de l'amour. Mais l'amour romantique ? Merci, j'ai déjà donné. C'est la plus stupide erreur que j'aie jamais commise. Je ne la répéterai pas.

— Que s'est-il passé avec ton ex ?

Comme Draco faisait un pas vers la porte, Allegra le retint.

— Parle, Draco. Je t'ai fait des tas de confidences, mais toi, tu gardes tout. J'aimerais savoir, pour mieux te comprendre.

— Il n'y a rien à comprendre, affirma-t-il sans toutefois la repousser. J'avais dix-neuf ans et la folle arrogance de la jeunesse. Je croyais qu'elle tenait à moi comme je tenais à elle. Ce n'était pas le cas.

— Tu avais dix-neuf ans ? répéta Allegra, saisie.

— Oui, c'était l'époque où tu m'as fait des avances, admit-il d'un air de regret. Ma blessure était encore à vif. Tu en as fait les frais. En d'autres circonstances, j'aurais pris ton béguin pour un compliment. Mais là, il me renvoyait brutalement à une autre.

— Désolée. Je ne m'étonne plus que tu aies été si… si furieux.

Draco lui effleura les lèvres avec douceur, comme pour effacer la violence punitive du baiser qu'il lui avait donné autrefois.

— J'ai eu tort de rejeter cela sur toi, dit-il. C'est à cause de cette histoire que j'étais si opposé à ta relation avec ce garçon, un ou deux ans après. Il y avait chez lui quelque chose qui me rappelait mon ex.

Et Allegra lui en avait mortellement voulu pendant des années !

— Tu n'étais pas un peu jeune pour te marier, à dix-neuf ans ? observa-t-elle.

— Pour certaines personnes, ce serait le cas. Mais moi, je me débrouillais seul depuis la mort de mon père. Je me sentais prêt à faire ma vie avec quelqu'un. Apparemment, je ne l'étais pas autant que je l'avais cru.

Allegra était perplexe. Draco serait-il un jour prêt,

après une déception aussi marquante ? Il ne s'était engagé avec elle que sous conditions. Et pour deux ou trois ans tout au plus. D'amour entre eux, il n'était pas question. Juste d'affection. Combien de temps parviendrait-elle à s'en contenter ?

— J'aurais mieux fait de t'écouter au sujet de ce garçon, reprit-elle. Cela m'aurait évité d'être blessée et humiliée.

Draco lui octroya un demi-sourire, puis enfila ses chaussures et un T-shirt.

— Je monte sur le pont pour veiller au grain. Tu peux te reposer un peu, si tu veux. On dînera une fois que j'aurai jeté l'ancre pour la nuit dans une crique abritée, pas très loin d'ici.

Lorsque la porte se fut refermée sur lui, Allegra accusa le coup. Tout en ayant conscience d'être déraisonnable. Quelle importance, si Draco n'avait pas d'amour pour elle ? Cela ne les empêchait pas d'avoir une relation satisfaisante. Beaucoup plus satisfaisante que ce qu'elle avait pu vivre jusque-là. Bien sûr, ce n'était pas le conte de fées auquel elle aspirait en secret. Mais de telles rêveries étaient irréalistes ! Elle était bien placée pour le savoir.

Ce qu'ils avaient était plus fiable. Ils ressentaient du désir l'un pour l'autre, et partageaient plus de points communs que la plupart des couples.

D'ailleurs, elle n'était *pas* amoureuse de lui !

Et tant qu'il en serait ainsi, tout irait bien.

7

Après avoir jeté l'ancre, Draco inspira à pleins poumons l'air de la nuit où flottait l'odeur saline des embruns. Il adorait être en mer, loin de ses responsabilités, des fardeaux qu'il lui avait fallu porter dès l'adolescence face à la cruauté de la vie. Ici, il pouvait respirer. Il pouvait s'attarder sur ses réussites au lieu de méditer ses échecs.

Il ne savait pas très bien pourquoi il avait consenti à parler de son ex à Allegra, sans entrer dans les détails cependant. Elle lui avait fait, de son côté, des confidences importantes, ce qui n'avait pas dû être facile...

Il aimait être ici avec elle — un peu trop pour son propre bien, peut-être. Le désir qui les habitait n'était pas près de se consumer selon lui. Pas en ce qui le concernait, en tout cas. Il avait du mal à définir ce qui, chez elle, l'excitait autant. Elle était belle, certes. Mais il avait couché avec un grand nombre de belles femmes.

Non, c'était plus que ça. Elle était envoûtante. Elle était intelligente, drôle, et si réactive au lit, si ardente, qu'il en était ravi. Il avait toujours su qu'il en serait ainsi entre eux. N'était-ce pas pour cette raison qu'il s'était montré si distant avec elle pendant toutes ces années ?

Mais il avait fini de la tenir à distance, maintenant ! Son corps viril *exultait* à cette idée. Il avait eu des expériences sexuelles fantastiques, et nombreuses.

Mais avec Allegra, il se passait quelque chose d'autre, au-delà de l'échange sensuel. C'était plus profond. La confiance qu'elle plaçait en lui conférait à leur intimité une qualité inédite. Son manque d'expérience était peu courant chez une femme de son âge, et il ne pouvait pas s'empêcher de s'en réjouir. C'était sans doute très macho, comme sentiment, mais il était content qu'elle n'ait pas eu beaucoup de partenaires. Cela donnait plus de portée à cette relation, comme si Allegra s'était réservée pour lui. Quel homme n'aurait pas voulu d'une épouse follement séduite ? En tout cas, ça la détournerait d'aller voir ailleurs. Plus elle le désirerait, moins elle songerait à mettre un terme à leur union avant qu'il y soit prêt. Et elle lui resterait fidèle.

En revanche, pour ce qui était de l'aimer… Oui, bien sûr, il tenait à elle à sa manière. Affection, tendresse, amour… Tout cela revenait à peu près au même, non ? Mais pour ce qui était de *tomber amoureux*, alors là, il n'était pas question qu'il remette ça. Il n'était pas cynique au point de nier que cela arrivait à d'autres. Des gens moins prémunis contre leurs propres émotions. Moins… disciplinés que lui. Mais il n'en faisait pas partie.

Il avait été stupide et immature en ouvrant son cœur à l'amour, et il l'avait payé cher. La leçon avait porté. Il pouvait très bien se satisfaire d'une vie maritale d'un an ou deux avec Allegra sans la compliquer avec des émotions dont il se défiait.

De nos jours, le mot *amour* était si galvaudé ! Il n'y avait qu'à regarder le père d'Allegra pour en mesurer la valeur réelle. Cosimo Kallas ne cessait de le prononcer pour sa nouvelle épouse, mais combien de temps faudrait-il pour qu'il lui en préfère une autre, lorsqu'Elena serait trop fatiguée ou préoccupée par l'éducation de leur fils ?

Au moins, Draco, lui, avait assez d'autodiscipline pour s'interdire de tels errements. Son père lui avait donné le bon exemple, et les Papandreou étaient loyaux. Ils tenaient leurs promesses, même lorsque c'était dur. Il n'aurait pas demandé la main d'Allegra s'il n'avait pas su qu'il était capable de respecter ses engagements tant que leur union durerait.

Leur arrangement était parfait pour tous les deux. Elle était une femme d'affaires, n'envisageait pas d'avoir d'enfants. Il avait ses propres engagements qui l'obligeaient à courir le vaste monde à l'improviste. Ils pourraient jouir de leur liaison exclusive jusqu'au moment où il serait temps de passer à autre chose. D'ici là, il comptait bien profiter de sa belle épouse. Allegra était belle, amusante, sexy, et avait l'esprit vif. Il était las de sortir avec des femmes sans conversation ni humour, las d'être adulé comme un gourou ou une star.

Il aimait qu'Allegra se considère comme son égale, lui tienne tête, argumente, résiste. Il avait un caractère bien trempé, mais au lieu d'intimider Allegra, cela la stimulait, faisait ressortir sa forte personnalité. Leurs duels verbaux l'excitaient autant que des préliminaires sensuels. C'était vivifiant à tous points de vue…

Quand il eut achevé les manœuvres pour la nuit, il descendit sur le pont inférieur, et trouva Allegra dans la cuisine, en train de se désaltérer. Elle s'était douchée et avait passé un legging et un sweat-shirt gris tourterelle dont le décolleté glissant révélait une épaule crémeuse. Ses cheveux encore humides étaient réunis en torsade sur sa nuque. Il avait été ébloui de la voir dans sa robe de mariée. Mais il eut le même coup au cœur en la découvrant dans cette tenue décontractée, sans maquillage, les seins libres sous le tissu.

Elle posa son verre d'eau et redressa le menton avec

ce petit air aristocratique qui la caractérisait, alors que moins d'une heure auparavant ils s'ébattaient sur son lit de maître, nus et baignés de sueur.

— Tu n'attendais pas que j'aie préparé le dîner, j'espère ? fit-elle.

Draco sourit en percevant une étincelle de défi dans son regard. Elle se retranchait en elle-même, rétablissait des frontières après leur échange intime. Était-elle perturbée par l'intensité de leurs ébats ? Si c'était le cas, il savait ce qu'elle ressentait. Il n'aurait pas été fâché, pour sa part, de restaurer entre eux l'équilibre des pouvoirs. Les relations sexuelles sont une source d'instabilité dans un couple. Les relations sexuelles réussies, bien sûr. Comme les leurs. On pouvait même les qualifier d'explosives !

— Tu as faim ? demanda-t-il.

Allegra passa la langue sur ses lèvres, ses yeux se posèrent sur sa bouche virile.

— Tout dépend de ce qu'il y a au menu.

Il s'approcha d'elle, lui laissant assez de distance pour qu'elle se dérobe, si elle le désirait. Mais elle resta à la même place. Son regard bleu ne livrait rien du débat intérieur qui l'agitait, pourtant Draco le percevait très bien. Il sentait l'excitation sensuelle qui circulait entre eux, et son pouls s'accéléra sous l'effet de la tentation. Il lui effleura la joue du bout du doigt, savourant le frémissement de sa chair sous cette caresse paresseuse.

— Si on commençait par un petit apéritif ?

Posant les lèvres sur le coin de sa bouche, il enveloppa d'un petit mouvement circulaire de la langue son grain de beauté, ce qui lui arracha un gémissement voluptueux. Alors qu'elle oscillait vers lui, il continua à promener sa langue sur sa lèvre inférieure joliment renflée. Elle gémit de nouveau, tandis que ses mains fines glissaient sur son torse, attisant son désir viril, provoquant l'éveil rapide de son pénis déjà brûlant.

Sans cesser de lui mordiller les lèvres, il lui enveloppa les fesses avec ses paumes, la plaquant contre lui, s'infligeant lui-même une délicieuse torture en amenant ses rondeurs féminines au contact de son membre érigé.

— Je te veux.

C'étaient les seuls mots qu'il avait envie de dire, qu'il désirait entendre de sa bouche adorable, les seuls qui comptaient en cet instant.

— Je te veux aussi, dit Allegra.

Elle se pendit à son cou, entrouvrit les lèvres, lui donna un coup de langue invitant. Il s'embrasa aussitôt, dévoré par son désir pour elle. Il lui donna un baiser profond, explorant sa bouche, enveloppé par l'odeur de son parfum aux senteurs de jasmin et de freesia. Leurs langues se rencontrèrent, et leur escarmouche sensuelle l'excita de plus belle, suscitant en lui des sensations mêlées, enivrantes, où la tension douloureuse se mêlait au plaisir. Il était soudain la proie d'une force obscure, incontrôlable.

Il souleva Allegra pour l'asseoir sur le banc derrière eux, et s'immisça entre ses cuisses. Elle l'enveloppa de ses jambes repliées et colla sa bouche à la sienne dans un baiser presque belliqueux. On aurait dit qu'elle lui en voulait de susciter son désir, cherchait à l'en punir. Il accentua de plus belle leur baiser, enfonçant la langue au cœur de sa bouche humide, jusqu'à ce qu'elle émette des bruits de gorge qui évoquaient le ronronnement d'une chatte, l'encourageant à poursuivre. Elle le saisit par les cheveux, et ce geste presque brutal, traduisant une excitation animale, le ravit.

Il souleva le sweat-shirt, s'empara de ses seins et frotta du bout du pouce les pointes raidies. Puis sa bouche virile seconda l'exploration, les lécha tour à tour, en prenant son temps, et Allegra se contorsionna sous ses caresses, l'appelant à aller plus loin.

La délivrant du sweat-shirt d'un geste rapide et envoyant valser le vêtement à terre, il continua à lui caresser les seins en regardant passer sur son visage des expressions de délice sensuel. Puis il les lâcha le temps d'enlever sa chemise, et Allegra déposa aussitôt sur son torse une cascade de petits baisers humides et gourmands, qui accrurent sa tension virile.

Un bref instant plus tard, il l'avait emportée dans le séjour, allongée sur un des canapés en cuir, et, nus l'un et l'autre, ils étaient abîmés dans un échange ardent. Il y avait longtemps que Draco ne s'était pas senti en danger de perdre le contrôle, mais alors que la bouche d'Allegra exerçait sa magie sur la sienne, qu'elle l'enserrait dans ses bras comme une liane et ouvrait les cuisses pour s'offrir à lui, il n'était plus certain de garder la maîtrise.

— Il nous faut un préservatif, dit-il, lui emprisonnant les poignets de ses doigts repliés.

Elle se ramena contre lui, en sirène ensorceleuse.

— Je prends la pilule. Fais-moi l'amour, Draco. Tout de suite.

Il y avait longtemps qu'il n'avait chevauché une femme dans ces conditions, mais dans le cadre de leur relation particulière, il ne lui venait aucun argument pour s'y opposer.

— Tu en es sûre ? dit-il en lui enveloppant le visage de ses mains et en posant sur elle un regard intense.

Elle avait les pupilles dilatées par le désir, sa bouche rose et pulpeuse était gonflée par leurs baisers.

— Nous sommes mariés, non ? fit-elle. Et à l'abri de tout risque. J'ai fait un test.

— Et moi aussi, après ma dernière liaison il y a six mois.

Allegra écarquilla les yeux.

— Six mois ? Il n'y a vraiment eu personne depuis ?

— En te revoyant à Londres, je me suis rappelé que nous avions toujours eu des atomes crochus. Nous avons un lien passionné, qui n'est pas seulement physique. Il est intellectuel, aussi. Ce soir-là, j'ai décidé que je te voulais, et comme les soucis financiers de ton père atteignaient un seuil critique, j'ai très vite imaginé le moyen de t'avoir avant qu'un autre ne s'empare de toi. J'avais déjà renfloué la boîte de ton père à plusieurs reprises, alors un peu d'argent de plus ou de moins... Du moment que j'avais ce que je voulais.

Allegra détourna les yeux.

— Tout ça paraît... bien froid.

— Et ça, c'est froid ?

Et Draco l'embrassa de nouveau en prolongeant la caresse pour laisser éclore la passion fiévreuse qu'elle ne pouvait jamais contenir. Déjà, elle lui ouvrait sa bouche en lâchant de petits roucoulements de plaisir, qui sonnèrent à ses oreilles comme la plus douce des musiques.

Grisé, il quitta ses lèvres pour promener la bouche sur son cou, le creux de ses seins, le renflement de son ventre, en descendant de plus en plus bas. Allegra lâcha un cri de gorge qui traduisait un mélange d'excitation et de nervosité.

— Détends-toi, *glykia mou*, je ne te ferai pas de mal...

Elle émit un soupir étranglé alors qu'il lui écartait les cuisses pour la redécouvrir de nouveau. Il était enivré par ce voyage dans le secret de sa féminité, par sa douceur, l'ardeur de ses réactions sous ses doigts et sa langue...

Comme elle se renversait sur les coussins, en proie aux premières contractions de l'orgasme, il vint sur elle et la pénétra, profondément, saisi d'un long frisson, emporté par l'urgence de son propre désir. Il ravala un cri rauque, désireux d'atténuer le rythme mais incapable de se contenir, et il laissa se rompre la digue, déborder le flot de sa jouissance. Libéré, frémissant, il eut l'impression de flotter dans l'espace, puis s'abîma dans la langueur.

Une fois qu'il eut recouvré ses esprits, il caressa la cuisse satinée d'Allegra.

— J'espère que je n'ai pas été trop impétueux. C'était un peu fou, là.

— Non, c'était… merveilleux, murmura-t-elle d'une voix cotonneuse, comme si elle flottait elle aussi sur un petit nuage. Vraiment merveilleux.

Il fut heureux de lui voir le sourire aux lèvres.

— Nous nous entendons bien, Allegra.

— Mieux que bien, non ? fit-elle en renversant la tête.

Tirant sur une de ses mèches de cheveux d'un geste espiègle, il amena de nouveau sa bouche vers la sienne.

— Le meilleur reste à venir.

Allegra s'éveilla peu avant l'aube, dans la quiétude et le silence à peine troublé par le bruit des vagues contre la coque. Draco dormait derrière elle, un bras viril lui enlaçant la taille, les jambes chevauchant les siennes. C'était si nouveau pour elle, si intime et agréable, d'être peau contre peau. Elle écoutait son souffle régulier, savourait les légers mouvements respiratoires de son torse contre sa chair, contemplait le contraste de sa main brune avec la peau laiteuse de son ventre. Un émoi la saisit.

Dans la crique secrète où le yacht était amarré, ils n'avaient pas eu à tirer les rideaux. Elle voyait les étoiles, dont les lumières scintillantes semblaient palpiter sur le velours noir du ciel, lointaines et hors du temps. Il y avait si longtemps qu'elle ne les avait pas contemplées dans leur splendeur. Sa vie était dévorée par le travail, elle regardait rarement le ciel la nuit. À Londres, la pollution les rendait presque toutes invisibles. Et il y avait si longtemps qu'elle n'avait pas pris de vacances. Pas depuis qu'elle avait épuisé ses congés pour visiter son père, lorsqu'il avait eu le cancer.

Draco soupira et remua derrière elle.

— Tu es réveillée ? Pas trop courbatue ? s'enquit-il, presque taquin.

Et elle sentit buter contre elle son pénis en érection.

— Euh, si, un peu. C'était merveilleux. Mais je n'ai pas l'habitude…

— Désolé, dit Draco en lui caressant le front avec une tendresse exquise qui la bouleversa. J'aurais dû me contenir un peu mieux.

— On n'a pas idée d'avoir eu une vie sexuelle si peu épanouie, à mon âge !

Il lui releva le menton, posant sur elle un regard noir et brillant.

— Je suis conscient qu'il est difficile, pour une femme d'affaires, de conjuguer le travail et les relations personnelles. Certains hommes apprécient peu de ne pas être au centre de la vie d'une femme. Et il y a des carrières plus exigeantes que d'autres.

— Oui, et j'ai lutté dur pour arriver où j'en suis, dit Allegra. Malgré tous mes sacrifices, je n'ai toujours pas le statut d'associée dans la firme. Je ne l'obtiendrai sans doute pas.

— C'est ce que tu veux ? Devenir associée ?

Pendant des années, Allegra n'avait songé qu'à ça. Le besoin d'être reconnue comme une avocate compétente par ses pairs l'avait obsédée. Mais depuis peu, un changement s'était produit en elle. Elle aimait toujours son travail, mais il ne la satisfaisait plus autant. Elle en voyait les aspects négatifs, maintenant.

— Je ne sais pas, avoua-t-elle. Il est peut-être temps que je change de boîte. Professionnellement, il semble que je sois dans une impasse.

— Le fameux « plafond de verre » ?

— Ça et autre chose…

Tel que le sentiment de rater quelque chose d'important. Bien plus important qu'un partenariat dans un cabinet d'avocats !

— Tu n'as jamais envisagé de travailler en Grèce ? s'enquit Draco. Tu pourrais ouvrir ton propre cabinet. Aider des gens comme Iona.

Allegra avait toujours rechigné à l'idée de travailler sur sa terre natale. Elle avait été résolue à être indépendante de son père. Mais il y avait en Grèce des opportunités intéressantes et enrichissantes.

— Pour le moment, je me demande surtout comment jongler avec mon travail…

— Je n'attends pas que tu démissionnes pour t'occuper de moi, déclara Draco. Tu as le droit de travailler là où tu veux. J'ai d'ailleurs des affaires à Londres, moi aussi. Ce que je te disais était juste une suggestion, une idée à creuser.

— À quoi bon ouvrir ici un cabinet, alors que je devrai le fermer dès que notre mariage prendra fin ?

Le regard de Draco parut soudain plus noir. Plus intense. Il s'était légèrement rembruni.

— N'aurais-tu pas dû revenir en Grèce, si tu avais voulu des enfants ?

— Holà, du calme, fit Allegra, qui se dégagea de leur étreinte langoureuse pour mettre quelque distance entre elle et lui. Comment se fait-il qu'on aborde ce chapitre ? Je t'ai déjà dit mon sentiment là-dessus.

Je veux des enfants. Des enfants avec toi, songea-t-elle brusquement.

Comment avait-elle mis autant de temps à comprendre que son insatisfaction profonde était due à son désir de maternité ? Elle ne s'était jamais imaginée en mère. Mais depuis qu'elle était avec Draco, elle ne pouvait s'enlever cette idée de l'esprit. Cependant, sa fierté lui interdisait de l'admettre. Après tout, Draco ne l'avait épousée que pour de mauvaises raisons. Un enfant mérite d'être issu de l'amour, pas d'un mariage de convenance. Un bébé, c'est une bénédiction, et non un paragraphe d'un contrat d'affaires !

Draco se leva à son tour et passa un peignoir, similaire à celui qu'Allegra venait de nouer autour de sa taille.

— Qu'est-ce qu'il y a ? fit-il. Je ne demande pas qu'on fasse un enfant. Je lance un sujet de discussion, c'est tout. Quel mal y a-t-il à cela ?

— À quoi ça servirait de discuter ? lança Allegra. Nous n'allons pas rester mariés éternellement. C'était notre accord, non ? Pourquoi changes-tu la donne, tout à coup ?

Il serra les mâchoires.

— Ça m'est venu comme ça. Laisse tomber.

— Parlons-en, au contraire, dit Allegra. Il est clair que ça te tourmente. La première fois que tu as mentionné le sujet, j'ai pensé que tu plaisantais. Mais tu n'as presque aucune famille. Et la plupart des Grecs veulent un héritier. Surtout lorsqu'ils sont aussi riches que toi. Est-ce que tu plaisantais vraiment ?

— Oui, dit Draco après un long soupir. Mais maintenant, je... je me pose des questions.

Allegra n'était pas vraiment disposée à poursuivre cette discussion, car elle en connaissait l'issue. Certes, ils pouvaient faire un enfant. Mais cela n'impliquait pas que Draco allait tomber amoureux d'elle ni qu'ils vivraient ensemble pendant tout le reste de leur vie.

— Pour vous les hommes, c'est commode, fit-elle valoir. Rien ne vous force à interrompre votre carrière pour fonder une famille. Vous ne devez pas accepter de perdre le contrôle de votre corps pendant neuf mois, ni allaiter, ni renoncer à vos aspirations pendant des années. Vous voulez les joies sans avoir les inconvénients.

Allegra était sur sa lancée, mais ses propres arguments lui paraissaient moins convaincants qu'auparavant. Néanmoins, elle ne voulait pas donner l'impression qu'elle était prête à renoncer à tout pour Draco. *Puisqu'il n'avait pas d'amour pour elle.*

Pourquoi d'ailleurs attachait-elle de l'importance aux sentiments de Draco, alors qu'elle-même ne l'aimait pas ? Toutes ces questions étaient bien trop dangereuses pour sa tranquillité d'esprit. Elle était en train de confondre l'amour avec des ébats sexuels réussis. Parce qu'elle avait joui merveilleusement, elle se croyait amoureuse ? Ridicule ! Elle était victime de sa... concupiscence, voilà !

— Je suis conscient des conséquences de la maternité pour une femme, dit Draco. Mais tu es dans une position plus favorable que la plupart des femmes. Avec ou sans mari, tu as les moyens d'engager une aide, ta carrière n'aurait pas à en souffrir.

— Une nounou, tu veux dire ? fit Allegra.

Elle en connaissait un rayon, sur ce terrain-là ! Les nounous de passage, qui prétendent vous aimer puis disparaissent sans crier gare lorsque leur liaison avec le maître de maison devient notoire... Les nounous qui vous donnent le sentiment merveilleux d'être protégée, en sécurité, puis vous abandonnent à une mère mentalement instable...

— Je ne confierai jamais mon enfant à une étrangère ! déclara-t-elle avec force.

Elle se tourna vers le lit et se mit en devoir de le retaper pour se donner une contenance. Elle tira rageusement sur les draps, puis, devinant sur elle le regard de Draco, elle tenta de se ressaisir. Elle sentit soudain qu'il venait près d'elle, la prenait par les épaules et la faisait pivoter face à lui avec douceur. Son regard plein d'inquiétude, et non réprobateur comme elle l'anticipait, la désarma.

— C'est un sujet douloureux pour toi, n'est-ce pas ? fit-il. Alors, laissons-le de côté. Je ne veux pas te perturber. J'ai envie de passer une bonne semaine, et de profiter de ta compagnie.

Allegra, elle, ne goûtait que trop la compagnie de Draco ! Comment pourrait-elle cuirasser son cœur contre lui, alors qu'il était si attirant ?

— Oui, c'est douloureux, soupira-t-elle. Je détestais être élevée par des nounous. Dès que je m'étais habituée à l'une d'elles, elle partait, en général parce que sa liaison avec mon père avait pris fin. Il en a fait défiler trois ou quatre comme ça. C'est sûrement pour ça que ma mère ne s'est pas opposée à ce qu'on m'envoie en pension à un si jeune âge.

— C'était dur, en pension ?

— Je ne me sentais pas à ma place. J'étais à moitié grecque, mon accent était différent de celui des autres filles qui appartenaient à la haute bourgeoisie anglaise. Je l'ai corrigé le plus vite possible et j'ai essayé de m'intégrer. Mais quand je rentrais à la maison pour les vacances, c'était tout aussi dur. Ma mère ne supportait pas d'avoir un enfant dans les pattes. Je lui rappelais trop Dion.

Draco l'écoutait en plissant le front.

— Pourquoi tes parents ne se sont-ils pas séparés ?

— Je l'ignore. Mon père aurait eu honte de quitter ma mère après la mort de Dio, je suppose, dit Allegra en se libérant de l'enlacement de Draco. Pour finir, c'est elle qui est partie. Je pensais qu'il aurait un « enfant de l'amour » beaucoup plus tôt. Mais il n'a pas eu l'envie de se remarier avant qu'Elena tombe enceinte.

— Elle semble heureuse.

— Pourquoi ne le serait-elle pas ? Elle a un beau petit bébé et elle a épousé l'homme qu'elle aime, dit Allegra d'un ton presque acerbe qui la surprit.

— Je croyais que tu aimais bien Elena, observa Draco.

— Je l'aime beaucoup. Elle est douce et aimante, elle a beaucoup de sensibilité, et c'est quelqu'un d'intègre. Mais je crains que mon père ne s'intéresse pas durablement à elle.

Tout comme elle s'inquiétait au sujet de Draco.

— Il se pourrait que ton père se case pour de bon, maintenant qu'il a un héritier.

Allegra demeura pensive.

— Tu ne vois pas la similarité ? finit-elle par lâcher. Entre notre situation et la leur, je veux dire.

Il serra les mâchoires.

— Franchement, non. C'est très différent. Je t'ai annoncé que notre union aura une durée limitée. Je t'ai promis d'être fidèle et, contrairement à ton père, je suis un homme de parole. Tu n'as aucune raison de te sentir menacée. J'ai sans doute eu une vie sexuelle plus agitée que la tienne, mais je n'ai jamais trompé mes partenaires. Jamais.

— Mais nous n'éprouvons pas d'amour l'un pour l'autre, alors, d'une certaine manière, notre situation est pire que celle d'Elena et mon père.

Allegra vit passer quelque chose dans le regard de Draco, comme s'il réordonnait ses idées.

— Au sens romantique du mot, nous n'en éprouvons peut-être pas, dit-il en tendant la main vers elle. Mais d'autres choses sont présentes. Celles qui comptent. Allons, viens un peu ici.

Elle obéit comme si quelque corde invisible la ramenait dans son champ d'attraction. Il l'enlaça, la retenant contre lui et plongeant dans le sien son regard noir et envoûtant. Le cœur de sa féminité s'embrasa, elle sentit qu'elle ne lui résisterait pas. Elle n'en avait pas le pouvoir. Et peu importait qu'il n'ait pas d'amour pour elle. Elle le désirait, de toute façon.

Il lui enveloppa la joue avec sa paume, tout en douceur, et lui donna un baiser léger, aérien. Le désir monta en elle, la submergea. Elle s'empara de sa bouche. Aussitôt, glissant sensuellement la langue entre ses lèvres, Draco donna un tour plus possessif à sa caresse.

— Petit déjeuner ou retour au lit ? murmura-t-il.

— La réponse est sur mes lèvres, dit-elle en l'attirant à elle.

8

Draco jouissait de ses premières vacances depuis des mois. C'était peut-être pour cette raison qu'il était si détendu, après une semaine dans l'archipel. Il avait choisi des refuges connus de lui seul, où Allegra et lui avaient nagé, et paressé sur des plages immaculées.

Mais il devait admettre que c'était en réalité grâce à Allegra. Elle était la meilleure chose qui lui fût arrivée depuis longtemps. Depuis toujours, même. Chaque matin, il se levait avec un sentiment d'euphorie. Pas seulement parce que leurs ébats sexuels étaient délectables. Mais aussi parce que leur compagnonnage s'était mué en amitié — telle qu'il n'en avait jamais eue avec quiconque. Il était ravi de discuter avec elle de ses affaires qu'il suivait par messagerie. Elle était intelligente et pleine de bon sens, il appréciait son point de vue. Ensemble, ils avaient fait la cuisine, partagé des lectures, marché, nagé, plongé…

Et fait l'amour.

Draco n'arrivait plus à penser en termes de « relations sexuelles ». Étrange. Les ébats sexuels sont les ébats sexuels, point final. Pour lui, il en avait toujours été ainsi. Mais avec Allegra, c'était différent. Il y avait quelque chose de plus. Plus cérébral, et même… émotionnel.

Il se déroba à cette pensée et ce qu'elle impliquait. Il ne s'agissait pas d'amour, mais d'entente physique ! Il avait follement envie d'elle. Il avait faim de sa présence. Si elle n'était pas près de lui, il ne tenait plus en place. Un coup de folie de ses hormones, voilà ce que c'était. Et rien d'autre.

Quant aux enfants, il ne savait pas très bien pourquoi il avait amené cela sur le tapis. Lors de sa proposition de mariage, il avait voulu savoir à quoi s'en tenir à ce sujet, tester Allegra. Et ces derniers temps, il se demandait si elle n'avait pas cherché à donner le change. Il voulait être sûr de ne pas mal agir en la retenant dans une union stérile. Cependant, elle avait réaffirmé qu'elle n'envisageait pas de fonder une famille. Il ne l'avait pas envisagé non plus ! Et pourtant, bizarrement, il ne cessait d'y penser. Il n'avait aucun parent proche. Avant, il ne s'en souciait pas. Maintenant, cela le taraudait. Il avait un avant-goût de la paternité avec Yanni, et ce n'était pas toujours réjouissant…

Avait-il l'étoffe d'un bon père ? Il avait eu pour sa part un père formidable. Un homme qui travaillait dur et était dévoué à son fils quoi qu'il advienne. Hélas, celui-ci avait connu une mort tragique, et sans guide paternel, Draco avait eu la vie dure. Il ne voulait pas qu'un de ses enfants fasse une telle expérience…

Mais s'il suggérait qu'Allegra et lui aient un bébé, cela bouleverserait leur arrangement. Celui-ci deviendrait en quelque sorte *permanent*.

Et le permanent… Ça n'était pas pour lui !

En arrivant sur le pont, le dernier jour du voyage, Allegra enlaça Draco et contempla le lever du soleil, qui surgissait au-dessus de la mer en l'inondant de lumière dorée.

— C'est beau, murmura-t-elle.

— Oui, très, dit Draco, déposant un baiser sur son front.

Elle leva les yeux vers lui, et se demanda comment elle avait pu croire qu'elle le détestait. Ces derniers jours comptaient parmi les plus détendus et agréables de sa vie. Jamais elle ne s'était sentie aussi bien dans son corps. Pas seulement sur le plan sexuel, mais en termes de bien-être général. Elle avait de l'énergie, dormait bien et, au réveil, se sentait pleine d'excitation à l'idée de la journée qui l'attendait et des surprises que Draco avait prévues.

Maintenant, elle commençait à redouter son retour dans la vraie vie. Cet univers où de longues heures de travail avec des divorcés peu commodes lui usaient les nerfs.

— Faut-il vraiment qu'on rentre ? lâcha-t-elle. Pourquoi ne pourrait-on pas rester ici indéfiniment ?

Draco l'attira plus près de lui, posant les mains sur ses hanches.

— Ce serait le rêve. Mais le devoir m'appelle, j'en ai peur. J'ai déjà eu cinq coups de fil pour des questions urgentes. Je n'aurais pas dû couper mon portable après le mouillage.

Elle mania le col de son polo tout en se lovant contre lui. Cette intimité était si naturelle, à présent. Elle était toujours troublée quand Draco la touchait, quand il posait sur elle son regard chargé de passion.

Mais, si leur intimité sensuelle était fabuleuse, pour ce qui était de communiquer, il y avait des progrès à accomplir. Ces dernières vingt-quatre heures, elle avait perçu chez lui une sorte de retrait subtil, comme s'il était à l'aise avec leur accointance physique, mais pas leur proximité émotionnelle. Il y avait beaucoup de sujets qu'ils n'avaient pas abordés en ce qui concernait la suite de leur relation. Où habiteraient-ils ? Attendait-il qu'elle emménage avec lui ? Il avait acheté une demeure à Hampstead, un an plus tôt. Pour sa part, elle était très attachée à son petit appartement de Bloomsbury, son premier vrai foyer. Elle n'imaginait pas y renoncer.

— Nous n'avons pas parlé de l'endroit où on vivra à Londres. Vas-tu t'installer chez moi ou rester chez toi ? demanda-t-elle à Draco.

— La plupart des couples mariés vivent ensemble. Mais je ne te demande pas de déménager.

Elle ne sut que penser de sa réponse. Voulait-il qu'ils habitent chacun de leur côté ? Et pourquoi ? Désirait-il garder sa maison londonienne pour avoir un lieu où se réfugier quand ça lui convenait ?

— Tu comptes garder ta maison, donc ? s'enquit-elle.

— Il ne serait pas judicieux de la vendre en ce moment. D'autant que j'ai dépensé une fortune en rénovations. Je prendrai une décision dans un an ou deux.

Comment pouvait-elle être sûre qu'il abordait cette question sous l'angle professionnel et non personnel ? Était-ce sa solution de repli pour le cas où les choses ne se passeraient pas comme prévu ?

Au cours des derniers jours, Allegra s'était laissée aller à croire qu'il développait des sentiments pour elle. Cela tenait à la façon dont il lui parlait, l'écoutait, riait avec elle. Dont il lui faisait l'amour. Oui, il lui *faisait l'amour*. Pour elle, ce n'était pas de simples rapports sexuels. Draco lui faisait éprouver des sensations inédites, bouleversait ses sens et son cœur.

Elle était tombée amoureuse de lui. Pas au premier regard, non, comme dans son adolescence. Mais peu à peu. Chaque fois qu'ils faisaient l'amour, ses sentiments pour lui s'intensifiaient. Il était inutile de les nier, maintenant.

Elle s'était persuadée, fallacieusement, qu'il finirait aussi par tomber amoureux d'elle. Tôt ou tard. Mais combien de temps devrait-elle attendre ? Et si cela n'arrivait jamais ? Si Draco était incapable de s'ouvrir sur le plan affectif ?

— Où ira-t-on, à notre arrivée à Londres ? lui demanda-t-elle. Chez toi ou chez moi ?

Draco glissa une main sur sa nuque, sous le rideau de ses longs cheveux noirs.

— Je dois me rendre à Glasgow pour affaires plus tard dans la journée. Je viens de recevoir un mail à ce sujet. Je ne rentrerai pas avant un jour ou deux, alors, il vaut mieux que tu ailles chez toi. Je rattraperai le temps perdu en milieu de semaine, avec toi.

Allegra avait cru qu'ils prendraient l'avion ensemble, mais voici que Draco s'envolait pour l'Écosse. Elle dissimula sa déception. Il aurait été déraisonnable d'attendre qu'il place au second plan sa carrière, alors qu'elle avait pour sa part des engagements contraignants. Mais elle s'inquiétait à la pensée que leur relation prenne cette tournure de façon durable. Et combien de temps faudrait-il pour que les « rattrapages » de Draco deviennent de plus en plus rares ? Combien de temps faudrait-il pour qu'il cesse de poser sur elle ce regard de convoitise ?

Draco la fouilla du regard.

— Je sais que ce n'est pas l'idéal. J'aimerais que tu m'accompagnes en Écosse, mais tu as déjà eu du mal à te libérer cette semaine. Et c'était pareil pour moi. Nous avons des carrières prenantes, il va nous falloir jongler. Mais nous trouverons des solutions au fur et à mesure.

Elle se força à afficher un sourire désinvolte.

— Voilà ce qu'on gagne à épouser une femme d'affaires ! Il faut la partager avec l'ambition.

— J'ai idée que tu n'es pas aussi ambitieuse que tu le prétends, lâcha Draco en effleurant avec douceur son grain de beauté, tout en la scrutant de façon pénétrante.

Elle s'efforça de soutenir son regard. Comment avait-il deviné ses sentiments conflictuels sur son métier ?

— Je n'ai même pas de temps à consacrer à un animal de compagnie, dit-elle. Je me demande comment font les autres femmes. Celles qui mènent de front vie professionnelle et familiale.

— Ces choses se règlent d'elles-mêmes, en général, *glykia mou*. Ta situation pourrait être très différente dans un an ou deux.

Oui, elle serait divorcée et de nouveau célibataire !

Comme il l'attirait contre elle, elle l'enlaça, incapable de lui résister. Que se passerait-il, si la nature lui imposait une décision ? se demanda-t-elle soudain. Elle prenait la pilule, mais à un faible dosage et pas très régulièrement, avec une négligence coupable. De plus, ils avaient plusieurs fois fait l'amour sans protection. Et si elle était déjà enceinte ?

Même si elle l'était, cela ne changeait rien au fait que Draco ne l'aimait pas. Pas comme elle aurait voulu être aimée. D'un amour total, inconditionnel. Naître au sein d'un couple qui n'était pas fondé sur l'amour, ce n'était pas le meilleur démarrage dans la vie pour un bébé. Ne le voyait-elle pas tous les jours face à des enfants traumatisés par les disputes de leurs parents ? Et la mésentente de son père et de sa mère ne lui avait-elle pas laissé des cicatrices, à elle aussi ? Devait-elle s'étonner d'avoir des problèmes de confiance ?

Lorsqu'Allegra entra dans son bureau, le lundi matin, Emily se précipita à sa suite.

— Alors, cette lune de miel ?

Allegra posa son sac sur son bureau, puis décocha à son amie un regard guindé.

— Ai-je l'habitude de te rendre des comptes sur ma vie sexuelle ?

Espiègle, Emily sourit.

— Elle était inexistante depuis plus d'un an, alors... Bon, tu as couché avec lui ou pas ?

Allegra ôta sa veste pour la suspendre à la patère fixée sur sa porte. Chaque fois qu'elle pensait à Draco, au plaisir intense qu'il lui avait procuré, elle s'empourprait comme un coquelicot.

— C'est ce que font les couples pendant leur lune de miel, non ?

Se perchant sur le bureau, Emily tapa des mains avec excitation.

— Si je comprends bien, le mariage de convenance a vécu !

— Apparemment, je n'ai pas un sou de volonté en ce qui concerne Draco, soupira Allegra.

— Je ne saurais te donner tort, commenta Emily. Puisque son meilleur ami pourrait amener une nonne de quatre-vingt-dix ans à révoquer ses vœux de célibat.

— Ah, parce que tu as... ? fit Allegra, surprise.

Emily se remit debout.

— Je ne sais pas ce qui m'a pris, je te jure, murmura-t-elle. Je n'ai jamais eu une aventure d'une nuit avec un homme ! Jamais !

— Tu as *couché* avec Loukas Kyprianos ?

— Je plaide coupable, Votre Honneur, fit Emily.

— Alors, tu sors avec lui ? Tu le revois ?

— Il ne m'a même pas demandé mon numéro de téléphone.

— Aïe.

— Oui, triple aïe. Pourquoi faut-il toujours que je jette mon dévolu sur des hommes qui sont hors de ma portée ?

— Mais il ne s'est écoulé qu'une semaine, observa Allegra. Il reprendra peut-être contact. Il pourrait facilement obtenir ton numéro par l'intermédiaire de Draco ou le mien.

— Je ne me fais pas trop d'illusions. D'ailleurs, je crois que j'ai torpillé toutes mes chances avec lui, avoua Emily.

— Comment ça ?

— J'ai trop parlé. L'effet du champagne, probablement. Ma mère dirait que je cherchais inconsciemment à être rejetée. Tu la connais, elle est très new age.

— Mais qu'as-tu dit ?

— Que je voulais me marier avant de fêter mes trente ans en mars prochain, avoir quatre enfants et un setter irlandais.

— Et il a réagi comment ?

Emily leva les yeux au ciel.

— On aurait cru que je venais de poser un revolver sur sa tempe en disant : « Épouse-moi ou je tire. » J'ai bousillé une relation qui, sans cela, aurait pu réussir.

— Alors là, je n'en sais trop rien. Draco m'a affirmé que Loukas n'est pas candidat au mariage. Ses parents ont eu une séparation très âpre quand il était petit. Selon Draco, et il a été catégorique à ce sujet, Loukas ne se mariera jamais.

Emily accusa le coup.

— J'ai vraiment le don de faire de mauvais choix !

Je croyais que la leçon avait porté, après ma liaison désastreuse avec Daniel. Mais non.

Elle se rassit face à Allegra.

— Désolée, je ne voulais pas gâcher la fête, enchaîna-t-elle. Parle-moi un peu de ta lune de miel. Es-tu amoureuse de Draco ?

Allegra, fuyant le regard de son amie, s'affaira soudain à mettre de l'ordre sur son bureau avec un soin maniaque.

— Nous n'avons pas ce genre de relation.

— À d'autres ! Tu es amoureuse de lui depuis des années.

— C'était un béguin, sans plus.

— Cause toujours, lâcha Emily en recouvrant son sourire espiègle. Bien sûr que tu l'aimes. Regarde-toi. Tu rayonnes littéralement.

Allegra s'empourpra de plus belle.

— Eh bien, Draco sait y faire avec les femmes, je ne dis pas le contraire... Mais vais-je lui suffire ? Il ne m'aime pas. Il *tient* à moi, c'est tout.

— Oh..., fit Emily avec une grimace.

— Ce n'est pas le genre de chose qu'on a envie d'entendre pendant sa lune de miel.

— Non, mais les mots ne sont pas tout. Ce sont les actes qui comptent d'abord, et on dirait que de ce côté-là il n'a pas été en reste, observa Emily.

— Il garde sa maison à Hampstead, rétorqua Allegra.

— Et alors ? Tu emménages avec lui, non ?

— Pourquoi le ferais-je ?

— Parce qu'une femme habite chez son mari, d'habitude.

— Mais je n'ai pas envie de déménager ! fit valoir Allegra. C'est ma maison, et je ne vois pas pourquoi j'y renoncerais sous prétexte que mon mari veut vivre ailleurs. Ce sont toujours les femmes qui font les concessions. Et pour finir, elles perdent sur toute la ligne.

— Il y a vraiment trop longtemps que tu es avocate en divorces, commenta son amie. Les concessions sont la clé d'une relation réussie. Tu me diras que je suis mal placée pour parler, puisque je n'en ai jamais eu aucune. Mais l'espoir fait vivre.

Si l'espoir fait vivre, Allegra n'était en tout cas pas du genre à se bercer d'illusions.

9

Ce soir-là, de retour chez elle, Allegra reçut un appel de Draco. Elle avait guetté toute la journée, comme sur des charbons ardents, l'apparition de son nom sur l'écran de son portable. Il lui avait terriblement manqué !

— Salut. Comment était ta journée ? s'enquit-elle.

— Ne m'en parle pas, dit-il d'une voix désabusée. Je m'envole pour la Russie dans une heure. Je suis à l'aéroport. Désolé, je ne rentrerai pas avant vendredi.

— Oh. Quel dommage ! Il y a quelque chose de grave ?

— Non, ce sont les affaires, c'est tout. Mon client, un milliardaire russe, veut un entretien de vive voix sur le design de son futur yacht.

— Tu n'aurais pas pu lui envoyer quelqu'un d'autre ? Tu as des collaborateurs, non ?

— C'est un client difficile. Et important. Je ne serai pas absent longtemps, trois jours tout au plus. Mais assez parlé de mon travail. Et toi ? C'était comment au boulot ?

— Oh ! comme d'habitude… Au fait, tu as parlé à Loukas, récemment ?

— Pas depuis le mariage. Pourquoi ?

— Rien, c'était juste une question comme ça.

— Mais encore ? insista Draco.

— Emily et lui ont eu une aventure.

Draco laissa couler un rire bas.

— Je t'avais dit qu'il avait un faible pour les Anglaises !

— Il ne lui a pas demandé son numéro, souligna Allegra.

Il y eut un silence. Puis Draco s'enquit :

— Ça pose un problème à Emily ?

— Un peu, je crois.

— Il lui a plu ?

— Elle a couché avec lui, non ? Elle n'est pas du genre à batifoler. Même si elle avait bu trop de champagne, paraît-il.

— Loukas n'aurait jamais profité d'elle, si c'est ce que tu suggères.

— Je ne suggère rien du tout. Il lui a vraiment plu, mais elle en a rajouté un peu trop, semble-t-il. Par nervosité, j'imagine.

— Comment ça, rajouté ?

— Elle a parlé mariage, lâcha Allegra.

— Houlà ! Mauvaise idée.

— Oui, apparemment, ça l'a plutôt refroidi. Pauvre Emily. Elle est adorable, mais elle choisit toujours les hommes qu'il ne faut pas.

— Veux-tu que j'en touche un mot à Loukas ? proposa Draco.

— Seigneur, non ! Mieux vaut qu'on se tienne à l'écart de tout ça. Nous avons assez de nos propres problèmes sans nous mêler aussi de ceux des autres.

Il y eut un silence. Puis Allegra risqua :

— Je veux dire... On a des choses à régler, non ? La question du domicile, par exemple.

— Je croyais qu'on en avait déjà discuté.

— Mais que diront les gens, quand ils sauront qu'on a des demeures différentes à Londres ? Ce n'est pas le comportement d'un couple normal.

— Alors, emménage chez moi. Tout simplement.

— Pourquoi pas l'inverse ?

— Ma maison est beaucoup plus spacieuse. Il est plus logique que tu t'installes chez moi. Tu peux louer ton appart, si tu n'as pas envie de vendre.

— Pourquoi est-ce à moi de faire des concessions ?

— Ce n'est pas une concession, Allegra. C'est juste la solution la plus sensée, plaida Draco du ton dont il se serait adressé à une gamine.

— Jusqu'ici, c'est moi qui ai fait les sacrifices dans cette relation, souligna Allegra. Tu poursuis ton existence comme si rien n'avait changé.

— Écoute, dit Draco, il faut que j'y aille. Je te rappelle demain.

Allegra raccrocha en poussant un soupir. La conversation ne se terminait pas de façon très satisfaisante. Mais le seul élément réellement satisfaisant de leur mariage, c'était leurs rapports sexuels. Enfin, même ça, c'était un problème, puisque Draco était à des milliers de kilomètres ! Elle avait peut-être tort au sujet de la maison. Il était logique d'utiliser la plus grande. Et comment pourrait-elle espérer que Draco en vienne à l'aimer, si elle faisait des histoires pour un rien ?

Allegra resta pensive. Était-ce donc un espoir insensé ?

Draco s'adossa à son siège, à bord de l'avion, et ferma les yeux. Il aurait voulu pouvoir oblitérer un instant ses pensées. Il aurait pu, en effet, envoyer quelqu'un d'autre en Russie. Mais il avait besoin de prendre de la distance pour réfléchir.

Pourquoi tout était-il devenu si compliqué ? Il se rongeait les sangs à cause de Yanni qui, consigné à la maison, donnait du fil à retordre au personnel. Pour comble, il avait perturbé Allegra. Elle avait un appartement agréable, mais par rapport à sa maison de Hampstead, c'était une maison de poupée. D'ailleurs, il n'avait pas envie de vivre sur le territoire d'Allegra. C'était lui qui menait la danse dans cette relation. S'il emménageait chez elle, elle pourrait l'en chasser. Pas question qu'il lui concède un tel pouvoir. Même s'ils s'entendaient super bien au lit et en dehors. Pourquoi aurait-il loué sa maison ? Décidément, Allegra était entêtée.

Tout comme lui.

Eh bien, oui, il était têtu. C'est à force de volonté qu'on avance, dans la vie. C'est comme cela qu'on bâtit un empire international. Et c'est ainsi qu'on sort un gamin de la rue et de la drogue pour qu'il ait droit de mener une existence normale.

Certes, Draco avait une vie plus stressante qu'il ne le désirait, mais Allegra s'y ferait tôt ou tard. Elle n'était pas encore habituée à partager la vie de quelqu'un. Et lui non plus. Avec un peu de chance, ce temps d'éloignement lui permettrait d'avoir un peu de recul sur la situation. Il n'avait jamais eu tant de proximité avec quelqu'un. Physiquement, et affectivement. Il avait hâte de retrouver Allegra, et rêvait d'elle lorsqu'il en était séparé.

Il devait mettre un frein à tout cela. Il ne voulait pas redevenir ce petit blanc-bec de dix-neuf ans qui se croyait amoureux, alors que ce n'était qu'une illusion. Un mirage. Non, il n'était pas amoureux ! Son cœur était immunisé, et c'était tant mieux. Oui, Allegra lui manquerait terriblement quand il serait en Russie. Mais cela ne signifiait pas qu'il était épris d'elle ! Même si ce qu'il éprouvait pour elle n'avait rien de modéré...

Quand Draco, de retour à son hôtel après une troisième et difficile entrevue avec son client, s'apprêta à prendre son repas dans sa suite, il se sentit bien esseulé. Il aurait pu aller au restaurant, mais il n'avait pas envie de dîner seul, sans personne pour lui donner la réplique, rire de ses plaisanteries, lui renvoyer ces regards brûlants qui allumaient son désir...

Allegra lui manquait ! Bien plus qu'il ne l'aurait cru. Au lieu de lui donner du champ libre, cette séparation l'étouffait. Quand il se couchait, la place à côté de lui, dans le lit, était vide et froide. Cela ne l'avait jamais dérangé, avant : cela signifiait qu'il était libre de toute complication sentimentale. Mais là, ça lui donnait un sentiment de... eh bien, de *vide.* Il avait tenté de téléphoner à Allegra, mais le décalage horaire et le travail avaient joué en sa défaveur. Il se sentait coupé d'elle. Il la voulait avec une intensité qui était presque douloureuse. Comme s'il était privé d'un élément vital.

Manquait-il à Allegra ? Pensait-elle à leur lune de miel ? Frissonnait-elle en se remémorant leur nuit d'amour sur le pont, sous le ciel constellé d'étoiles ? Quêtait-elle son contact en pleine nuit, et avait-elle, comme lui, ce sentiment de perte lorsqu'elle réalisait qu'il n'était pas près d'elle ?

Au fond, ce ne serait pas une mauvaise idée de vivre avec elle, à son retour. Une petite concession, ce n'était pas grave, puisqu'il aurait ainsi ce qu'il voulait : Allegra.

Allegra rentra du tribunal, le lendemain, pour trouver un superbe bouquet de fleurs sur son bureau. Un bristol l'accompagnait.

Tu me manques. Draco.

Son cœur fit un bond, et elle serra la carte de visite contre sa joue à l'instant où Emily se manifestait soudain via l'interphone.

— Allegra, ta belle-mère est là. Peux-tu la recevoir ?

Elle s'empressa de reposer la carte sur sa table de travail. Elena était à Londres ? Pourquoi ne lui avait-elle pas parlé de ce déplacement ? À moins qu'il ne s'agisse d'un voyage improvisé ? Non, cela ne ressemblait pas à Elena. Elle était très casanière, et ravie de rester avec le petit Nico.

— Pas de problème, répondit Allegra à Emily. Je n'ai pas de rendez-vous avant 16 heures, n'est-ce pas ?

— Oui, il n'y a pas de souci. Je te l'envoie, dit Emily.

Elena entra, poussant son fils dans son landau. Elle avait les yeux rouges et gonflés, comme si elle avait pleuré.

— Pardon de te déranger à l'improviste, dit-elle.

Allegra se porta à sa rencontre et lui saisit les mains, non sans s'être assurée que le bébé dormait paisiblement.

— Que se passe-t-il ? demanda-t-elle. Que fais-tu à Londres ? Est-ce que papa est avec t…

— Il est à Paris, la coupa Emily.

— Paris ? fit Allegra, prise d'un pressentiment. Pourquoi ?

— Il a une maîtresse là-bas, révéla Emily, la lèvre tremblante. Je viens de le découvrir. Il la voit depuis que je suis tombée enceinte.

Là-dessus, elle se mit à pleurer à gros sanglots. Allegra la serra entre ses bras, lui caressant le dos pour tenter de la réconforter. Mais à quoi songeait donc son père ? N'avait-il pas ce qu'il voulait ? Un fils, un héritier, et une épouse aimante et attentive ! Que lui fallait-il de plus ? Elle était atterrée par tant d'égoïsme et de cruauté. Elle bouillait de colère.

Elena finit par se ressaisir un peu, et son regard embué s'arrêta sur la brassée de fleurs posée sur le bureau.

— C'est comme ça que je l'ai découvert, dit-elle en le désignant. J'ai reçu un beau bouquet de roses rouges, et lorsque j'ai lu la carte, elle disait : « Pour Angélique, avec tout mon amour. Cosimo. » Le fleuriste a dû intervertir les noms.

— Je suis navrée, murmura Allegra.

— Tu étais au courant ? demanda Elena, le regard soudain aigu.

— Non, bien sûr que non ! s'écria Allegra, choquée et blessée de voir qu'Elena pouvait la soupçonner. Est-ce que ça ne peut pas être une erreur ? Il y a peut-être un autre Cosimo ?

— Non, c'est bien de ton père qu'il s'agit. Il n'a pas nié quand je lui ai téléphoné, d'ailleurs. Il avait commandé des fleurs en ligne pour elle et pour moi. Il a avancé une vague excuse, comme quoi il ne voulait pas me contraindre à avoir des relations sexuelles pendant que j'étais enceinte. Et moi qui le trouvais si gentil, si attentionné, lorsque j'ai souffert de nausées matinales ! C'est écœurant.

Allegra était écœurée, elle aussi. Comment son père pouvait-il avoir un comportement aussi lamentable ?

— Que comptes-tu faire ? demanda-t-elle à sa belle-mère.

Elena essuya ses larmes d'un revers de main.

— Je veux le quitter, mais je dois penser à Nico. Si ton père me coupe les vivres, comment payerai-je un avocat ?

— Je te représenterai gratuitement, déclara aussitôt Allegra en lui tendant la boîte de mouchoirs qui était sur sa table de travail. Je sais que c'est inhabituel, étant donné qu'il est mon père, mais je ne lui permettrai pas de te priver de ce qui te revient légitimement.

— Vraiment ? fit Elena en se tamponnant les yeux. Tu ferais ça ?

— Bien sûr.

Allegra savait que cela signerait la fin de ses relations avec son père, mais cela lui était égal. Il fallait penser à Elena et à Nico.

La situation de sa belle-mère était un rappel indésirable de ce qu'elle avait elle-même à perdre. Elle était dans le même cas qu'Elena : amoureuse d'un homme qui ne lui rendait pas cet amour. Draco *tenait* à elle. Comme son père « tenait » à Elena. Mais au moins, Draco avait la décence de ne pas prononcer de mots d'amour, contrairement à son père, qui en était prodigue jusqu'à l'indécence. Contrairement à son père, Draco resterait sans doute fidèle, mais n'en mettrait pas moins un terme à leur mariage lorsque cela lui conviendrait.

Il ne l'aimait pas. Tel était le fond des choses. Elle allait passer les deux ou trois années à venir à espérer, prier pour qu'il tombe amoureux d'elle. Et si elle tombait enceinte ? Si elle avait le bébé qu'elle désirait en secret ?

Elle se retrouverait comme Elena en ce moment. Elle ne voulait pas vivre ça. Être une femme qu'on prend en pitié, tout comme elle avait pitié d'Elena. Or, si Draco était incapable de prononcer des mots d'amour, alors, elle devait faire un choix.

— Quels sont tes projets immédiats ? demanda-t-elle à sa belle-mère. Tu restes à Londres ou tu rentres à Santorin ?

— Je retourne à Athènes, chez mes parents. Je ne les ai pas encore mis au courant. Ils seront si déçus ! Mais je ne peux pas rester avec un homme infidèle.

J'ai juste voulu te parler de vive voix. J'avais peur que tu sois au courant.

— Je ne t'aurais jamais caché une chose pareille, assura Allegra. Je suis horrifiée par le comportement de papa. Choquée et dégoûtée. Je suis de ton côté, dans cette histoire. Nous entamerons une action.

— Je ne supporterai jamais de perdre la garde de Nico !

— Je serai là pour te soutenir, OK ? dit Allegra en l'étreignant. Je peux toujours parler à papa, mais je ne crois pas que ça donnera grand-chose.

— S'il te plaît, n'en fais rien ! C'est mon problème, pas le tien, déclara Elena avec un pauvre sourire. Désolée. Je ne t'ai même pas demandé comment s'est passée ta lune de miel.

— C'était très agréable, merci.

— Tu as tant de chance ! Draco t'aime. Tout le monde peut le voir.

Si seulement c'était vrai...

Le vendredi soir, Allegra rentra chez elle après une séance éprouvante au tribunal. Elle n'avait eu qu'un ou deux entretiens téléphoniques avec Draco, dans la semaine, à cause de leurs engagements professionnels et du décalage horaire. Au demeurant, l'entretien qu'elle désirait avoir avec lui devait se dérouler de vive voix. Comme il avait suggéré de la rejoindre chez elle, elle avait préparé la veille un repas. Elle mit les préparations au four pour les réchauffer avant de se doucher et se changer.

La sonnette d'entrée retentit alors qu'elle achevait de se sécher les cheveux. Quand elle ouvrit la porte à Draco, sa détermination commença à faiblir. Il était d'une beauté saisissante en chemise bleu nuit et pantalon clair.

— Salut…

Il franchit le seuil et la prit dans ses bras, s'emparant de sa bouche en un long baiser dévastateur, et elle sentit s'envoler toute sa résolution. Elle l'enlaça, enfiévrée par le contact de son corps viril et chaud.

— Est-ce que je t'ai manqué ? demanda-t-il.

Allegra haussa les épaules, feignant l'indifférence.

— J'ai tellement bossé que je n'ai pas eu le temps de penser à grand-chose. Ton voyage s'est bien passé ?

Il encaissa sa réaction avec une légère crispation des mâchoires.

— C'était éreintant. J'ai franchi tellement de fuseaux horaires que je ne savais même plus à quelle heure manger ou dormir.

— Viens, lui dit-elle, le menant dans le salon où elle avait disposé des boissons et des biscuits apéritifs. Qu'est-ce que je te sers ? Du vin, de la bière ? Autre chose ?

— Que prends-tu ?

— Du vin blanc.

— Eh bien, cela me convient aussi.

Elle lui tendit ce qu'il demandait avec un autre sourire impersonnel. Il saisit le verre, mais le posa aussitôt sur la table basse.

— Je t'ai apporté quelque chose, dit-il en sortant de la poche arrière de son pantalon un mince paquet enveloppé de tissu noir et d'un ruban or.

Elle le prit et le déballa avec soin, découvrant un écrin qui contenait un pendentif en saphir et diamants. C'était un bijou délicat et élégant, et l'éclat des pierres lui conférait une véritable splendeur.

— C'est magnifique, souffla-t-elle en levant les yeux vers Draco. Merci. C'est très attentionné de ta part.

— Je suis heureux que ça te plaise, dit-il avec un sourire. Le saphir m'a fait penser à tes yeux. Donne, laisse-moi te le mettre au cou, continua-t-il en prenant le bijou.

Elle se retourna et souleva ses cheveux pour lui permettre d'assujettir la chaîne en or autour de son cou. L'effleurement de ses doigts virils lui arracha un long frisson. Pivotant de nouveau pour lui faire face, elle mania le pendentif d'un air absent.

— Merci pour les fleurs, au fait.

Draco posa les mains sur ses épaules et vrilla son regard dans le sien.

— Si tu me disais ce qui ne va pas ?

Elle hésita quelques instants.

— J'ai eu la visite d'Elena, aujourd'hui.

— Ici ? À Londres ?

— Oui. Elle tenait à me parler de vive voix.

— À quel sujet ?

— La maîtresse que mon père entretient à Paris.

Draco fronça vivement les sourcils.

— Il a une maîtresse ? Déjà ?

Échappant à son étreinte et s'écartant de quelques pas, Allegra ramena les bras autour d'elle.

— Oui. Il lui a envoyé des fleurs qu'Elena a reçues à sa place, sans doute une erreur du fleuriste.

Draco secoua la tête, visiblement dépassé.

— Quel salaud ! Que compte-t-elle faire ?

— Elle le quitte, dit Allegra, le fixant droit dans les yeux. Elle ne veut pas vivre avec un homme qui ne l'aime pas assez pour lui rester fidèle. Je suis de son avis. On ne peut forcer personne à vous aimer.

Il y eut un temps de silence — lourd de sens.

— Allegra..., commença Draco avec un soupir.

— J'ai beaucoup réfléchi pendant ton absence, dit-elle, résolue à s'en tenir à sa décision. C'est comme ça que ça va se passer, n'est-ce pas ? Tu ne m'aimes pas. Pas comme je voudrais être aimée. Je veux un amour sur lequel pouvoir compter quoi qu'il arrive, Draco. Les fleurs, les cadeaux luxueux, les rapports sexuels sensationnels, ça ne me suffit pas. Je veux que tu m'aimes. Mais comme tu ne ressens rien pour moi, notre mariage doit prendre fin.

— Ne sois pas ridicule, *agape mou*, lâcha Draco. Tu...

— Tu m'appelles « mon amour », mais je ne le suis pas, n'est-ce pas ? Ce sont des mots vides de sens. Et je veux autre chose. Je mérite mieux.

— Écoute, la conduite de ton père influence ta...

— Cela n'a rien à voir avec mon père, le coupa Allegra. C'est de nous qu'il s'agit. Même si nous ne formons pas un couple au vrai sens du terme. Nous nous sommes mariés pour de mauvaises raisons, et je ne veux pas d'une telle union. J'aurais l'impression de revivre mon enfance. De n'être pas assez bien. De ne pas vivre, en fait.

— Tu ne supposes tout de même pas que je pourrais imiter ton père ? fit Draco. Je t'ai juré de t'être fidèle.

Elle secoua la tête.

— Ce n'est pas suffisant. Je refuse une relation à durée limitée. Chaque jour qui passe me rapproche du moment où tu ne voudras plus de moi. Ce n'est pas ça, un mariage. Même si tu ne m'es pas infidèle, tu pourras toujours tomber amoureux de quelqu'un d'autre. Sans engagement solide de ta part, ça me pendra au nez.

— Je ne tomberai pas amoureux de quelqu'un d'autre.

— Le fait que tu aies rayé l'amour de ta vie n'arrange rien, au contraire. Je ne vais pas passer mon temps à espérer que tu changes. Il vaut mieux en finir maintenant. Avant que...

— Et ton père ? Le contrat vient à peine d'être signé.

— Veux-tu que je te dise ? En ce moment, je me moque comme d'une guigne que mon père perde tout ce qu'il a, y compris sa femme et son enfant. Je me suis toujours sacrifiée pour lui. J'ai colmaté les brèches qu'il avait ouvertes dans l'existence de ma mère et dans la mienne, compensé ses défaillances. Mais j'en ai assez ! Je reprends mes droits sur ma vie, tout de suite. Et tu n'en fais pas partie pour les raisons que je viens de te donner.

Draco ne laissa transparaître aucune émotion. Son visage était comme une scène sur laquelle le rideau vient de se refermer. Allegra avait espéré malgré tout qu'il dirait quelque chose, qu'il prononcerait les mots qu'elle désirait entendre si désespérément... Quitte à les mettre en doute. Pourquoi ne les prononçait-il pas ? Qu'y avait-il de si difficile à dire : « Je t'aime. » ?

— C'est la question du domicile qui te tourmente ? s'enquit Draco. Si c'est ça, on peut s'arranger. J'étais prêt à faire une concession, de toute façon, alors...

Allegra secoua la tête.

— La vie commune n'arrangera rien, Draco. Tu dois tout de même t'en rendre compte ? Nous n'attendons pas du tout les mêmes choses de la vie. Toi, tu veux ta liberté, en réalité. Et moi, je veux... Je veux un bébé, une famille !

Enfin, elle avait lâché ce qu'elle avait sur le cœur, énoncé le désir qui la taraudait depuis quelques jours. Depuis plus longtemps, peut-être. Depuis une certaine soirée à Londres, six mois plus tôt...

— Un bébé ? s'exclama Draco, secoué. Mais tu as prétendu...

— Je sais, mais j'ai changé d'avis, le coupa-t-elle.

— Alors, faisons un bébé, dit-il comme si cela réglait tout. Si c'est de cela qu'il s'agit, ce n'est pas difficile. Nous aurons un enfant et…

— Pas question, l'interrompit de nouveau Allegra. Je ne ferai pas un enfant pour étayer un mariage bancal.

— Comment ça, bancal ? fit Draco, la regardant dans les yeux. Aux dernières nouvelles, il marchait très bien.

— Pas pour moi. Je ne serai pas une compagne de deuxième choix. Je veux passer avant tout. Je mérite d'être aimée pour moi-même. Je refuse de rééditer mon enfance à l'âge adulte.

De nouveau, Draco se figea, affichant une expression insondable. Seule la veine battant au creux de son cou révélait son émoi.

— C'est une décision définitive ? demanda-t-il.

Allegra releva le menton d'un air résolu, même si le désespoir l'envahissait tout entière.

Dis-moi que tu m'aimes. Dis-moi que tu ne veux pas me perdre. Dis-le-moi, je t'en prie.

— Oui, définitive.

Lentement, Draco hocha la tête.

— Nous pouvons faire annuler le mariage.

— Non…

— Ce sera un peu gênant au début. Je ne ferai rien savoir aux médias, et j'apprécierai que tu en fasses autant.

— Bien sûr.

Pourquoi réagissait-il comme s'il traitait une affaire ? Pourquoi était-il si froid et maître de lui, alors qu'il était en train de lui arracher le cœur ? On voyait bien qu'il ne tenait pas à elle, en réalité !

— Est-ce que tu veux que je te rende ceci ? dit-elle en touchant le pendentif. Et les bagues ?

— Non. Garde-les, fit-il en ouvrant à peine les lèvres.

Elle refoula un assaut de tristesse, et réussit, sans trop savoir comment, à garder les yeux secs.

— Eh bien, c'est réglé, alors. Je suppose que tu ne veux pas rester dîner ?

— En effet.

— Très bien.

Il y eut un nouveau silence. Si profond qu'Allegra eut l'impression que les battements de son cœur devenaient audibles.

— Bon, inutile de me raccompagner, dit Draco.

Elle se contenta de hocher la tête, elle avait trop peur de révéler l'étendue de son désespoir. Pourquoi ne luttait-il pas ? Pourquoi ne cherchait-il pas à défendre son point de vue, comme il le faisait toujours ? Il lui suffirait de la prendre dans ses bras et d'exprimer ainsi les mots qu'il trouvait si difficiles à dire. Pourquoi Draco partait-il ?

Parce qu'il ne l'aimait pas.

10

Draco sortit de la maison d'Allegra comme un automate. Il avait verrouillé ses émotions. Des émotions qu'il n'avait même pas eu conscience d'avoir. La seule chose qui lui occupait l'esprit était qu'Allegra avait mis fin à leur mariage. Il n'avait rien vu venir. Une fois de plus. Comment avait-il pu se laisser prendre ? Tout allait si bien... Du moins, il l'avait cru. Pourquoi agissait-elle ainsi, après la merveilleuse semaine qu'ils avaient passée ensemble ?

Tous ces mots d'amour... Il n'avait jamais prononcé de tels mots devant quiconque depuis ses dix-neuf ans. Il n'en avait jamais éprouvé le besoin ni l'envie. Et Allegra ne les avait pas prononcés non plus, en réalité. Il en avait eu l'illusion, c'est tout. Et ce n'était pas la première fois qu'il commettait cette erreur. Il se retrouvait dans le même cas de figure qu'autrefois.

Non. Cette fois-ci c'était pire. Bien pire ! Autrefois, il avait été en colère, amer, furieux. Alors que là, tout ce qu'il ressentait, c'était... de la souffrance. Une souffrance qu'il n'avait éprouvée que deux fois dans sa vie : devant le cercueil de sa mère, et plus tard devant celui de son père.

Il venait de perdre Allegra comme il avait perdu ses parents. Brutalement, sans préavis. Ils avaient d'une seconde à l'autre disparu de sa vie.

Draco avait le cœur si serré qu'il craignait presque d'avoir un malaise. Il gagna sa voiture et se mit au volant, essayant de se ressaisir et rassembler ses idées. Mais il en revenait toujours à la même chose.

Allegra voulait sa liberté. Elle voulait sortir de sa vie.

C'était lui qui était censé mettre un terme à leur relation, pas elle ! Lorsqu'il y serait prêt, lorsque le moment serait venu. Elle était censée avoir de la reconnaissance parce qu'il avait sauvé l'entreprise de son père et l'avait sauvée du chantage ignoble d'un infect salaud.

Il mit le contact et démarra. Il fallait qu'il se ressaisisse ! Il ne pouvait pas tolérer qu'on l'anéantisse de cette manière ! Il ne voulait pas de cet effondrement émotionnel. Les émotions, ça lui était étranger. Du moins, cette émotion-ci lui était étrangère. Cette sensation d'avoir tout perdu, au point de ne même plus pouvoir respirer normalement.

Bon, très bien. Il sortirait de la vie d'Allegra, puisqu'elle le voulait. Pourquoi avait-il seulement souhaité que leur mariage marche ? Leur union était vouée à l'échec, et il était fou d'avoir cru qu'il pouvait réussir !

Il te suffisait de lui dire que tu l'aimes.

Il se braqua à cette idée. Non, il n'aimait pas Allegra ! Il n'était pas tombé amoureux depuis l'âge de dix-neuf ans, et ça n'allait pas le reprendre maintenant. L'amour, ce n'était plus son truc. Aujourd'hui, il se souciait des gens. Et ça, il savait y faire. Il n'y avait qu'à voir les progrès de Yanni. Et ce qu'il avait accompli pour Iona. Ce qu'il réalisait pour tous ses employés à travers le monde.

Si Allegra ne savait pas se contenter de ce genre d'attachement, c'était son problème, pas le sien. Il était de nouveau seul ? Eh bien, il pouvait faire face ! Il s'en tirerait !

Allegra ne savait pas très bien comment les médias avaient eu vent de sa rupture avec Draco, mais le week-end venu, la nouvelle faisait les choux gras de toute la presse. On spéculait sur les raisons de leur rupture, et elle n'était pas très à l'aise de constater que tous en rejetaient la responsabilité sur Draco. Même si, vu sa réputation de play-boy et la vie de nonne qu'elle avait menée, l'hypothèse pouvait paraître vraisemblable, elle était tout de même injuste.

Son père lui avait téléphoné pour la menacer de la déshériter parce qu'elle avait accepté de représenter Elena, mais elle lui avait tout simplement raccroché au nez avant de bloquer son numéro sur son portable.

Emily vint la voir le dimanche soir, pour lui apporter des chocolats et du vin et lui offrir une épaule pour pleurer.

— Es-tu sûre d'avoir pris la bonne décision, Allegra ? lui demanda-t-elle. Vous n'en êtes qu'aux premiers jours de votre mariage. C'est souvent difficile, au début.

— Il *fallait* que je le quitte, soutint Allegra. Il ne m'aime pas. Je ne peux pas accepter un mariage dans ces conditions !

— Certains hommes sont incapables d'admettre qu'ils aiment quelqu'un, fit observer Emily. Ils ne peuvent littéralement pas prononcer ces mots.

Allegra soupira.

— Je n'arrive pas à supporter une relation déséquilibrée. J'aime Draco. Je l'ai sans doute toujours aimé. Mais il n'a que de l'attachement pour moi. Ce n'est pas suffisant. Je voudrais qu'il m'aime comme je l'aime.

— Eh bien, moi, je suis convaincue que tu commets une énorme erreur, soutint Emily. Mais je suis mal placée pour parler.

— Toujours pas de nouvelles de Loukas ?

— Aucune.

Les épaules d'Emily s'affaissèrent, elle considéra le chocolat qu'elle tenait entre ses doigts, puis soudain, elle porta la main à sa bouche et se précipita vers la salle de bains. Allegra lui emboîta le pas, et la rejoignit alors qu'elle vomissait dans les toilettes. Elle mouilla une petite serviette sous le robinet et la lui tendit.

— Pauvre de toi, dit-elle. Tu as dû attraper quelque chose.

— C'est ça, marmonna Emily en se tamponnant avec le tissu humide. Si tu penses avoir des problèmes, c'est que tu n'es pas encore au courant des miens !

Allegra s'alarma.

— Tu n'es quand même pas… ?

— Je n'ai pas encore fait le test, lâcha Emily. J'ai acheté un test de grossesse, mais je n'ai pas eu le courage de le faire. Je continue à espérer que mes règles vont arriver, même si je n'ai jamais de retard, d'habitude. Tu te rends compte, si je suis enceinte ? Que vais-je devenir ?

— Il va falloir en avertir Loukas. Je suppose qu'il est le p…

— Oui, la coupa Emily.

— Et tu veux garder le bébé ? demanda Allegra.

— Oui, répéta farouchement son amie en posant une main sur son ventre. Oui, bien sûr. Mais tu as raison, je dois l'annoncer à Loukas. Seigneur ! On fait la paire, hein ?

— À qui le dis-tu !

Quelques jours plus tard, Draco recevait par la poste les bagues et le pendentif qu'il avait offerts à Allegra.

Elle y avait ajouté un petit mot, exprimant son inquiétude parce qu'on le rendait responsable de la rupture.

Mais c'était bien lui le responsable...

Il venait de passer des jours affreux. C'était comme s'il revivait la perte de ses parents. Il avait reçu un tel choc ! Si inattendu ! Et il ne cessait de se demander comment il allait encaisser ça...

Incapable de rester chez lui face à ces objets symboles de son échec, il sortit faire un tour. Mais tout ce qu'il voyait lui remémorait sa perte : les couples marchant main dans la main au bord de la rivière ; les familles pique-niquant dans l'herbe ; les enfants jouant au soleil. Il vit un père qui soulevait dans ses bras une fillette rieuse, et sa jeune épouse enceinte qui le rejoignait pour glisser une main sous son bras et le contempler avec tendresse. Il en eut le cœur serré.

C'était cela que désirait Allegra. Une relation vraie, de l'amour, une famille. Ne le voulait-il pas lui aussi ?

Tout au fond de lui, emprisonnée dans quelque tiroir secret, une part de lui-même désirait ce qu'avait ce jeune couple. Ses parents avaient eu cela, mais la mort prématurée de sa mère avait tout balayé. Son père avait fait de son mieux, et plus encore même, pour lui donner une vie heureuse, mais le deuil avait pesé de tout son poids. Et la vie avait fini par porter un autre coup fatal.

Depuis, Draco s'était fermé à l'amour des autres par peur de les perdre — comme sa mère, son père, son ex. Même son mentor, Josef, était mort peu après lui avoir vendu son entreprise. Draco avait fermé la porte de son cœur pour ne plus avoir à subir de tels deuils. Et pourtant, en réagissant ainsi, il avait perdu la personne à laquelle il tenait plus que tout au monde. Il avait perdu Allegra.

Mais contrairement à ce qui s'était passé pour son

père et sa mère, il pouvait arranger les choses. Car il *aimait* Allegra. Il l'aimait vraiment. Ce n'était pas seulement de l'attachement. Il l'aimait de toutes les fibres de son être. Pourquoi, sinon, l'aurait-il contrainte à ce mariage ? Il l'avait épousée avant qu'un autre le fasse parce qu'il n'aurait pas supporté qu'elle souffre après d'un homme qui ne l'aurait pas respectée, adorée comme lui. Et sa sollicitude n'avait été qu'un camouflage. Pour cacher son amour.

Oui, il avait pour elle un amour authentique. Un amour profond et destiné à durer la vie entière. Le genre d'amour dont il avait eu peur parce qu'il ne voulait pas le perdre. S'il avait cru perdre un amour éternel lorsque son ex avait jeté son dévolu sur un homme plus riche, il s'était trompé : ce qu'il avait éprouvé pour cette lointaine amante n'était rien auprès de ce qu'il ressentait pour Allegra ! Les sentiments qu'il lui portait, et qu'il avait étouffés pendant si longtemps, débordaient aujourd'hui.

Il était temps, grand temps de réagir, et de reconquérir Allegra. L'amour de sa vie.

Allegra rentrait chez elle après une tentative de médiation qui s'était soldée par un échec : le mari avait tout refusé. Elle songeait avec nostalgie à la semaine qu'elle avait passée avec Draco au large des Cyclades, loin des divorces sordides qui étaient son quotidien. Elle ne cessait de penser à Draco, de se demander quand il trouverait une autre compagne, une fois que leur union serait annulée. Elle aurait pu établir elle-même les documents nécessaires, ou en charger une de ses collègues, mais elle n'en avait pas le cœur. Elle avait laissé ce soin à Draco. C'était lui qui avait voulu ce mariage, il lui revenait de régler ce gâchis.

Elle venait à peine d'enlever son manteau et ses chaussures lorsqu'on sonna à la porte. Le coup de la sonnette, curieusement, accéléra les battements de son cœur. Il ne ressemblait ni à celui d'Emily, qui faisait se succéder deux petits tintements brefs, ni à celui de sa voisine, qui utilisait le heurtoir en cuivre. Ce coup de sonnette-là avait quelque chose d'impérieux, d'urgent.

Elle regarda par le judas, et son cœur fit un bond. Ce fut d'une main tremblante qu'elle ouvrit la porte.

— Draco...

— Je peux entrer ?

— Oui, bien sûr, dit-elle en s'effaçant pour le laisser passer avant de refermer le battant derrière elle. Est-ce que tu as reçu mon petit paquet ? Oh ! tu l'as rapporté...

Draco déposa le paquet sur la table du vestibule, puis se tourna face à elle.

— Tu n'as pas précisément dit que tu m'aimais, l'autre jour.

— Non, je..., balbutia-t-elle, la bouche sèche. Je n'en ai pas vu l'utilité puisque...

— Alors, coupa Draco en la saisissant par les bras et en posant sur elle son regard noir et ardent, laisse-moi le faire d'abord. Je t'aime.

Pendant un instant, elle le considéra, profondément stupéfaite. Pendant si longtemps, elle avait espéré entendre ces mots ! Et maintenant qu'il les prononçait, elle était si submergée d'émotion qu'elle en restait sans voix. Elle le contempla un moment, le cœur battant la chamade.

— Tu ne le dis quand même pas juste pour me ravoir ?

Draco la serra très fort, comme s'il craignait qu'elle lui échappe.

— Je le dis parce que c'est vrai. Je t'aime tant que j'avais trop peur de le dire. J'ai été stupide, Allegra ! Fou et entêté. Peux-tu seulement me pardonner ce que je t'ai fait subir ces derniers jours ? Si tu as ressenti ne serait-ce qu'un dixième du désespoir que j'ai éprouvé, alors, je mérite le pire des châtiments.

Allegra lui effleura le visage. Elle se demandait si tout cela était réel. Draco l'aimait ? Il l'aimait !

— Je t'aime aussi, déclara-t-elle. Je crois bien que je t'aime depuis mon adolescence. Mais le béguin d'autrefois est devenu un amour si profond et intense que je ne saurais le décrire. Je le ressens, c'est tout, et je suis sûre que je l'éprouverai toujours.

Draco sourit et la serra contre lui.

— Pardon pour ma réaction de l'autre soir. J'étais pris de court par ta décision de rupture. Je ne l'avais pas vue venir, j'étais trop orgueilleux pour admettre que tu avais la mauvaise part du marché. Il faut savoir prendre et donner, dans une relation, et j'ai pas mal de choses à apprendre dans ce domaine ! J'espère que tu auras la patience de me servir de guide.

Allegra l'embrassa, humant avec délice sa senteur virile qui lui étourdissait les sens.

— Et toi, tu peux peut-être m'apprendre à avoir un peu plus de confiance en moi ! Je n'ai pas arrêté de t'imaginer avec une autre femme.

— Il n'y a aucune autre femme, *agape mou*. Je l'ai enfin compris. Si je t'ai fait ces promesses lorsque nous nous sommes mariés, c'est parce que je savais, inconsciemment, que tu étais la seule qui comptes. Je me suis raconté que je t'épousais pour te protéger, mais c'était l'amour qui me motivait. Tu es la femme de ma vie, Allegra ! Es-tu prête à rester avec moi et à partager ma vie ?

— Il n'y a rien que je ne désire davantage ! assura Allegra en le serrant contre elle.

— J'aurais préféré qu'on en arrive là autrement, soupira Draco. Cela nous aurait évité ces jours d'angoisse.

— C'était un enfer, mais ils sont derrière nous, maintenant.

Une ombre passa sur le visage de Draco.

— Je ne supportais plus de rester chez moi après avoir reçu ton paquet. C'était comme après l'enterrement de mes parents. Même s'ils sont morts à des années de distance, j'ai ressenti la même chose après chacune de leurs disparitions. Il y avait ces objets dont ils ne se serviraient plus jamais. Ce sentiment d'impuissance, de solitude, de vide. C'est ainsi que j'ai compris que j'avais dénié mes sentiments parce que j'avais peur. Je ne voulais pas te perdre comme j'avais perdu ceux qui m'étaient chers. Alors, je me suis raconté que je ne t'aimais pas. Puis j'ai réalisé pourquoi je me sentais si mal. Parce que sans toi ma vie n'a pas de sens !

Allegra, du bout du doigt, lui effleura les lèvres.

— J'ai été si malheureuse après ton départ ! lui dit-elle. Je ne comprenais pas que tu ne te battes pas pour sauver notre mariage. En un certain sens, cela confirmait mes doutes. Mais je sais maintenant que ça a dû être dur pour toi de me voir réagir de cette manière. De m'entendre prononcer ces mots. Je ne supportais plus l'incertitude, tu comprends, je voulais savoir ce que tu ressentais.

— J'aurais dû lutter pour te garder. Mais j'étais trop atteint, j'avais besoin de prendre mes distances pour digérer les choses. Ce n'est sûrement pas comme ça que je résoudrai un conflit à l'avenir, dit Draco, dont le regard semblait soudain embué. J'ai vu une famille, aujourd'hui. De jeunes parents avec une petite fille, et un bébé sur le point de naître. Et j'ai compris ce qui me manquait. Ce ne sont pas mes biens que je veux voir autour de moi, au terme de ma vie. Je veux être entouré d'une famille. Notre famille.

— Oh ! Draco ! Tu dis que tu as nié tes sentiments pour moi, mais moi, j'ai dénié mon désir d'enfant. J'ai refoulé mon désir de maternité pendant des années pour ne songer qu'à ma carrière. Mais je ne veux pas être entourée d'une masse de dossiers juridiques au terme de mon existence. Ce que je veux, c'est toi. Je veux qu'on fonde une famille. Et je veux retourner vivre en Grèce. C'est mon pays. Je veux ouvrir un cabinet pour aider les gens comme Iona et Elena. Qui sait ? Iona acceptera peut-être de devenir nounou. En tout cas, c'est ce que je lui demanderai la prochaine fois que je la verrai. C'est une grand-mère dans l'âme, je m'en suis très bien rendu compte.

Un sourire illumina le visage de Draco.

— Par le passé, j'ai toujours pensé en termes antagonistes. Il faut qu'une porte soit ouverte ou fermée, comme dit le proverbe. Quelle erreur ! En réalité, nous pouvons très bien avoir *tous les deux* ce que nous voulons. Il faudra que j'apprenne à faire des concessions, évidemment. Mais je suis sûr que tu peux me donner des leçons. Pas vrai ?

Allegra lui décocha un sourire taquin.

— Je commence quand ?

— Juste après ça, fit Draco.

Et il s'empara de sa bouche pour lui offrir un baiser — et tout son amour.

1

Avec d'infinies précautions, Sabrina referma la porte de sa chambre, prenant bien soin de ne pas réveiller ses deux colocataires, qui travaillaient de nuit au service des urgences. Elle attrapa sur la table la tartine qu'elle s'était préparée, son sac à main, puis, sur la pointe des pieds, se dirigea vers l'entrée.

Zut ! Son téléphone portable sonnait, ce n'était vraiment pas le moment. Réprimant un juron, elle tenta de l'attraper au fond de son sac… et fit tomber son toast sur la moquette. À l'envers ! Bon sang, pourquoi les tartines tombaient-elles toujours à l'envers ?

Elle soupira, posa son sac, ramassa sa tartine, avant de jeter un coup d'œil sur l'écran de son téléphone. Il s'agissait d'une de ses collègues du laboratoire. Elle décrocha. En quelques mots, celle-ci lui annonça les résultats qu'elle et toute l'équipe de recherche attendaient avec impatience.

Enfin une bonne nouvelle ! La journée commençait bien.

Elle jeta sa tartine et, de bonne humeur, sortit de son appartement. C'était formidable : les résultats de l'expérience dépassaient toutes ses espérances.

Sabrina libéra une mèche de cheveux coincée dans son col, poussa la porte de l'immeuble et… se figea sur place, aveuglée. Des cris assourdissants provenaient de toutes parts. Des voix, plus fortes les unes que les autres, appelaient son nom. Sous le choc, elle cligna des yeux et leva le bras devant son visage pour se protéger des flashs des photographes. Elle esquiva un micro qui faillit l'éborgner.

Que se passait-il ? Elle ne comprenait rien.

Mieux valait peut-être rentrer. Elle tenta de faire demi-tour. En vain. La foule était trop dense et, en à peine quelques secondes, la pression des corps l'avait poussée à plusieurs mètres de la porte. Les questions fusaient autour d'elle :

— Lady Sabrina ! Lady Sabrina ! Quand doit avoir lieu le mariage ?

— La cérémonie se déroulera-t-elle avant ou après la réunification de l'île ?

— Quand le prince Luis a-t-il fait sa demande ?

— S'agit-il d'un mariage d'amour ou d'un simple mariage de convenance ?

Elle ferma les yeux. C'était un cauchemar ! Elle étouffait, ne pouvait plus respirer. Elle n'arrivait pas à bouger non plus, comme paralysée. Avec un peu de chance, le sol allait peut-être s'ouvrir sous ses pieds et l'engloutir. Elle pouvait toujours rêver, non ?

Une main se referma tout à coup sur son poignet et une autre l'attrapa par la taille. Ce n'était plus le mouvement de la foule qui la faisait avancer désormais. Non, c'était la personne qui la tenait. Celle-ci l'entraîna dans la direction opposée à la porte et, soudain, la poussa dans une voiture.

Allait-elle être enlevée ? Était-ce un mauvais rêve ? Cinq minutes plus tôt, elle apprenait une bonne nouvelle professionnelle, et voilà qu'elle se retrouvait happée par une foule hostile de paparazzis, puis jetée comme un vulgaire sac de pommes de terre sur la banquette arrière d'une voiture de luxe.

Non, tu n'as pas été enlevée, songea-t-elle. Personne n'était kidnappé devant des dizaines de photographes, n'est-ce pas ?

L'homme à côté d'elle referma la portière.

— Vas-y, Charlie, lança-t-il.

Le chauffeur obéit et démarra en trombe, faisant crisser les pneus. Dans le rétroviseur, Sabrina croisa le regard noir du dénommé Charlie et ne put réprimer un frisson — il lui donnait la chair de poule.

Elle connaissait le processus physique de production d'adrénaline sur le bout des doigts, elle l'avait appris au cours de ses études. En revanche, jamais elle n'avait ressenti, dans la vraie vie, une telle poussée hormonale.

Après la montée d'adrénaline, un autre réflexe se réveilla en elle : celui de survie. Hors de question de se laisser kidnapper ! Sans réfléchir, elle se jeta vers la portière et essaya de l'ouvrir pour s'échapper. En vain, elle était verrouillée. Elle ne pouvait pas non plus attirer l'attention de quelqu'un dans la rue, les vitres étaient fumées.

Seigneur, quelles solutions lui restait-il ?...

— Je vous préviens, les vitres sont blindées, fit l'homme à côté d'elle d'une voix calme, comme s'il savait qu'elle n'avait aucune chance de fuir. Vous faites preuve d'une sacrée énergie, chérie. Je vous admire.

À bout, Sabrina posa le front contre la vitre et rassembla les quelques forces qu'il lui restait. Elle avait peut-être échoué à ouvrir la portière, mais elle disposait d'un dernier atout : elle était encore capable de cacher sa peur derrière un masque de dédain. Enfin... un masque de dédain taché par le mascara qui avait coulé sous l'effet de ses larmes. Elle se tourna vers son ravisseur et le foudroya du regard.

— Je ne suis pas votre *chérie* ! Cependant, si vous ne me relâchez pas, je peux vous promettre que je serai votre pire cauchemar. Alors, vous allez faire arrêter cette voiture et me laisser partir sur-le-champ, sinon…

Elle s'interrompit net et demeura bouche bée, incrédule. Elle venait de reconnaître l'homme assis à côté d'elle.

Le prince Sebastian Zorzi.

Sabrina ferma les yeux et réfléchit. Elle n'était pas en train de se faire kidnapper. Non, elle était en train d'être sauvée.

Ce qui voulait dire qu'elle pouvait respirer.

Elle rouvrit les yeux et son soulagement disparut aussitôt, remplacé par de la colère. Son futur beau-frère se moquait d'elle, elle apercevait une lueur de malice dans son regard bleu azur.

Elle savait depuis longtemps que les deux frères ne se ressemblaient pas, ce qui n'était d'ailleurs pas si extraordinaire. Après tout, Chloé et elle étaient physiquement très différentes. Mais les princes Zorzi n'étaient pas juste dissemblables, ils étaient diamétralement opposés, dans tous les domaines. Leur teinte de peau était différente, leur carrure, leur sourire. Surtout leur sourire, en fait. L'un suggérait la sécurité, tandis que l'autre… Un frisson de crainte glissa le long de son dos. Jamais elle ne pourrait associer le mot sécurité à Sebastian Zorzi.

— Ravi de vous voir, Lady Sabrina. Comme vous pouvez le remarquer, c'est moi qui suis à la tête de l'opération de secours.

Il leva la main pour l'empêcher de répondre et commença

à parler dans le téléphone lové dans le creux de sa main. Elle en profita pour laisser son regard s'attarder sur ses longs doigts. Ses mains étaient impressionnantes, si fortes, si larges…

— Oui, je l'ai récupérée. Elle est…

Il releva la tête et, de son regard bleu perçant, la dévisagea. Le malaise la gagna instantanément.

— Elle est en un seul morceau. Enfin… plus ou moins. Elle a l'air aussi fatiguée et échevelée que si elle venait de traverser l'Amazonie, mais elle est encore jolie. Du moins si tu es sensible à ce genre de beauté.

Était-il en train de dire qu'il ne partageait pas cet avis ? Sabrina ne lui en voulait pas. Au contraire, même : elle était heureuse de ne pas ressembler à ces poupées siliconées qui attiraient d'habitude son attention.

Sebastian Zorzi craquait toujours pour le même genre de femmes, et le point commun de toutes ces créatures n'était pas la grandeur du quotient intellectuel ! Les grandes blondes aux jambes interminables qui étaient sorties avec lui n'étaient sans doute pas toutes de parfaites idiotes, mais celles qui ne l'étaient pas jouaient ce rôle avec grand talent. Certains hommes ne supportaient pas de sortir avec des femmes capables de les défier sur le terrain intellectuel ; apparemment, le mouton noir de la famille Zorzi faisait partie de ces hommes.

Autrefois, le fait qu'ils ne se soient jamais rencontrés n'aurait pas été surprenant. Pendant de longues années, les relations entre les deux familles régnantes de l'île de Vela avaient en effet été glaciales, voire inexistantes. Les temps avaient heureusement changé. Les deux familles n'étaient plus des ennemies, aujourd'hui. Au contraire, elles étaient unies par un objectif commun : la réunification des parties orientale et occidentale de l'île.

Lors de toutes les cérémonies officielles auxquelles

Sabrina avait assisté, ces dernières années, Sebastian avait été absent. Peut-être était-il banni par sa famille ? La seule fois où elle s'était trouvée dans la même pièce que lui, il avait disparu en compagnie de la jeune épouse d'un diplomate âgé avant même qu'ils puissent être formellement présentés l'un à l'autre.

Si elle avait discuté avec Sebastian au cours de cette soirée, elle aurait été préparée à l'incroyable charisme qu'il dégageait. Tandis que là, son puissant sex-appeal lui faisait perdre tous ses moyens. Son aura éveillait tous ses sens, faisait battre son cœur à un rythme fou dans sa poitrine et lui donnait la chair de poule. Ce trouble lui déplaisait au plus haut point. Malheureusement, elle ne parvenait pas à se contrôler.

Après réflexion, sa réaction était tout à fait normale : elle n'était que la conséquence de la violence de ce qui venait de lui arriver.

— Est-ce que quelqu'un nous a vus partir ? demanda Sebastian à son mystérieux interlocuteur. Oui, de nombreuses personnes… Combien ? Je n'ai pas compté… Je te rassure, elle n'a pas prononcé un mot, à l'exception évidemment de quelques insultes. D'ailleurs, j'ai appris quelques injures que j'ignorais, ironisa-t-il en lui adressant un clin d'œil. Évidemment que je ne suis pas sérieux. Lady Sabrina est un modèle de princesse issue d'unions consanguines.

Il raccrocha sans même saluer son correspondant et remit son téléphone dans la poche de sa veste.

— Plutôt que de m'accuser d'être issue d'une union consanguine, vous devriez étudier votre propre arbre généalogique ! s'emporta-t-elle.

Il laissa échapper un petit rire.

— Vous avez raison. Cependant, comme vous le savez sûrement, mon hérédité a déjà beaucoup fait parler.

Elle baissa les yeux. Pourquoi ? Elle n'avait aucune raison d'être gênée, elle était au courant des rumeurs. Les liaisons adultères de la mère de Sebastian avaient fait la une des journaux à scandale lorsque les lettres d'amour qu'elle avait écrites à son amant avaient été publiées, après la mort de ce dernier. Peu après, l'ex-femme du défunt avait écrit un livre et une nourrice du palais avait fait publiquement le lien entre la date de naissance du second fils de la reine et celle des lettres. Les journalistes s'étaient délectés de ces suppositions.

La famille Zorzi avait fait front ; elle était restée unie. La reine avait continué à apparaître aux côtés de son mari.

— Plus personne ne croit à cette histoire, aujourd'hui, dit Sabrina.

— Au contraire. Nombreux sont ceux qui y croient, ou du moins qui espèrent que l'histoire est vraie, répliqua-t-il, l'air détaché. Je fais d'ailleurs partie de ce deuxième groupe.

Incrédule, elle le fixa, les yeux grands ouverts. Il espérait que l'histoire était vraie ?

— Vous aimeriez être un bâtard ? Je suis désolée...

Elle s'interrompit, honteuse. Jamais elle n'utilisait ce genre de mots, d'habitude.

— Disons que quand je me réveille le matin, je me réjouis rarement de savoir que le sang des Zorzi coule dans mes veines.

— Luis semble être fier de son héritage.

— Mon frère pardonne plus facilement que moi.

— Qui pardonne-t-il ?

Il la dévisagea pendant un long moment et elle en profita pour plonger dans son regard couleur lagon. À cet instant, elle ne lisait plus aucune moquerie dans ses prunelles claires.

— Cette conversation est passionnante, mais n'avez-vous pas d'autres questions à me poser ? Des questions capitales ?

Perdue dans ses réflexions, Sabrina secoua la tête pour se reprendre.

— Des questions sur ce qui vient de se passer ?

Il avait raison, elle était vraiment la dernière des idiotes de ne pas l'avoir interrogé sur ce qui était le plus important.

— Dites-le-moi alors. Que vient-il de se produire ?

Sebastian Zorzi lâcha un petit rire cruel.

— C'est tout simple. Aujourd'hui est le premier jour du reste de votre vie, ma chérie.

Sabrina accusa le coup, puis se ressaisit.

— Je ne vais pas passer le reste de ma vie avec vous.

Si elle avait le choix, elle ne passerait même pas une seconde de plus avec lui.

— Quel dommage !

Il était ironique, elle le voyait bien. En attendant, il n'avait toujours pas répondu à ses questions.

— Pourquoi toutes les caméras ? tous les journalistes ? Je ne comprends pas.

— Vous me posez la question ? Je suis étonné, j'avais entendu dire que vous étiez très intelligente. Enfin, l'intelligence n'exclut pas la naïveté.

Il se tut et elle le fusilla du regard. Il l'avait insultée, mais n'avait toujours pas répondu.

— Bon, si vous voulez tout savoir, il y a eu une fuite, lâcha-t-il.

— Vous êtes peut-être habitué à vous retrouver face à face avec des paparazzis, mais ce n'est pas mon cas, alors pouvez-vous pendant quelques minutes faire semblant de posséder une once de sympathie à mon égard et me répondre ? Je suis traumatisée et, comme vous l'avez remarqué, pas très rapide pour comprendre.

Elle se tut et, mal à l'aise, laissa le silence s'installer. Pourquoi avait-elle parlé sur ce ton ? Elle ne s'énervait jamais, d'habitude. Elle ne criait jamais.

— Vous cherchez à me rendre sourd ?

Pour toute réponse, Sabrina se contenta de baisser les yeux, confuse. C'était préférable, sinon elle risquait de se ridiculiser à nouveau — ou, pire, de pleurer. Au bout de quelques secondes, elle releva enfin la tête. Toute trace de sarcasme avait désormais disparu du regard de Sebastian.

— Un membre du premier cercle a vendu l'histoire à la presse. Le mariage, la réunification… Bref, tout.

— Pourquoi ? balbutia-t-elle.

— Je ne sais pas. Sans doute pour l'argent. Ne vous inquiétez pas, nous savons que vous n'êtes pas coupable.

Elle écarquilla les yeux. Il avait cru que c'était elle ?

— Au départ, reprit Sebastian, nous avons cru que vous en aviez eu assez d'attendre la demande de Luis et que vous aviez monté cette petite histoire pour le pousser à se décider.

— Pourquoi diable aurais-je fait cela ? Ce que je veux dire, c'est que…

Elle croisa son regard et pâlit encore plus. Non, il ne pouvait pas deviner ce qui se passait dans sa tête. C'était impossible puisqu'elle ne savait même pas ce qu'elle pensait, elle, de toute la situation.

— On dirait que j'ai touché un point sensible, la taquina Sebastian. Voilà qui est intéressant…

— Je ne suis pas une souris de laboratoire !

— Inutile de jouer les effarouchées avec moi. J'imagine que vous avez un petit ami caché et que vous ignoriez comment lui annoncer la nouvelle. Vous pouvez vous détendre, le problème est résolu. Ce type va apprendre par la presse que vous allez être sacrifiée à l'autel de la réunification de votre île natale.

— Je ne vais pas être sacrifiée !

— Excusez-moi. J'oubliais que vous êtes la victime consentante de la réunification.

Sabrina serra les dents pour se maîtriser. Elle était hors d'elle.

— Je ne suis pas une victime !

— Et les réserves de pétrole cachées dans le sous-sol de l'île n'ont rien à voir avec l'envie soudaine de la réunifier ? Excusez-moi, je n'aurais pas dû dire « soudaine ». Quel âge aviez-vous quand vous avez été avertie du projet, lorsque vos parents vous ont annoncé qu'un mariage royal allait faire taire les traditionalistes des deux côtés de la frontière, qui s'accrochaient aux souvenirs des jours heureux où ils se détestaient ouvertement ? Quelle fierté de savoir que vous allez réconcilier tout le monde !

— Vous oubliez un facteur important : ma famille n'a pas d'héritier. Et, pour la petite histoire, certaines personnes sont plus faciles à détester que d'autres.

— Allez-y, détestez-moi, si cela vous fait plaisir.

— Pour votre information, je n'ai pas de petit ami.

À l'université, elle avait bien fréquenté quelques garçons, mais rien de sérieux. Sa meilleure amie était tombée amoureuse et s'était fiancée en l'espace d'un mois, mais Sabrina n'imaginait pas succomber de cette façon. Malgré tout, elle ne pouvait s'empêcher de s'interroger. Et si cela lui arrivait ? Avait-elle vraiment envie de rencontrer son âme sœur, puis d'être obligée de la quitter pour épouser Luis Zorzi ?

— Je ne fréquente aucun garçon. Les filles sortent

avec des hommes dans l'espoir de trouver le bon, non ? À quoi bon, pour moi ?

Elle s'arrêta et baissa la tête pour masquer son dégoût. Pourquoi diable racontait-elle tout cela au frère de son promis ? Elle haussa les épaules et laissa échapper un soupir désabusé.

— De toute façon, conclut-elle, j'ai bien trop de travail pour fréquenter des garçons.

— Et aujourd'hui, vous vous apprêtez à tout abandonner pour vous conduire comme une petite fille obéissante et satisfaire vos parents. Je comprends maintenant pourquoi personne n'a imaginé que vous puissiez être à l'origine de la fuite : vous n'avez jamais désobéi de votre vie.

Sa remarque était blessante, même s'il n'avait pas tort. Elle s'était toujours conduite comme une jeune fille modèle.

— À vous entendre, il s'agit d'un vice.

— Plutôt qu'une vertu ?

Il allait répondre à sa propre question quand il sembla se raviser. Il demeura silencieux quelques instants avant de reprendre, d'une voix étonnamment neutre :

— Le coupable, et il est de notre côté, a été démasqué. À l'heure où nous parlons, il a été sévèrement puni. Ne vous inquiétez pas, nous n'avons exécuté personne depuis un siècle. Nous nous sommes contentés de le licencier.

— Il a perdu son travail ?

— Vous vous faites du souci pour un homme qui est responsable d'avoir envoyé une meute de loups à votre porte ? Il va vraiment falloir que vous vous endurcissiez, si vous rejoignez notre famille ! Si cela peut vous rassurer cependant, sachez que l'homme ne restera pas sans le sou. Les journaux à scandale vont payer à prix d'or ses confidences sur les dessous de la vie au palais.

Sebastian faisait preuve d'un étonnant cynisme. De son côté, elle avait du mal à voir les choses avec autant de distance.

— Que va-t-il se passer maintenant ?

— La couturière chargée de réaliser votre robe de mariée vous attend pour prendre vos mesures.

Tout en parlant, il laissa son regard brûlant parcourir son corps. Il ne manquait vraiment pas d'air ! Sabrina serra les poings pour se maîtriser et ne pas exploser. Elle avait du mal. Des gouttes de sueur perlaient sur son front et ses tétons se tendaient sous son chemisier.

— Je suis curieux : vous n'avez jamais pensé à refuser ? Savoir que vous êtes un simple pion vous satisfait ?

— J'ignore de quoi vous parlez.

— Vraiment ? Vous allez vraiment m'annoncer que vous aimez mon frère et qu'il est l'homme de votre vie ?

— Je ne vais rien vous annoncer du tout ! De toute façon, un homme comme vous ne peut pas comprendre.

Sans la quitter du regard, il se pencha vers elle.

— Pourquoi *un homme comme moi* ne pourrait-il pas comprendre ?

Sabrina secoua la tête pour rester concentrée. Mais rien à faire, elle avait toujours l'impression d'être enfermée, d'être écrasée par la testostérone que dégageait son compagnon. Si elle avait s'enfuir, elle n'aurait pas hésité une seconde.

— Le sens du devoir, marmonna-t-elle enfin d'une petite voix.

— Le sens du devoir. Évidemment.

Il lâcha un petit rire.

— Qu'y a-t-il de drôle ?

— Je suis désolé. Je ne trouve pas la situation drôle. Je pense au contraire qu'elle est tragique. Quoi de plus triste que de vous voir avancer vers l'échafaud avec tant d'enthousiasme. Je pourrais imaginer que vous avez subi un lavage de cerveau, mais je crois plutôt que vous agissez ainsi parce que vous êtes une jeune fille modèle.

— Je ne me considère ni comme une jeune fille modèle ni comme une martyre.

Elle s'interrompit car sa voix commençait à vaciller. Un torrent d'émotions se libérait en elle, la faisant trembler de tout son long.

— Vous pouvez vous moquer du concept du sens du devoir si cela vous amuse. Personnellement, je préfère me conduire comme une jeune fille modèle plutôt que comme une femme égoïste qui profite de la vie sans penser aux autres. Vous est-il déjà arrivé, une seule fois, de ne pas faire passer vos intérêts en premier ?

Avait-elle lu de l'admiration dans son regard pendant qu'elle parlait ? Non, elle avait dû rêver...

— Je vois que vous aimez jouer les femmes supérieures. J'espère juste pour vous que vous ne regretterez pas votre sacrifice, quand vous porterez votre couronne.

— Je ne sacrifie rien du tout.

— Et votre travail ? Pourquoi avoir fourni tant d'efforts pour devenir médecin alors que vous saviez que vous n'auriez jamais l'occasion d'exercer ?

— La recherche médicale est importante.

— Je suis d'accord, mais elle se poursuivra sans vous, car ma mission est de vous livrer à l'ambassade. *Notre* ambassade.

— Arrêtez de parler de moi comme si j'étais un colis, je suis une personne !

— Une personne avec des sentiments, excusez-moi, j'oubliais mes bonnes manières.

Il se pencha vers elle et elle frissonna en sentant son parfum musqué l'enivrer.

— Ne vous gênez pas si vous voulez pleurer sur mon épaule, ajouta-t-il d'un ton cynique.

— Je n'en ai pas besoin ; et si c'était le cas…

— Je ne suis que le remplaçant, je sais, soupira Sebastian. Vous vous réservez pour l'homme qui portera la couronne.

Elle serra les poings et le foudroya du regard.

— Vous êtes un homme horrible, vous le savez ?

— Et vous, vous êtes une femme magnifique. Attendez, êtes-vous en train de…

Il posa un doigt sur son menton et l'obligea à lever la tête.

— Non, je n'ai pas rêvé, vous rougissez.

— Je ne rougis pas !

Heureusement pour Sabrina, la voiture s'arrêta devant l'ambassade.

— Ah, nous y voilà, lança Sebastian. J'ai oublié de vous dire que Luis vous envoie tout son amour. Et ceci.

Sans lui laisser le temps de réagir, il posa les lèvres sur les siennes.

Ensorcelée, Sabrina sentit toute raison la déserter. Elle noua les bras autour de la nuque de Sebastian et l'embrassa comme s'il était de l'eau et qu'elle n'avait pas bu depuis une semaine. Jamais elle n'avait ressenti un tel désir. Jamais même elle n'avait imaginé être capable d'éprouver un tel torrent d'émotions.

Il glissa la langue entre ses lèvres ; elle s'abandonna. Elle mourait d'envie de… De quoi ?

Avant qu'elle ait pu trouver la réponse à sa question,

il rompit le baiser, la laissant pantelante, à bout de souffle. Perdue.

— Comment avez-vous osé...

Sans réfléchir, elle le gifla.

— Je ne suis que le messager, chérie.

— Vous êtes surtout une ordure.

2

Sebastian ouvrit la porte menant à la terrasse et fixa l'horizon. La vue depuis cette chambre était aussi somptueuse que le réseau de plomberie était défectueux — la température de sa douche était passée plusieurs fois du très chaud au très froid.

Depuis son arrivée, il découvrait un peu plus la façon de vivre de la famille régnante du Vela Oriental, les Summerville, une famille qui, malgré ses difficultés financières, pouvait se targuer d'avoir une histoire aussi illustre que la sienne.

Il esquissa un sourire cynique. Il avait toujours eu du mal à prendre sérieusement cette question d'héritage, sans doute parce qu'il était surnommé le « bâtard royal » lorsqu'il était enfant.

— Seb.

Il se retourna et regarda Luis approcher. D'habitude jovial, son frère ne souriait pas. Voilà qui était étonnant…

— Quand je te vois si maussade, j'ai l'impression qu'un médecin vient de t'annoncer que tu n'as plus que quelques semaines à vivre, ou alors que tu viens d'avoir un tête-à-tête avec notre père. Comment va Son Altesse Royale ?

Luis baissa les yeux et le ressentiment gagna Sebastian. Si son frère ne se reprenait pas, ne faisait pas preuve de plus de caractère et de fermeté, jamais le roi, son père, ne cesserait de s'immiscer dans sa vie. S'il était à sa place, il... Mais il n'était pas à sa place. C'était Luis qui allait obtenir la couronne, et Sabrina. Pas lui.

— Je suis étonné de te voir. Je ne pensais pas que tu viendrais, dit Luis.

— Tu m'as invité.

Pour être exact, c'était son père qui lui avait ordonné de venir. D'habitude, un tel ordre le faisait fuir à l'autre bout du monde. Aujourd'hui cependant, il avait obéi.

Pourquoi ? Il frotta énergiquement ses cheveux avec sa serviette, comme pour chasser cette question de son esprit avant qu'elle ne revienne, puisqu'il n'avait pas de réponse.

— Je t'ai invité les trois dernières fois où j'ai rendu visite à la famille Summerville, objecta son frère, avec juste raison.

— Tu me connais, tu sais bien que je suis allergique à tout sens du devoir.

— C'est que tu me dis chaque fois, mais je voulais juste que tu rencontres Sabrina.

— C'est toi qu'elle épouse.

Et moi qu'elle embrasse, pensa-t-il. Sa culpabilité disparut derrière l'intense désir qui l'envahit au souvenir des appétissantes lèvres couleur cerise de la jeune princesse. Si Luis avait embrassé Sabrina plus souvent, sans doute ne se serait-elle pas lovée entre ses bras.

Luis commença à arpenter la chambre de long en large, les épaules basses, l'air abattu. Bon sang, ne pouvait-il pas se reprendre ? La colère le gagna. De la colère mêlée à un sentiment ressemblant à de l'envie. Sauf qu'il ne pouvait pas s'agir d'envie, n'est-ce pas ?... Car s'il avait éprouvé de l'envie, cela aurait voulu dire que son frère possédait quelque chose qu'il désirait.

Or ce n'était pas le cas. Luis pouvait bien hériter de la couronne, il n'en voulait pas !

Certes, quand il était plus jeune, il avait parfois regretté de n'être considéré que comme le remplaçant, mais il avait changé d'avis depuis bien longtemps. Il avait compris à quel point la situation de son frère était peu enviable. Luis était responsable de l'avenir de tout un pays, il ne disposait d'aucune liberté. La preuve, il ne pouvait même pas choisir son épouse !

Lui, au moins, il était libre.

En plus, il n'avait pas envie d'épouser Sabrina. Il voulait juste lui faire l'amour. Il en rêvait même. Il lui suffisait de penser à elle, de se souvenir de l'incroyable douceur de sa bouche contre la sienne, pour qu'un désir aussi puissant qu'un torrent de montagne se mette à rugir dans ses veines.

La petite voix de la raison le rappela à l'ordre. Il avait embrassé Sabrina, mais il ne recommencerait plus. Quant à son désir, il s'estomperait. Il s'estompait toujours, alors il ferait mieux de l'oublier. En plus, de nombreuses femmes étaient prêtes à lui tomber dans les bras, des femmes qui n'avaient pas à se dévouer pour l'avenir de leur pays. Si Sabrina avait décidé de se sacrifier, cela ne le concernait pas.

Depuis leur rencontre dans sa voiture et leur baiser… *accidentel*, il avait heureusement réussi à reprendre le contrôle de sa vie. D'accord, elle possédait une bouche magique et des lèvres magnifiques, d'accord, sur le coup, le besoin de les goûter avait balayé tous ses scrupules, mais il ne s'agissait que d'un moment passager.

Un moment parfait, mais un simple moment, qui ne se reproduirait plus jamais. Maintenant qu'il allait découvrir Sabrina ici, dans son environnement familier, en tant que femme représentant tout ce contre quoi il s'était rebellé, il allait enfin pouvoir recouvrer ses esprits et redevenir objectif.

— Peu importe, reprit son frère, le sortant de sa réflexion. Je suis heureux que tu sois venu. Ton soutien compte beaucoup pour moi.

Sebastian fronça les sourcils, étonné.

— Mon *soutien* ? Tu as besoin d'être soutenu ?

— Oui. Pour être honnête, la perspective de cette soirée m'inquiète un peu.

— Tu souffres de l'angoisse de la performance ou... Non, ne me dis pas que tu as décidé de revenir sur ta décision ?

Luis se détourna, mais pas assez vite pour lui cacher sa colère. Sans doute parce qu'il avait offensé son sens du devoir. Du moins s'il s'agissait bien de colère. Pouvait-il avoir visé juste ? Son frère avait-il des doutes sur sa décision ? Non. Il repoussa l'idée. C'était impossible. Pour Luis, le sens du devoir passait avant tout, et surtout avant les sentiments.

— Dis-moi plutôt comment va cette future mariée qui rougit si facilement.

— Bien. Enfin... je pense.

— Tu penses ? Tu veux dire que tu n'as pas passé la nuit à discuter avec elle ?

Lui n'avait aucun mal à s'imaginer passer des heures et des heures avec elle.

— Je viens seulement d'arriver, et elle... Elle ne rougit pas.

Vraiment ? Sebastian se souvenait cependant de ses jolies joues rosées après son baiser. Il regarda son frère avec attention ; la gêne de ce dernier augmenta encore, comme s'il se sentait coupable.

— Ce que je veux dire, c'est que Sabrina n'est pas particulièrement spontanée, ajouta Luis.

Elle pouvait pourtant l'être. Il refoula tant bien que mal le souvenir du petit miaulement sensuel qu'elle avait poussé lorsqu'il l'avait embrassée. Il avait du mal. Au souvenir de son corps de déesse lovée contre le sien, tous ses sens venaient de se réveiller.

Sebastian rassembla ses forces et chassa de sa mémoire les souvenirs de son baiser avec Sabrina — ce n'était pas le moment d'y penser. Ni d'imaginer la *spontanéité* de la fiancée de son frère au lit. Hélas, il ne la découvrirait jamais. Il était peut-être un bâtard, mais il n'était pas un salaud. Il ne trahirait jamais Luis.

— Et puis la spontanéité peut se révéler néfaste quand tous tes moindres faits et gestes sont épiés, reprit ce dernier. Je pense malgré tout que Sabrina possède toutes les qualités pour devenir une reine parfaite.

Sebastian réprima un soupir. Plus il écoutait son frère, plus il avait l'impression que ce dernier tentait désespérément de se persuader lui-même.

— J'en suis convaincu, mais toi ? En es-tu certain ?

Luis riva son regard au sien et réfléchit longuement avant de répondre.

— Le mariage est un travail d'équipe.

— C'est ce que j'ai entendu dire. J'ai failli demander une femme en mariage, un jour.

Il leva les yeux au ciel en se remémorant la grosse erreur qu'il avait failli commettre. Il n'était même pas capable de se souvenir du visage de la jeune femme qu'il croyait pourtant être la femme de sa vie lorsqu'il avait dix-neuf ans.

Son frère écarquilla les yeux. Apparemment, il n'en croyait pas ses oreilles.

— Toi ? Tu as été amoureux ? Mais de qui ? Et quand ? Que s'est-il passé ?

— Il s'est passé ce qu'il se passe toujours : la magie

s'est envolée. J'ai découvert qu'elle ronflait et que son rire m'horripilait. Pendant quelques semaines, cependant, je l'ai trouvée parfaite.

— Quand tu dis parfaite, tu veux dire comme toi ? ironisa Luis.

Sebastian sourit, mais ne releva pas. Il jaugea du regard le luxe suranné de la chambre.

— Je ne m'attendais pas à une demeure en aussi mauvais état, dit-il. Les Summerville manquent vraiment d'argent. Je saisis maintenant pourquoi ils sont prêts à vendre leur fille aînée au plus offrant.

— Ils ne la vendent pas. Sabrina comprend, elle respecte…

— Notre mère comprenait, coupa-t-il brusquement.

La colère qu'il ressentait chaque fois qu'il pensait à elle disparaîtrait-elle un jour ? Le mariage avait enfermé leur mère dans une cage dorée, et avait fini par la détruire.

— La situation est différente, objecta Luis.

— J'ai pourtant l'impression que l'histoire se répète.

— Je ne suis pas comme *lui* ! s'emporta Luis.

« Alors, romps ce fichu cycle ! » eut-il envie de répliquer. Il demeura cependant silencieux. À quoi bon se fâcher ? Il savait bien que jamais son frère ne s'opposerait au roi. D'ailleurs, si leurs places étaient inversées, lui-même aurait-il ce courage ? Il ne pouvait pas le certifier.

— Je me pose une question, Seb. À ton avis, que ferait-il s'il savait…

— Il ne le saura jamais ! Jamais.

Il posa une main sur l'épaule de son frère et ajouta, d'une voix la plus ferme possible :

— Nous avons brûlé toutes les lettres.

Avant de les découvrir, cachées au grenier sous une

lame de parquet, les deux frères ignoraient que l'aventure de leur mère avait commencé avant son mariage. La situation était ironique : l'un d'eux était bien un enfant illégitime, mais il ne s'agissait pas du frère montré du doigt par les journaux à scandale.

— Pour le monde entier, reprit Sebastian, la relation a débuté juste avant ma naissance. Il n'y a aucune raison pour que qui que ce soit apprenne la vérité un jour, à moins que tu n'aies l'intention de vendre la mèche.

— J'étais à tes côtés lorsque tu te faisais insulter à l'école ou que tu étais délaissé à la maison, alors que nous savions tous les deux que tu étais le véritable prince héritier. Je ne pourrai jamais l'oublier, d'autant plus que je n'ai aucun droit de prétendre au trône. Je ne suis pas son fils.

— Tu devrais t'en féliciter tous les matins. Oui, tu devrais t'en féliciter, Luis, insista-t-il, d'un ton féroce mais sincère. Tu seras un meilleur roi que moi. Cela ne veut pas dire que tu es obligé d'épouser Sabrina Summerville, tu peux encore refuser.

Il regarda son frère droit dans les yeux.

— C'est facile pour toi de dire cela. Je ne suis pas…

— Tu n'es pas le pire des égoïstes ? coupa Sebastian.

Leur mère n'avait pas été égoïste, elle avait fait passer le sens du devoir avant tout, et où cela l'avait-il menée ? Finalement, penser à soi offrait quelques avantages.

— Je ne suis pas rebelle comme toi, expliqua Luis. Je sais qu'il ne s'agit pas d'un simple mariage, que les enjeux me dépassent. Je le sais, je suis réaliste…

— Et elle, qu'en pense-t-elle ? Qu'est-ce que Sabrina attend de ce mariage ? Est-elle aussi réaliste que toi ?

Luis haussa les épaules, comme s'il ne comprenait pas ses questions. Sebastian lâcha un soupir de lassitude. Pourquoi perdre son temps avec ces questions ? Tout cela ne la regardait pas. En plus, Sabrina avait pris sa décision et semblait satisfaite de son choix. Même si, à l'évidence, la perspective de passer sa vie avec elle ne réjouissait pas Luis.

— Est-ce qu'au moins, vous... parlez, tous les deux ?

— Nous avons toute la vie devant nous pour cela. Mais tu parles de sexe, n'est-ce pas ? Cela ne te ressemble pas d'être aussi gêné pour aborder le sujet. Je vais tout de même te répondre : non, je n'ai jamais couché avec elle.

— Je ne t'interrogeais pas sur votre vie intime, mais, puisque tu as abordé le sujet, tu ne crois pas que tu pousses un peu loin le respect des traditions ?

Son frère éclata de rire.

— C'est vrai. Même notre père n'exige pas de certificat de virginité !

— Quelle ouverture d'esprit de sa part, non ?

Si Sebastian rigolait, il ne parvenait pas à oublier une remarque que lui avait faite Sabrina. Était-il possible qu'elle n'ait encore jamais eu d'amant ?...

— Et si vous étiez incompatibles ? suggéra-t-il. Y as-tu pensé ?

— Bon sang, Seb ! Pourquoi toutes ces questions ? Peu importe si Sabrina est une bonne maîtresse ou non, ce n'est pas le sujet.

La réponse de son frère réveilla une foule d'images osées dans sa tête. Il ferma les yeux pour tenter de les chasser.

— Cela peut juste être plus agréable, si vous vous entendez bien au lit.

Ce qui serait encore plus agréable, ce serait qu'il puisse s'arrêter de s'imaginer dénouer ses cheveux couleur miel, caresser ses petits seins pointus et...

— Je l'aime vraiment bien, affirma Luis.

Apparemment, son frère ne s'était pas aperçu de son malaise. Tant mieux.

— Tu l'aimes bien ?

— Oui, elle est gentille et, en plus, elle est pleine de bon sens.

Sebastian se retint de rire. Parlaient-ils de la même femme ? De celle qui avait essayé de s'enfuir de sa voiture juste pour éviter de passer quelques minutes enfermée avec lui ? Elle avait peur, à ce moment-là. Alors, il avait tenté de la rassurer. Mais lorsqu'elle l'avait reconnu et l'avait regardé comme s'il était le diable personnifié, il n'avait pas pu s'empêcher de jouer un peu avec elle.

D'un autre côté, elle aussi avait joué avec lui...

En théorie, il méprisait Sabrina Summerville, une femme qui était comme sa mère, un simple pion sur un échiquier politique. Mais en pratique... À sa grande surprise, il avait ressenti un désir intense dès qu'il l'avait rencontrée.

Il avait vu des photos d'elle, avant, il savait donc qu'elle était séduisante. Ces clichés ne l'avaient cependant pas préparé à sa peau laiteuse, aux adorables taches de rousseur sur la pointe de son nez mutin, à la couleur chocolat de son regard profond, à ces yeux si expressifs qui semblaient refléter toutes ses émotions... Et surtout, les photos ne l'avaient pas préparé à la perfection de ses lèvres sensuelles à souhait.

Sa réaction avait été si vive, si animale, que toute pensée rationnelle l'avait instantanément abandonné. Cela avait duré quelques secondes, ou peut-être une heure. Et, depuis, son attirance n'avait cessé de grandir.

Il s'était imaginé rencontrer une victime passive et, en fait, il s'était retrouvé face à une femme énergique, bien décidée à se battre. Malgré tout, ce qui l'avait le plus séduit, c'était la vulnérabilité qu'il avait perçue dans son beau regard. Après avoir remarqué ces lueurs, il avait pensé lui dire de ne pas épouser Luis ; puis il s'était ravisé et l'avait embrassée. La tentation avait été si forte à cet instant-là, si impérative, qu'il n'avait pas pu résister.

— Je ne l'ai jamais vue perdre son calme, déclara Luis, tirant Sebastian de ses réflexions.

Sabrina ne perdait jamais son calme ? De nouveau, il se retint pour ne pas éclater de rire. Il n'était pas près d'oublier la gifle qu'elle lui avait infligée.

— Tu devrais peut-être lui faire part de tes doutes, déclara-t-il à son frère.

— Elle est très jolie, dit ce dernier, ignorant sa remarque.

Évidemment que Sabrina était une belle femme. Mais elle n'était pas son genre, il ne devait pas l'oublier. Que lui arrivait-il ? Il n'avait plus quinze ans, il n'était plus un adolescent gouverné par ses hormones. Il fallait à tout prix qu'il se reprenne !

Il se força à faire preuve de sympathie à l'égard de son frère. Après tout, c'était ce dernier qui allait s'engager dans un mariage arrangé, c'était lui qui allait se lier à vie, juste pour sauver le royaume.

— Tu me demandes si elle est jolie ? Non… Oui… Sans doute. Tu devrais peut-être l'inviter à sortir. La plupart des couples sortent ensemble avant de se marier. À l'exception des couples ivres qui se forment à Las Vegas et se réveillent la bague au doigt.

Luis éclata de rire.

— Je ne t'ai pas encore remercié d'avoir sauvé Sabrina de la meute des journalistes.

— Je suis toujours ravi de donner un coup de main.

— Je suis sûr qu'elle a pris sur elle.

Pourquoi son frère changeait-il soudain de sujet ? Et

pourquoi semblait-il ailleurs, tout à coup ? Parfois, il ne comprenait pas ses réactions.

— Tu aurais préféré qu'elle s'effondre ?

— Non. Bien sûr que non.

— À vrai dire, elle était sous le choc, mais elle ne s'est pas laissé faire.

— Elle a eu de la chance que tu sois dans les parages.

— Je ne suis pas sûr qu'elle soit du même avis...

Honteux, Sebastian baissa les yeux. Inutile d'en dire plus à son frère. Inutile d'avouer qu'il avait embrassé sa future épouse.

Sabrina ignora la boule dans sa gorge et continua à vider sa valise. Cette tâche n'allait pas lui prendre bien longtemps, sa valise était presque vide. Elle ne contenait que les quelques habits et objets qu'elle y avait jetés à la hâte. Des objets auxquels elle tenait, rapportés de l'appartement londonien qu'elle partageait avec deux amies et dans lequel elle ne remettrait plus jamais les pieds.

Les employés de l'ambassade avaient refusé qu'elle y retourne puisque les lieux étaient infestés de paparazzis, mais, après qu'elle eut insisté, ils lui avaient accordé une permission de sortie d'une demi-heure, à condition d'être accompagnée d'une discrète protection.

Cette présence constante de gardes du corps la dérangeait, l'étouffait même, mais il fallait qu'elle s'y habitue. Bientôt, elle ne pourrait plus faire un pas dehors sans être entourée de gorilles.

Sa valise faite, elle était allée dire au revoir à ses collègues de l'hôpital. Pour cela, elle n'avait pas demandé la permission à ses anges gardiens, elle avait juste annoncé son intention. À sa grande surprise, cette tactique avait fonctionné. Dans l'avenir, il faudrait qu'elle l'utilise. Inutile de demander, mieux valait faire part de ses décisions. C'était d'ailleurs sans doute ce que tout le monde attendait d'une princesse ou d'une reine.

Stop ! Inutile de penser à l'avenir. Pour le moment, elle n'était même pas princesse.

Bientôt, cependant, elle le serait.

Ce n'était pas une surprise, elle connaissait son avenir depuis longtemps. Le problème, c'était que, jusqu'à présent, la perspective de ce mariage lui avait toujours semblé très lointaine. Aujourd'hui, elle était bel et bien réelle. Elle ne pouvait plus faire semblant de mener une vie normale. Ce qui ne voulait pas dire qu'elle devait s'apitoyer sur son sort. Sa vie était ainsi, inutile de s'appesantir.

Sabrina attrapa une blouse de soie et la pendit sur un cintre. À quoi bon vider sa valise ? se demanda-t-elle. À la vitesse où se déroulaient les événements, elle ne vivrait pas longtemps dans cette maison. D'après ce qu'elle avait entendu dire, le mariage aurait lieu dans quelques semaines tout au plus.

À cette idée, sa gorge se serra un peu plus.

Elle prit une profonde respiration, puis sortit les derniers vêtements. Elle attrapa la blouse de laboratoire offerte par ses anciens collègues ; instantanément, son regard se voila et les larmes lui montèrent aux yeux.

Le travail lui manquerait. Jusqu'à la fin de ses jours, elle garderait un souvenir ému de ses études à l'université et de ses mois de travail au laboratoire de recherches. Elle était fière de son titre de docteur. Elle s'était battue pour l'obtenir, contrairement à celui de Lady Sabrina, duchesse du Vela Oriental, qui n'était que le résultat du hasard.

C'était également le hasard qui allait la faire devenir princesse, puis reine du futur royaume réunifié.

Ces dernières années, la vie politique velatienne lui avait semblé très lointaine, ce qui lui convenait parfaitement. Elle avait aimé profiter de sa liberté et goûter à la vraie vie. Elle savait que cette liberté ne durerait pas, mais elle n'avait jamais pensé au futur, convaincue que ses parents feraient tout leur possible pour qu'elle se glisse en douceur dans son nouveau rôle de reine. Malheureusement, le retour à la réalité avait été un peu brusque. La veille, elle s'était couchée en tant que docteur Summerville. Au matin, elle était redevenue Lady Sabrina et s'était retrouvée assaillie par les paparazzis.

Elle ferma les yeux et frotta son bras, sur lequel le bleu, marque des doigts de Sebastian, était toujours visible. Malgré tous ses efforts, elle ne parvenait pas à oublier son visage, ni la culpabilité qu'elle ressentait, et encore moins la sensation envoûtante de sa bouche sensuelle contre la sienne.

Seigneur, ces souvenirs étaient en train de la rendre folle…

— Va-t'en ! cria-t-elle.

— Pourquoi ? Qu'ai-je fait ?

Elle ouvrit les yeux en reconnaissant la voix de sa sœur. Celle-ci était entrée sans bruit et s'était jetée sur son lit.

— Il y avait… euh… une guêpe, bafouilla Sabrina. Attention à ne pas écraser ma robe, j'ai l'intention de la porter, ce soir.

Chloé redressa la tête et examina la tenue.

— Pas mal, mais tu pourrais mettre une robe un peu plus décolletée. Arrête de me faire les gros yeux ! Tu m'as demandé mon avis, je te le donne.

— À vrai dire, je ne t'ai pas demandé ton avis.

— Tu aurais dû. Certains me considèrent comme un gourou de la mode, au cas où tu l'aurais oublié.

Sa sœur écarta les bras pour lui permettre de mieux voir son T-shirt. Celui-ci était à l'effigie d'un célèbre prince velatien, qui s'était battu pour obtenir l'indépendance de l'île.

— À ton avis, qu'est-ce que papa va penser de ça ? reprit Chloé. Tu aimes ? Je le porte pour montrer que je soutiens la réunification. La légende affirme que le regard du prince nous suit partout.

— C'est ce que j'ai entendu dire.

Sabrina avait également vu le portrait original dans le grand salon du palais royal.

— Tu ne trouves pas que le frère de Luis ressemble à son aïeul ? demanda Chloé. Je n'arrive pas à croire que certains aient pu penser qu'il est un enfant illégitime.

Sabrina baissa les yeux vers le portrait de l'homme qui s'était battu bec et ongles pour obtenir l'indépendance du Vela. Son caractère autoritaire l'avait rendu célèbre, de même que sa carrière de pirate. Luis lui avait fait remarquer la ressemblance avec Sebastian, lors d'un séjour au Vela Occidental que sa famille et elle avaient fait l'année précédente.

— Seb a le même regard, lui avait dit Luis.

— Très séduisant. Je parle de ton arrière-grand-père, pas de ton frère, évidemment !

Luis avait éclaté de rire.

— J'aimerais dire que Sebastian a hérité du physique et que j'ai hérité du cerveau, mais…

— Ne sois pas modeste, tu es très intelligent. Et très séduisant.

Chaque fois que les doutes l'avaient assaillie, ces dernières semaines, Sabrina s'était rappelé que Luis n'aurait pas pu être plus différent de son détestable frère. Ils étaient comme le jour et la nuit. Sebastian représentait la nuit, même si ses yeux lui avaient fait penser à un lumineux ciel d'été lorsqu'il avait baissé la tête avant de poser les lèvres sur les siennes.

Une vague de culpabilité l'envahit à nouveau. Bon sang, pourquoi n'avait-elle pas réagi ? Elle aurait pu l'arrêter avant qu'il ne l'embrasse ! Elle aurait *dû* l'arrêter !

Chloé se racla la gorge. Sabrina se rendit compte qu'elle attendait une réponse de sa part.

— Oui, oui, il ressemble un peu à Sebastian. Je suis contente de te voir, ajouta-t-elle pour changer de sujet. Tu as l'air en pleine forme.

— Et toi, ma chérie, tu as l'air d'avoir été harcelée par des centaines de journalistes. Je connais de nombreuses femmes qui seraient prêtes à payer des fortunes pour se retrouver dans la même voiture que Sebastian Zorzi. Personnellement, je le trouve aussi beau qu'un dieu grec et je ne serais pas contre un double mariage.

— Quoi ? Tu veux me priver de mon jour de gloire ?

Elle avait parlé d'un ton léger, mais l'idée de sa sœur vêtue d'une robe blanche à côté de Sebastian la mettait un peu mal à l'aise.

— Ne t'inquiète pas, je ne l'épouserai pas ! lança Chloé, avant de redevenir soudain sérieuse : Brina, tu vas bien ? Tu as l'air d'être ailleurs. Tu vas vraiment le faire ?

— Faire quoi ?

— Accepter ce stupide mariage arrangé digne d'une autre époque ! Tu n'es pas obligée de te laisser faire, tu sais. Tu n'es pas un objet.

— Je n'ai pas le choix.

— On a toujours le choix.

Sabrina secoua la tête et baissa les yeux. Si à un

moment elle avait eu le choix, il était trop tard désormais. Elle se força à avoir l'air aussi convaincue que possible.

— J'ai envie d'épouser Luis. C'est un homme charmant.

Chloé prit ses mains dans les siennes et la regarda droit dans les yeux.

— Tu ne penses pas que tu mérites un homme qui soit plus que charmant ? Tu ne crois pas que tu mérites un époux qui te considère comme la personne la plus importante au monde ?

Elle ferma les yeux quelques instants et avala sa salive pour ne pas faiblir. Chloé venait de déclarer tout haut ce qu'elle pensait tout bas.

— Depuis quand fais-tu partie du club des incorrigibles romantiques ? répliqua-t-elle.

— Je cache bien mon jeu, affirma Chloé en se levant d'un bond, avant de lisser sa minijupe. Bon, que dis-tu de cette tenue pour ce soir ? J'ai bien envie de flirter un peu avec le séduisant Sebastian.

À ces mots, la jalousie envahit Sabrina. Elle se força à la refouler.

— Tu devrais faire attention. Sebastian Zorzi n'est pas le genre d'homme avec lequel tu peux jouer.

Elle repensa à son regard, si bleu qu'elle avait envie d'y plonger, et aussitôt, la chair de poule la gagna. Le souvenir était envoûtant et effrayant en même temps. Elle n'avait pas envie que Chloé s'expose au danger que représentait Sebastian. Ou peut-être n'avait-elle pas envie que sa sœur l'embrasse…

— Il est dangereux, ajouta-t-elle.

Chloé éclata de rire.

— Voilà qui est de plus en plus intéressant ! Et maintenant, que dirais-tu d'un bon verre de vin pour nous mettre dans l'ambiance ? Ou au moins pour me préparer à la douche froide qui m'attend dans ma chambre. Vivement que tu te maries pour que nous puissions faire réparer la plomberie de ce château qui tombe en ruine !

3

Sabrina était en train de mettre la dernière touche à son chignon lorsque sa mère entra en trombe dans sa chambre.

— Le dîner va être un désastre ! Ne me pose pas de questions, je suis tellement énervée que je ne suis pas en état de te répondre.

Obéissante, Sabrina ne l'interrogea pas. De toute façon, c'était inutile : sa mère allait tout lui raconter, elle le savait.

— J'ai découvert il y a une heure à peine que la reine est intolérante au gluten et au lactose. La moitié du menu doit être modifiée. Le chef est très contrarié.

— Tout se passera bien, j'en suis persuadée, répondit Sabrina pour l'apaiser.

Elle se leva, soudain plus légère. Écouter les angoisses de sa mère lui permettait d'oublier un peu toutes les questions qui l'assaillaient. Elle posa une main sur son bras pour l'aider.

— Respire profondément et lentement. Oui, comme cela.

— Tu as raison, tout se passera bien, soupira sa mère. L'autre problème, c'est que je suis terriblement en retard, je n'ai même pas commencé à me préparer. Enfin, cela n'a pas grande importance. Quelles que soient les circonstances, la reine a le don de me complexer. Plus les années passent, plus elle rajeunit !

— Tu es belle toi aussi, maman.

— Tu es gentille, ma chérie.

— Ne t'inquiète pas, il te reste bien assez de temps pour te préparer.

— Hélas ! non. J'ai promis à Walter que j'irais vérifier avec lui les derniers détails.

— Je vais m'en occuper. Va te préparer, je me charge de tout.

Sabrina se dit qu'elle le regretterait sans doute. Un seul regard de Walter, le majordome, et elle retombait en enfance, redevenait cette petite fille de dix ans qu'il avait prise la main dans le sac, en train de tenter de recoller une tasse de porcelaine qu'elle avait cassée.

— Tu es sûre ?

Elle rassura sa mère d'un signe de tête.

— Merci, je ne sais vraiment pas ce que je vais devenir sans toi, lorsque tu seras mariée.

— Tu feras comme tu as fait ces sept dernières années, pendant que j'étais à Londres : tu te débrouilleras. La seule différence, c'est que je vivrai à quelques kilomètres.

— Tu es un amour. Tu ne nous as jamais causé de souci, contrairement à ta sœur. À propos de Chloé, il faut que j'aille vérifier ce qu'elle a l'intention de mettre, je me méfie toujours de ses choix vestimentaires.

Arrivée devant la porte, sa mère se retourna.

— Tu es très belle, ce soir, ma chérie.

Touchée par ce compliment, Sabrina sourit, puis lissa sa robe inspirée de la mode des années cinquante.

— Ce n'est qu'une vieille robe.

— Je vois que tu as mis les perles de ta grand-mère. Tu sais que ton père et moi sommes tous les deux très fiers de toi. J'aurais aimé qu'il y ait une autre solution, que tu ne sois pas obligée de...

— Personne ne me force à quoi que ce soit, coupa Sabrina. Luis est un homme charmant, et j'ai l'intention d'être très heureuse avec lui.

Sa mère partie, elle abandonna son sourire de façade. Le bonheur n'était pas un droit, elle ne devait pas l'oublier. Le bonheur était un objectif et, dans son cas, un rêve.

Comme Sabrina le pressentait, elle trouva le majordome dans l'antichambre du grand salon.

Avec lui, elle vérifia la table dans la grande salle à manger. En famille, ils utilisaient rarement cette pièce. Ce soir cependant, la table habillée d'argent et de cristal brillait de mille feux. Quant à l'éclairage aux chandelles, il diffusait une douce lumière et masquait les défauts, en particulier la grande fissure au plafond.

Tout cela était parfait, elle était rassurée.

— Lady Sabrina, désirez-vous que l'apéritif soit servi ici ou dans le petit salon ?

La question de Walter n'était qu'une formalité, elle le savait puisqu'elle avait vu le salon préparé, en passant à côté.

— Vous le servirez dans le salon, s'il vous plaît.

Sa voix était volontairement autoritaire, car Walter détestait les hésitations.

— Très bien. Avez-vous besoin de moi pour autre chose ?

— Non, merci, Walter.

Elle allait le suivre hors de la pièce lorsqu'elle s'arrêta et se retourna. Rêveuse, elle s'approcha des portes-fenêtres et tenta de les ouvrir, mais la dernière refusait de céder. Elle leva les yeux au ciel. Bon sang, elle commençait à en avoir assez de cette maison qui tombait en ruine et lui faisait perdre son temps.

Elle avait bien envie de donner un coup de pied dans le vantail pour tenter de le faire céder, elle se retint cependant. À quoi bon s'énerver ? La fenêtre ne s'ouvrirait pas plus facilement. Elle secoua la tête, résignée. Bientôt, tout serait terminé. Et tout irait mieux dans le meilleur des mondes, n'est-ce pas ?...

Caché dans un coin de la pièce, Sebastian regarda le petit vent frais soulever la robe de Sabrina et dénuder ses longues jambes fuselées. Il détailla son visage gracile, son petit nez mutin, ses longs cils, ses joues roses... Elle ne semblait pas s'être rendu compte que le vent soulevait sa robe.

Sa nuque délicate et la courbe parfaite de son bras lui faisaient penser à la grâce d'une ballerine. Elle rejeta la tête en arrière, dévoilant sa gorge sensuelle. Oui, elle était bel et bien aussi élégante qu'une danseuse.

Sous le charme, sa température monta en flèche. Sa tête se mit à tourner et il oublia de respirer. Il oublia même *comment* respirer. Sabrina l'avait envoûté, sa beauté avait allumé tous ses sens et réveillé son désir. Une petite alarme résonna en lui, mais il l'ignora. Il était devenu sourd. Il n'entendait plus que les battements puissants et rapides de son cœur et le doux bruissement de la robe de la jeune femme sur ses interminables jambes.

Elle laissa échapper un petit soupir mélancolique qui le sortit de son songe érotique.

Elle ne s'était pas encore aperçue de sa présence. Les mains sur la seule porte-fenêtre encore fermée, elle tentait toujours de l'ouvrir. En silence, il s'approcha, plaça une main sur la poignée, et la porte s'ouvrit enfin.

— Merci.

Elle se retourna, souriante, mais son sourire s'évanouit dès qu'elle le reconnut.

Surprise, Sabrina recula si brusquement qu'elle faillit tomber. Elle aurait voulu s'éloigner, très loin, mais elle ne bougea pas. Comme paralysés par l'émotion, ses muscles ne répondaient plus, ses forces l'avaient désertée. Tout à coup, elle avait l'impression de n'être plus qu'une boule de sensations, molle, dépourvue d'énergie.

Certains appellent cela du désir, lui souffla une petite voix moqueuse dans sa tête. Elle la fit taire, se redressa et, la tête haute, toisa Sebastian. Qu'il était beau ! Vêtu d'un smoking noir parfaitement coupé, il semblait sortir tout droit d'un plateau de cinéma hollywoodien de la grande époque.

— Vous êtes en avance.

Pitié, calme-toi ! Quand elle était nerveuse, sa voix devenait beaucoup trop aiguë et elle passait pour une hystérique.

— J'étais impatient de tester la fameuse hospitalité des habitants du Vela Oriental.

Sebastian laissait son regard parcourir son corps. Mal à l'aise, Sabrina posa la main sur ses perles et tenta d'ignorer son regard scrutateur qui lui donnait la chair de poule.

— Je croyais qu'il s'agissait de Walter, le majordome.

Donc, le sourire était destiné au majordome, songea Sebastian, hypnotisé par la veine bleutée qui palpitait sur sa peau laiteuse.

Sabrina étira le cou pour regarder par-dessus l'épaule de son compagnon. Avec un peu de chance, quelqu'un allait surgir et briser leur embarrassant tête-à-tête.

— Vous attendez Luis ? demanda-t-il. Il sera un peu en retard, il devait passer un coup de fil important.

Sa raison la rappela à l'ordre et elle se redressa. Il ne fallait pas qu'elle oublie les bonnes manières. Être polie avec tout le monde, y compris les personnes qu'elle n'appréciait pas, allait faire partie de ses nouvelles fonctions désormais.

— Non, je n'attendais pas Luis. C'est juste que je ne pensais pas vous voir ici. C'est un peu... gênant.

— Pourquoi ?

Il lui posait la question ? La réponse était pourtant évidente.

— Je ne garde pas de bons souvenirs de notre dernière rencontre.

— Personnellement, j'en ai un très bon souvenir.

Le regard de son futur beau-frère glissa vers sa bouche. Sabrina entrouvrit les lèvres. L'atmosphère lui paraissait de plus en plus lourde, de plus en plus étouffante, et elle manquait d'air. À bout, elle détourna le regard et, sans jamais cesser de jouer avec les perles de son collier, le fixa sur l'horizon.

— Vous êtes vraiment... vraiment...

Des réminiscences de leur baiser l'envahirent à nouveau, lui faisant perdre les mots. Non, elle ne pouvait pas se permettre d'y penser.

— Irrésistible ?

Avant qu'elle ait eu le temps de réagir et de répondre à sa nouvelle pique, le fil de son collier lâcha et toutes les perles roulèrent sur le sol.

— Non ! Non ! C'est une catastrophe !

Elle se jeta au sol pour essayer de rattraper les perles.

— Détendez-vous, il ne s'agit pas des joyaux de la couronne...

Sebastian s'interrompit en croisant le regard couleur

chocolat de la jeune femme. Ses prunelles étaient humides. À l'évidence, ce n'était plus le moment de se moquer.

— Allez-vous-en ! s'emporta-t-elle. Je n'en ai rien à faire des joyaux de la couronne. Ces perles appartenaient à ma grand-mère.

Il se mit à son tour à genoux à ses côtés. La voir lutter contre les sanglots le touchait. Sa raison le rappela vite à l'ordre et il se força à museler cet élan de tendresse. Non, corrigea-t-il *in petto*, il ne s'agissait pas de tendresse. Sa réaction était purement mécanique : il s'était toujours senti démuni face aux femmes en pleurs.

— C'est elle qui me les a léguées, reprit Sabrina. Elle les portait à chaque grande occasion et, aujourd'hui, j'ai tout gâché. Tout est fichu !

Oubliant toute dignité, elle se mit à quatre pattes et tendit un bras pour attraper une perle qui avait glissé sous un fauteuil. Elle la toucha, mais celle-ci roula un peu plus loin.

— Je n'y arrive pas. C'est... Non, je ne peux pas !

— Agissons avec méthode. Main dans la main, nous y arriverons.

À ces mots, des images osées envahirent son esprit, des images des doigts experts de Sebastian frôlant la surface qu'ils exploraient. Sauf que dans sa tête il ne s'agissait pas du parquet, mais de sa peau. Que diable lui arrivait-il ?

— Comptez-les pendant que je les ramasse, proposa-t-il.

Elle se força à revenir au présent et à obéir. Malheureusement, elle ne parvenait plus à penser à son collier. Elle avait l'impression de nager dans un océan de miel sucré. La tentation de succomber à sa douceur était si forte...

— Ce n'est pas nécessaire. Je ne suis pas sentimentale, affirma-t-elle, d'une voix qui cependant manquait de conviction.

— Si, vous l'êtes, et il n'y a rien de mal à cela. Alors, plutôt que de parler, rendez-vous utile et tenez la nappe. Je crois qu'il y a quelques perles là-dessous.

Sabrina finit par obéir. Quelques instants plus tard, Sebastian fit tomber une dizaine de perles dans sa main ouverte.

Pendant qu'il continuait à chercher, elle l'observa discrètement. Ses épais cheveux noir corbeau étaient en désordre et elle apercevait un peu de poussière sur la veste de son smoking. Quant à ses yeux, elle n'en avait jamais vu d'aussi bleus que les siens. Son regard était perçant, brillant ; et ensorceleur. Bataillant contre les sentiments qui l'assaillaient, elle baissa la tête.

— Merci. Je crois que nous les avons toutes.

Sebastian se remit debout et lui tendit la main. Après un instant de réflexion, elle la prit et accepta qu'il l'aide à se relever. Son parfum musqué l'enveloppa, l'enivra et son ventre se noua aussitôt. Le désir qu'elle ressentait était si puissant, si réel, qu'elle n'arrivait plus à l'ignorer. Il avait pris le pouvoir.

Elle rassembla le peu de forces qui lui restait.

— Cela faisait longtemps que je me disais que je devrais faire réparer le collier. Visiblement, j'ai trop tardé.

Sa voix était mal assurée. Quel sort lui avait-il jeté ? Il n'avait pas besoin de faire quoi que ce soit pour qu'elle perde tous ses moyens. Un seul regard suffisait.

— Lady Sabrina ? fit une voix dans son dos.

Soulagée, elle se retourna.

Walter se tenait sur le seuil de la pièce. Pour une fois, elle était contente de le voir. Sans attendre, elle s'approcha de la porte devant laquelle se tenait le majordome.

— Je voulais juste vous prévenir que le duc et la duchesse sont dans le petit salon, annonça celui-ci. La famille royale les y rejoindra directement.

Il se tourna vers Sebastian, qu'il salua d'une légère inclinaison du buste.

— J'arrive dans un instant, déclara Sabrina.

Elle fit glisser les perles dans son autre main.

— Puis-je vous aider ? demanda Walter.

— Il s'agit de...

— ... des perles de l'ancienne duchesse.

Le majordome sourit — cela ne lui arrivait pas souvent —, puis tendit une main.

— Je ne l'ai jamais vue sans ce collier. Ne vous inquiétez pas, les perles seront en sécurité avec moi.

Il avait dû percevoir son inquiétude. Elle lui confia les perles, puis demeura immobile, espérant ne pas avoir l'air trop mal à l'aise. Ce n'était pas facile avec le regard perçant de Sebastian dans son dos.

— Merci, Walter.

Le vieil homme sortit. Sabrina ressentit de manière encore plus intense la présence de Sebastian derrière elle. Elle ne se retourna pas vers lui. Était-ce lâche de sa part ? Non, c'était surtout raisonnable.

— Je vais vous montrer le chemin, lança-t-elle.

Sans attendre de voir s'il acceptait son invitation, elle quitta la pièce. Tant pis s'il avait l'impression qu'elle fuyait. Toute femme dotée d'un minimum de bon sens devrait toujours prendre la direction opposée en voyant Sebastian Zorzi. Beaucoup de femmes le faisaient-elles ? Elle en doutait. Personnellement, elle n'avait jamais fait partie de ces femmes attirées par le danger, même lorsque celui-ci était vêtu d'un élégant smoking.

Sans son costume, il doit être encore plus beau. Honteuse de ses pensées, Sabrina accéléra son allure. Hélas, Sebastian la rattrapa vite.

— Je n'ai jamais rencontré votre grand-mère, mais j'ai beaucoup entendu parler d'elle. Si j'en crois les récits, elle était dotée d'un sacré caractère.

— Elle disait toujours ce qu'elle pensait.

C'était d'ailleurs sa grand-mère qui la première avait eu l'idée de la marier pour aboutir à la réunification de l'île. Chloé lui ressemblait beaucoup de caractère ; pas physiquement, car leur grand-mère était fine et petite tandis que sa sœur avait une silhouette plus carrée. À son souvenir, l'émotion et la mélancolie l'envahirent. Son aïeule avait beaucoup compté dans sa vie, autrefois.

— Ce n'est pas votre cas ?

— Ma grand-mère était une rebelle. Je suis une fille modèle, moi, c'est même vous qui me l'avez dit.

Oubliant sa décision de ne pas le regarder, elle jeta un coup d'œil vers son visage aux traits si réguliers.

— Vous n'êtes pas toujours une fille modèle.

Sa voix langoureuse lui fit l'effet d'une délicieuse caresse. Sabrina détourna vite les yeux. Elle n'avait pas le choix : ses joues étaient en train de s'empourprer et son désir de grandir, grandir… Et d'annihiler toute sa raison.

— Nous faisons tous des erreurs, marmonna-t-elle. L'important, c'est de ne pas les commettre une seconde fois.

Ils jouaient avec les mots, tous les deux. Ils croisèrent une jeune domestique portant un plateau. Le regard de celle-ci s'attarda si longtemps sur Sebastian qu'elle faillit se cogner dans l'armure moyenâgeuse positionnée à côté de la porte. La jeune femme se reprit et, la tête baissée, s'éloigna rapidement. Sebastian ne semblait même pas s'être rendu compte du trouble de la jeune femme. Ce ne devait pas être la première fois qu'une femme manquait de tomber parce qu'elle ne voyait plus que lui.

Ignorant l'amertume qui venait de la gagner à cette idée, Sabrina reprit sa marche en direction du salon, où elle entra d'un pas décidé. Ses parents semblèrent soulagés de la voir.

— Tout ce que j'ai dit, c'est qu'elle avait peut-être quelques doutes, déclarait Chloé.

Son père s'approcha de Sebastian, le salua d'une poignée de main et lui expliqua à quel point il était heureux qu'il ait pu se joindre à eux ce soir.

— Je dois également vous remercier d'avoir sauvé Sabrina des griffes des paparazzis, la semaine dernière.

— Papa ! N'exagère pas, il n'a rien fait d'extraordinaire : il m'a juste déposée en voiture à l'ambassade.

— Sabrina !

Ses parents avaient l'air horrifiés, tout à coup. Elle aurait mieux fait de se taire. D'un autre côté, elle n'avait pas envie de faire marche arrière, encore moins de s'excuser.

— J'aurais dû prendre un taxi, cela aurait causé moins de problèmes.

Et elle ne se sentirait pas aussi coupable aujourd'hui.

— Que t'arrive-t-il, ma chérie ? demanda sa mère, visiblement choquée. Je vous prie de bien vouloir l'excuser, Sebastian.

— Sabrina a raison. J'étais dans son quartier, je l'ai emmenée à l'ambassade, c'est aussi simple que cela.

— Vous voulez dire que vous sortiez juste de boîte de nuit !

Génial ! Elle ne s'était pas encore suffisamment humiliée, il fallait qu'elle continue ! Bon sang, que lui arrivait-il ? Pourquoi parlait-elle sans réfléchir ?

Sebastian n'eut pas le temps de lui répondre : Luis entra à cet instant dans le salon, suivi par ses parents, le roi et la reine du Vela Occidental.

Les yeux baissés, Sabrina fit la révérence. La reine, enveloppée dans un nuage de parfum entêtant, posa un doigt sous son menton pour l'obliger à relever la tête.

— N'est-elle pas belle ? Ses pommettes sont parfaites.

Le roi, après avoir levé un sourcil en remarquant la présence de son plus jeune fils, était en train d'accepter une coupe de champagne.

— Parfaite, répondit-il.

Heureusement, il ne regarda ni ses pommettes ni, à son grand soulagement, ses hanches pour voir si elle pourrait porter des enfants. C'était pourtant la seule qualité qui l'intéressait chez sa future belle-fille…

La reine lui lâcha enfin le menton, puis saisit la coupe des mains de son mari.

— C'est un ordre du médecin, expliqua-t-elle à la cantonade, avant de tendre un verre de jus de fruits à son mari.

Pendant la scène, Luis s'était approché de Sabrina. Elle lui sourit.

— Avez-vous fait un bon voyage ? demanda-t-elle à son presque fiancé.

Sa voix sonnait faux, elle s'en rendait bien compte. Lasse, elle réprima un soupir. Si elle avait du mal à trouver des sujets de conversation aujourd'hui, qu'en serait-il dans vingt ans ? Elle laissa son regard glisser de l'autre côté du salon. Sebastian et Chloé ne semblaient pas manquer de sujets de conversation, eux. La mélancolie l'assaillit aussitôt, même si elle ne pouvait pas en vouloir à sa sœur de discuter avec Sebastian.

— Très bon.

— Votre appel s'est bien passé ?

Luis fronça les sourcils.

— Mon appel ?

— Votre frère m'a dit que vous attendiez un coup de fil important.

— Oui, en effet, répondit Luis en se détendant (s'était-elle trompée en croyant lire de la gêne en lui ?). L'appel n'était pas aussi important que ça.

Le dîner fut annoncé cinq minutes plus tard, et la petite troupe quitta le salon. Le protocole exigeait que le roi mène la marche, la duchesse à son bras. Il était suivi par la reine et le duc. Avant que Luis puisse prendre son bras, Chloé s'immisça entre eux et s'agrippa au coude du futur mari de Sabrina. Cette dernière tiqua. S'agissait-il de jalousie ? Elle l'ignorait, ce qui augmentait encore son malaise.

— Nous y allons ? lui demanda Sebastian.

Elle acquiesça d'un geste de la tête, puis plaça la main sur son bras. Les autres couples avançaient en discutant. Eux restèrent silencieux jusqu'à la porte de la salle à manger.

— Que se passe-t-il ? s'enquit alors son cavalier.

Sebastian n'éprouvait aucune sympathie pour Lady Sabrina. Non, il était juste curieux. Elle lui faisait penser à un animal effrayé pris dans les phares d'une voiture ; ou plutôt face aux flashs des photographes et à la dure réalité qui l'attendait.

— Rien. Vous voulez bien me laisser une minute ?

En entendant sa réponse, à peine plus forte qu'un murmure, la colère le gagna. Qu'elle arrête de se faire passer pour une victime et qu'elle se reprenne !

— Est-ce que ça vaut vraiment le coup ? demanda-t-il.

Elle se redressa et le fusilla du regard.

— Une meilleure stabilité financière, une baisse du taux de chômage, un système éducatif plus performant, des fonds pour les plus démunis : tout cela vaut-il le coup d'épouser un homme que je respecte et que j'apprécie ? Oui, je le crois.

Elle prit une profonde respiration et continua à le regarder droit dans les yeux. Puis, sans attendre sa réponse, elle lâcha son bras et, la tête haute, entra seule dans la salle à manger.

Il la regarda avancer, aussi fière qu'une reine. Il était presque admiratif. Ressentait-il du respect pour elle ?

Peut-être, après tout…

4

À peine tout le monde assis, Chloé prononça quelques mots qui firent éclater de rire l'assemblée. La jalousie serra le cœur de Sabrina. Sa sœur était à l'aise dans le monde, elle l'avait toujours été. Elle savait comment se comporter lors de soirées mondaines, elle savait faire la conversation. Elle n'avait même pas eu besoin d'apprendre, elle possédait un véritable don.

Stop ! Mieux valait oublier Chloé pour le moment et se focaliser sur Luis, assis à sa droite. Après tout, il était son futur mari. Ce dernier lui souffla quelques mots, auxquels elle répondit d'un geste de la tête. Elle ne l'avait pas écouté. Elle n'arrivait pas à se concentrer, son cerveau fonctionnait au ralenti. Toute son attention était captée par Sebastian, assis à côté de Chloé.

Elle croisa soudain le regard de ce dernier et, honteuse, baissa les yeux. Il venait de la prendre en flagrant délit… Elle attrapa vite la main de Luis et lui sourit.

— Sabrina, ma chérie. Nous sommes à table, le moment est mal choisi pour nous tenir par la main.

Tous les regards se tournèrent dans sa direction. Elle relâcha la main de Luis, se forçant à ne pas rougir. À sa grande surprise, il la lui reprit, la retourna et examina son poignet. Elle aurait pu mettre du maquillage pour masquer le bleu sur son avant-bras, ou alors porter des manches longues. Hélas, comme une idiote, elle n'y avait pas pensé.

— Que s'est-il passé ? demanda Luis d'un ton soucieux.

— C'est juste une conséquence de ma bousculade avec les paparazzis.

— Ces types ne sont que des vautours ! s'écria son père, toujours aussi protecteur.

— Ce n'est rien, c'est... Inutile de s'énerver, fit-elle, avant de se tourner vers Sebastian : J'aimerais beaucoup oublier cet incident et aller de l'avant.

Un enfant de trois ans aurait pu comprendre le message codé, mais lui, avait-il saisi ?

— Nous aimerions tous aller de l'avant, lança soudain le roi, assis en bout de table.

Sebastian tiqua. Son père et lui étaient rarement du même avis, mais, en cet instant, aller de l'avant lui semblait une excellente idée. Et une idée qu'il devait mettre à exécution le plus rapidement possible ! Il avait vite fait le lien entre le bleu sur le bras de Sabrina et la façon un peu brusque avec laquelle il l'avait attrapée et jetée dans la voiture. Il était responsable...

À cette idée, son cœur se serra et des émotions l'envahirent. Des émotions douloureuses, des émotions qu'il n'avait jamais ressenties auparavant.

— Hélas, reprit son père, nous allons avoir du mal à aller de l'avant avec la sortie de ce livre infâme. Si nos avocats n'avaient pas été convaincus par une certaine personne...

Il laissa sa phrase en suspens et son regard noir se posa sur lui. Sebastian haussa les épaules.

— Ils m'ont demandé mon opinion, et je l'ai donnée. J'ignore si mon avis a influencé la réponse qui t'a été faite, mais j'ai pensé, et je pense encore, qu'une injonction aurait peut-être bloqué la publication du livre dans quelques pays, mais n'aurait en aucun cas empêché la diffusion des informations qu'il colporte. Au contraire, cette interdiction aurait été la meilleure des publicités pour l'auteur.

— Pourquoi les avocats t'ont-ils interrogé ? lui demanda Chloé.

Le roi lâcha un rire las, dédaignant le regard de sa femme, qui lui ordonnait de se taire.

— Excellente question, jeune fille !

— J'ai travaillé dans le domaine juridique pendant quelque temps, répondit Sebastian.

— Vous êtes avocat ? s'étonna Chloé. Pourquoi est-ce que je l'ignorais ? Je pensais avoir lu tous les articles vous concernant !

— Vous lisez surtout les récits des soirées débridées de mon frère, intervint Luis. Mais sachez qu'avant de jouer au play-boy, il est sorti major d'Harvard et a travaillé pour un très grand cabinet d'avocats à New York. Il aurait même pu devenir associé.

— Mais il a choisi de tout risquer, lança son père d'une voix tonitruante.

— Je suis un solitaire, père.

— Tu n'es qu'un joueur.

— Père ! coupa Luis, déterminé semblait-il à clore la dispute.

— Ne t'inquiète pas pour moi, frérot. Je suis habitué.

— Tu travailles bénévolement dans plusieurs associations humanitaires qui aident…

— Quel honneur de compter un tel altruiste dans la famille ! ironisa son père, le visage pâle.

La reine posa une main sur celle de son mari.

— Ce n'est pas le moment.

Celui-ci ne répondit pas et le silence s'installa autour de la table, gênant, pesant, étouffant.

— Sabrina, tu ne portais pas les perles de ta grand-mère, tout à l'heure ?

La voix de sa mère sonnait faux. Celle-ci avait visiblement décidé de détendre l'atmosphère. Sabrina se retint pour ne pas lever les yeux au ciel, pourtant elle en avait bien envie. Ce n'était pas le moment de détendre l'atmosphère ! Le roi Ricard n'était qu'un être méprisable, un tyran. La rage qu'elle éprouvait contre lui était si forte qu'elle avait le vertige. Il avait insulté son fils, avait tenté de le rabaisser. Sebastian était grand aujourd'hui, mais il ne méritait pas — personne ne méritait — d'être humilié en public comme l'avait fait son père. Aujourd'hui, cela n'avait pas fonctionné, mais, dans le passé, lorsque Sebastian était plus jeune, peut-être le roi était-il parvenu à ses fins.

Une image de Sebastian petit garçon envahit son esprit. Luis le défendait-il, à l'époque ? Sans doute. Elle se tourna vers son futur mari. Elle avait admiré la façon dont il avait soutenu son frère.

— Qu'est-il arrivé aux perles, Sabrina ? insista sa mère. J'espère que tu ne les as pas perdues.

— Bien sûr que non ! Il faut simplement changer le fil.

Elle s'en tint à cette explication. Son imagination était en marche et certaines images refusaient de quitter son esprit, par exemple celle de deux petits garçons unis dans la crainte de leur père. Elle n'arrivait pas à la refouler. Elle se tourna alors vers le roi.

— Vous devez être très fier de vos fils, non ? Il me semble qu'il y a de quoi être heureux de tout ce qu'ils ont accompli.

Le roi lui décocha un regard glacial. Sabrina ne baissa pas les yeux. Hors de question. Si elle se laissait intimider aujourd'hui, son futur beau-père ne la respecterait jamais. Il ne répondait toujours pas...

Le reste des convives semblait retenir son souffle. Le cœur de Sabrina battait à se rompre : avait-elle causé un incident diplomatique ?

Le roi finit par répondre d'un simple grognement, puis tourna la tête vers sa mère et lui posa une question. Ouf ! La crise venait d'être évitée.

Le reste de la soirée se passa sans encombre, même si le roi continuait à ignorer ostensiblement son fils cadet.

À la fin du repas, alors que le roi et la reine venaient de se retirer, Luis se pencha vers elle.

— Accepterais-tu de faire quelques pas avec moi dans la roseraie, tout à l'heure ?

Afin qu'elle puisse dire adieu au reste de sa vie et devienne un fantôme, juste bon à porter ses futurs enfants ? Honteuse, Sabrina refoula aussitôt ces pensées. Pourquoi se fâcher contre Luis ? Il n'était coupable de rien. En plus, il avait l'air aussi désemparé qu'elle.

Elle devait à tout prix arrêter de penser à elle. Ce n'était pas son futur à elle toute seule qui était en jeu, c'était celui de toute une île, de tout un peuple. Elle devait penser à l'avenir de Vela, aux écoles, aux emplois… En plus, leur mariage pouvait très bien fonctionner. L'amour n'était absolument pas nécessaire dans un mariage.

— Avec plaisir, répondit-elle. D'ici un quart d'heure ?

Luis acquiesça d'un battement de cils et quitta la pièce.

— J'ai un excellent brandy dans mon bureau, Sebastian, fit la voix de son père. Si vous voulez y goûter…

Sabrina plissa le front. Un excellent brandy ? Voilà qui était surprenant. Son père n'invitait jamais qui que ce soit dans son bureau. Mais peut-être éprouvait-il une certaine tendresse pour Sebastian après avoir découvert qu'il était le mouton noir de la famille.

Sebastian sortit de la salle à manger et suivit le duc. Il ne pouvait s'empêcher de repenser à l'attitude de Sabrina : elle avait tenu tête au roi pour les défendre, Luis et lui. Personne n'avait jamais tenu tête à son père. Ce qui voulait dire qu'elle était désormais une cible pour celui-ci…

Il était toutefois un peu en colère contre elle. N'avait-elle pas compris que son père était davantage réceptif à la flatterie qu'aux défis ? Chloé le savait, la duchesse le savait, tout le monde le savait. Malgré tout, Sabrina n'avait pas fléchi. Pensait-elle qu'il avait besoin d'un avocat ? Qu'il n'était pas capable de prendre soin de lui tout seul ?

Pendant qu'elle tenait tête au roi, il l'avait vue trembler. De peur ? de colère ? Il n'avait pas pu le déterminer. Une chose était certaine cependant, il l'avait trouvée encore plus belle.

Une belle et audacieuse idiote !

Sabrina alla se chercher un châle avant de descendre dans le jardin. Elle n'avait pas encore atteint la roseraie lorsqu'elle aperçut Luis, dans l'allée.

— Je n'ai pas réussi à trouver la roseraie, je me suis perdu.

— Ce n'est pas grave, nous ne sommes pas obligés d'aller aussi loin. Nous pouvons rester ici ; à moins que tu ne sois passionné de roses…

Luis se passa une main dans les cheveux et soupira. Il semblait las. Sabrina n'arrivait pas à voir à quoi il ressemblerait dans dix ou vingt ans. En revanche, elle n'avait aucun mal à imaginer Sebastian avec les cheveux poivre et sel et quelques rides au coin des yeux.

Elle était sur le point d'être demandée en mariage

par un frère et elle pensait à l'autre ? Elle était vraiment pathétique ! Elle devait à tout prix se reprendre.

— Nous n'avons jamais...

Elle s'arrêta. Elle n'allait tout de même pas lui proposer de l'embrasser pour oublier qu'elle avait été embrassée par son frère.

— Puis-je te demander de faire quelque chose pour moi ? reprit-elle.

Elle vit une lueur d'inquiétude passer sur son visage.

— Ne t'inquiète pas, je n'attends pas une déclaration d'amour.

Il rougit. Apparemment, elle avait visé juste. Entre eux, il ne s'agissait pas d'amour. Elle n'aimait aucun des frères Zorzi. Avec Sebastian, il ne s'agissait que de sexe — ou plutôt : il ne s'agirait que de sexe *si quelque chose se passait*. Avec Luis, il s'agissait de respect, et le respect durait plus longtemps. Ce qui voulait dire qu'il s'agissait d'une base bien plus solide pour un mariage.

— Excuse-moi, aucun homme ne m'a jamais demandée en mariage et je... Non, tu n'es pas obligé de...

Elle s'interrompit net. Luis venait de mettre un genou à terre.

— Me feras-tu l'honneur de...

— Bon sang, relève-toi, s'il te plaît !

Luis ouvrit une petite boîte de velours contenant une bague. Le diamant brillait sous la lumière de la pleine lune. Il glissa la bague à son doigt.

— Il est énorme... Je suis... J'imagine qu'il est temps pour moi de... De dire oui. D'accepter.

Elle n'avait pas sauté de joie, mais son futur mari avait l'air satisfait. À moins que son semblant de sourire ne soit une marque de soulagement, ou de déception. Elle ne savait pas. Elle ne savait plus.

— Nous pouvons y arriver, n'est-ce pas ? demanda-t-il d'une petite voix.

Elle riva son regard au sien et remarqua les tremblements de son menton. Il semblait très nerveux.

— Tout le monde doit fournir des efforts pour qu'un mariage soit un succès, répondit-elle.

— Tu as raison. Veux-tu m'accompagner pour annoncer la nouvelle à mon père ?

Elle l'attrapa par le bras au moment où il pivotait pour faire demi-tour.

— Luis... Tu n'oublies rien ?

Perplexe, il la dévisagea.

— Un baiser ?

Il avait l'air très sérieux et embarrassé à la fois. Elle ferma les yeux et retint son souffle pendant qu'il lui effleurait les lèvres des siennes. Elle rouvrit ensuite les yeux et demeura immobile, mal à l'aise. Ce n'était pas un vrai baiser.

— Nous devrions vraiment aller ensemble annoncer la nouvelle à nos familles, dit-il. Histoire de présenter un front uni.

— Vas-y, je te rejoins bientôt, murmura-t-elle.

Elle avait besoin de quelques minutes pour accepter l'idée qu'elle allait épouser un homme dont le baiser ne lui avait fait ni chaud ni froid. Contrairement à celui de son frère...

Une fois seule, elle laissa échapper un long soupir et baissa les yeux vers la bague, imposante, à son doigt. Désormais, elle ne pouvait plus reculer, elle ne pouvait plus faire marche arrière. Elle allait bel et bien se marier.

Un frisson de froid glissa le long de son dos. Son corps se figea, comme si elle était gelée sur place. Son seul espoir était maintenant que quelqu'un s'aperçoive qu'elle n'était pas à la hauteur de sa future charge.

— Pour une femme sur le point de voir le rêve de toutes les petites filles se réaliser, vous n'avez pas l'air très heureuse.

Sabrina ne fut même pas surprise d'entendre *sa* voix derrière elle. Il était là. Évidemment qu'il était là. Sans doute avait-elle été très méchante dans une vie précédente et, maintenant, le destin se vengeait.

Elle se retourna et regarda Sebastian sortir de l'ombre.

— Le bonheur n'est pas un droit et je ne suis pas une petite fille.

Depuis la fin du dîner, il avait retiré sa veste, dénoué sa cravate et ouvert les trois premiers boutons de sa chemise. Elle pouvait apercevoir dans l'échancrure une légère toison, une toison qu'elle avait bien envie de caresser… Stop ! À quoi bon rêver de quelque chose qu'elle ne pourrait jamais obtenir ? D'ailleurs, elle devrait s'en féliciter, car sinon il l'utiliserait, comme il le faisait avec toutes les femmes. Mais peut-être avait-elle envie d'être utilisée…

Elle se réfugia dans la colère. C'était sans doute le meilleur moyen pour se reprendre et ne pas faiblir.

— Depuis combien de temps êtes-vous ici ?

Pourvu qu'il n'ait pas assisté à la pitoyable demande en mariage de son frère !

— Détendez-vous. Ce n'est pas comme si je vous avais vus faire l'amour contre le mur.

Sa voix était si rauque qu'elle électrisait tous ses sens.

— Comment avez-vous le culot de m'espionner ? protesta-t-elle.

Et pourquoi avait-il parlé du mur ? Maintenant, elle ne pensait plus qu'à une chose : Sebastian la plaquant contre ce mur, explorant son corps de ses mains expertes.

— Vous espionner ? J'ai surtout failli m'endormir. En plus, comment aurais-je pu savoir que mon frère ne s'éloignerait pas de plus de deux mètres de la porte pour vous demander en mariage ? Enfin, si je considère que son discours était bel et bien une demande en mariage. Il était si plat, si monotone...

Le mépris dans sa voix parvint à dissiper son fantasme érotique.

— Votre frère vaut dix fois plus que vous ! s'emporta-t-elle.

— Bien plus que ça, mon ange.

— Il me respecte, il ne cherche pas à me peloter, lui !

— Si je me souviens bien, vous aussi, vous m'avez peloté.

— Allez au diable, lança-t-elle, rageuse, les poings serrés.

— L'enfer est un peu chaud pour moi, à cette période de l'année. Je préférerais aller à Paris. Vous savez ce qu'on dit de Paris au printemps, non ?

Encore une fois, il se moquait. Quel être méprisant et méprisable !

— Vous ne comprenez rien à la notion de devoir. Vous ne possédez aucune valeur, à part votre égoïsme. Je ne sais même pas pourquoi je fais tous ces efforts. Vous n'avez jamais rien fait sans penser à vous en premier.

— Ma vie n'est pas le problème. C'est la vôtre qui l'est. La perspective de l'existence qui vous attend vous inquiète. Mais il s'agit de votre choix, chérie, alors arrêtez de me faire des reproches.

— Ma vie est bien plus épanouissante que la vôtre, sauf si vous considérez la chasse aux minijupes comme un accomplissement. Moi, au moins, j'aurai un mari que je respecte.

Sebastian vibrait de... de rage ? de jalousie ? Il n'avait pas envie de se poser la question. Du moins, pas pour le moment. Son cœur qui battait dans sa poitrine lui faisait mal. Pour se défouler, il rejeta plutôt sa frustration sur la jeune femme devant lui.

— Et Luis va vous respecter. C'est le rêve de toutes les filles, j'imagine. Et puis une couronne mérite bien quelques compromis.

Tout en parlant, les scrupules l'envahirent. Il était un peu injuste avec elle ; et si une personne était capable de comprendre dans quel piège elle s'était enfermée, c'était bien lui.

— En fait, j'ai pitié de vous, conclut-il.

— Je ne veux pas de votre pitié !

Elle le foudroya du regard. Il baissa les yeux vers sa bouche sensuelle.

— Quel gâchis ! Toute cette passion, toute cette énergie…

Oubliant la petite voix dans sa tête qui le mettait en garde, Sebastian s'approcha encore. Au même instant, la lumière du salon qui illuminait l'allée où ils se trouvaient s'éteignit. L'obscurité était désormais totale.

Sabrina cligna des yeux, elle ne voyait plus rien. Elle avait l'impression d'être enfermée dans du velours couleur encre. Des notes d'excitation la traversèrent. Sa gorge se serra, les poils de ses bras se hérissèrent. Elle se força à ignorer les battements rapides de son cœur. Ils l'avertissaient d'un danger.

Certaines personnes se laissaient aller dans l'obscurité et faisaient des choses qu'ils n'osaient pas en pleine lumière. Pas Sebastian. Lui faisait ce qu'il voulait, quand il voulait.

— Vous allez bien ?

Il lui demandait comment elle allait ? Elle laissa échapper un rire las. Il se préoccupait de son bien-être, après l'avoir jetée dans un tsunami d'émotions, après avoir fait naître en elle des questions auxquelles elle n'avait jamais pensé ? Après lui avoir donné envie de choses qu'elle ne pourrait jamais avoir ? Il ne manquait pas d'air !

Toutes ses forces commencèrent soudain à l'abandonner. Elle ne serait jamais heureuse, jamais satisfaite tant qu'elle n'aurait pas fait une croix sur ce petit espoir irrationnel que le mariage avec Luis n'aurait pas lieu, qu'un événement inattendu de dernière minute la sauverait.

Il fallait juste qu'elle accepte son destin, qu'elle arrête de se battre, qu'elle arrête de rêver.

— Ça va. Je vais rentrer, Luis m'attend.

— Je vous verrai à l'intérieur.

— Je vois que vous avez enfin décidé de vous comporter comme un gentleman.

Le regard de Sebastian s'habituait peu à peu à l'obscurité. Le beau visage de Sabrina était flou, son corps de déesse également. Il mourait d'envie de s'approcher encore et de l'attirer dans ses bras. La tentation était si forte qu'il avait l'impression d'avoir de la fièvre.

— Vos sarcasmes sont justifiés, admit-il. Je maintiens cependant ce que j'ai dit : vous méritiez une plus belle demande en mariage.

— Tout le monde ne possède pas votre bagout.

— Arrêtez de me regarder de cette façon ! Maintenant que vous avez accepté d'épouser mon frère, je trouve que vous dépassez un peu les bornes.

— Vous ne savez pas de quelle façon je vous regarde.

— Je connais ces grands yeux gourmands. Ne me tentez pas et rentrez donc pendant que vous le pouvez encore.

Elle frissonna.

— Que se passera-t-il si je ne rentre pas ?

— Vous êtes en train de me rendre fou. Vous le savez, non ?

— Je suis désolée.

— Moi aussi.

Oui, il était désolé. Pour elle.

5

Sebastian arriva à la cathédrale en avance. Elle était vide, à l'exception du fleuriste et de ses assistants en train de finaliser l'installation des bouquets.

L'odeur de fleur d'oranger était un peu trop forte et entêtante à son goût, mais mieux valait être ici que dehors, à saluer les centaines d'invités réunis pour l'occasion.

Pour le public, l'organisation d'une telle fête en deux semaines relevait du miracle. Si les gens avaient su… En fait, cela faisait cinq ans que les deux familles avaient décidé de ce mariage et en discutaient la mise en œuvre. Jusqu'au mois dernier, il ne leur avait manqué que la date pour lancer la machine.

Seul point de friction entre les deux familles : la présence ou non des caméras de télévision. Un compromis avait finalement été trouvé. Il avait été décidé que les caméras ne pourraient pas filmer la cérémonie elle-même, mais auraient carte blanche pendant le reste de la journée.

La porte se referma derrière le dernier des fleuristes, et Sebastian sortit de sa réflexion.

Était-ce le silence pensant qui le mettait mal à l'aise ou bien l'atmosphère de recueillement ? Il n'en avait pas la moindre idée. En tout cas, il ne pouvait plus échapper à ce sentiment étouffant de jalousie qui ne cessait de l'assaillir depuis des semaines.

Il serra les dents. Il avait remué ciel et terre pour ne pas être présent aujourd'hui ; il avait même tenté de déclencher la colère de son père. Pourquoi ? Parce qu'il était jaloux de son frère.

Impossible de le nier, il désirait Sabrina Summerville. Il la désirait plus que tout au monde. Il la désirait comme un adolescent soumis à d'incontrôlables poussées hormonales.

Le destin était parfois ironique. Il désirait toujours ce qu'il ne pouvait pas obtenir.

Il se crispa. Dans sa tête, il entendait la voix de son père ; pas juste ses mots, mais aussi son ton menaçant, un ton qu'il ne parvenait pas à oublier, même si longtemps après.

Il plongea dans ses souvenirs. Ce jour-là, il venait de fêter ses quinze ans et son frère, ses dix-sept. Quinze ans après, il se souvenait de la douleur ressentie, aussi intense que s'il avait reçu un coup de pied en plein ventre. Il espérait tant le soutien de son père, et celui-ci lui avait jeté :

— Sebastian, tu ne participeras pas à la réunion avec ton frère, la semaine prochaine. Luis te demandera de l'accompagner et tu répondras non. Compris ?

Il avait obéi, sans saisir la raison de cet ordre paternel. Quelques semaines plus tôt, Luis l'avait supplié de venir avec lui à sa deuxième réunion en tant que prince héritier avec les membres du gouvernement. La première, lui avait avoué son frère, avait viré au cauchemar : les membres du gouvernement n'avaient cessé de lui demander son avis sur des questions qui lui échappaient totalement. Il avait donc accepté et accompagné son frère à la réunion suivante.

Certaines discussions, trop complexes, lui étaient passées au-dessus de la tête, mais, dans l'ensemble, il n'avait pas été intimidé. Il n'avait pas hésité à donner son opinion. À un moment, son père s'était glissé dans la pièce et, en silence, avait observé les échanges.

— Ces réunions sont destinées à ton frère, avait expliqué le roi. Elles font partie de son apprentissage. Un jour, il régnera et le peuple comptera sur lui. Il doit pouvoir prendre des décisions tout seul.

Sebastian avait hoché la tête.

— Très bien, père, je n'irai pas à la réunion. Je préfère aller jouer au foot, de toute façon.

Durant les deux semaines qui venaient de s'écouler, Sebastian n'avait pas joué au foot. Il s'était jeté corps et âme dans son travail et dans tous les plaisirs de la vie dont son frère ne pourrait jamais profiter. Il avait passé ses nuits dans les boîtes de nuit les plus renommées au monde, et sa vie de débauche au bras de jolies filles avait fait la une de plusieurs tabloïds. Pourtant, aucune de ces femmes n'était arrivée jusqu'à son lit. Ni aucune autre, d'ailleurs.

Pendant ces deux semaines, il avait dormi seul. Enfin, quand il avait réussi à dormir : sa frustration était telle qu'il avait eu du mal à fermer l'œil. Plus il essayait de ne pas penser à Sabrina, plus elle envahissait ses pensées. Son visage espiègle, ses lèvres pulpeuses, son corps de déesse...

En d'autres circonstances, tout aurait été simple : il aurait craqué, puis serait passé à autre chose. Hélas, il ne pouvait pas faire l'amour à Sabrina. En désespoir de cause, il avait alors tenté de se concentrer sur ses défauts. Et elle en avait. Sa tendance à se faire passer pour une martyre, son sens du devoir poussé à l'extrême, son faux air innocent et son obstination. Le problème était que plus il pensait à ses défauts, plus il voyait les siens.

Les actes de Sabrina étaient dictés par le sens du devoir, les siens, par l'égoïsme.

Sa vie aurait été plus facile s'il avait pu regarder Sabrina comme Luis le faisait, à savoir avec indifférence. D'ailleurs, le fait que son frère soit complètement aveugle au charme de Sabrina le rendait fou de frustration. Luis avait reçu un cadeau du ciel et il se comportait comme s'il était une victime !

Quelle ironie ! Son frère ne désirait pas Sabrina alors que lui... Il secoua la tête pour se reprendre. Peu importait ce qu'il ressentait, il ne pourrait jamais l'obtenir : le mariage de Luis et Sabrina allait être célébré dans quelques minutes.

— Monsieur ?

Perdu dans ses pensées, Sebastian n'avait pas entendu la porte s'ouvrir. Il leva la tête et aperçut l'un des nouveaux secrétaires de son frère. L'homme semblait soucieux.

— Votre frère m'a demandé de vous remettre cette lettre en main propre.

— Merci.

Il baissa les yeux vers l'enveloppe manuscrite que l'homme tenait. Une lettre de Luis ? Allait-il bientôt arriver ? Il jeta un coup d'œil à sa montre. Il était tard. Son frère devrait déjà être ici. Bizarre...

Ignorant le malaise qu'il commençait à ressentir, il décacheta l'enveloppe et en sortit une feuille.

Sebastian, mieux vaut que tu ne saches pas où je me trouve car, lorsque tu liras cette lettre, je serai marié, et pas avec Sabrina.

Quoi ? Abasourdi, il continua sa lecture. Arrivé au milieu de la lettre, il laissa échapper un grommellement de colère et, furibond, la serra entre ses doigts. S'il n'avait pas été dans une cathédrale, il aurait juré. Il avait du mal à garder son calme. Son frère s'était enfui !

Il se tourna vers l'autel. Quelques minutes plus tôt, il avait imaginé Luis à genoux au côté de Sabrina, et maintenant…

La culpabilité le submergea. Il redoutait ce mariage ; à présent qu'il était annulé, il était fâché car sa prière avait été exaucée, mais Sabrina humiliée.

À propos de Sabrina… Était-elle au courant ? Luis lui avait-il également envoyé une lettre ? Si seulement il avait pu donner un bon coup de poing à son frère. Impossible, hélas ! Luis était loin, il était au côté de l'amour de sa vie. Il l'avait laissé seul pour ramasser les pots cassés.

Il se baissa et ramassa la lettre qu'il avait jetée au sol, puis la défroissa pour pouvoir la relire. Son frère pensait qu'il valait mieux qu'il ne sache pas où il se trouvait ? Oui, c'était sans doute mieux ; sinon, il n'hésiterait pas à aller lui dire le fond de sa pensée !

Gretchen est une femme merveilleuse, tu l'adoreras. Sache que quand ils seront au courant, les gens diront des choses à son sujet. Elle n'a en effet pas toujours eu une vie facile, elle a utilisé la drogue pour s'échapper de son milieu. Elle ne m'a jamais rien caché.

Lui ne pouvait pas dire la même chose au sujet de son frère ! Maintenant qu'il y réfléchissait, celui-ci lui avait donné quelques indices, ces derniers mois. Il comprenait enfin pourquoi Luis semblait si déterminé à trouver des défauts à Sabrina alors qu'elle possédait tout ce qu'un homme pouvait rêver.

Son frère, ce frère qui avait un sens du devoir si

développé, avait été fidèle à son amour interdit. Et dire que Sebastian s'était senti coupable de ressentir des sentiments qu'il n'avait pas le droit d'éprouver pour la fiancée de son frère, alors que ce dernier rêvait d'une autre femme. Et faisait même plus qu'en rêver !

Je n'ai jamais voulu faire de peine à qui que ce soit, mais, quand il a fallu décider, la solution a coulé de source. Je ne peux pas vivre sans Gretchen.

Au moment où tu liras cette missive, notre père aura reçu ma lettre d'abdication. Il va avoir besoin de toi car je lui ai tout avoué. Je lui ai dit que je n'étais pas son fils biologique. J'espère que cela l'aidera à me pardonner et que cela rendra vos relations plus faciles, à l'avenir.

Je sais que tu n'as jamais compris comment j'ai pu lui pardonner la façon dont il a traité maman. Sache que ce n'est pas cela. Je me suis pardonné à moi-même de ne pas avoir su la protéger ; alors que toi, tu ne t'es jamais pardonné.

Abdication. Le mot lui sauta aux yeux. À sa grande surprise, le visage de son père surgit dans son esprit. Celui-ci allait être dévasté, car il avait toujours considéré Luis comme son véritable fils. C'était en Luis qu'il avait placé tous ses espoirs.

Pendant des années, j'ai joué un rôle. Aujourd'hui, je n'en suis plus capable. Si j'avais continué, j'aurais fait un bien mauvais roi. J'ai toujours su que tu possédais toutes les qualités pour devenir roi. Je compte sur toi pour le prouver au monde entier. Arrête de faire semblant de ne pas être meilleur que moi.

L'air lui manqua. Il avait du mal à respirer. Sa vie allait changer du tout au tout. Il nota que Luis n'avait pas écrit le moindre mot de regret pour Sabrina, qu'il avait pourtant abandonnée au pied de l'autel !

— Votre Altesse ?...

Sebastian se retourna et dévisagea le secrétaire de son père, qui se tenait à l'endroit même où se trouvait celui de son frère quelques minutes plus tôt.

— Votre père aimerait vous parler.

— Il est au courant ?

L'homme répondit d'un simple geste de la tête.

— Comment va-t-il ?

— Il est... extrêmement peiné.

Sebastian pénétra dans le bureau de son père et se força à maîtriser sa surprise. Le roi, qui d'habitude avait si fière allure malgré ses soixante ans, ses quelques rides au coin des yeux et sa chevelure blanche, ressemblait aujourd'hui à un vieillard.

— Luis...

— Je n'ai plus de fils du nom de Luis ! Et toi, tu n'as plus de frère.

Il frappa du poing sur le bureau puis baissa la tête, mais pas assez vite : Sebastian aperçut quelques larmes dans ses yeux. Ce n'était pas surprenant puisqu'il avait perdu son fils préféré. Sans compter que son rêve de réunification de l'île venait de s'évanouir.

— Tu vas bien ? demanda Sebastian.

— Il est un peu tard pour te préoccuper de mon bien-être. De toute façon, ce que je ressens n'est pas le sujet. L'avenir de notre famille, mon héritage, la réunification, voilà ce qui est important. Tu savais qu'il n'était pas mon fils biologique et tu ne m'as rien dit. J'imagine que vous avez tous les deux pensé que c'était une façon de venger votre mère. Je sais que vous m'en voulez. Ce que vous ignorez, c'est que cette femme, je l'aimais !

— Cela ne t'a pas empêché de la rendre malheureuse, objecta Sebastian.

Luis avait raison, il n'avait jamais pardonné à son père son attitude vis-à-vis de leur mère. Quant à se pardonner lui-même, comment le pourrait-il ? Et pourquoi le ferait-il ? Il avait vu sa mère mourir à petit feu et n'avait rien pu faire pour l'en empêcher.

— Tu penses que j'étais heureux ? Elle ne m'a jamais aimé, et je le savais. J'étais prêt à ignorer son aventure, mais elle a été rendue publique et... Bref, tout cela n'a plus d'importance, aujourd'hui. La réunification est la seule chose qui compte. La repousser serait un désastre.

— Les Summerville sont-ils au courant ?

— Oui. Le duc est fou de rage, et je le comprends.

— Comment va Sabrina ?

— Qui ? demanda son père en le fixant, le regard interrogateur.

— La mariée.

— Ah ! Elle est sans doute fâchée. Enfin, je pense. J'imagine qu'elle n'était pas au courant pour l'autre femme, donc elle a dû être surprise.

Sebastian fronça les sourcils. Il n'était pas sûr d'avoir bien compris...

— Es-tu en train de sous-entendre que toi, tu étais au courant ?

— Ne sois pas naïf. Tu crois vraiment que je ne suis pas au courant de vos moindres faits et gestes ? Je sais par exemple que tu n'as pas eu d'aventure avec cette femme mariée, l'année dernière, même si tu n'as jamais démenti les ragots.

Il haussa les épaules. Finalement, tout cela ne l'étonnait pas.

— Envoyer tes espions me suivre pour tout connaître de ma vie sentimentale, c'est une chose. Encourager Luis à épouser Sabrina alors que tu savais qu'il était amoureux d'une autre femme…

— Je savais qu'il avait une aventure avec une femme au passé sulfureux, nuance. Je lui ai demandé de la quitter, il a continué à la voir. Il voulait tout révéler à… Sabrina, c'est ça ? Dieu merci, nous avons pu l'en empêcher.

— Depuis quand dure cette relation ?

— Environ deux ans.

Sebastian secoua la tête, incrédule. Il n'en revenait pas.

— Donc, cela ne posait pas de problème tant que personne n'était au courant, c'est ça ? Et tu l'as poussé à se marier. Tu n'as jamais considéré que c'était injuste envers…

Son père le fusilla du regard, le coupant net dans sa démonstration.

— Il m'avait promis que c'était terminé et je l'ai cru.

Il vacilla soudain et Sebastian oublia sa colère.

— Tu vas bien ?

— Ça va, soupira son père en se laissant tomber sur sa chaise. Contrairement à ce que tu es en train d'imaginer, je ne suis pas prêt à te laisser le trône.

— Je ne veux pas du trône.

— Tu en es sûr ? C'est toujours vers toi que s'est tourné le peuple. Ton frère… Non, tu n'as pas de frère. Je n'ai pas de fils, ce bâtard est parti !

Il s'interrompit net, les lèvres bleues, le souffle court.

— Ne bouge pas, je vais faire venir le docteur !

Avant qu'il ait eu le temps d'appeler à l'aide le secrétaire qui attendait sans doute dans l'antichambre, son père lui agrippa le bras.

— Non, prends juste la bouteille qui est dans ce tiroir. Oui, celle-ci. Donne-moi un comprimé.

Sebastian obtempéra. Son père avala un cachet et ferma les yeux.

— Depuis combien de temps es-tu malade ?

— Je ne suis pas malade. Je souffre juste d'une petite insuffisance cardiaque.

— Luis est au courant ?

— Il devait savoir, c'était le prince héritier.

— Et pas moi ?

— Il ne voulait pas que tu sois au courant. Aujourd'hui, je n'ai pas le choix. Tu es le futur roi.

Sebastian leva les yeux au ciel. Il avait l'impression que le plafond descendait, l'étouffant petit à petit ; d'être dans une prison. Une prison sans barreaux ni verrous.

— J'espère que tu vas faire ton devoir, reprit son père. Ton problème, c'est que tu as tout reçu sur un plateau d'argent. Contrairement à ton frère, tu n'as jamais eu besoin de travailler. Ton autre problème, c'est ton refus persistant de l'autorité. Or tu représentes l'autorité, aujourd'hui. Le comte Hugo est en train de rédiger la déclaration qu'il fera à la presse. Je voudrais que tu te charges de l'annonce aux invités. Avant cela, il faut te coordonner avec les Summerville. L'important est de limiter au maximum les dégâts. Ta belle-mère est avec eux en ce moment. Dans un délai raisonnable, nous pourrons divulguer que toi et cette fille... Sabrina... avez décidé de vous marier.

Sebastian grimaça. Il n'aimait pas le comte Hugo, un arriviste sournois. Tout cela allait trop vite, beaucoup trop vite.

— Tu ne crois pas qu'après cet incident, Sabrina

pourrait avoir d'autres projets ? Elle n'a pas forcément envie d'être un simple pion sur un échiquier.

— Elle n'est pas un pion, elle est la future reine. Et si tu crois que ses parents ne sont pas aussi déterminés que nous à parvenir à la réunification, tu te trompes.

Il quitta son père des yeux pour regarder par la fenêtre, au loin, se forçant à se maîtriser, à garder son calme.

La vie était vraiment ironique, elle venait de lui offrir l'opportunité dont il rêvait : la possibilité de faire capoter les projets de son père, de se venger. Et pourtant, il ne le ferait pas. Il ferait ce que tout le monde attendait de lui.

— Quelqu'un a-t-il demandé son avis à Sabrina ?

— Elle connaît son devoir, tout comme toi, n'est-ce pas ? déclara le roi, avant d'enchaîner sans lui laisser le temps de répondre : Pour le moment, la priorité est de gérer la crise. Sais-tu où se trouve ton frère ?

— Je croyais que je n'avais plus de frère.

— S'il a l'intention de parler à la presse, je dois être au courant.

— Tu veux dire que tu dois l'empêcher de parler.

— Je dois tenter de le raisonner. S'il le faut, je suis même prêt à ne pas lui couper les vivres. Tout le monde n'est pas aussi borné que toi, Sebastian.

6

Sabrina se laissa tomber sur un tabouret, dans un coin du salon. Soutenue par Chloé, sa mère, au centre de la pièce, venait d'accepter un verre de brandy.

Son père, qui lui tournait le dos, était en pleine conversation avec le secrétaire particulier de Luis et quelques membres du gouvernement. Heureusement que leurs propos n'étaient pas confidentiels : son père parlait si fort qu'il pouvait être entendu à des kilomètres à la ronde !

Tout le monde semblait avoir oublié sa présence. À vrai dire, elle regrettait d'être présente. Elle ferma les yeux et s'imagina loin, très loin de l'île de Vela, dans les montagnes, un fort vent fouettant son visage et balayant toutes ses pensées.

Une crampe dans la main la ramena au présent, et dans le salon. Elle serrait si fort la lettre de Luis que ses articulations étaient toutes blanches. Elle fit bouger ses doigts pour les détendre et apporter du sang dans ses extrémités gelées.

Comme sa robe de mariée ne disposait pas de poche, elle glissa la lettre dans son autre main. Elle l'avait lue trois fois avant de parvenir à comprendre — ou plutôt de *commencer* à comprendre, car elle avait toujours du mal à saisir les implications des mots de Luis. Elle avait cependant assimilé l'essentiel et, sans attendre, était allée trouver sa mère pour lui annoncer que le mariage était annulé et qu'il faudrait peut-être avertir les invités.

— Tu es nerveuse ma chérie, c'est normal, avait répondu sa mère. Moi aussi, j'étais tendue avant mon mariage.

— Je suis sérieuse, maman, le mariage est annulé. Luis est parti, il m'a envoyé une lettre. Apparemment, il aime une autre femme et ne peut pas vivre sans elle.

Elle n'avait pas ajouté que Luis lui avait révélé que c'était lui, l'enfant illégitime de la famille, et non Sebastian. C'était inutile.

— Arrête de dire des bêtises.

— Je ne dis pas de bêtises. Luis a abdiqué.

Dès qu'elle eut prononcé ce mot, sa mère avait semblé comprendre et s'était décomposée. C'était ce même mot qui avait retenu son attention, quand elle avait lu la lettre.

À sa lecture, une multitude d'émotions l'avaient envahie. De l'humiliation, évidemment, mais aussi du soulagement, et un sentiment de culpabilité. Elle venait de retrouver sa vie, sa liberté, elle venait de reprendre le contrôle de sa destinée. Mais à quel prix ?

— Il ne peut pas faire ça ! avait glapi sa mère d'une voix aiguë. Appelle ton père, il va régler le problème.

— Je ne crois pas que le problème puisse être réglé.

— Qu'as-tu fait ? s'était écriée sa mère. Qu'as-tu dit pour le faire fuir ? Lui as-tu avoué que tu avais l'intention de continuer à travailler ? Je le savais ! J'avais dit à ton père que te permettre d'avoir une carrière était une erreur…

La porte s'était ouverte à cet instant et Sabrina avait soupiré de soulagement en voyant approcher son père, suivi d'un des assistants du roi.

— Reprends-toi, Olivia, avait lancé le duc, sec et autoritaire. La première chose à faire est de gérer la crise et de limiter les dégâts. Où est... Ah, tu es là, Sabrina. Nous ne pouvons pas parler ici, allons au...

D'un regard, il avait questionné l'homme qui l'accompagnait.

— Le roi m'a demandé de tous vous conduire dans le salon rose.

Lasse, Sabrina fixait les murs habillés de tentures roses. Après une demi-heure, la discussion n'avait toujours pas avancé. Elle jeta un coup d'œil vers la pendule au mur et laissa le mouvement régulier de l'aiguille des secondes l'hypnotiser. Pourquoi n'éprouvait-elle pas davantage d'émotions ? Après tout, elle venait d'être humiliée en public.

Non, vraiment, elle ne ressentait rien. Peut-être parce que ce mariage était condamné d'avance, avant même que Luis n'écoute son cœur et ne s'enfuie.

Et si elle avouait qu'elle l'admirait pour avoir eu le courage de fuir ? Non. Tout le monde la prendrait pour une folle. Il l'avait abandonnée, il l'avait ridiculisée, et pourtant, elle était la seule personne dans cette pièce à comprendre sa décision, voire à lui pardonner. Elle connaissait l'importance du sens du devoir, elle savait ce que c'était que de dire oui alors qu'on n'avait qu'une envie, hurler non. Luis avait osé mettre un terme à cette mascarade. Il avait été honnête avec lui-même.

Elle se leva d'un bond. Elle devait à tout prix quitter cette pièce. Si elle ne partait pas, elle allait étouffer. Elle manquait d'air.

Les gardes du corps en faction devant la porte la regardèrent passer sans réagir.

— Sabrina !

Elle ignora l'appel et s'engagea tant bien que mal dans l'escalier — marcher vite avec une robe longue et des talons de dix centimètres n'était pas aisé. Où allait-elle ? Elle n'en avait pas la moindre idée. Elle n'avait pas de projet précis. De toute façon, ses projets n'avaient jamais eu beaucoup de succès. Peut-être était-il temps d'arrêter de suivre les routes toutes tracées.

— Sabrina, arrête !

Elle posa une main sur la rampe et se retourna. Sa sœur la rejoignit, magnifique dans sa robe de demoiselle d'honneur vert pomme.

— Que fais-tu ?

Perdue, elle baissa les yeux vers la lettre de Luis qu'elle tenait toujours dans la main. Elle se sentait complètement vide, dépourvue de toute force.

— Je n'en sais rien. J'étouffais dans le salon. J'ai besoin d'air frais.

— Je ne te conseille pas d'aller dehors. Plusieurs centaines d'invités sont réunis dans le jardin et ils ne vont pas tarder à apprendre que...

— ... que le futur marié a changé d'avis avant même d'atteindre la porte d'entrée du palais ? À propos de porte, je crois que cet escalier mène au garage. Je vais y aller. Il n'y aura personne, là-bas.

— Tu devrais plutôt revenir.

— Hors de question. Aujourd'hui, je n'ai pas envie d'obéir ou d'être raisonnable. Je veux juste qu'on me laisse tranquille.

Elle continua à descendre. Chloé remonta sa robe pour pouvoir courir et la rattraper.

— Si tu veux, je peux t'aider à t'enfuir.

— Pourquoi pas.

— Vraiment ? fit sa sœur en écarquillant les yeux. Pour être honnête, je ne pensais pas que tu dirais oui.

— Ta proposition n'était pas sérieuse ?

Elle posa une main sur son bras pour l'obliger à s'arrêter.

— Bien sûr que si ! Avant que j'oublie, maman voulait que je te dise qu'elle est désolée d'avoir crié après toi. Elle a paniqué.

— Comme Luis. En fait non, pas comme Luis. Je ne crois pas qu'il ait paniqué. Je crois plutôt qu'il a réfléchi et qu'il s'est rendu compte qu'il aimait une autre femme.

— À ta place, je ne serais pas aussi compréhensive. Il aurait pu réfléchir l'année dernière, la semaine dernière ou même hier. Pourquoi attendre le dernier moment ? C'est…

— Un cauchemar ! Ou peut-être un rêve.

Elle avait honte mais, pour la première fois depuis des mois, elle avait l'impression d'apercevoir la lumière au bout du tunnel.

— Tu n'avais aucune idée de ce qu'il allait faire ?

— Non, je n'ai jamais rien remarqué.

Elle passa une main sur son front. Elle transpirait.

— J'ai vraiment besoin de sortir.

— Suis-moi, ordonna Chloé en lui prenant la main. Je suis sortie avec quelques amies hier soir, après le couvre-feu décrété par maman, et nous nous sommes garées ici. Ça te tente, une petite balade ?

Incrédule, Sabrina fixa les deux monstres rutilants garés devant elle. Chloé attrapa le casque posé sur la première moto et le mit sur sa tête.

— Je ne t'ai pas dit que j'avais passé mon permis moto ? C'est finalement assez facile.

— Tu veux que je m'asseye derrière toi habillée comme ça ?

Elle désigna sa longue robe de mariée en soie. Chloé remonta sa robe, s'installa sur la première moto, puis lui lança une clé et lui indiqua, d'un geste de la tête, un deuxième casque.

— Suis-moi sur l'autre moto.

Sa sœur mit le contact.

— C'est complètement fou ! bredouilla Sabrina.

— Si tu n'oses pas quelque chose de fou aujourd'hui, quand oseras-tu ?

Hésitante, elle demeura immobile.

— Je ne peux pas, murmura-t-elle, perdue, avant de relever les yeux vers sa sœur. Tu crois vraiment que je peux ?

— Bien sûr. Hier soir, nous sommes allées nous baigner sur une petite plage, derrière les ruines romaines.

— Vous êtes allées nager ?

C'était sans doute une mauvaise idée. Pourtant, son cerveau ne pouvait pas lui souffler une seule raison de refuser. Sauf…

— Je n'ai pas de maillot de bain.

Chloé lui adressa un sourire malicieux.

— Pas besoin de maillot. La plage est abritée des regards indiscrets.

Sebastian sortait juste du bureau de son père lorsqu'il croisa un des secrétaires du duc. L'homme était essoufflé.

— Votre Altesse. Lady Sabrina et Lady Chloé sont-elles ici ? Nous ne savons pas où elles sont parties. La duchesse est très inquiète, elle a peur que ses filles n'aient été kidnappées.

— Vu le dispositif de sécurité en place autour du palais, j'en doute. J'ai cependant une idée, laissez-moi m'en occuper.

Le secrétaire s'éloigna et, sans attendre, Sebastian sortit son téléphone. Il composa le numéro du responsable de la sécurité du palais. Celui-ci répondit à la première sonnerie.

— Vous m'avez parlé hier soir d'une faille dans notre système.

— Oui, mais Lady Chloé et les autres demoiselles d'honneur sont rentrées saines et sauves. Elles ne se sont même pas rendu compte qu'elles avaient été suivies.

— Avez-vous laissé les motos là où elles étaient ?

— Oui. Y a-t-il un problème ?

Un seul problème ? Ce serait une bonne nouvelle, songea Sebastian, cynique.

— Non, aucun.

Il raccrocha, puis se dirigea vers l'escalier menant au garage où, la veille au soir, Chloé et ses amies avaient cru déjouer la sécurité du palais.

Des taches d'huile sur le sol indiquaient l'endroit où se trouvaient les motos. Sebastian sortit. Des traces de pneus signalaient la direction prise par les deux engins. L'allée formait un coude et une haie lui masquait la vue. Bon sang, Chloé et Sabrina étaient parties ! Il serra les poings pour retenir un juron.

Soudain, il entendit un bruit de gravier. Il fit quelques pas et aperçut alors à travers la haie un morceau de soie blanche, puis une robe, et enfin déboucha la jeune femme qui la portait.

Sabrina !

Dieu merci, elle n'avait pas l'air blessée. En revanche, ce n'était pas le cas de la moto qu'elle poussait — guidon tordu, phare cassé, clignotants avant qui pendouillaient lamentablement.

— J'espère que tu es assurée, fut tout ce qu'il parvint

à dire, comme si l'ironie pouvait libérer sa poitrine de l'émotion qui l'étreignait.

Sabrina repoussa les mèches de cheveux qui s'étaient échappées de son chignon. Elle mourait d'envie de se précipiter entre les bras de Sebastian. Elle se retint. Nager nue dans la mer était une chose, succomber à tous ses désirs en était une autre.

Le fait d'y penser était, hélas, une preuve qu'elle avait déjà perdu la tête. Elle était encore plus pathétique qu'elle ne l'imaginait. Une femme qui espérait trouver réconfort et sécurité entre les bras de cet homme ne pouvait pas être dans son état normal.

Elle soupira en regardant son engin cabossé.

— Chloé m'avait assuré que conduire une moto était facile. Je ne suis vraiment bonne à rien. Je ne suis même pas capable de m'enfuir…

Sa voix vacilla et une larme glissa le long de sa joue. Elle l'essuya avant de river son regard à celui de Sebastian.

— Tu as réellement cru pouvoir t'échapper discrètement, habillée de cette façon ?

Honteuse, elle baissa les yeux vers sa robe sur laquelle des couturières avaient travaillé des jours durant pour coudre à la main des milliers de perles. La traîne était tachée d'huile et elle avait déchiré la jupe en tentant de grimper sur la moto. Quelle idiote elle était !

— Chloé a réussi, elle.

Au souvenir de sa sœur, sa consternation augmenta encore.

— Elle va se demander où je suis passée. Elle va s'affoler, et penser que j'ai fait une bêtise.

— Parce que monter sur une moto en robe de mariée,

ce n'est pas une bêtise ? Ne t'inquiète pas, je vais envoyer quelqu'un lui dire que tu vas bien.

Elle croisa les bras devant sa poitrine et le fixa, une lueur de défi dans les yeux.

— Non, je veux y aller moi-même. Je sais que tu as été envoyé ici pour me chercher, mais je te préviens, je ne te suivrai pas.

Sebastian admiratif, dévisagea la jeune femme. Elle faisait preuve d'une sacrée détermination.

— Tu le savais ? demanda-t-elle soudain, comme si elle se rendait compte qu'elle avait oublié de lui poser la question la plus importante. Tu savais que Luis allait s'enfuir ?

— Non. Il m'a adressé une lettre pour m'en informer.

— Moi aussi. Et l'autre femme dans sa vie, tu étais au courant ?

— Non plus.

Sabrina était presque déçue qu'il n'ait rien su ; dans le cas contraire, elle aurait alors eu une bonne raison de le détester.

— Bon. Cela n'a plus d'importance, aujourd'hui. Tout est fini.

Tant mieux si elle en était convaincue, songea Sebastian. Il avait cependant des doutes. Lui-même avait du mal à admettre la vérité, alors elle, abandonnée devant l'autel...

— Viens ! lui lança-t-il.

— Où ?

— Où avais-tu le projet d'aller avec Chloé ?

— À la plage, derrière les ruines romaines.

— D'accord.

— Je ne comprends pas...

— Nous y allons, nous partons la rejoindre.

Ignorant le regard suspicieux qu'elle lui lançait,

Sebastian se dirigea vers le second garage, celui dans lequel son frère garait ses voitures. Il s'approcha du premier véhicule, retira la housse poussiéreuse qui le recouvrait et dévoila un coupé sport. Il ne s'était pas retourné, mais il avait entendu Sabrina le suivre.

— Elle appartient à Luis. Il ne la verrouille jamais.

Il n'avait aucun scrupule à emprunter la voiture de son frère. Celui-ci lui avait légué sa vie et son épouse, il pouvait bien lui prêter sa voiture, non ?

Sabrina secoua la tête en soupirant. Pourquoi avait-elle suivi Sebastian ? Était-elle folle ? Fuir avec lui ne résoudrait aucun de ses problèmes. Aucun !

— Tu montes ?

— Je... bafouilla-t-elle, hésitante. Je crois que je devrais plutôt rentrer au château.

Il ne réagit pas. Il se contenta de la dévisager. Sabrina prit une profonde respiration. Après tout, que risquait-elle ?...

— D'accord. Nous allons chercher Chloé, mais ensuite nous rentrerons.

Sans attendre qu'elle ait bouclé sa ceinture, Sebastian fit rugir le moteur.

Sabrina demeura silencieuse jusqu'à ce qu'ils s'engagent sur une petite route côtière qui serpentait au-dessus de la mer.

— Dans sa lettre, Luis m'a écrit que le roi n'était pas son père. C'est vrai ?

— Luis est un idiot, il n'aurait pas dû te le dire. Ni le dire à qui que ce soit, d'ailleurs.

Pourquoi cette réaction ? Elle avait vu de ses propres yeux de quelle façon honteuse son père se comportait avec Sebastian.

— Des rumeurs circulaient à ton sujet. Tu aurais pu dire la vérité, cela t'aurait évité d'être considéré comme un enfant illégitime.

— Ce qui ne tue pas rend plus fort, dit l'adage populaire, et je suis assez d'accord. En plus, ce que les gens pensent ou disent de moi m'importe peu. Ma carapace est épaisse. Ce n'est pas le cas de Luis. Il aurait eu plus de mal à le vivre.

En était-il vraiment convaincu, ou bien jouait-il au dur devant elle ? Sabrina n'eut pas le temps de s'interroger : la voiture stoppa brusquement. Elle se rendit alors compte que de nombreuses voitures étaient arrêtées au bord de la route.

— Que se passe-t-il ?

— Je ne sais pas.

Il ouvrit sa fenêtre et une odeur âcre de fumée le saisit aussitôt.

— Ne bouge pas, lui intima-t-il.

Il descendit et rejoignit les autres conducteurs déjà sortis de leur voiture. Au loin, elle apercevait de la fumée.

L'inquiétude la gagna.

Incapable de rester sans rien faire, elle sortit à son tour. Elle remonta sa robe et courut pour retrouver Sebastian.

— Je t'avais demandé de m'attendre dans la voiture ! s'exclama-t-il, visiblement en colère.

— Que se passe-t-il ? Tu penses que Chloé a eu un accident ?

Il posa les mains sur ses épaules, comme pour la réconforter.

— Inutile de s'inquiéter avant de savoir. Je vais avancer pour voir ce qui se passe. Retourne à la voiture, je reviens.

Mais Sabrina devait savoir, alors elle le suivit. Après

un virage, elle se figea, sous le choc. Devant elle s'étalait une scène d'horreur. À l'évidence, un violent carambolage venait de se produire.

Chloé avait-elle été prise dans l'accident ?

L'inquiétude faisait battre son cœur à une allure folle, le bruit des sirènes dans ses oreilles lui donnait le vertige. Elle rassembla ses forces et continua à avancer. Elle dépassa un camion-citerne renversé qui bloquait le passage, puis s'arrêta et regarda autour d'elle. Elle avait l'impression d'être au milieu d'une de ces scènes de guerre qu'elle voyait à la télévision. Plusieurs personnes erraient, hagardes, à côté du camion, tandis que d'autres étaient allongées sur le sol. La fumée était si épaisse que sa gorge lui faisait mal et ses yeux piquaient.

Plus loin, une des voitures était en feu. Si les flammes atteignaient le camion-citerne… Non, elle ne devait pas y penser. Rassemblant son courage, elle se remit à courir.

Elle poussa soudain un cri de soulagement En apercevant Sebastian. Même de loin, elle le reconnaissait à sa grande taille et à ses larges épaules. Il portait une femme dans les bras.

Une femme vêtue d'une robe verte.

Seigneur…

Une explosion retentit, si forte que Sebastian vacilla. Il parvint à rester debout. Un élancement lui irradia la joue. Il comprit qu'un débris de métal venait sûrement de se ficher dans sa chair. Il ignora la douleur et continua à avancer. Soudain, il vit des flammèches. Avant qu'il ait pu les éteindre, celles-ci embrasèrent la robe de Chloé.

Il se jeta à genoux, déchira sa veste et l'utilisa pour éteindre les flammes.

— Tu as une sale tête, marmonna Chloé en ouvrant les yeux. Cette odeur… Maman va être furieuse pour la robe.

— Tout va bien. Tu vas bien.

Il espérait que ce n'était pas un mensonge, mais, à vrai dire, il n'en avait pas la moindre idée.

— Sebastian !

Quelqu'un l'appelait-il ? Il entendait mal. Le cri était couvert par le ronflement des hélicoptères au-dessus de sa tête. Il releva les yeux et reconnut Sabrina, en train d'avancer vers lui.

Il reprit sa marche. Il parvenait à voir son visage désormais. Il voyait sa bouche bouger, mais ses mots et ses sanglots étaient étouffés par les sirènes des ambulances et des camions de pompiers qui arrivaient sur le site.

Et soudain, le sol s'effondra sous ses pieds.

7

— Sebastian ! hurla Sabrina, horrifiée.

Les débris étaient si nombreux qu'elle eut du mal à atteindre l'endroit où il était allongé, immobile, face contre terre.

Le cœur battant à toute allure, le sang glacé dans ses veines, elle s'accroupit et l'examina. Il gémissait. Ouf !

— Tu es vivant. Mon Dieu, ne meurs pas, ne meurs pas… Pitié, Sebastian ! À l'aide !

Personne ne répondit à son appel, et sa panique augmenta encore. Tous les gens présents autour d'elle pleuraient, saignaient, ou bien étaient morts. Elle avait l'impression d'être au milieu d'un film catastrophe. Malheureusement, la tragédie était bel et bien réelle !

À quatre pattes, elle se dirigea vers sa sœur, allongée quelques mètres plus loin.

— À l'aide ! À l'aide !

Elle criait si fort que sa gorge lui faisait mal. Au bout de ce qui lui parut une éternité, un homme finit par s'approcher, la chemise déchirée et le visage noirci par la fumée.

Sans un mot, il se mit à genoux à côté d'elle et lui prit le pouls. Elle dégagea son bras. Ne voyait-il pas qu'elle allait bien ? Ce n'était pas elle qui avait besoin de secours.

— Ma sœur… Sebastian…

Elle caressa les cheveux de Chloé et, d'un geste de la tête, lui indiqua l'endroit où était allongé Sebastian. Pendant que son bon Samaritain se dirigeait vers lui, elle prit le pouls de Chloé. Il était fort et régulier, voilà qui était rassurant.

Elle regarda l'homme commencer à retourner Sebastian et revint soudain à la réalité. Elle était médecin ! Elle connaissait les règles de base à respecter après un accident ! Elle bondit et, d'un geste ferme, attrapa le bras de l'homme pour le stopper dans sa manœuvre.

— Ne le touchez surtout pas. Sa colonne vertébrale a peut-être été atteinte.

— Je suis désolé. J'essayais juste d'aider.

Sebastian se retourna lui-même, puis s'évanouit à nouveau.

— Son visage est bien abîmé.

— Ne dites pas cela, il va bien.

Et elle allait veiller à ce qu'il continue à aller bien. Son beau visage… La main tremblante, elle caressa sa joue indemne.

Deux hommes soutenant une femme qui boitait s'arrêtèrent à leur niveau et dévisagèrent Sebastian.

— Ce ne serait pas le type qui a rattrapé la fille qui allait tomber de la falaise ? Tenez bon, les secours arrivent.

— Je vais bien, mais il…

Elle s'interrompit. Elle avait tellement peur que sa voix était en train de la trahir.

— Il y a un blessé grave ici ! cria l'un des hommes. Blessure au visage, saignements et perte de connaissance.

— Brina ?

Sa sœur l'appelait ? Elle se précipita vers elle.

— Chloé !

Avant qu'elle ait pu répondre, deux secouristes

arrivèrent. Elle recula pour leur laisser la place et, en silence, les regarda placer une perfusion dans le bras de sa sœur et la porter sur un brancard.

— C'est ma sœur.

— Ne vous inquiétez pas. Nous allons l'évacuer par hélicoptère et nous occuper d'elle.

Sabrina hocha la tête, puis retourna veiller Sebastian jusqu'au retour des secouristes.

L'un des deux hommes commença à examiner Sebastian.

— Vous pouvez marcher ? lui demanda l'autre.

D'un geste de la tête, elle acquiesça. Il lui plaça une couverture de survie sur les épaules.

— Parfait. Nous avons un blessé léger à évacuer ! lança-t-il.

— Non, assena-t-elle, se redressant pour qu'il la prenne au sérieux. Hors de question que je parte sans lui !

— Écoutez, il y a de nombreuses personnes ici qui ont besoin de notre aide, alors…

— Sois sympa, Jim. Tu vois bien qu'ils viennent de se marier.

D'un geste de la tête, il avait montré la robe de mariée, désormais complètement déchirée, à son collègue.

— Vous vous êtes mariée aujourd'hui ?

— J'étais censée me marier.

Tout cela lui paraissait si lointain, à présent… Le secouriste lui adressa un sourire désolé, puis baissa les yeux vers Sebastian.

— C'est bon, vous pouvez partir avec lui.

Ils arrivèrent enfin à l'hôpital. Pour l'instant, Sabrina avait réussi à rester anonyme, mais pour combien de temps encore ? Même si elle était sale et que ses cheveux étaient en désordre, son visage était connu.

Le personnel les accueillit comme de jeunes mariés ; elle ne le détrompa pas. Les infirmières venaient régulièrement l'informer de l'évolution de l'état de Sebastian. Si elles avaient su la vérité, sans doute ne lui auraient-elles pas donné les résultats de ses radios. Elle n'était ni sa femme ni un membre de sa famille, donc elle n'aurait pas dû être au courant de quoi que ce soit.

Malgré ses scrupules, elle n'avoua rien. De toute façon, elle n'avait aucune raison de se sentir coupable, elle n'avait pas menti. À moins que le silence ne soit considéré comme un mensonge…

Devait-elle leur apprendre que sous la poussière, le sang et les blessures, l'homme dont il s'occupait était le prince héritier du Vela Occidental ? Ce n'était pas nécessaire. Même submergés par le travail, les employés étaient tous bienveillants, dévoués, et les traitaient bien. Une infirmière prit même de son temps pour essayer d'avoir des nouvelles de Chloé. Hélas, elle ne parvint pas à localiser sa sœur.

Le point positif était que ses blessures à elle étaient légères. D'ailleurs, elle ne s'était même pas aperçue qu'elle était blessée avant qu'une infirmière, en passant, ne remarque qu'elle saignait de la tête. Un médecin lui avait donc fait quelques points de suture et insisté pour qu'elle passe la nuit à l'hôpital.

— J'espère que cela ne vous dérange pas d'avoir un colocataire ce soir, lui demanda l'aide-soignante en la conduisant dans sa chambre.

— Bien sûr que non.

— J'imagine que ce n'est pas ainsi que vous imaginiez passer votre lune de miel.

La jeune femme lui adressa un clin d'œil. Le regard

de Sabrina se posa instantanément vers la personne allongée dans le lit à côté du sien.

Sebastian !

Il avait l'air en bien meilleure forme que la dernière fois qu'elle l'avait vu, même si son visage était désormais recouvert d'un gros pansement. Ses mains, posées au-dessus du drap, étaient elles aussi bandées.

— Souffre-t-il ?

Les médecins lui avaient sans doute donné des anti-douleurs, mais elle avait besoin d'avoir confirmation pour être complètement rassurée.

— Il ne souffre pas. Il a reçu une forte dose d'anesthésiant. Il risque d'ailleurs d'être un peu groggy lorsqu'il se réveillera.

Comme pour lui donner du courage, l'aide-soignante lui serra le bras.

— Il a eu beaucoup de chance, reprit cette dernière. Le chirurgien plastique qui a réparé le visage de votre mari est l'un des meilleurs du monde. Le Dr Clare est très réputé. D'après ce que j'ai compris, il n'était sur l'île que pour assister aux noces royales. Je me demande d'ailleurs comment s'est passé ce mariage. Toujours est-il que, dès qu'il a entendu parler de l'accident, il s'est rendu à l'hôpital pour proposer son aide.

— Ses mains...

— Ses blessures aux mains sont superficielles.

Peu à peu, sa respiration s'apaisa. Elle était rassurée.

— Ma sœur, Chloé... Est-ce que...

La jeune femme baissa les yeux, comme si elle n'osait pas répondre. Les nouvelles devaient être mauvaises. *Oh, mon Dieu...*

— Vous parlez de Lady Chloé Summerville ?

Sabrina approuva d'un signe de la tête.

— Cela veut dire que vous êtes...

L'aide-soignante écarquillait les yeux.

— Oui, c'est moi, mais je préférerais que mon identité reste secrète.

— Aucun problème. Pour en revenir à votre sœur, elle a été emmenée dans une unité pour grands brûlés. Je crois que vos parents sont en route pour la rejoindre. Je vais vous laisser, mais appelez si vous avez besoin de quoi que ce soit.

Perdue dans ses pensées, Sabrina fixa la sonnette. Si seulement elle pouvait prendre la place de sa sœur, ou celle de Sebastian, pour payer le prix de ses actions inconsidérées. Si seulement elle pouvait retourner dans le passé…

Toute la nuit, les infirmières vinrent régulièrement surveiller Sebastian. Lorsque l'une d'elles vit que Sabrina était réveillée, elle lui annonça qu'il était hors de danger. Incapable de se rendormir, elle resta allongée, les yeux ouverts, à fixer le plafond.

À deux heures du matin, un des secrétaires particuliers du roi fit son apparition.

— Lady Sabrina ? Vous êtes ici ? Il est intolérable que le prince et vous-même soyez obligés de partager une chambre !

— Les médecins n'ont pas eu le choix : les blessés étaient très nombreux. Mais ce n'est pas un problème, je rentre à la maison dans la matinée. D'ici là, pourriez-vous me tenir au courant si vous obtenez des nouvelles de ma sœur ?

— Bien sûr. Quel malheur que cet accident… Nous commencions tout juste à nous remettre des événements de la matinée. Le roi aurait aimé venir, mais il a eu un souci lorsqu'il a appris la nouvelle.

— Un souci ?

— Un problème cardiaque. Pas une attaque, juste une petite alerte. La reine est à ses côtés et il se repose, expliqua-t-il comme s'il lisait un communiqué de presse. Je me félicite que le roi ne voie pas son fils être traité comme un vulgaire roturier.

— Au moins, aucun paparazzi ne se cache derrière un paravent pour prendre des photos.

— Après réflexion, savoir que le prince est traité comme n'importe quel citoyen de l'île pourrait nous être profitable. De cette façon, il pourrait se faire passer pour un véritable homme du peuple. Bon, pour cette nuit, nous allons laisser la situation en l'état.

Songeur, il hocha la tête, puis il examina le visage de Sebastian.

— Savez-vous s'il gardera des cicatrices ?

— Sans doute.

Sabrina ferma les yeux pour se calmer. Si elle entendait l'homme suggérer qu'il utilise ces cicatrices pour amadouer le peuple, elle aurait du mal à ne pas sortir de ses gonds. Elle commençait à en avoir assez de ces manipulateurs et de ces gens qui considéraient la vérité comme un gros mot ! La vérité, dans le cas présent, était que deux personnes à qui elle tenait énormément souffraient à cause d'elle !

Les larmes commencèrent à lui piquer les yeux tandis que les images revenaient dans son esprit. Elle revoyait Sebastian en train de se moquer d'elle, Sebastian en train de l'embrasser, Sebastian en train de sourire… Encore Sebastian.

Maintenant qu'elle y réfléchissait, elle n'était vraiment pas la meilleure personne pour reprocher aux autres de ne pas toujours dire la vérité. Elle non plus n'était pas toujours sincère.

Lorsque Sabrina rouvrit les yeux, le secrétaire du roi était parti et Sebastian était réveillé. Il la regardait de son beau regard couleur océan, un regard un peu voilé par les doses massives de médicaments. Une vague de tendresse l'envahit et, comme par magie, elle oublia instantanément tous ses beaux discours sur la vérité.

— Salut, dit-elle.

— J'étais en train de chercher Chloé.

— Tu l'as retrouvée.

Elle laissa les larmes qu'elle retenait depuis si longtemps couler librement le long de ses joues.

— Où sommes-nous ?

— À l'hôpital. Tu as été blessé, mais tu es hors de danger. Ce qui est drôle… Ce qui est drôle, c'est que tout le monde ici pense que nous sommes mariés.

Elle se força à ignorer cet étrange sentiment qu'elle sentait grandir en elle et laissa échapper un petit rire nerveux.

— Nous sommes mariés ? Oui, je me souviens. Je t'ai embrassée.

Il sourit, puis referma les yeux et se rendormit. Très bien, le repos ne pouvait que lui faire du bien. Quelques minutes plus tard, elle s'endormit à son tour.

Elle n'ouvrit les yeux que lorsqu'un infirmier la réveilla et lui expliqua qu'elle devait passer un scanner avant de pouvoir quitter l'hôpital.

Sebastian n'était plus dans son lit lorsqu'elle revint dans la chambre désormais surveillée par des gardes du corps. Debout, il s'agrippait à sa perfusion comme s'il craignait de tomber.

Son grand bandage avait été retiré et remplacé par un pansement plus petit et transparent, qui permettait de voir sa plaie. Une plaie bien soignée. Au fil du temps, la cicatrice rouge deviendrait de plus en plus pâle, jusqu'à ne plus être qu'un simple trait, elle le savait. La professionnelle qu'elle était était capable de reconnaître le bon travail. En revanche, la femme ne voyait que la douleur de Sebastian.

Un frisson lui glaça d'ailleurs le sang. Elle ressentait de l'empathie, mais pas uniquement. Elle ressentait... Elle ne trouvait pas le mot capable de désigner ses sentiments.

— Est-ce une bonne idée de sortir du lit ? demanda-t-elle, car mieux valait parler plutôt que de s'interroger sur ses sentiments.

Sans lâcher sa perfusion, Sebastian avança d'un pas hésitant en direction de Sabrina. Il suffisait de la regarder, d'observer son beau visage pour deviner ce qu'elle pensait de lui : elle le regardait avec pitié, lui, cet homme que le sens du devoir lui imposerait bientôt d'épouser, cet homme avec qui elle devrait partager son lit, même s'il ne lui inspirait que du dégoût. Il la connaissait, jamais elle ne tournerait le dos au devoir.

Il baissa les yeux pour tenter de masquer la rage qui bouillait en lui. Inspirer de la pitié le mettait hors de lui. Il refusait de montrer ses faiblesses à qui que ce soit.

— Comme tu peux le voir, je suis debout. Le chirurgien va venir dans...

Il jeta un coup d'œil vers son poignet et laissa échapper un juron.

— Quel est le problème ?

— J'ai oublié ma montre dans la salle de bains, et ce truc...

D'un geste violent, il repoussa la perche de la perfusion contre sa table de nuit. Elle se dirigea vers la salle d'eau.

— Ne t'énerve pas, je m'en occupe. Comment te sens-tu ? lui lança-t-elle en attrapant la montre métallique qu'il avait laissée sur le rebord du lavabo.

— Merveilleusement bien !

Touchée par l'ironie qu'elle décelait dans sa voix, Sabrina se figea. Il lui en voulait, mais elle s'en voulait encore plus. Si elle n'avait pas fui ses responsabilités, sa sœur et Sebastian auraient juste découvert l'accident dans le journal d'aujourd'hui. Ils ne seraient pas à l'hôpital. Ils ne souffriraient pas.

— Ta cicatrice va s'estomper, tu sais.

Sa réponse n'était sans doute pas d'un grand réconfort pour lui. Tant pis. Elle prit une profonde respiration pour se donner la force d'affronter sa probable mauvaise humeur et fit demi-tour.

Elle s'arrêta net en entendant soudain une autre voix dans la chambre.

— Dehors tout le monde !

Sans réfléchir, Sabrina recula et se cacha derrière la porte. Elle reconnaissait la voix du roi, qui ordonnait à ses gardes du corps de sortir.

— J'ai cru que tu avais eu une crise cardiaque, dit Sebastian.

— Un simple incident, je vais bien. En revanche, toi, tu as l'air misérable. Bon sang ! Que diable faisais-tu sur cette petite route avec les sœurs Summerville ?

— Nous allions nous baigner.

— Ne te moque pas de moi, s'il te plaît !

— Pourquoi es-tu venu ? Tu aurais pu te contenter de m'envoyer des fleurs.

— Arrête de tout prendre sur le ton de la blague ! C'est justement à cause de cette attitude que j'ai été obligé de venir en personne. Les journalistes ont découvert que les sœurs Summerville et toi aviez été impliqués dans l'accident. C'est extrêmement embêtant. Le seul point positif, c'est que la presse te considère maintenant comme un héros.

Abasourdie, Sabrina s'adossa contre la cloison carrelée. Le roi n'avait toujours pas demandé à son fils comment il se sentait.

— Et c'est tout ce qui compte pour toi, l'apparence plutôt que la vérité, lança Sebastian.

Elle redressa la tête et écarquilla les yeux. Décidément, Sebastian savait bien lire en elle. La seule différence, c'était qu'il semblait plus déçu qu'en colère, alors qu'elle était vraiment fâchée.

— Ne prends pas ce ton moralisateur avec moi. Ne joue pas au saint, tu es loin d'être innocent. Je te rappelle que la famille royale est un produit et que ton travail est d'en faire la promotion. Tu es mon héritier.

— Ta description du travail de roi donne vraiment envie ! As-tu jamais envisagé la possibilité que je dise « non merci » ?

— Depuis des années, tu es persuadé que tu ferais un meilleur roi que moi. Prouve-le-moi, tu en as enfin l'occasion.

— Je savais que tu étais un manipulateur, mais à ce point…

— Plutôt que de t'apitoyer sur ton sort, dis-moi s'il y a quelqu'un dans ta vie en ce moment, demanda le roi d'une voix lasse. Si plus tard tu es suffisamment discret, rien ne t'empêchera d'avoir des liaisons, mais, en attendant le mariage, je ne veux pas le moindre scandale. Nous allons déjà avoir du mal à convaincre Lady Sabrina après l'humiliation que lui a fait subir ton frère, alors…

— Je croyais que je n'avais pas de frère.

— Le duc et la duchesse sont devenus sentimentaux, poursuivit le roi, ignorant la remarque de Sebastian.

Leur attitude me déçoit beaucoup. J'imagine qu'avec leur seconde fille à l'hôpital... Ils m'ont annoncé qu'ils n'avaient pas l'intention de forcer Sabrina à t'épouser et qu'ils préféraient qu'elle fasse son choix en toute indépendance. Il t'appartient donc de faire en sorte qu'elle fasse le bon choix. Tu ne devrais pas avoir trop de mal, je crois que tu sais parler aux femmes. Suis-je clair ?

— Très clair.

Encore une fois, Sebastian répondait avec ironie, mais son père ne semblait pas s'en rendre compte.

— D'une certaine façon, cet accident est une bénédiction. Au moins, l'annulation du mariage ne fera pas la une des journaux demain.

— Tu es vraiment la pire des ordures ! s'exclama Sebastian. La souffrance de toutes les victimes t'importe peu, du moment que tu peux en tirer bénéfice.

— Les sentiments n'ont pas leur place dans les affaires royales.

— Tu m'as pourtant affirmé que tu avais aimé ma mère.

— Ce n'est pas le sujet. Ne parle pas aux journalistes avant d'avoir vu le comte Hugo, s'il te plaît. Et si la presse te considère comme un héros, ne la détrompe pas. Qui sait, ta cicatrice pourrait nous être utile...

Lorsque Sebastian entra dans la salle de bains, Sabrina était assise sur le sol, les genoux ramenés contre la poitrine.

— J'imagine que tu as tout entendu.

Elle leva la tête et repoussa les cheveux qui lui tombaient devant les yeux. La distance qu'elle percevait dans le regard de son compagnon la fit frissonner.

— Si je comprends bien, je ne suis qu'un vulgaire paquet qu'on transmet au frère suivant.

Un frère qui ne la désirait pas plus que le premier... Ses pensées étaient irrationnelles, elle en était bien consciente, mais, pour des raisons qui lui échappaient, le rejet de Sebastian lui faisait encore plus mal que l'humiliation causée par Luis.

Parce que le sens du devoir était important pour elle, elle avait pu envisager, avec pragmatisme, la perspective d'un mariage sans amour avec Luis. En revanche, quand elle entendait que Sebastian allait être forcé d'épouser la femme que son frère avait rejetée, elle ne pouvait plus être objective. L'éventualité de vivre une vie de mensonge avec lui l'horrifiait ; savoir qu'il lui en voudrait toujours de l'avoir privé de sa liberté lui était insupportable.

Combien de temps devrait-elle attendre avant qu'il ne suive le conseille de son père et ne prenne une maîtresse ?

— Tu peux toujours refuser, reprit-il, puisqu'il semblerait que tes parents aient changé d'avis. Ils se sont apparemment rendu compte que la vie de leurs filles était plus importante que n'importe quel projet politique. Tu ne refuseras pas, n'est-ce pas ? Depuis ta naissance, tu as été conditionnée pour accepter ce sacrifice. Tu ne voulais pas épouser Luis, mais tu t'y étais préparée, tu t'étais préparée à dormir dans son lit, à le laisser te faire l'amour.

— Je n'avais pas réfléchi aussi loin.

C'était la vérité, elle n'y avait jamais songé. Elle n'avait jamais imaginé qu'elle partagerait son lit avec Luis. Pas une fois, elle n'avait tenté de se représenter son corps nu, ou sa bouche contre la sienne. Au contraire, à la minute où elle avait posé le regard sur Sebastian, elle n'avait pu s'empêcher de penser à toutes ces choses avec lui — et à bien d'autres encore.

Même à cet instant, elle y pensait... Heureusement, le contact avec le carrelage froid lui permettait de ne pas s'enflammer complètement.

— J'ignore pourquoi tu es en colère contre moi, dit-elle. Après tout, je ne t'ai pas entendu dire non à ton père. Tu dois faire quelque chose dont tu n'as pas envie, mon pauvre ! Tu penses que je suis heureuse de savoir que je suis transmise d'un frère à l'autre comme une vulgaire paire de chaussures ?

— C'est vrai, je n'ai pas refusé, répliqua-t-il, avant d'éclater d'un rire sans joie. En fait, je suis aussi surpris que toi de découvrir que je n'ai pas profité de la faiblesse de mon père pour lui dire le fond de ma pensée.

Sabrina comprit qu'il souffrait. Tout cela à cause d'elle. Elle s'était emportée contre lui sans penser qu'il pouvait souffrir. Elle riva son regard au sien et, sous le choc, sous le charme, elle retint son souffle. Même si sa vie en dépendait, elle ne pourrait jamais se détourner de ce regard azuré. Il l'envoûtait. Il la captivait.

— Une vulgaire paire de chaussures, disais-tu ? Je te comparerais plutôt à des talons aiguilles très sexy.

La façon qu'il avait de prononcer ce mot la fit frissonner. Sa main bandée s'approcha de son visage blessé.

— Évidemment, l'échange de frère n'est possible que si, une fois dans l'obscurité, tu es capable d'oublier ma cicatrice.

À ces mots, elle quitta le petit nuage de volupté sur lequel elle flottait et retomba brusquement sur terre. Elle ferma les yeux et serra les poings pour se reprendre.

— Félicite-toi d'être blessé, car, sinon, tu mériterais que je te gifle.

Sans attendre sa réponse, elle le bouscula et revint

dans la chambre. Elle attrapa le sac contenant les vêtements qu'elle portait lorsqu'elle était arrivée, puis se retourna lentement.

— Recouche-toi ! lui jeta-t-elle.

— C'est un ordre digne d'une épouse.

Elle se retint pour ne pas l'aider. Ce n'était pas facile, elle le voyait grimacer de douleur.

— À quand remonte ta dernière dose d'antalgique ?

— C'est important ?

— Oui, parce que tu souffres. Refuser de prendre des antidouleurs ne te donne pas l'air plus viril, cela te donne l'air bête.

— Tu n'es pas très gentille avec un blessé.

Sabrina songea qu'elle pourrait pourtant l'être. Elle pourrait le cajoler, le câliner… Choquée par la pensée qui venait d'envahir son esprit, elle baissa les yeux et se racla la gorge avant de répondre.

— Veux-tu que j'appelle l'infirmière ?

— J'imagine que je ne vais pas avoir à attendre bien longtemps avant qu'elle ne revienne. Et toi, tu as été blessée ?

— Juste quelques égratignures.

— Et Chloé ?

— Je ne sais pas. Elle a été transférée dans une unité pour grands brûlés. Je m'en veux tellement…

Le simple fait de penser à sa sœur suffisait à lui faire relativiser ses états d'âme.

— De quoi ?

— D'avoir fui.

Sabrina cligna des yeux pour tenter de dissiper les larmes qu'elle sentait monter.

— C'était un accident, Sabrina, un malheureux concours de circonstances. Tu peux t'en vouloir si tu veux, mais ça n'aidera pas Chloé.

Il avait sans doute raison.

— Mes parents sont avec elle. Je devrais les rejoindre.

Sebastian l'étudia. Les larmes séchées, les bleus sur son visage, ses cheveux couleur miel en désordre : malgré tout, elle était toujours aussi belle. Même blessé, son corps n'était pas insensible à cette beauté. D'ailleurs, son désir venait de se réveiller, teinté d'une tendresse qui le surprit.

— Je comprends.

— Je n'ai pas le choix, c'est ce que font les familles.

— Ta famille, pas *toutes* les familles.

— Est-ce que toi et ton père...

Elle s'interrompit, hésitante.

— Est-ce que nous nous sommes toujours détestés ? conclut Sebastian.

— Ce n'est pas ce que j'allais dire.

— Non, je suis persuadé que tu aurais fait preuve de davantage de tact. Mon père m'en a toujours voulu d'être né, même après avoir découvert que j'étais bel et bien son fils. Contrairement à Luis, je ne lui ai jamais pardonné la mort de ma mère. Il ne l'a pas tuée. Il n'en a pas eu besoin. Peut-être l'aimait-il vraiment, je ne sais pas. En tout cas, il a scellé son destin le jour où il l'a épousée.

Même à quelques mètres de lui, Sabrina percevait son émotion.

— Comment était-elle ?

Surpris, il demeura silencieux quelques instants, comme s'il réfléchissait à sa question.

— Luis ne t'a jamais parlé d'elle ?

— À vrai dire, nous n'avons jamais beaucoup discuté.

Avait-elle bien fait de faire cet aveu ? Elle en doutait, tout à coup.

— Elle était délicate, sensible, timide. Je me souviens

que je priais pour qu'elle tienne tête à mon père. Mais elle ne pouvait pas. C'est ironique. Luis a fait ce que nous avons toujours voulu qu'elle fasse : il a fui. Elle n'a jamais osé. Elle était comme un petit oiseau enfermé dans une cage dorée. La voir ainsi me brisait le cœur, même si je savais au fond de moi que, si quelqu'un ouvrait la porte, elle n'aurait pas le courage de s'envoler.

Émue par cette description, Sabrina sentit ses yeux devenir humides. Elle ressentait de la pitié pour cette femme triste et malheureuse dont Sebastian lui faisait le portrait. Il était du devoir d'une mère de protéger ses enfants, pas l'inverse. Jamais ses propres enfants n'auraient à souffrir ainsi, elle s'en fit le serment.

— Peut-être estimait-elle qu'il était de son devoir de rester. Je sais que tu penses qu'il s'agit d'un gros mot, mais tu obéis pourtant à ce sens du devoir en m'épousant, non ?

— Ai-je bien entendu ? Tu viens en quelque sorte de demander ma main ?

Elle haussa les épaules, comme si de rien n'était.

— N'est-ce pas la meilleure solution ? À quoi bon faire semblant ?

Sabrina ne décela aucune trace de soulagement dans le regard de Sebastian. Il souffrait sans doute trop. D'ailleurs, il ne refusa pas un analgésique lorsque l'infirmière qui venait d'entrer lui en proposa un.

L'effet fut rapide : après quelques secondes, il ferma les yeux.

Avant de sortir, elle le regarda une dernière fois. Elle ne lisait plus aucun cynisme sur ses traits réguliers.

Incapable de résister à la tentation, elle approcha la main de son visage, puis se retint. Il était question d'une alliance entre deux familles, non d'un mariage d'amour. Elle ne devait pas rêver.

8

Compte tenu des circonstances, les deux familles s'étaient mises d'accord sur un mariage en petit comité, qui ne réunissait que leurs proches et quelques amis. Des photos avaient été prises, mais elles ne seraient publiées qu'un peu plus tard dans la semaine, accompagnées d'un communiqué officiel.

Ainsi, elle était mariée… Devait-elle se sentir différente ? Sabrina n'en avait pas la moindre idée.

Elle jeta un coup d'œil vers l'homme assis à côté d'elle dans la limousine, l'homme qu'elle avait épousé, son *mari*. Ils étaient physiquement très proches et, pourtant, elle avait l'impression qu'ils se trouvaient dans deux mondes parallèles, à des kilomètres l'un de l'autre, sans aucune communication. Le voyage se déroulait dans le silence le plus total, ni l'un ni l'autre ne parlait.

Sebastian n'était pas très sociable, et, à l'évidence, il n'avait aucune intention de changer d'attitude. La seule fois où elle avait entendu le son de sa voix depuis leur départ, c'était lorsqu'ils étaient montés dans la voiture après qu'elle lui avait annoncé qu'elle désirait rendre visite à Chloé à l'hôpital.

— Je t'attends ici, marmonna-t-il lorsque le chauffeur se gara devant la clinique.

Elle ne répondit pas. Sans un regard pour lui, elle

s'engouffra dans l'établissement privé où Chloé avait été transférée quelques jours plus tôt.

Sa sœur avait espéré pouvoir sortir avant le mariage. Malheureusement, sa greffe de peau n'avait pas pris et elle attendait désormais une nouvelle opération. Sa sœur souffrait, réellement, profondément, tandis qu'elle, elle n'avait aucune raison de se plaindre.

Sabrina enfila une blouse stérile, puis prit une grande respiration avant d'entrer dans le service. Le sentiment de culpabilité qui la rongeait était son problème, à elle de le gérer. Elle n'allait pas embêter Chloé avec ses états d'âme, sa sœur avait suffisamment de soucis. Elle savait néanmoins que tout était sa faute. Si elle n'avait pas tenté de fuir, Chloé ne serait pas enfermée dans cet hôpital, aujourd'hui. Elle ne serait pas défigurée.

— Salut, toi !

Chloé était allongée dans son lit, le bas de son corps caché sous une gouttière qui maintenait le drap bien au-dessus de sa peau. Son visage est plus fin qu'il ne l'était deux mois plus tôt. Il était aussi plus pâle, mais son sourire était toujours aussi jovial.

— Alors, comment ça s'est passé ? demanda-t-elle.

Elle approcha une chaise avant de répondre, d'un ton aussi léger que possible.

— Comment n'importe quel mariage. Des invités en grande tenue, une atmosphère pesante… Et quatre hommes pour garder la porte et empêcher quiconque de stopper la cérémonie !

— J'ai l'impression que tu t'es bien amusée, ironisa sa sœur.

— La cérémonie s'est déroulée comme je l'imaginais. La seule différence avec le mariage précédent, c'est que, cette fois-ci, le futur marié a daigné faire son apparition. C'est un plus.

Cette fois-ci, c'était elle qui parlait sur un ton sarcastique.

— Finalement, tu l'as échappé belle. Tu imagines passer ta vie avec un homme amoureux d'une autre femme ?

Chloé parlait comme si elle croyait que Sebastian l'aimait. Si cela lui faisait plaisir...

— Où est le jeune marié ? J'ai oublié de le remercier pour la corbeille de fruits qu'il m'a apportée ce matin.

— Tu as vu Sebastian ce matin ?

— Il ne t'en a pas parlé ?

Parler ? Mais son mari ne lui parlait pas ! Pas un mot. D'ailleurs, elle lui en voulait tellement qu'elle serra les poings pour maîtriser sa frustration et ne pas se mettre à hurler. Hors de question cependant d'avouer à sa sœur que son époux l'ignorait.

— Il a dû oublier.

Deux mois s'étaient écoulés depuis les vingt-quatre heures qu'ils avaient passées ensemble à l'hôpital, après l'accident ; depuis, Sabrina ne s'était que très rarement retrouvée seule avec Sebastian.

— Il vient presque tous les matins, pour le grand plaisir des infirmières, qui le dévorent du regard. Je crois que si tu ne l'avais pas épousé, je lui aurais fait la cour. Mais ça, c'était avant, ajouta Chloé, l'air désabusé. Aujourd'hui, tout a changé. Je ne suis pas naïve : je sais que, désormais, les hommes ne me feront plus l'amour que par pitié.

— Ne dis pas ça !

Les mots de Chloé lui faisaient de la peine. Elle avait envie de pleurer, mais elle refoula ses larmes. Il fallait qu'elle reste forte.

— Mes cicatrices resteront et, contrairement à celles de ton mari, elles ne deviendront jamais sexy.

Nous savons tous qu'en théorie, l'important n'est pas le physique, mais en pratique...

Chloé soupira, puis se passa une main sur les yeux comme pour les essuyer.

— Ne fais pas attention à moi, Brina. J'ai mal dormi et j'ai envie de m'apitoyer sur mon sort aujourd'hui. En tout cas, Sebastian est un homme bien.

Sabrina resta une demi-heure avec sa sœur avant de la quitter, à regret.

Lorsque Sabrina revint à la voiture, Sebastian aperçut des larmes séchées sur ses joues. Aussitôt, une vague d'émotion l'envahit et lui noua la gorge.

— Comment va Chloé ?

— Elle est courageuse. Même si elle refuse de l'avouer, je crois qu'elle souffre. Avant que j'oublie, elle t'est très reconnaissante pour la corbeille de fruits.

Pour toute réponse, il se contenta d'un geste de la tête.

— Moi aussi, je te suis reconnaissante, ajouta-t-elle.

— Je ne veux pas de ta reconnaissance

Depuis le matin, Sabrina se forçait à rester digne et calme ; or la réaction froide, glaciale même, de son tout frais mari lui donnait envie de hurler. Elle ne parvint pas à se maîtriser, sa colère était bien trop forte.

— C'est surtout d'une épouse que tu ne veux pas !

Elle s'en voulut aussitôt. Elle n'avait aucune raison de réagir ainsi. Tout comme elle n'avait aucune raison de croire qu'ils avaient tissé un lien spécial et étroit lorsqu'ils avaient partagé une chambre d'hôpital. Les événements intervenus depuis lui avaient prouvé de façon très claire que le seul moment où ils partageraient une relation spéciale serait lorsqu'il serait sous calmant.

Arrête de rêver et de te faire des illusions, et tout ira beaucoup mieux.

— Malheureusement pour toi, tu as une épouse. Moi. Et tu ne peux pas sans cesse l'ignorer.

Sebastian referma son ordinateur portable, puis, lentement, se tourna vers sa femme. Voir la colère déformer son beau visage lui donna un profond sentiment de culpabilité, ce même sentiment qui l'accompagnait depuis plusieurs semaines. Des semaines qu'il avait passées à recevoir une formation accélérée pour ses nouvelles fonctions officielles. Des semaines durant lesquelles il avait compris ce à quoi son frère avait échappé…

Au moins, il savait à quoi il s'engageait, lui, contrairement à Sabrina, qui n'était pas du tout préparée à ce qui allait arriver. Exactement comme sa propre mère. Pourtant, ne l'avait-il pas mise en garde ? Ne lui avait-il pas proposé d'ouvrir la porte de sa cage dorée avant qu'elle ne se referme ?

Sa haine contre lui-même grandit encore. Il pensa qu'il ne valait pas beaucoup mieux que son père.

— Que veux-tu que je te réponde ?

Il aurait pu lui dire qu'il la désirait, qu'il la désirait plus qu'il n'avait jamais désiré aucune autre femme. Le problème, c'était qu'il avait profité de son ignorance, tout ça parce qu'il ne voulait pas être seul.

Sa culpabilité se renforça.

Sabrina serra les dents, le menton en avant, bravache. Elle jouait les femmes fortes, elle tentait de faire croire à Sebastian que ses mots ne la touchaient pas, mais la froideur dans sa voix rauque la blessait. Il n'attendait rien d'elle. Il n'éprouvait rien pour elle.

— Je crois que tu en as dit assez, lâcha-t-elle.

Durant le reste du trajet, elle l'observa discrètement. À quoi pensait-il ? Son masque était impénétrable. Seul son regard bleu océan lui rappelait l'homme qu'elle avait rencontré deux mois plus tôt.

La nostalgie la gagna. Qu'était-il arrivé au play-boy qui adorait se rebeller devant les flashs des photographes ? Cet homme séduisant, qui garantissait du travail à l'équipe chargée de gérer les crises au palais, avait-il disparu à tout jamais ?

Elle se souvint tout à coup des mots qu'il lui avait soufflés à l'oreille lorsqu'il l'avait vue trembler juste avant de signer le registre d'état civil.

— Détends-toi, ce n'est qu'une journée comme une autre ; pas différente de celle d'hier ni de celle de demain, à condition que tu n'attendes rien. Personnellement, je n'attends rien. Non, je n'attends rien de toi.

Lui n'attendait peut-être rien, mais d'autres personnes comptaient sur elle. Le secrétaire particulier du roi lui avait poliment rappelé, juste avant la cérémonie, que le destin de la nation tout entière reposait sur ses épaules.

— Le prince Sebastian est caractériel. Il fait un effort aujourd'hui, mais nous savons tous qu'il est incontrôlable, alors nous comptons tous sur vous pour être un facteur de stabilité. Tout le monde vous fait confiance, Lady Sabrina.

— Je préférerais que vous fassiez confiance au prince. Je ne lui répéterai pas votre commentaire, mais à l'avenir…

Elle avait pris un malin plaisir à foudroyer du regard le secrétaire jusqu'à ce qu'il recule, l'air gêné. Avec un peu de chance, le message serait transmis au roi : s'il voulait rabaisser son fils, il ne devait pas compter sur elle pour l'aider.

La voiture tourna soudain et quitta la petite route sur laquelle ils circulaient depuis plusieurs kilomètres.

Quelques instants plus tard, un imposant portail en fer forgé s'ouvrit devant eux.

Le malaise la gagna lorsque les grilles se refermèrent derrière eux. L'allée, illuminée par des spots cachés sur les bas-côtés, était interminable. Tant mieux, Sabrina n'était pas pressée d'arriver.

Le chauffeur en uniforme se gara enfin devant une grande demeure géorgienne. D'après ce qu'elle avait compris, les propriétaires, qui avaient fait partie des invités au mariage, étaient absents. Elle leur avait été présentée, mais elle ne se souvenait ni de leurs visages ni de leurs noms. Tout était flou dans sa tête.

Pendant trente longues secondes, personne ne bougea, à l'exception de l'homme assis à côté du chauffeur, qui prononça quelques mots dans un micro fixé à son poignet, sans doute pour vérifier que l'équipe de sécurité était bien en place. Puis Sebastian sortit.

Il avait déjà rejoint le porche lorsque quelqu'un vint enfin ouvrir sa portière à Sabrina.

En approchant de la maison, le sentiment qu'elle ressentait depuis le matin s'intensifia encore. Elle avait l'impression d'être à côté de son corps et d'observer, de loin, tous les événements survenus depuis son réveil. Pourtant, c'était bel et bien elle qui avait dit oui devant l'officiant. C'était bel et bien elle qui s'était mariée.

Elle avança et pénétra enfin dans une somptueuse entrée dallée de marbre, organisée autour d'un majestueux escalier éclairé par plusieurs chandeliers. Son mari était là, en pleine conversation avec deux hommes et une grande femme vêtue d'un tailleur noir.

Elle n'entendait pas la conversation. Elle voyait juste que Sebastian ne semblait pas très heureux. Il parlait à leurs hôtes sur un ton ressemblant au débit d'une mitraillette.

Malgré tout, elle les enviait un peu. Au moins, son mari communiquait avec eux. Avec elle, il ne prononçait que quelques rares syllabes.

Les disputes étaient-elles préférables à l'indifférence ? Avait-elle rêvé lorsqu'elle avait cru qu'elle lui plaisait ? Et dire qu'elle tremblait d'émotion chaque fois qu'elle le regardait... La vie quotidienne risquait d'être difficile, si elle ne se reprenait pas.

D'un autre côté, elle admettait la réaction de Sebastian puisqu'elle incarnait ce sens du devoir qu'il détestait tant. Elle n'avait plus la force de tenter de comprendre. Les questions qui l'assaillaient étaient si nombreuses qu'elle avait mal à la tête. De plus, elle était fatiguée, elle en avait assez d'attendre.

— Sebastian.

Il se retourna lentement. À l'idée d'être à nouveau humiliée, ses joues s'empourprèrent. Si elle n'avait pas été en colère, elle aurait eu du mal à ne pas se mettre à pleurer.

Il s'approcha. Sous la lumière du lustre, sa chevelure sombre brillait et sa cicatrice était très visible. Elle frissonna. C'était elle, la responsable de cette blessure. Tout était sa faute. Il la dévisageait. Pouvait-elle lire en lui ? Non, son visage était toujours fermé.

— Tu as l'air fatiguée.

— Oui.

En fait, elle était moins fatiguée physiquement que moralement. Elle n'en pouvait plus.

— Tu devrais monter. Mme Reid va te conduire à ta chambre. Si tu as besoin de quoi que ce soit, tu peux compter sur elle. Je te rejoins très vite.

Comme par magie, une femme était apparue. Vêtue

d'un uniforme de gouvernante, elle salua Sabrina d'une petite révérence. Sebastian avait déjà tourné les talons ; il était retourné vers le trio qui avait continué à discuter sans lui, comme s'il l'avait oubliée.

Sa poitrine, comme prise dans un étau, lui faisait mal. Sa réaction était ridicule. Aurait-elle voulu qu'il fasse semblant ? Qu'il joue un rôle ? En fait, oui. Parfois, les mensonges étaient préférables car ils évitaient la douleur.

— J'espère que votre suite vous conviendra, dit la gouvernante.

Sabrina s'arrêta. Elle avait des vertiges. Avait-elle mangé quelque chose aujourd'hui ? Elle ne s'en souvenait pas. Elle se tourna vers la gouvernante. Celle-ci la fixait, tout comme les interlocuteurs de Sebastian. Seul lui ne la regardait pas.

À cette idée, une vague de colère la gagna. Il aurait au moins pu faire quelques efforts pour que cette journée soit moins désagréable ! Elle n'avait jamais imaginé qu'il la porterait pour passer le pas de la porte, mais ne pouvait-il pas au moins accepter sa présence, faire preuve d'une politesse minimale au lieu de se comporter comme un adolescent obligé d'assister à une fête de famille alors qu'il préférerait passer du temps avec ses amis ? Bien sûr, Sebastian n'était plus un adolescent et les amis qu'il aimait fréquenter étaient des femmes blondes et sculpturales vêtues de minuscules bikinis. Mais la situation était identique. Il lui faisait payer.

Certes, elle ne devait rien attendre de lui, mais ce n'était pas une raison pour qu'il la traite comme si elle était invisible. Elle refusait d'être invisible !

Elle se força à se reprendre et sourit à la gouvernante.

— Je suis sûre que la suite sera parfaite, merci.

9

Ses trois conseillers répondirent tour à tour à sa question d'un ton révérencieux. Il ne s'agissait que d'un respect de façade, Sebastian en était bien conscient. Il allait devoir gagner leur confiance et leur estime par ses actes. En attendant, il ne devait pas faiblir, il ne devait pas laisser les doutes l'envahir et lui faire perdre de vue son objectif. Les longues heures qu'il passait à travailler n'étaient pas destinées à prouver quoi que ce soit aux sceptiques. Non, c'était d'abord à lui-même qu'il tentait de prouver sa valeur.

— Parlons maintenant du rapport sur les bénéfices financiers envisagés après la réunification, dans le domaine du tourisme.

Ses collaborateurs lui en voulaient, il le voyait bien. Ils avaient tous en tête mille endroits où ils préféreraient être. De son côté, il n'avait qu'un seul lieu en tête, mais un lieu où il n'avait pas envie d'aller.

Maîtriser sa libido était en train de le rendre fou. Même s'il désirait Sabrina plus que tout au monde, la culpabilité qui le rongeait ainsi que sa fierté l'empêchaient de succomber à la tentation.

Il n'avait pas envie que Sabrina soit disponible, il n'avait pas envie qu'elle ne fasse qu'obéir à son sens du devoir. Au contraire, il avait envie qu'elle le désire elle aussi. D'ailleurs, dans ses fantasmes, elle le suppliait de la posséder. Résultat, chaque matin, il se réveillait à bout de souffle et passablement excité.

La gouvernante passa devant Sabrina, ouvrit la porte et l'invita à entrer dans un confortable salon.

— Désirez-vous que j'allume un feu dans la cheminée ?

— Non, je vous remercie.

Une fois seule, elle s'adossa contre la porte fermée et demeura immobile un long moment avant de se forcer à réagir et à examiner les lieux. Elle ne ressentait pourtant aucune curiosité.

Sebastian et elle étaient censés ne passer qu'une seule nuit dans cette maison, mais, à l'évidence, les employés avaient fait de nombreux efforts pour rendre la chambre chaleureuse. Ils y avaient disséminé plusieurs bouquets de fleurs, et même disposé une bouteille de champagne dans un seau en argent.

Elle ouvrit la porte menant à la chambre. Au milieu de la pièce trônait un imposant lit à baldaquin. Un lit aux draps artistiquement ouverts d'un côté.

Refusant de penser aussi loin, elle se força à se concentrer sur le moment présent. À quoi bon s'inquiéter du prochain obstacle avant d'avoir franchi le premier ?

Une course d'obstacles ? Était-ce ainsi qu'elle envisageait la vie d'épouse ? Elle fronça les sourcils. Si elle commençait à se considérer comme une victime, alors elle en deviendrait vite une. Elle ne devait surtout pas faiblir, surtout pas s'apitoyer sur son sort.

Elle croisa son reflet dans le miroir. Elle tenait toujours serré dans sa main un misérable bouquet. Elle était tellement épuisée qu'elle ne s'en était même pas aperçue.

Elle retira ses gants de soie, retourna dans le salon et, lasse, se laissa tomber sur le canapé avant d'ouvrir le premier bouton de son chemisier. Elle avait du mal à respirer, elle manquait d'air. Elle avait l'impression d'avoir un poids sur la poitrine. Elle avait tenté de l'ignorer toute la journée, mais, ce soir, elle ne pouvait plus.

Elle baissa les yeux vers sa main, vers l'alliance dorée glissée à côté de sa bague de fiançailles ornée d'une magnifique émeraude. Elle avait bien envie de les retirer. Elle se retint cependant. S'en débarrasser serait inutile, et surtout un peu puéril. L'heure était venue de se comporter en adulte.

Pour se changer les idées, oublier ses sentiments qui se battaient en duel, elle alluma la télévision.

Elle ferma ensuite les yeux et laissa la voix de la journaliste glisser sur elle. La voix de la femme était plutôt agréable à ses oreilles, rassurante, mais, lorsqu'elle prononça les mots « princesse Sabrina », elle sursauta et rouvrit les yeux.

— Après avoir été abandonnée devant l'autel par celui qui était encore le prince Luis, Lady Sabrina Summerville a épousé cet après-midi son frère, le prince Sebastian, au cours d'une cérémonie intime. Il y a deux mois, le couple et la sœur de la mariée avaient été impliqués dans un tragique accident de la circulation sur une petite route du Vela Occidental.

Apparurent alors à l'écran des images des ambulances et hélicoptères survolant le carambolage. Hypnotisée par cette scène de cauchemar, les corps mutilés et les carcasses de voiture fumantes, elle laissa tomber la télécommande.

Pitié, pourvu que Chloé ne soit pas en train de regarder ce reportage !

Elle soupira de soulagement quand les images de l'accident disparurent. Malheureusement, la tension qu'elle ressentait augmenta à nouveau lorsque le visage de Sebastian surgit, aussi séduisant et musclé que le héros d'un film d'action. Dans une main, il portait une paire de skis. De l'autre, il tenait une sculpturale jeune femme blonde.

— Sabrina...

Sebastian posa la main sur son épaule et elle sursauta.

— Quelle idiotie regardes-tu ?

— Rien.

Seigneur, pourquoi se sentait-elle coupable, tout à coup ? Elle n'avait rien fait de mal. Elle allait éteindre lorsque le comte Hugo apparut sur l'écran.

— Je crois que ça pourrait être une bonne idée de regarder, marmonna Sebastian.

— Êtes-vous conscient, monsieur le comte, lui demandait un journaliste, que beaucoup pourraient considérer ce mariage comme une décision politique. Le prince Luis était populaire des deux côtés de la frontière. Cette union ne semble être rien d'autre qu'une tentative malhabile d'empêcher le projet de réunification de tomber à l'eau.

Le comte fixa longuement le journaliste, avant de répondre :

— À mon tour de vous poser la question : si ce mariage n'avait été qu'une manipulation maladroite, sa célébration aurait-elle été aussi discrète ? Le prince et son épouse se connaissent depuis des années. Après les événements survenus au mois de juin, le respect qu'ils éprouvaient l'un pour l'autre s'est simplement transformé en amour.

Elle éteignit la télévision et se retourna, le regard accusateur, vers son mari.

— Étais-tu au courant ?

— Non.

Vraiment ? Elle avait des doutes, le comte Hugo

n'aurait jamais accordé cette interview sans en avertir Sebastian.

— Je n'étais pas au courant, mais je ne suis pas surpris. Tu ne devrais pas l'être non plus.

Il retira sa cravate.

— Cela ne te dérange pas qu'il mente aussi ouvertement ?

— Bien sûr qu'il mentait, dit-il avec un sourire cynique, mais il est diplomate, c'est son travail.

— Il ment donc sans scrupules, sans en avertir qui que ce soit, et cela ne te fait ni chaud ni froid.

— Comme je te l'ai dit, c'est son travail.

Ce n'était qu'une partie de l'histoire, Sabrina le devinait.

— Tu es pire que lui ! As-tu suivi des cours pour apprendre à éviter de répondre aux questions ?

— À vrai dire, oui, répondit-il en détournant le regard. J'ai demandé à Hugo de s'occuper des médias, je ne peux pas tout gérer en détail.

Elle leva les yeux au ciel.

— Tu acceptes donc ce communiqué ?

Elle était tellement en colère que sa voix tremblait.

— Il aurait pu être meilleur. Mais tout ceci n'est pas grave, il ne s'agit que de politique.

— Je n'aime pas la politique.

Épuisée, elle se laissa retomber sur le canapé.

— Malheureusement pour toi, tu ne pourras pas y échapper. Tu es une princesse, désormais, lui rappela-t-il avec un clin d'œil.

Il se dirigea vers la table et sortit la bouteille du seau en argent.

— J'ai l'impression que tu as bien besoin d'un verre, déclara-t-il.

Elle secoua la tête et referma les bras autour de son

torse. Elle baissa ensuite la tête et ferma les yeux. Elle était à bout.

— En tout cas, moi, j'en ai besoin.

Il posa les deux coupes remplies sur la table basse.

— Est-ce que tu repenses parfois à… ? Non, oublie ma question, reprit-elle, consciente que celle-ci était stupide.

— Est-ce que je repense à quoi ?

— À l'accident.

— Et toi ?

— De temps en temps, mais ça va mieux. Le psychologue a dit…

— Tu as vu un psychologue ? s'étonna Sebastian.

— Oui. Mes parents ont insisté pour que je consulte.

— Quelqu'un d'autre est-il au courant ?

— Quelqu'un d'autre ?

Elle fronça les sourcils. Elle ne comprenait pas.

— À part tes parents. En as-tu discuté avec des amis ou…

Sabrina laissa échapper un rire désabusé.

— Tu crois qu'il est honteux de recevoir un peu d'aide pour gérer un stress post-traumatique ?

— Ce que je pense n'a pas d'importance.

— En fait, ce que tu penses a beaucoup d'importance, objecta-t-elle.

— À la place où nous sommes, il est important de toujours anticiper les effets que peuvent avoir nos actions. Nous devons sans cesse envisager la façon dont le public les percevra. À partir d'aujourd'hui, nos moindres faits et gestes vont être étudiés, scrutés, analysés.

— À partir d'aujourd'hui ? Je te rappelle que tu as passé ta vie à jouer avec les paparazzis !

— Les questions de santé mentale sont sensibles. La presse peut s'en saisir et…

— Tu as peur que les gens disent que tu as épousé une femme instable ? J'ai eu un problème, je ne pouvais pas dormir, alors je me suis fait aider. Point final.

Lorsque Sabrina se baissa pour attraper ses talons aiguilles, Sebastian laissa son regard s'attarder sur ses adorables fesses parfaitement moulées par son tailleur de soie. Sa colère s'évanouit instantanément. Mais pas celle de Sabrina. Elle le fusilla du regard avant de sortir de la pièce, la tête haute.

Et elle fit claquer la porte si fort qu'il sursauta.

Les yeux fermés, Sebastian porta sa coupe de champagne à ses lèvres. Les bulles pétillaient dans sa gorge, mais ne parvenaient pas à alléger son humeur. Bon sang… Lâchant un juron, il reposa sa coupe sur la table, puis se mit à arpenter la pièce de long en large.

Il était en colère contre Sabrina car elle avait eu raison sur toute la ligne. Il était aussi en colère contre lui-même.

Il se força à respirer profondément pour maîtriser sa rage.

Oui, elle avait raison. Il n'avait jamais eu honte à ce point de toute sa vie. Il avait répondu à sa confiance avec ce genre de mépris qu'il détestait. Maintenant, elle risquait de ne plus jamais vouloir se confier.

Peut-être inconsciemment était-ce pour cette raison qu'il avait agi ainsi : pour la repousser. Combien de fois s'était-il fâché contre son père car celui-ci se comportait de cette façon ? En fait, il ne valait vraiment pas mieux que lui, il n'était qu'un homme injuste et méprisable.

Il poussa la porte de la chambre.

La pièce était vide, mais il entendait le bruit de l'eau dans la salle de bains.

Il s'approcha de la porte entrouverte et vit Sabrina, debout, pieds nus, vêtue d'un simple déshabillé de soie. Elle fixait son reflet dans le miroir.

— Sabrina.

Comme un animal effrayé, elle sursauta en entendant son nom. Elle tourna vers lui un regard paniqué.

— Tu n'as jamais appris à frapper avant d'entrer ?

— Si, mais il est hors de question que ce mariage commence par des bouderies et des portes fermées.

Elle éteignit le robinet et, le regard noir, passa à côté de lui.

— Très bien. La prochaine fois, je verrouillerai la porte. Et, pour ton information, sache que je ne boude pas.

— Je suis désolé.

Sabrina était prête à répliquer à n'importe quelle attaque, pas à des excuses. Il s'était vraiment excusé ? Non, elle avait dû mal entendre.

— Je suis désolé. C'était…

Il soupira et se passa une main lasse dans les cheveux.

— Je fais tellement d'efforts pour faire croire que je suis le prince que tout le monde attend que, parfois, j'ai du mal à m'arrêter de jouer ce rôle.

C'était ainsi qu'il fonctionnait : il se concentrait sur la tâche à accomplir, quelle qu'elle soit, ignorant tout ce qui risquait de le ralentir ou de le détourner de son objectif. Parce qu'il avait réussi à tourner la page de l'accident, il n'avait pas imaginé que Sabrina puisse avoir du mal à l'oublier.

— Tu n'as rien à prouver à quiconque, dit-elle, radoucie.

— Sauf à moi-même. Tu dois bien savoir que tout le monde attend mon échec, ajouta-t-il avec un demi-sourire.

Sabrina repensa aux commentaires méprisants à l'égard de Sebastian émis par le secrétaire particulier du roi, le matin même à la télévision.

— Jusqu'ici, tu avais travaillé dur pour te faire passer pour le prince play-boy.

— Je n'ai pas eu à travailler, c'était naturel. Écoute, je ne vais pas faire semblant d'être un homme que je ne suis pas. Je ne suis pas romantique, ce qui, vu les circonstances, n'est pas forcément un désavantage, je n'ai jamais cherché mon âme sœur…

— Ni une épouse.

— C'est vrai, mais le mariage est un contrat. En tant qu'avocat, je comprends l'importance des contrats. Je les respecte.

En revanche, il ne comprenait pas l'amour, songea Sabrina. Pire : il n'y croyait pas. Ce qui voulait dire qu'elle pouvait oublier son rêve de conte de fées. Mieux valait se concentrer sur ce qu'elle pouvait obtenir, ce qu'elle pouvait atteindre.

Elle pouvait par exemple avoir des enfants. Elle avait toujours considéré la maternité comme un des plus grands cadeaux que la nature puisse offrir à une femme. Et puis, avec un peu de chance, peut-être pourrait-elle un jour avoir une influence sur les sujets qui l'intéressaient : la santé, l'éducation des filles… Elle ne connaîtrait peut-être pas l'amour, mais elle pourrait éventuellement laisser un héritage.

— Les gens n'ont pas forcément besoin de chercher leur âme sœur. Luis ne cherchait pas, et il a pourtant trouvé.

— Je ne suis pas Luis.

— C'est vrai, tu n'as pas fui. Tu en avais envie, cependant.

L'accusation était injuste, elle en était bien consciente.

Le problème, c'était qu'elle n'avait pas pu la retenir. Elle était tellement frustrée, tellement énervée…

— Je sais que tu regrettes de ne pas avoir pris le temps d'embrasser des crapauds avec l'espoir que l'un d'eux se transforme en prince charmant. Pas de chance, le seul prince à ta disposition, c'est moi. Mais je te promets une chose, ma chérie : pas besoin d'avoir une âme sœur pour ressentir des émotions. Tu peux les ressentir. Tu *vas* les ressentir.

Sa voix était si douce tout à coup qu'elle alluma tous les sens de Sabrina. Ses derniers mots l'avaient fait frissonner. Elle ne bougea pas, elle n'en était pas capable. Il lui caressa doucement la joue.

— Tu sembles très sûr de toi, dit-elle.

— Il y a une attirance évidente entre nous, depuis notre première rencontre. Tu ne peux pas le nier.

Non, elle ne le niait pas. Elle riva son regard au sien. Il posa la main sur la peau nue de son épaule et la chair de poule la gagna. Elle aurait voulu remonter sa bretelle qui venait de glisser, mais il l'en empêcha en attrapant son poignet.

Son cœur battait désormais la chamade. Elle tenta d'esquisser un sourire, mais elle avait du mal. Il était si proche, si puissant, si viril, qu'elle avait le vertige.

— Sebastian, ce n'est pas une bonne…

Il lui adressa un sourire malicieux et toute pensée rationnelle la déserta.

— Oublions les bonnes idées.

Sa voix était si rauque qu'elle ressemblait à un grognement sensuel. Il lui lâcha la main, attrapa le bord de son déshabillé, puis le passa par-dessus sa tête d'un mouvement rapide. Sabrina était hypnotisée. La tension sexuelle qu'elle ressentait était en train d'atteindre des sommets.

Les mains de Sebastian se posèrent sur son cou, sur ses épaules, puis descendirent vers ses seins frémissants. Il les prit en coupe et, du pouce, s'attarda sur les pointes offertes.

Elle ferma les yeux, rejeta la tête en arrière et se concentra sur les sensations exquises qui parcouraient son corps nu. Elle ouvrit les yeux lorsque Sebastian posa les mains de part et d'autre de sa taille. Elle pouvait voir des étincelles dans son regard. Il pencha la tête et posa la bouche sur la sienne avant de l'embrasser lentement, doucement, avec une sensualité inouïe.

Lorsque Sebastian rompit l'étreinte, le désir rugissait dans les veines de Sabrina comme un torrent que rien ne pouvait retenir. Le répit fut de courte durée : il reprit possession de sa bouche et, cette fois-ci, son baiser se fit plus gourmand, plus appuyé.

Lorsqu'il quitta ses lèvres, il embrassa son cou, ses yeux, son nez, avant de la prendre dans ses bras et de la porter jusqu'au lit.

Allongée, elle l'observa se déshabiller. Sebastian dévoila un corps incroyablement musclé et élancé, une peau ferme aussi dorée que du miel. Sous le charme, elle avait de plus en plus de mal à respirer. Elle était en feu, elle bouillait. Son regard se posa sur sa virilité impressionnante et s'y attarda. Il était excité. Très excité.

La vision de cette beauté masculine alluma de nouveaux feux d'artifice en elle. Une main posée sur le matelas à côté d'elle, il se pencha. Impatiente, Sabrina referma les bras autour de son cou pour l'attirer plus près. Elle mourait d'envie de le sentir contre elle.

Premier corps à corps, premier contact peau sur peau

entre eux. Sa peau était douce à souhait, son corps dur, son sexe velouté... Tout en lui la charmait.

Il prit ses fesses en coupe et la plaqua contre lui. Alors, elle oublia toute retenue, toute timidité. Mue par un désir inédit, elle ondula contre son érection. Elle voulait sentir sa langue danser contre la sienne. Elle voulait tant s'ouvrir à lui qu'elle en avait peur. Mais sa peur ne faisait plus le poids face au désir, face à ce désir qui lui faisait perdre la tête, qui avait envahi chaque parcelle de son corps.

— Sabrina...

Elle répondit en embrassant sa cicatrice. Prenant son beau visage entre les mains, elle laissa sa langue aller et venir sur sa peau encore rosie.

— Je déteste savoir que tu souffres, chuchota-t-elle.

Sebastian songea que c'était maintenant qu'il souffrait — il se sentait déjà prêt à exploser ! Était-ce toujours ainsi ou s'agissait-il d'une réconciliation sur l'oreiller ? Il referma la bouche sur un téton tendu et oublia sa question. Cambrée contre lui, Sabrina poussait de petits miaulements qui l'envoûtaient, l'ensorcelaient.

Il la retourna et la caressa. Sa peau était brûlante et aussi douce que de la soie. Jamais il n'avait caressé une peau aussi lisse et satinée.

— Fantastique...

Il lui glissa une main derrière le genou et noua ses jambes de ballerine autour de ses hanches.

Elle pencha la tête et plaqua le visage contre son torse, avant de déposer une nuée de baisers gourmands sur sa peau ferme et tellement appétissante. Sebastian glissa les doigts dans ses cheveux et la força à relever la tête, puis son autre main se faufila entre ses jambes.

Sabrina en voulait plus, beaucoup plus. Elle le désirait tant qu'elle en souffrait presque. Elle n'était plus qu'une boule d'émotions. Partout où Sebastian posait une main, elle s'enflammait. Elle avait aussi de plus en plus de mal à respirer. Son souffle était court, erratique.

Il caressait de manière experte son clitoris. Soudain, il la pénétra d'un doigt conquérant.

— Je ne vais pas pouvoir résister bien longtemps, dit-il.

Pour toute réponse, elle lui adressa un sourire séducteur. Le désir la rendait étonnamment audacieuse. Elle ne se reconnaissait plus. Elle posa une main sur son torse et regarda les expressions sur son visage à mesure que sa main descendait. Elle la referma autour de son sexe tendu à l'extrême et le vit se mordre la lèvre, comme pour retenir un cri.

Soudain, il sembla perdre tout contrôle. Un souffle comme né au plus profond de son corps remonta et s'épanouit en un gémissement rauque. Alors, Sebastian la fit rouler sur le dos, lui écarta les jambes et se positionna entre.

Puis il la pénétra.

Sabrina noua les jambes autour de sa taille, ferma les yeux et murmura son prénom, encore et encore, tandis qu'il allait et venait en elle. Ils étaient aussi proches l'un de l'autre que deux personnes pouvaient l'être.

Peu à peu, tous ses muscles se tendirent et elle devina que l'orgasme approchait. Lorsqu'une vague de volupté d'une intensité à couper le souffle la fit basculer dans un autre monde, elle se laissa emporter.

Lorsque Sabrina tenta de revenir au présent, de quitter le paradis où son merveilleux amant l'avait menée, celui-ci était encore sur elle, le souffle court.

— J'ai été un peu brusque. Dois-je m'excuser ?

Pour toute réponse, elle posa un doigt sur ses lèvres sensuelles. Il la fixa alors et une vague de tendresse l'envahit. Elle lui prit la main, qu'elle porta à ses lèvres.

— C'était parfait. J'imagine que c'est la pratique qui permet d'atteindre le septième ciel.

Sebastian se demanda soudain si Sabrina était vierge. Lui avait de l'expérience. Pourtant, il venait de partager un moment comme il n'en avait jamais vécu. Il ne pouvait comparer ce corps à corps à aucune expérience passée. Impossible. Pourtant, il était sans doute son premier amant.

— Tu restes ? murmura-t-elle d'une voix alanguie.

Pour toute réponse, il l'attira contre lui. Elle s'installa contre son corps, comme un petit chat, et laissa échapper un soupir de bien-être.

10

Les oiseaux chantaient déjà lorsque Sebastian ouvrit les yeux. Sabrina était toujours dans ses bras, son beau visage collé contre son torse et ses épais cheveux auburn étalés sur son ventre. Incapable de s'en empêcher, il esquissa un sourire. Un instinct protecteur l'envahit. C'était la première fois. Jamais il ne s'était retrouvé dans une telle situation.

Sabrina se lova un peu plus contre lui et il sourit plus largement. Était-ce de la tendresse qu'il éprouvait ? Il repoussa sa question et, rêveur, repensa aux événements de la nuit précédente. Leurs ébats avaient été magiques, leur union d'une intensité folle.

Il fit défiler les souvenirs dans sa tête jusqu'au moment où Sabrina avait pris l'initiative, d'abord timidement, puis avec davantage de confiance au fur et à mesure qu'elle apprenait à le découvrir. Cette absence d'inhibition mélangée à sa spontanéité l'avait vraiment envoûté.

« Ce n'était rien de plus que du sexe », lui rappela une petite voix dans sa tête. Dans ce cas-là, pourquoi avait-il ressenti des émotions inédites ? Était-ce leur contrat de mariage qui faisait la différence ? Il n'avait jamais été le premier amant d'une femme auparavant, alors peut-être ceci expliquait-il cela. L'innocence de Sabrina avait sûrement excité son appétit de sensualité.

Il repoussa une mèche de cheveux qui avait glissé

sur son front, baissa la tête et, sous le charme, s'enivra du parfum fleuri de sa femme. Quelques secondes plus tard, il se redressa en entendant la sonnerie de son téléphone. Le répit n'avait été que de courte durée, hélas…

Aussi doucement que possible, il extirpa son bras coincé sous l'épaule de Sabrina, puis remonta le drap sur son corps de déesse avant de se lever. Il attrapa un peignoir, sortit de la chambre et referma la porte derrière lui.

Quand il trouva son téléphone, celui-ci ne sonnait plus. Il jeta un coup d'œil à l'écran. Il avait raté cinq appels de la même personne. Il soupira. Bon, il ne lui restait plus qu'à rappeler son père…

Lentement, Sabrina émergea de son sommeil profond. Où était-elle ? Pourquoi des muscles qu'elle ignorait posséder étaient-ils engourdis ?

Elle ouvrit les yeux et croisa aussitôt le regard bleu azur d'un homme debout au pied du lit, en train de savourer une tasse de café.

Sebastian… Son mari… Son amant…

Sans lâcher le drap, elle se redressa.

— Quelle heure est-il ?

— Il est encore tôt.

— Tu es déjà habillé…

Elle était un peu déçue de le voir en costume. Il était si beau, tout nu.

— Ma réunion de demain a été avancée à aujourd'hui.

— Quelle réunion ?

— L'équipe de géologues à qui nous avions demandé une nouvelle étude l'a terminée et souhaiterait me la présenter sans attendre. Je dois donc rentrer.

Elle cligna des yeux. Son esprit n'était pas encore complètement réveillé, il fonctionnait toujours au ralenti.

— Combien de temps ai-je pour me préparer ?

— Tu peux prendre ton temps, je pars seul.

À ces mots, son ventre se noua et le ressentiment s'installa en elle. Elle avala sa salive et se força à ignorer la douleur qui lui serrait le cœur.

— Tu pars sans moi.

Ce n'était pas une question, juste une constatation.

— Tu ne rates rien, je te le promets, affirma-t-il en posant sa tasse de café. En fonction de l'heure à laquelle se termine la réunion, nous pourrons peut-être nous retrouver ce soir.

Était-il en train de dire qu'ils se retrouveraient pour faire l'amour ? Elle n'en avait pas la moindre idée, mais cette incertitude ne la dérangeait pas. Ce qui l'embêtait, en revanche, c'était à quel point elle avait envie de faire l'amour avec lui.

Bon sang, une seule nuit et elle était déjà devenue accro au sexe ! Elle comprenait maintenant pourquoi son mari avait brisé le cœur de tant de femmes.

— La nuit dernière…

Sabrina s'interrompit. Elle ne trouvait pas les mots adéquats pour lui expliquer le bien-être qu'elle avait ressenti. Elle se sentait un peu bête. Les conquêtes habituelles de Sebastian ne devaient pas manquer de mots, elles.

— La nuit dernière était agréable, je suis d'accord. Nous sommes censés avoir un ou deux enfants, alors autant profiter de cette obligation pour prendre du plaisir.

Déçue, elle baissa les yeux. Elle aurait aimé qu'il dise quelque chose de plus, qu'il éprouve quelque chose de plus. Parce qu'elle, elle ressentait plus. Elle désirait plus. Soudain, elle comprit qu'elle était tombée amoureuse de son prince, de cet homme qui était bien plus que le simple play-boy décrit par les journaux.

La douleur l'envahit. Pour lui, elle ne représenterait jamais rien de plus qu'une charge, une obligation, même s'il prenait un plaisir certain à accomplir son devoir conjugal.

Elle était sa femme, mais pas l'amour de sa vie.

— Tu vas bien ?

Elle releva les yeux et remonta le drap jusqu'à son menton. Les femmes se sentaient-elles toujours ainsi lorsqu'elles étaient amoureuses ? Avaient-elles les nerfs à vif et l'impression d'être vulnérables ? Avaient-elles les larmes aux yeux, comme elle ? Était-ce là le sentiment que tant de gens rêvaient d'éprouver ? Elle préférait toutefois avoir la grippe plutôt que d'être amoureuse !

— Je vais bien.

Sabrina ne savait pas mentir. Plutôt que d'insister et de la pousser dans ses derniers retranchements, Sebastian accepta sa réponse avec un simple haussement d'épaules. C'était plus facile que d'entrer dans une longue discussion, surtout pour un lâche comme lui.

— Tant que je n'ai pas bu une tasse de café, je ne suis pas vraiment réveillée, ajouta-t-elle.

L'émotion qu'il percevait dans sa voix chantante ranima la honte en lui. Il se pencha alors au-dessus du lit.

— Je comprends ce que tu ressens.

— Non, je ne crois pas.

— Tu as peur d'être enfermée dans une cage dorée.

Elle ne répondit pas. Elle laissa juste échapper un petit bruit qui ressemblait à un rire nerveux.

— La vie dans un palais impose des limites, mais nous…

Il prit une profonde respiration. Peu importait le

nombre de fois qu'il s'était répété qu'elle savait dans quoi elle s'était engagée, qu'ils étaient tous les deux des victimes des circonstances, il se sentait toujours coupable.

— Nous devons tirer le meilleur parti d'une situation désagréable, conclut-elle d'un ton désabusé.

Ils se croiseraient peut-être, notamment dans leur chambre, mais, la plupart du temps, ils mèneraient des vies parallèles. Sabrina n'avait jamais rien espéré d'autre du mariage, du moins avant de tomber amoureuse de son mari.

L'amour changeait tout.

— Ce n'est pas cela que j'allais dire. Pendant les douze prochains mois, ma somme de travail sera importante. Je ne serai pas là pour…

— Je ne suis plus une enfant, alors détends-toi, coupa-t-elle. Je n'ai pas besoin qu'on s'occupe de moi.

J'ai juste besoin d'amour, faillit-elle ajouter. Elle se força à ignorer la douleur qu'elle ressentait et à mettre une pointe d'humour dans sa voix :

— Je n'ai pas besoin que tu me tiennes la main. Je ne deviendrai pas une épouse exigeante, je te le promets, je ne te demanderai rien.

Elle venait de dire ce qu'il avait envie d'entendre, Sebastian aurait donc dû être soulagé. Mais non. Il était surtout mécontent car, désormais, il savait tout ce qu'elle ne lui demanderait pas. La colère n'était pourtant pas la réponse adéquate, il en avait conscience. Le problème, c'était qu'il ne parvenait pas à expliquer la raison exacte de son agacement.

— Et si j'ai besoin que toi, tu me tiennes la main ?

À son regard, il devina que la question l'avait surprise autant que lui était surpris de l'avoir prononcée — il n'avait jamais eu besoin de personne. Il allait ajouter que ce n'était qu'une façon de parler quand il vit le regard de Sabrina posé sur sa main, justement, à quelques centimètres de la sienne. Il la retira et la passa sur son visage las.

— J'ai observé tes parents, reprit-il. Ils travaillent en équipe.

— C'est différent. Ils s'aiment.

— Ils s'aiment... Finalement, je crois qu'il vaut mieux que nous laissions de côté la question des sentiments.

À ces mots, Sabrina explosa.

— Non, ne laissons pas cette question de côté ! Un mariage est justement une histoire d'émotions. Je m'excuse si je ne possède pas ton sang-froid.

Pour la première fois, elle découvrait qu'elle pouvait aimer un homme et avoir en même temps envie de l'étrangler.

— Et moi, je m'excuse si je brise tes rêves, mais nous devons être réalistes. Il nous faudra sans doute un peu de temps pour prendre nos marques, mais notre mariage fonctionnera mieux si nous ne sommes pas dans deux camps opposés, si nous travaillons en équipe.

Sa logique était implacable. Et déprimante... D'autant plus déprimante qu'il ne lui offrait rien en retour. Elle baissa les yeux vers ses ongles peints.

— Avec un peu de chance, ton pragmatisme parviendra à tuer dans l'œuf mon incurable romantisme.

Elle frissonna en laissant échapper ces derniers mots, puis leva les yeux vers Sebastian. Elle ne lisait aucune exaspération sur son visage. Il avait l'air incroyablement sexy, mais aussi épuisé. À cette idée, le trouble la gagna et elle réprima sa colère.

— Bon Dieu, tu ne comprends donc pas ? s'écria-t-il. Je te désire dans mon lit, pas dans ma tête.

Il s'interrompit net et leva les yeux au ciel.

— Je suis désolé, je ne voulais pas…
— Si, tu le voulais.

Sabrina demeurait immobile, visiblement sous le choc, mais tellement sexy avec ses cheveux couleur miel et ses lèvres roses encore gonflées par leurs baisers de la veille. Comme d'un coup de baguette magique, les hormones de Sebastian se réveillèrent instantanément. Face à son désir, sa raison ne faisait plus le poids. Son envie était si forte qu'elle balayait tout sur son passage.

À bien y réfléchir, la patience était la seule réponse à son problème. Il devait juste attendre que son désir s'émousse et diminue. Ensuite, tout irait bien. Il ferma les yeux et se concentra sur sa respiration pour se maîtriser. L'absence d'amour aurait dû rendre leurs rapports plus faciles, pas plus compliqués. Il ne comprenait plus rien.

Il prit une longue inspiration et tenta une nouvelle fois de rompre le mur d'incompréhension en train de se construire entre eux. Il riva son regard au sien et laissa le silence s'installer, un silence seulement troublé par leurs souffles rauques.

— Écoute, dit-il enfin, tous les mariages ne se ressemblent pas. Nous avons juste besoin de créer nos propres règles.

— Qu'essaies-tu de dire ?

— À vrai dire, je ne sais pas.

Sebastian n'avait aucune expérience dans ce domaine. Il laissa échapper un petit rire las. Il se détestait, il détestait ce monde qui la privait de la vie dont elle avait rêvé.

— Je ne peux rien te promettre, Sabrina. Je sais que tu as des rêves. Je suis désolé que cette vie soit la tienne, la politique, les intrigues… Je crois que ce que j'essaie de dire, c'est que je n'ai pas envie que nous nous opposions. Tu mérites mieux.

Et elle méritait surtout mieux que *lui*.

— Cela n'arrivera pas, nous ne nous opposerons pas.

— Il ne faut pas l'exclure. J'ai vu mes parents. Mais je te promets que nous ne serons jamais comme eux. Je préférerais mourir plutôt que de ressembler à mon père. Tout sera sans doute plus facile une fois que le désir entre nous aura disparu.

Sa voix sensuelle tremblait-elle ? se demanda Sabrina. Essayait-il de rendre sa prédiction moins douloureuse ? Pour l'instant, elle n'avait pas envie de répondre à sa question. Elle ne rêvait que d'une chose : le sentir en elle.

— En attendant, reprit-il, nous pourrions nous contenter de profiter de la vie.

Bonne idée. Son désir était si intense qu'elle frissonnait de tous ses membres.

Sebastian ne revit pas Sabrina avant le lendemain.

À ce moment-là, il avait eu le temps de réfléchir et de mettre les événements en perspective.

En fait, ils se trouvaient dans une situation unique, que peu de personnes connaîtraient. L'affinité, la compréhension, l'attirance physique, tous les sentiments qu'il ressentait étaient logiques, quand il y réfléchissait avec sang-froid.

Il aperçut soudain sa si belle épouse et en oublia toutes les conclusions auxquelles il était parvenu.

— Salut, toi, lança-t-il.

Elle leva les yeux vers lui et retira ses lunettes qui lui donnaient l'air si sexy. Elle se leva d'un bond.

— Je suis désolée. Nous ne t'attendions pas avant tard ce soir.

— Nous ? Tu parles comme une princesse désormais ? Tu utilises le nous royal ?

Elle tenta de glisser son pied dans sa sandale.

— Comment s'est déroulée ta réunion ?

Il passa une main dans ses cheveux.

— Après une journée de travail, l'idée de me transformer en despote me paraît de plus en plus tentante.

— C'est parce que tu es impatient.

Son superbe époux était aussi très intelligent, alors il devait avoir du mal à accepter que ses interlocuteurs ne réfléchissent pas aussi vite que lui.

— Qu'étais-tu en train de lire ?

— Juste un livre…

Gênée, elle haussa les épaules. Il se pencha pour déchiffrer le titre.

— *La sénilité et son impact sur la situation économique et sociale dans les pays en voie de développement.* Dis donc, c'est du sérieux ! Ne t'inquiète pas, je ne le répéterai pas.

— Je connais la personne qui l'a écrit. Elle m'a demandé d'en faire une critique.

Sebastian abandonna son sourire et redevint sérieux. Sabrina avait tout abandonné pour l'épouser, en particulier son travail. Pour la réunification de l'île, elle avait renoncé à une carrière.

— Tu n'es vraiment pas dans ton monde ici, n'est-ce pas ?

Sa voix était douce ; pourtant, la colère qu'il ressentait en lui était grande.

— Ça l'est aujourd'hui.

Sabrina releva le menton et se retint pour ne pas se jeter dans ses bras et lui avouer à quel point tout avait été horrible : son arrivée au palais, le thé avec la reine, la rencontre avec ces femmes convenables censées devenir ses amies... Elle respira profondément. Elle y arriverait. Oui, elle surmonterait toutes les difficultés et deviendrait l'épouse dont Sebastian avait besoin, même s'il ne le savait pas encore.

— Tu ne m'as toujours pas répondu. En dehors de la découverte de ton goût pour le totalitarisme, comment s'est passée ta journée ?

Sebastian s'avoua que sa journée se passait mieux depuis qu'il avait retrouvé Sabrina. Décidément, les surprises ne cessaient de se succéder... Il s'était échauffé dès qu'il l'avait aperçue en train de lire, pieds nus. Ses yeux glissèrent vers ses cuisses, qu'elle venait de dévoiler en remontant sa robe du soir. Des idées osées l'envahirent aussitôt, mais, lorsqu'il croisa son regard, il vit qu'elle attendait toujours une réponse.

— Ma journée a été interminable. *Aussi interminable que tes jambes de ballerine.* Et la tienne ?

— J'ai pris le thé avec ta... avec la reine.

— Et après ça, tu n'es pas allée directement te coucher avec une aspirine ? Je suis impressionné ! ironisa-t-il.

— D'après ce que j'ai compris, je dois rencontrer une styliste demain.

— Non.

— Pourquoi non ?

Surprise, elle plissa le front.

— Parce que tu n'as pas besoin d'une styliste. La dernière chose dont tu as besoin, c'est d'être transformée en clone de ces femmes qui ne font rien de leurs journées, à part prendre le thé. En plus, c'est insultant.

Elle réprima un sourire. L'indignation dont Sebastian faisait preuve lui faisait plaisir.

— Je ne voudrais pas offenser la reine.

— Ne t'inquiète pas, elle a la peau aussi dure qu'un rhinocéros.

— Je verrai la styliste, ce sera le plus simple.

Sebastian la prit par les épaules pour l'obliger à la regarder dans les yeux.

— Vois-la si tu veux, mais ignore ses recommandations, s'il te plaît.

— Ne t'inquiète pas pour moi, je saurai lui faire face. Je saurai résister avec diplomatie. D'ailleurs, tu devrais peut-être utiliser la diplomatie, toi aussi.

Il s'approcha. Il était désormais si près d'elle que son souffle chaud dans son cou irradiait dans tout son corps.

— Tu proposes de me donner des leçons de diplomatie, ma chérie ?

Frissonnante, elle se mit sur la pointe des pieds et effleura sa bouche avec la sienne.

— Pourquoi pas ?...

Sebastian approfondit le baiser et son désir augmenta magiquement.

Sa gourmandise explosa, lui coupa le souffle. Il lui caressa le visage et toutes les tensions accumulées dans la journée s'évanouirent.

— Tu es une très belle femme, Sabrina. Je n'ai jamais cru qu'il était possible de rester ami avec une femme après la fin d'une aventure, mais, avec toi, je pense que je pourrais y arriver.

Ses yeux mi-clos s'ouvrirent brusquement et elle recula, comme mordue par un serpent.

— Quel est le problème ? demanda-t-il.

— Le seul fait que tu poses la question est déjà un problème ! Tu n'as pas une aventure avec moi, je suis ton épouse ! Tu n'as jamais pensé que, peut-être, tu n'étais pas ami avec tes anciennes conquêtes car tu n'étais pas ami avec elles *avant* de les séduire ?

Elle pivota et s'éloigna de lui. Il avait bien envie de la suivre, mais elle se retourna et le foudroya du regard.

— Pour information, Sebastian, nous ne sommes pas amis !

11

Son attitude était déraisonnable, c'était une femme excessive. Sebastian s'arrêta d'arpenter son bureau pour boire une gorgée de brandy.

Il était rentré plein d'espoir pour l'avenir, mais, en quelques minutes, Sabrina avait brisé toutes ses espérances. Elle avait réagi comme s'il l'avait insultée.

L'avait-il insultée, d'ailleurs ? Non, bien sûr que non. Elle était injuste avec lui. Il vida son verre d'un trait avant de plonger à nouveau dans ses pensées.

Il revint au présent en entendant frapper à la porte.

Sabrina souffla un grand coup devant la porte du bureau. Il lui avait fallu une demi-heure pour rassembler son courage. Une demi-heure pendant laquelle elle avait beaucoup pleuré, jusqu'au moment où elle s'était demandé pourquoi elle était fâchée.

Elle était en colère parce que l'avenir qu'il envisageait pour eux, même en choisissant le scénario le plus favorable, n'était pas celui dont elle rêvait. Le problème, c'était qu'elle ne pouvait pas forcer Sebastian à l'aimer. Elle ne pouvait pas non plus lui reprocher de ne pas l'aimer.

Plutôt que d'être fâchée et amère en pensant à ce qu'elle ne pourrait jamais obtenir, peut-être valait-il mieux suivre son conseil et profiter de ce qu'ils partageaient tant qu'elle le pouvait. Elle était dans cet état d'esprit lorsque son mari lui ouvrit.

— Excuse-moi, Sebastian, j'ai exagéré. Je n'ai pas envie de dormir seule.

Elle retint son souffle. Qu'allait-il répondre ? Son visage demeurait impassible, ne laissant passer aucun indice.

— Moi non plus, je n'ai pas envie de dormir seul.

Sans un mot de plus, il l'attira à lui et l'embrassa avec une infinie tendresse, avec une intensité qui fit tourner sa tête et la priva de toutes ses forces.

Comme s'il devinait que ses jambes ne la tenaient plus, il la porta sur le canapé.

Il ne s'agissait que de sexe entre eux, elle le savait bien, mais, lorsqu'elle ferma les yeux, la tendresse dont il faisait preuve lui fit penser à de l'amour. Et lorsqu'il se mit à danser en elle, comme s'ils ne faisaient plus qu'un, elle oublia ses interrogations et rendit les armes. Elle s'abandonna corps et âme.

Après avoir touché les étoiles, après avoir atteint un monde de volupté dont elle ignorait l'existence, une profonde tristesse la gagna cependant. Sebastian ne ressentait pas les mêmes sentiments qu'elle ; il ne les ressentirait jamais. Il acceptait de lui donner son corps, mais jamais il ne lui confierait son âme.

— Vos visiteuses sont dans le petit salon, annonça son assistante.

Tout en lui souriant poliment, Sabrina continua à trier ses papiers sur son bureau. Elle n'avait pas envie de voir ces femmes, elle avait envie de voir Sebastian. Ils étaient séparés depuis une semaine et il lui manquait.

En son absence, elle avait essayé de s'occuper, de se rappeler qu'elle devait se construire une vie qui ne tournerait pas autour d'un mari qui oubliait jusqu'à son existence dès qu'il sortait de la chambre conjugale ; un mari qui finirait tôt ou tard par ne plus la remarquer, même quand il se trouverait dans la même pièce qu'elle.

Elle devait profiter du moment présent, voilà ce qu'elle devait faire. Hélas, ce bon conseil n'était pas facile à appliquer... Pendant cette semaine, c'était le travail qui l'avait sauvée. L'hôpital universitaire lui avait en effet demandé de l'aide pour recruter le nouveau chef du service consacré à la maladie d'Alzheimer.

Elle se leva et s'arrêta devant le miroir pour jeter un coup d'œil à sa coiffure. Par la porte entrouverte du salon, elle entendait pépier la demi-douzaine de femmes réunies là, qui étaient censées représenter la fine fleur de la société locale.

Un seul déjeuner avait suffi à confirmer ses doutes : elle n'avait absolument rien en commun avec ces femmes, et les détestait peut-être autant que celles-ci la méprisaient.

— J'ai entendu dire qu'il a été aperçu en train de rentrer dans sa chambre d'hôtel à une heure du matin, fit une voix un peu nasillarde.

Sabrina tiqua. De qui parlait cette femme ? Curieuse, elle décida d'écouter avant d'entrer.

— Tu crois qu'elle est au courant ? demanda une autre femme.

Sabrina posa une main sur son ventre et se força à respirer calmement.

— Pourquoi cela la dérangerait-il ? Elle a déjà obtenu ce qu'elle désirait, elle a sa couronne.

Sa couronne... Quelle ironie ! Elle ne la portait pas

et, pourtant, elle pouvait presque sentir son poids sur sa tête, tellement ses responsabilités lui pesaient.

— Tous les membres des familles royales apprennent dès leur plus jeune âge à détourner le regard.

— Les membres des familles royales, oui, mais elle ne vient pas d'une véritable famille royale : son père passe tous ses après-midi à jouer aux échecs dans un parc public avec des… des paysans ! conclut la femme d'un ton dégoûté.

En silence, Sabrina se glissa dans la pièce. Sa décision était prise : elle ne perdrait pas une minute de plus avec ces femmes épouvantables.

— J'ai un peu de peine pour elle. Si mon mari me trompait…

D'un pas déterminé, elle continua à avancer vers les femmes, toutes vêtues de tenues coûteuses.

— Je suis désolée de vous avoir fait patienter, mesdames, mais un événement-surprise est intervenu. Je ne vous verrai que jeudi. En fait, non. Après réflexion, j'annule nos petites réunions. Définitivement.

Sans attendre leur réponse, elle se dirigea vers la porte. Avant de sortir, elle se retourna.

— Pour votre information, sachez que nous n'avons pas de paysans au Vela Oriental. Par ailleurs, mon père était un grand maître d'échecs à dix-sept ans et ma mère m'a toujours appris à juger les gens pour ce qu'ils sont et non pas en fonction de leur rang social. Enfin, la seule femme qui partage le lit de mon mari, c'est moi.

La tête haute, elle sortit ensuite du salon, mais son sourire forcé s'évanouit dès qu'elle se retrouva dans le couloir.

— Rachel, pouvez-vous annuler tous les déjeuners avec ces…

Elle s'arrêta devant la porte de son bureau, sourcils

froncés. Son assistante était en train de ranger ses affaires personnelles dans un carton.

— Que faites-vous ? Vous pleurez ? Que se passe-t-il ?

— Je... je pars.

— Je ne comprends pas, dit Sabrina en secouant la tête.

— Rachel a été déplacée, Votre Altesse.

Sabrina se retourna et dévisagea la femme qui venait de parler.

— Et vous êtes ?

— Regina Cordoba. Votre nouvelle assistante.

Sebastian regarda approcher le comte Hugo, le chien de garde de son père, et serra les poings. Les manières sournoises de l'homme l'irritaient au plus haut point.

— Votre Altesse.

— Comte Hugo. Est-ce une heureuse coïncidence ou êtes-vous en mission commandée ?

— Le roi espérait que vous seriez disponible.

— Où est-il ?

Il trouva son père assis derrière son imposant bureau.

— Il paraît que tu désires discuter.

— Je ne veux pas discuter, je veux une explication. Pourquoi as-tu quitté la réunion et fait perdre leur temps à tes interlocuteurs ? Ils ont fait l'effort de se déplacer jusqu'à toi.

— Tu veux vraiment savoir ? Très bien, je vais te le dire. D'abord, cette réunion n'avançait pas. Tout le monde était tellement occupé à protéger ses intérêts particuliers que nous aurions pu rester autour de la table pendant toute une semaine sans parvenir à la moindre décision. Ensuite, j'ai fait une blague et personne n'a rigolé.

Pour toute réponse, son père continua à le dévisager.

— C'était une bonne blague ! Sabrina l'aurait comprise, elle aurait rigolé, alors j'ai eu envie de rentrer pour la retrouver.

Il ne raconta pas qu'en plus du manque du sens de l'humour chez ses interlocuteurs, il avait souffert de l'absence d'autre chose, pendant la réunion. Il avait souffert de l'absence de quelqu'un. Il avait même fini par mettre un nom sur ce qu'il ressentait : la solitude. Il se sentait seul parce qu'il était loin de la seule personne à côté de laquelle il voulait être. Sabrina.

— Puisque tu as abordé le sujet, j'aimerais évoquer un point qui concerne ta femme.

La bonne humeur de Sebastian s'évanouit instantanément. Il posa une main sur le bureau et se pencha vers son père.

— Tu souhaites me parler de Sabrina ?

— Je ne lui en veux pas, elle ne sait pas comment nous fonctionnons au palais. Elle doit néanmoins apprendre qu'il y a des sujets auxquels elle ne doit pas s'intéresser, qui ne sont pas convenables pour une femme de son statut.

— Ce qui n'est pas convenable, c'est que tu l'espionnes.

— Nous la surveillons pour la protéger.

— Je suis tout à fait capable de protéger ma femme, alors arrête de l'espionner et arrête d'espionner mes réunions, s'il te plaît.

— J'ai besoin de savoir...

— Tu sauras. Je te tiendrai au courant, mais après coup. C'est ainsi que le palais fonctionnera, sous mon règne. Si tu n'acceptes pas mes conditions...

— Tes *conditions* ?

— Je ne cherche pas à être cruel. Je te préviens simplement qu'en tant que roi, j'agirai comme bon me semble. Je ferai mon devoir, je t'en parlerai, mais je le ferai à ma façon et avec mon épouse à mes côtés.

— Et si ta femme apprenait ton petit voyage à Paris ? D'après mes informations, il ne s'agissait pas d'un déplacement professionnel.

— Es-tu en train de me faire du chantage ? demanda Sebastian, glacial.

— Non, bien sûr que non !

— Tu cherches à me culpabiliser, alors ?

— Pas du tout, ce n'est pas moi qui passe du temps avec…

— … avec mon frère, le coupa-t-il.

Sous le choc, son père demeura bouche bée.

— Je suis désolé, je ne voulais pas te l'annoncer aussi brusquement.

— Tu as vu ton frère ?

Sebastian approuva d'un signe de la tête. Malgré sa colère, il ne pouvait s'empêcher de ressentir un peu de pitié pour son père.

— Oui, j'ai vu Luis le week-end dernier à Paris. J'ai aussi rencontré son épouse, une jeune femme charmante.

— Je ne veux plus jamais entendre son prénom ! tonna le vieil homme en se reprenant.

— Si tu veux oublier ton fils, c'est ton choix. Or Luis est mon frère, et j'ai bien l'intention de continuer à le voir. J'aimerais d'ailleurs l'inviter à la cérémonie officielle de réunification, l'année prochaine. Je pense qu'il aimerait venir, mais il m'a clairement dit qu'il ne viendra que si tu donnes ta bénédiction à cette invitation.

— Jamais de la vie !

— Ta réaction m'étonne. Tu m'as toujours enseigné l'importance de la famille.

— Il nous a trahis.

— Non, il est juste tombé amoureux.

— Amoureux…

Son père leva les yeux au ciel.

— Luis fait partie de la famille, son épouse fait partie de la famille et leur enfant fera aussi partie de la famille.

— Elle est enceinte ? demanda son père, pâle tout à coup.

— Elle attend un garçon.

— Un garçon ? Je commençais à craindre de ne jamais devenir grand-père.

À l'évidence, son père se retenait pour ne pas sourire.

— Je fais moi aussi mon possible, père, pour que tu aies de nombreux petits-enfants.

L'image de Sabrina portant un nourrisson à son sein envahit son esprit. C'était une première. Il n'avait jamais pensé à la paternité, avant. À sa grande surprise, une vague d'émotion le submergea.

— Quand est prévue la naissance ?

Il sortit une photo de son portefeuille et la posa sur le bureau, devant son père. Au bout de quelques secondes, celui-ci la saisit et l'examina. Quand il la reposa, son regard était humide.

— À propos, t'ai-je dit que l'université aimerait beaucoup recruter Sabrina ?

Son père releva les yeux.

— Ta femme ne peut pas travailler. C'est absurde.

— Ce qui serait absurde, père, ce serait qu'une femme possédant les qualifications que possède Sabrina les gâche et ne puisse pas être un exemple pour les femmes de Vela et pour ses propres filles.

— Tant que je serai en vie, jamais elle ne travaillera !

Sebastian se dit qu'il trouverait sans doute Sabrina dans son bureau. Le son des voix lorsqu'il s'en approcha, et d'une voix en particulier, lui indiqua qu'il ne s'était pas trompé.

Il poussa la porte et s'arrêta net. D'un côté, Rachel, en larmes, en train d'être consolée par Sabrina, et de l'autre côté, une troisième femme qu'il reconnaissait vaguement observait la scène sans broncher.

— Que se passe-t-il ? demanda-t-il.

— Sebastian ! Je suis contente de te voir. Cette femme dit qu'elle s'appelle Regina Cordoba et qu'elle est ma nouvelle secrétaire. J'étais en train de lui expliquer que j'ai déjà une assistante.

Regina Cordoba, bien sûr ! La nièce du comte Hugo...

— Votre Altesse, dit celle-ci, la charge de travail est trop importante pour Rachel, nous la déplaçons dans un autre service, à un poste moins stressant. J'ai commencé à travailler sur le discours que la princesse doit donner devant les amis de l'hôpital. J'en ai fait une version plus... acceptable, conclut-elle en brandissant un dossier.

Sebastian s'approcha de la jeune assistante qui pleurait et posa une main sur son épaule pour la réconforter.

— Travailler pour ma femme vous stresse-t-il ? Soyez honnête.

— Non, j'aime beaucoup travailler pour la princesse.

Sebastian acquiesça et se retourna vers Regina Cordoba, qui regardait Rachel avec mépris.

— J'ai l'impression que toute cette histoire n'est qu'une erreur. Comme vous pouvez le voir, mon épouse a déjà une secrétaire.

— C'est le roi lui-même qui m'a demandé de m'occuper des affaires de votre épouse. Cela me gêne de le dire, mais plusieurs aspects du travail de Rachel laissent à désirer.

— Je ne suis pas d'accord ! rétorqua Sabrina.

— Ce qu'elle veut dire, ma chérie, c'est que Rachel ne t'a pas espionnée comme on le lui avait ordonné. Donc, si j'ai bien compris, ses supérieurs ont décidé d'employer une espionne plus chevronnée.

— Je proteste contre ces accusations ! s'écria Regina.

— Protestez si vous voulez, mais hors de ma vue.

La nièce d'Hugo se raidit et, drapée dans sa dignité, sortit de la pièce.

— Que vient-il de se passer ? demanda Sabrina d'une petite voix, une fois la porte fermée.

Sebastian lui sourit et s'avança vers l'endroit où Rachel était en train de sécher ses larmes.

— Est-ce que cela veut dire que je travaille toujours pour la princesse ?

— Oui. Elle seule peut décider de vous licencier.

— Et je vous garde, ajouta Sabrina. Et maintenant, prenez le reste de la journée pour vous remettre de vos émotions. Je vous attends demain matin.

Une fois Rachel sortie, Sebastian s'approcha de sa femme.

— J'apprécie ton aide, dit celle-ci d'un air pincé, mais j'aurais très bien pu m'en sortir seule.

— Je n'ai jamais eu le moindre doute, mais tu n'aurais pas dû avoir à gérer cette affaire. J'aurais dû établir quelques principes avec mon père quand je l'ai vu tout à l'heure. Heureusement, tout est réglé maintenant. Je ne crois pas qu'il y aura un autre incident.

— Tu lui as déjà parlé…

Sabrina essaya de contenir la tristesse qui l'envahissait. Évidemment, Sebastian était allé voir son père dès son retour. Elle n'était pas sa priorité absolue, son père l'était.

— Comment s'est passé ton voyage ? parvint-elle à demander d'une voix normale.

— Ce n'était qu'une succession de réunions interminables. J'en ai profité pour réfléchir et j'ai compris que je m'étais conduit comme un idiot.

Sebastian prit le visage de sa sublime épouse en coupe entre ses mains, ferma les yeux et plongea dans ses souvenirs. Il repensa au moment où il avait eu une révélation, après une semaine à nier l'évidence et à se sentir minable. Une semaine passée à se demander comment elle allait, à ressentir le manque — manque de sa voix, de sa peau... Sans qu'il s'en rende compte, Sabrina s'était insinuée dans son cœur et dans son âme. Il avait combattu ses sentiments parce qu'il n'était qu'un lâche. Il l'avait repoussée alors qu'il aurait dû au contraire se réjouir de l'avoir épousée.

— Je suis sûre que tu ne t'es pas conduit comme un idiot, murmura Sabrina, touchée de lui voir l'air si abattu.

Son cœur se serra. Elle n'aimait pas le voir souffrir.

— J'étais... Je suis..., bredouilla-t-il, avant de river son regard perçant au sien. J'ai l'impression que la Terre a changé d'orbite, sous mes pieds. Je ne comprends plus rien à la vie. Autrefois, j'étais tellement sûr de moi, tellement sûr de tout. Sûr que l'amour n'était qu'un jeu pour les faibles, sûr que je n'étais pas fait pour l'amour. Te souviens-tu de ce que j'ai dit un jour ? Que cela ne m'arriverait pas, que je ne m'attendais pas à...

— Tu as rencontré quelqu'un, le coupa Sabrina, blême soudain.

Son cœur battait n'importe comment, la tête lui

tournait. Elle reprit vite, de peur qu'il ne formule les mots lui-même :

— Tu as rencontré une autre femme.

La vie était ironique. Elle avait entendu les mots prononcés par les pestes, un peu plus tôt, mais jamais elle n'avait imaginé qu'il puisse s'agir de la vérité.

— J'apprécie ton honnêteté, déclara-t-elle, le cœur en lambeaux, mais je préférerais ne pas connaître son nom.

— Mais enfin, de quoi parles-tu ? demanda Sebastian.

— Tu es tombé amoureux.

Ce n'était pas une question mais une constatation. Sabrina voyait bien que son mari avait changé pendant ces quelques jours.

— Oui, en effet, répond-il.

Elle essaya de reculer, mais il resserra son étreinte sur ses épaules.

— Regarde-moi, Sabrina.

— Je ne peux pas. Je te déteste !

— T'ai-je déjà dit que tu as la bouche la plus sensuelle qui existe ?

Lentement, elle releva enfin la tête et, les yeux embués, le dévisagea.

— Pourquoi dis-tu cela ?

Sebastian avait l'impression d'être au bord d'un précipice, prêt à plonger dans l'inconnu. Mais, pour la première fois de sa vie, il n'avait pas peur. Il n'avait plus peur.

— Et pourquoi me regardes-tu de cette façon ? ajouta-t-elle, au comble du supplice.

— Parce que tu es incroyable. Tu n'imagines pas à quel point c'est excitant de pouvoir te faire trembler sans même te toucher.

Elle laissa échapper un halètement quand Sebastian passa le pouce sur sa lèvre.

— Pourquoi fais-tu cela si tu en aimes une autre, balbutia Sabrina, perdue.

— Je ne vois que toi, mon amour.

Elle eut à peine le temps de comprendre la portée des mots de Sebastian qu'il l'embrassait avec une gourmandise inouïe.

Le baiser s'éternisa. Lorsqu'elle le rompit enfin, Sabrina avait l'impression de flotter sur un nuage de volupté.

— Tu es toute ma vie, murmura-t-il contre ses lèvres. Je t'aime plus que tout.

— Je t'aime moi aussi, Sebastian.

12

Leur second baiser fut si intense et si tendre à la fois que les larmes montèrent aux yeux de Sabrina.

— La première chose dont je me souviens, c'est de ta bouche lorsque je t'ai embrassée dans la voiture, avoua Sebastian.

— Moi, je me souviens que tu as été cruel avec moi !

Il posa un doigt sous son menton pour l'obliger à le regarder.

— Tu me toisais comme si j'étais le diable en personne, alors j'ai eu envie de m'amuser un peu. Pendant tout le trajet, je ne pensais qu'à une chose, ta bouche.

Charmée par cet aveu, troublée même, Sabrina sourit. Sa tête tournait. Des feux d'artifice de bonheur explosaient en elle. Était-elle en train de rêver ?

— Je pensais à tout ce que j'avais envie de faire, reprit Sebastian. Je pensais à mon frère qui aurait le droit d'embrasser cette bouche et je rêvais de… Je me sentais tellement mal… Chaque fois que je te regardais, j'avais envie de te goûter et chaque fois que je te goûtais, j'avais envie de recommencer. Le problème, c'était que tu étais destinée à Luis. Lorsqu'il t'a abandonnée, devant l'autel, je lui en ai beaucoup voulu. Pendant dix secondes. Puis j'ai été heureux car j'ai compris que désormais, plus rien ne m'empêchait de t'avoir.

Elle lui caressa la joue. Il tourna le visage jusqu'à

embrasser sa paume. Émue de le voir aussi vulnérable, elle laissa ses larmes couler. Sebastian prit ses mains dans les siennes, se pencha et l'embrassa à nouveau. Cette fois-ci, la tendresse disparut sous une sensualité si puissante que les jambes de Sabrina commencèrent à faiblir.

Sans jamais cesser de l'embrasser, il la prit dans ses bras et la porta jusqu'au canapé. Là, il l'installa sur ses genoux.

Quelques minutes plus tard, le souffle court, et quelques vêtements en moins sur le corps, Sabrina plaqua les mains sur le torse de son merveilleux époux et riva son regard au sien. Pour avancer, elle avait besoin de comprendre.

— Pourquoi… pourquoi maintenant ? Cela fait des semaines et des semaines que je suis folle de toi. Tu ne voyais donc pas que je t'aimais ?

— Peux-tu me le redire, s'il te plaît ?

— Je t'aime, Sebastian.

Il déposa une nuée de baisers coquins sur sa bouche, sur ses yeux et son nez.

— Tu étais avec moi par devoir, pas par choix, je ne pouvais pas l'oublier. J'ai passé ma vie à me dire que l'amour n'était qu'un signe de faiblesse, que ce n'était pas pour moi. J'avais peur d'avoir des sentiments parce que j'avais vu la personne que j'aimais le plus au monde être détruite par l'amour.

— Ta mère.

— Oui, ma mère. Je n'ai pas réussi à l'aider, alors je m'étais juré de ne plus jamais aimer, avoua-t-il avec un rire désabusé. J'ai vraiment cru qu'il était possible de décider d'aimer ou non. Puis tu es arrivée et un tourbillon de sentiments m'a envahi. Tu m'as tellement appris, sur la vie, sur l'amour... Je jure de rester à ton côté jusqu'à la fin de mes jours.

Elle posa un doigt sur ses lèvres.

— Ne jure pas. Embrasse-moi plutôt.

Laissant échapper un gémissement de désir, Sebastian obéit. Il plaqua sa bouche sur celle de la femme de sa vie et l'embrassa avec tout le désir qu'il avait retenu pendant si longtemps.

Alanguie, comblée, Sabrina se retourna entre les bras de Sebastian. Elle faillit tomber du canapé lorsqu'elle aperçut la pendule sur le mur.

— Mon Dieu, regarde l'heure ! Et ne prend pas cet air satisfait, s'il te plaît.

— Mais je *suis* satisfait ! Enchanté, même.

— Vite, nous devons nous préparer pour le dîner.

Elle allait se redresser lorsqu'il posa une main coquine sur ses fesses.

— Seb !

Elle essayait de prendre un air sérieux, mais elle avait du mal : dès qu'il la touchait, elle perdait la tête. Pourtant, Sebastian obéit et se redressa à son tour. Elle en fut un peu déçue.

— Dois-je prévenir de notre retard ? demanda-t-elle.

— Inutile, je me suis occupé de tout.

Elle le regarda s'étirer et admira son impressionnante musculature, ses abdominaux parfaitement ciselés. Tout en cet homme lui plaisait.

— Tu es parfait.

L'émotion l'assaillit. Cela ne faisait que quelques minutes qu'elle n'était plus dans ses bras et, déjà, il lui manquait. Jamais elle n'avait imaginé aimer un homme à ce point. Jamais elle n'avait imaginé qu'aimer pouvait rendre aussi heureux.

Elle vivait un véritable rêve.

— C'est ceci que tu cherches ?

Il attrapa une culotte en dentelle sur la table à côté du canapé et la lui lança.

— Quand as-tu...

— Pendant que tu ronflais, la taquina-t-il.

— Je ne ronfle pas !

— Si tu le dis... Mais je vais tout de même m'acheter des bouchons d'oreilles.

Le regard brillant comme des pierres précieuses, il se leva et attrapa son caleçon. Pendant qu'il remettait son pantalon, Sabrina dévora du regard sa peau dorée, qu'elle rêvait d'embrasser à nouveau. Il était vraiment aussi beau qu'un dieu grec.

Main dans la main, ils rejoignirent ensuite leurs appartements. Dans le salon, deux gouvernantes leur firent la révérence. L'une d'elles approcha un chariot recouvert d'une nappe blanche vers le canapé.

— Nous allons nous occuper du reste, merci, annonça Sebastian.

Les gouvernantes se retirèrent sans un mot. Sebastian souleva les deux couvercles d'argent et étudia les assiettes délicieusement parfumées. L'estomac de Sabrina se mit aussitôt à gargouiller. Elle ne s'était pas aperçue qu'elle avait faim à ce point.

— Nous allons manger sur le canapé en regardant la télévision ? demanda-t-elle.

Elle avait l'impression de rêver.

— J'ai pensé qu'une soirée rien que tous les deux te plairait.

Il ne s'était pas trompé. Cette idée la séduisait.

— À toi de choisir le film, reprit-il.

Ils venaient juste de s'installer lorsque la porte s'ouvrit. Un homme balaya la pièce du regard en silence, avant de laisser entrer le roi.

Intrigué, Sebastian regarda son père avancer dans la pièce, voir la télévision, le chariot, et plisser les yeux d'un air interdit. Il aurait été encore plus sous le choc s'il était entré une heure plus tôt et les avait trouvés à moitié nu en train de faire l'amour !

— Si nous avions su que tu venais, nous t'aurions prévu une part, lui dit Sebastian, frondeur.

— Et vous seriez-vous habillés pour manger ?

Leur visiteur prit une profonde respiration et secoua la tête.

— Non, cela ne me regarde pas. Je comprends que les choses évoluent. Je venais juste pour m'excuser. Certaines des choses que tu m'as dites étaient… vraies. Tu fais du bon travail et j'aurais dû te féliciter, mais c'est difficile de voir le temps passer et de se sentir devenir inutile. Si ton frère et sa famille veulent venir assister aux cérémonies de réunification, alors je serais heureux de les recevoir comme mes invités. Quant à vous, Sabrina, j'accepte que vous travailliez. Je suis d'accord, cela serait un bon exemple pour vos filles et toutes les jeunes filles du pays.

Il inclina la tête et un demi-sourire étira ses lèvres fines.

— Maintenant, je vous souhaite une bonne nuit.

Sur ces mots, il sortit, la démarche encore altière malgré son âge.

Sabrina se tourna vers Sebastian, abasourdie.

— Que vient-il de se passer ?

— Ceci, ma chérie, c'était une révolution de velours, déclara-t-il, rieur. Sur ce, où en étions-nous ?

Il se pencha pour l'embrasser, mais elle le repoussa.

— Il a parlé de Luis, de mon travail… Explique-moi.

— Quand je suis allé à Paris, ce n'était pas uniquement pour une réunion professionnelle. J'ai vu Luis.

— Tu as vu ton frère ! s'exclama-t-elle, encore plus ahurie.

— Cela te dérange ?

— Pourquoi cela me dérangerait-il ? Je voudrais d'ailleurs le remercier de m'avoir abandonnée devant l'autel : finalement, tout s'est bien terminé.

— Alors, cela ne te contrarierait pas qu'il assiste aux cérémonies de réunification, l'année prochaine ?

— Ton père l'accepte, si j'ai bien compris.

— À ma grande surprise, oui. Je crois que c'est la perspective du bébé qui…

— Luis attend un bébé ?

— Pas Luis, sa femme. Je crois que c'est ce qui a fait basculer la balance en sa faveur. J'ai l'impression qu'avec l'âge, mon père s'adoucit.

— Et mon travail ?

— Il a fini par comprendre que ne pas utiliser ton talent serait un gâchis, d'autant plus que la recherche médicale est un sujet important pour lui.

— Il a décidé tout seul ? Dis-moi la vérité. Qu'as-tu fait ?

— Moi ? fit-il, feignant l'innocence. Je n'ai rien fait, à part mentionner la nécessité d'investir plus dans la recherche contre le vieillissement.

— Mon Dieu ! C'est vrai ? Je vais vraiment pouvoir travailler ?

Sabrina était tellement excitée qu'elle bondit du canapé et se mit à sauter de joie dans la pièce.

— Je t'imagine bien diriger l'hôpital dans quelques années, affirma Sebastian.

— Moi aussi. Du moins si la naissance des filles dont ton père parlait ne me retarde pas.

— Il adorerait avoir des petites-filles.

Des idées osées plein la tête, Sabrina grimpa sur les genoux de son mari.

— Et toi, quelle est ta position sur la question des enfants ? demanda-t-elle.

— Je suis partant, du moment que c'est toi la mère. D'ailleurs, nous pourrions tout de suite commencer à essayer. J'ai entendu dire que cela pouvait prendre du temps.

— Dans ce cas-là, qu'attends-tu pour agir ? le taquina-t-elle mutine.

Épilogue

Sebastian fut le dernier à prendre la parole, alors il décida de faire court.

— Les invités présents ici pour fêter la réunification de notre pays ont déjà tout dit.

Sous les applaudissements de la foule réunie dans la cour du palais, il salua d'un geste le roi, son père, et le duc, son beau-père, assis sur la scène.

— Je n'ai qu'une chose à ajouter. Comme me l'a déclaré un homme intelligent, dit-il en souriant à son père, l'important, c'est la famille.

Il se dirigea alors vers le bord de la scène et tendit le bras vers son frère, installé au premier rang, avec son épouse et son fils. Sous les hourras du public, Luis monta sur scène.

— Aujourd'hui, notre famille et notre pays ont grandi de belle façon. Notre pays s'est épanoui, un peu comme ma charmante épouse.

Luis et Chloé aidèrent Sabrina, enceinte de neuf mois, à se lever, et l'escortèrent jusqu'à Sebastian. Il embrassa son épouse sur les lèvres.

— Tu m'avais promis que tu ne ferais pas ça, lui murmura-t-elle dans le creux de l'oreille.

Il haussa les épaules.

— Ma mémoire, ma chérie, n'est plus ce qu'elle était.

Elle essuya les quelques larmes d'émotion qui commençaient à couler.

— Si je perds les eaux ici, cela risque de ne pas être joli.

— Tout ce que tu fais est beau, mon amour.

Après tout, si la réunification de l'île de Vela tombait le jour de l'anniversaire de l'héritier à venir, le peuple trouverait sans doute qu'il s'agissait d'un très bon signe du destin.

LUCY MON

Amoureuse malgré tout

Traduction française de
EMMANUELLE DETAVERNIER

HARLEQUIN

Titre original :
KOSTAS'S CONVENIENT BRIDE

Ce roman a déjà été publié en 2019

1

Kayla Jones se débarrassa de sa combinaison et se rhabilla à la hâte. Elle ne pouvait se permettre de faire attendre le directeur de l'entreprise, même s'ils étaient associés.

Ces dernières semaines, Andreas s'était montré très irritable. Il semblait préoccupé et constamment de mauvaise humeur.

Sans perdre une seconde, elle passa devant le bureau de l'assistant d'Andreas, mais ce dernier la retint d'un geste de la main. Agacée, elle lui lança un regard noir auquel il répondit par un sourire d'excuse avant de lui indiquer le col de son cardigan. Kayla réalisa alors qu'il était à l'envers.

Réprimant un soupir, elle le remit à l'endroit alors que Bradley attirait son attention sur le haut de sa jupe. La fermeture Éclair était à moitié descendue !

Maudissant sa distraction, elle la referma prestement, adressa un signe de tête à Bradley et entra enfin dans le bureau d'Andreas.

— Je suis désolée du retard, déclara-t-elle en refermant la porte. J'étais en train de superviser les tests sur le Dauphin.

Tous ses projets portaient le nom d'un mammifère marin.

Kayla s'avança, mais s'immobilisa en comprenant

qu'Andreas n'était pas à son bureau. Il était installé à la table de réunion aux côtés d'une femme en tailleur blanc. Ses cheveux ramenés en un chignon lui donnaient un air à la fois sérieux et élégant.

— C'est votre associée ? demanda-t-elle, visiblement surprise.

— Oui, répondit Andreas avant de se tourner vers Kayla pour lui glisser : je croyais t'avoir dit qu'il s'agissait d'une réunion de la plus grande importance…

— Tu l'as simplement indiqué dans mon agenda électronique, répondit Kayla en étudiant l'inconnue avec attention.

Andreas se contenta de l'observer en silence, et Kayla faillit s'excuser, mais réussit à se reprendre au dernier moment. Elle avait appris à s'accepter, les autres n'avaient qu'à en faire autant.

— Je suppose que nous pouvons commencer, maintenant ? s'enquit la blonde.

— Commencer quoi ? demanda Kayla en s'installant à la gauche d'Andreas.

De toute évidence, il ne lui avait pas pardonné son retard, car il ne se donna pas la peine de lui répondre.

Levant les yeux au ciel, elle attendit. La réunion était importante, mais son assistant l'avait insérée dans son agenda alors qu'elle avait réservé la journée au test du Dauphin. Andreas n'avait rien à lui reprocher, aussi se résigna-t-elle à attendre.

Visiblement irritée, la femme prit la parole :

— Nous sommes là pour parler du futur mariage d'Andreas et des impacts de cette nouvelle situation sur son entreprise.

Kayla manqua suffoquer. Non, ce n'était pas possible. Elle avait sûrement mal compris.

Incrédule, elle se tourna vers Andreas, mais celui-ci ne lui fut d'aucune aide.

— Ton futur mariage ? répéta Kayla, abasourdie.

Andreas réagit enfin.

— Le moment est venu.

— Vraiment ?

C'était pourtant difficile à croire. Andreas ne fréquentait personne. Si ça avait été le cas, elle l'aurait su.

Au contraire, ces dernières semaines, il s'était immergé dans le travail, n'hésitant pas à faire des heures supplémentaires afin de s'assurer que le projet Dauphin serait prêt à l'heure.

— La valeur de mon patrimoine dépasse à présent celui de mon père, la prochaine étape est de me marier et de fonder une famille, expliqua-t-il d'un air détaché.

À l'entendre, sa décision n'avait rien à voir avec elle ou avec l'espoir qui brûlait dans son cœur depuis qu'ils étaient devenus partenaires.

S'efforçant de se calmer, Kayla observa l'inconnue. Qui était-elle et quel genre de relations entretenait-elle avec Andreas ? Se pouvait-il qu'elle vienne d'une agence matrimoniale ? C'était bien le genre d'Andreas d'engager une professionnelle pour se trouver une épouse même s'il était capable de se débrouiller tout seul.

Si elle-même était célibataire depuis six ans, il en allait tout autrement pour Andreas. Il avait collectionné les conquêtes, mais aucune d'entre elles n'avait réussi à lui voler son cœur. Il n'avait jamais eu de relation sérieuse, et elle n'avait pu se résoudre à renoncer à lui.

— C'est pour cela que je suis là, intervint la blonde avec assurance.

— Vous travaillez pour une agence matrimoniale ?

— Je suis la fondatrice du Patterson Group.

Kayla retint une grimace. Ce nom évoquait davantage un cabinet d'avocats qu'une agence spécialisée dans le mariage.

— Elle est réservée aux millionnaires, ajouta Andreas.

— Mais tu es milliardaire, lui rappela-t-elle, incapable de s'en empêcher.

KJ Software, l'entreprise qu'ils avaient fondée ensemble, mais qui appartenait à quatre-vingt-quinze pour cent à Andreas, valait un peu plus de deux milliards de dollars. Et elle n'existait que depuis six ans...

La jeune femme hocha la tête avec enthousiasme, comme pour souligner l'importance de la remarque de Kayla. Andreas sembla également satisfait, ce qui n'avait rien d'étonnant. Il avait enfin réussi à prouver qu'il était meilleur que son père.

— Ne sois pas aussi pointilleuse, dit-il en lui lançant un regard de reproche. Mlle Patterson...

— Genevieve, le coupa-t-elle avec un sourire.

Irrité par cette interruption, Andreas serra les dents, mais celle-ci ne s'en aperçut pas.

— Genevieve travaille pour des hommes riches cherchant l'épouse idéale.

— Mais... Ce n'est pas comme ça que ça marche ! lâcha Kayla, horrifiée par cette idée.

Elle n'avait aucun problème avec les agences matrimoniales. De nombreux clients n'hésitaient pas à faire appel à leurs services, mais cette femme ne lui inspirait aucune confiance.

Elle avait appris à cerner les gens depuis son plus jeune âge. Ce talent l'avait beaucoup aidée durant son enfance, et son instinct ne l'avait jamais trompée depuis. Genevieve Patterson semblait plus intéressée par la réussite et par l'argent que par les unions harmonieuses et heureuses.

— Mon expérience tend à prouver le contraire, déclara-t-elle avec morgue.

— Si ce n'était pas le cas, je n'aurais jamais accepté de vous verser un acompte de vingt-cinq mille dollars.

Kayla écarquilla les yeux.

— Avec cet argent, tu pourrais te payer n'importe quelle épouse.

Ou tu pourrais tout simplement épouser la femme qui t'aime depuis plus de huit ans !

— Votre patron ne veut pas d'une bimbo ou d'une potiche. Il souhaite trouver une femme qui partagera ses centres d'intérêt et sa vie, affirma Genevieve.

Kayla serra les lèvres pour ne pas la contredire. Si c'était vraiment le cas, Andreas n'aurait pas parlé de se marier et de fonder une famille comme d'une simple étape d'un plan élaboré de longue date. Il n'aurait pas non plus fait appel à une professionnelle, et il aurait sûrement compris tout seul que son âme sœur était son associée et sa meilleure amie.

Ils n'avaient pas rompu parce qu'ils n'étaient pas compatibles, mais parce qu'Andreas refusait de mélanger travail et plaisir. Ils n'avaient jamais entretenu de relation sérieuse, mais Kayla avait cru que leur amitié « et plus si affinités » pourrait évoluer vers quelque chose de plus profond. Elle s'était trompée.

Andreas souhaitait fonder une entreprise de sécurité informatique autour de son logiciel, et les talents de programmatrice de Kayla passaient avant son désir de partager son lit.

Les émotions qu'elle s'était efforcée de réprimer depuis six ans surgirent soudain, manquant la faire suffoquer. Elle devait quitter cette pièce au plus vite.

— Qu'est-ce que je fais ici ? demanda-t-elle d'une

voix assurée qui ne laissait rien paraître de son trouble. Qu'attends-tu de moi ?

— Tu es mon associée, répondit Andreas comme si cela expliquait tout.

— Je ne possède que cinq pour cent de l'entreprise, lui rappela-t-elle.

Ce n'était pas la première fois qu'ils avaient cette conversation, mais Andreas refusait de la considérer autrement que comme son associée. Genevieve ne semblait pas de cet avis…

— Tu es mon associée, déclara-t-il avec force, et ma décision va avoir des conséquences sur la société et donc sur toi.

— Pourquoi ? s'enquit-elle en fronçant les sourcils.

Leur relation personnelle allait sans aucun doute s'en trouver affectée, mais pas la société. Elle allait simplement devoir trouver un moyen de gérer la situation, même si la perspective de le savoir marié à une autre lui était insoutenable.

Andreas serra les mâchoires comme s'il était déçu qu'elle n'ait pas compris ce qu'il cherchait à lui dire. Il n'avait pourtant rien à lui reprocher étant donné qu'elle ne lui avait jamais montré ni avoué ses sentiments pour lui…

— Le mariage est un changement significatif, expliqua Genevieve d'un ton patient comme si elle s'adressait à un enfant. Cette société repose sur Andreas. Sa décision aura un impact sur la société et sur tous ses employés, vous y compris.

Andreas tiqua, mais il ne corrigea pas la jeune femme.

— Tu souhaites donc rendre la nouvelle publique ? s'enquit Kayla.

La presse et le reste du monde ignoraient quelle était la valeur réelle de la société. Andreas pourrait ainsi passer du statut de millionnaire à celui de milliardaire. Quant à elle, elle pourrait trouver davantage d'investisseurs pour son projet de centres d'accueil et de loisirs pour enfants défavorisés.

— Non, rétorqua Andreas. Tout cela ne regarde que moi.

Sa réponse ne la surprit pas, au contraire. Andreas appréciait son indépendance. Son père avait tenté de lui imposer ses décisions, en vain. Il n'avait pas l'intention de répondre de ses actes auprès d'actionnaires ou de membres du comité de direction.

— Vous devriez peut-être envisager de vendre la société comme nous en avons discuté lors de notre premier entretien ? proposa Genevieve. Vous auriez ainsi le loisir de vous concentrer sur la recherche de votre épouse. Et disposer d'autant de liquidités vous aiderait également à atteindre votre objectif. Je suis certaine que vous pourriez même envisager une jeune fille de sang royal.

— Vous voulez qu'il vende la compagnie pour s'acheter une princesse ? l'interrogea Kayla, incrédule.

— C'est une des solutions à envisager.

— Je ne comprends pas...

Andreas était bien assez riche pour s'acheter une épouse sans la priver de tout ce pour quoi elle avait sué sang et eau ces six dernières années.

— Andreas ne peut pas continuer à s'investir autant, précisa Genevieve. C'est une des conditions de l'accord que nous avons signé.

— Tu as signé un accord t'interdisant de faire des heures supplémentaires ?

— Oui.

— Qu'est-ce que ça a à voir avec le fait de vendre la société ?

Andreas n'aurait jamais accepté une telle condition. Car s'il ne l'aimait pas, elle, il tenait à son entreprise. KJ Software leur avait apporté réussite et stabilité à tous les deux. Il avait bien parlé de vendre à quelques occasions, mais il n'était pas sérieux. Du moins, c'était ce qu'elle avait toujours cru… Jusqu'à présent.

Une vague de panique monta en elle, et elle lutta pour ne pas se laisser engloutir. Genevieve pensait que la société reposait sur Andreas, mais elle s'était trompée. Il gérait l'entreprise, mais c'était elle, le cœur de la compagnie. Il en avait toujours été ainsi.

— Est-ce que ça va, Kayla ? demanda Andreas.

Incapable de répondre, elle se contenta de le dévisager en silence. Son univers entier était en train de s'écrouler.

— Nous avons atteint les objectifs que nous nous étions fixés, expliqua-t-il comme elle restait silencieuse. J'ai été approché par Sebastian Hawk pour…

— Il souhaite fusionner son entreprise à la nôtre ou nous racheter ? le coupa-t-elle.

Andreas fronça les sourcils comme s'il comprenait enfin que cette nouvelle était loin de lui plaire.

— Le rachat est l'option la plus plausible.

— Pourquoi ? Il possède déjà la licence de nos logiciels.

— Mais ils ne lui appartiennent pas, contra Andreas.

— Alors c'est de ça qu'il s'agit…

— Il a trois enfants et souhaite leur léguer un empire puissant.

— Tu as l'intention d'avoir des enfants, toi aussi. Que pourras-tu leur laisser ?

Il était sans doute un peu tôt pour parler famille, mais c'était l'étape suivante…

— J'envisage de me lancer dans les investissements en capital-risque.

— C'est à cause de cette émission, n'est-ce pas ?

— Tout ceci est très intéressant, intervint Genevieve, mais j'aimerais que nous revenions au sujet qui nous occupe. Vous n'êtes pas mon seul rendez-vous de la journée, ajouta-t-elle en vérifiant sa montre de luxe.

— Combien de clients avez-vous pour l'instant ? demanda Kayla.

— C'est une information confidentielle, rétorqua sèchement la jeune femme.

— Pas avec l'acompte qu'Andreas vous a versé, répliqua-t-elle sans se laisser impressionner.

— Je croyais que l'argent venait de votre compte personnel.

— C'est le cas.

— Ceci ne vous concerne donc pas, conclut-elle avec condescendance.

— Vous avez raison, reconnut Kayla en se levant d'un bond. Je ne sais pas ce que je fais là. Si tu as vraiment l'intention de vendre la société, je n'ai aucun moyen de t'en empêcher. Et si tu souhaites payer cette femme plus que ce que de nombreuses personnes gagnent en un an pour te trouver une épouse, ça ne me concerne pas. Cela dit, continua-t-elle d'un ton sec, je veux que tu saches que je n'apprécie pas d'être interrompue au beau milieu de mon travail pour assister à une réunion inutile. Tu aurais pu te contenter de m'envoyer un texto.

— Tu ne pensais quand même pas que j'allais t'annoncer mon intention de vendre la société par texto ? s'enquit Andreas, visiblement choqué par ses paroles.

— Je ne m'attendais pas à ce que tu décides de vendre, et encore moins à ce que tu me l'annonces devant une étrangère. On dirait que je me suis trompée, continua-t-elle en plongeant son regard dans le sien.

Tournant les talons, elle quitta la pièce, le cœur battant. Une douleur sourde se propagea dans sa poitrine et elle eut soudain l'impression d'être une nouvelle fois abandonnée par sa mère, puis placée dans un foyer d'accueil — le premier d'une longue liste.

— Est-ce que ça va ? demanda Bradley d'un air inquiet.

La gorge nouée, Kayla se contenta de secouer la tête.

— Qu'est-ce qui se passe ?

— Il va se marier, répondit-elle sans mentionner la vente.

— Avec elle ? s'enquit-il en écarquillant les yeux.

— Non. Elle possède une agence matrimoniale.

— Je suis désolé, commenta-t-il en posant la main sur son épaule.

Bradley travaillait pour KJ Software depuis six ans. Il la connaissait mieux que n'importe qui, mis à part peut-être Andreas. Et il ne lui avait fallu que quelques mois pour comprendre qu'elle était tombée irrémédiablement amoureuse de ce dernier…

2

Quelques heures plus tard, Kayla était plongée dans le codage d'un programme lorsqu'une main se posa sur son épaule.

— Je suis occupée, Andreas, dit-elle, irritée de cette interruption.

— Tu n'es pas censée travailler sur ce programme.

— Je suis directrice de la recherche et du développement, lui rappela-t-elle de mauvaise grâce. Je peux donc choisir les projets sur lesquels je veux travailler.

— Et sur quoi travailles-tu ?

— Sur un programme qui devrait permettre à Sebastian Hawk de gagner des millions.

— Nous n'avons pas encore vendu la société.

— Mais tu as l'intention de le faire.

— Je n'ai pas encore pris ma décision…

Elle se tourna pour lui faire face.

— Ne joue pas à ça avec moi, Andreas !

— Excuse-moi, murmura-t-il en se passant la main dans les cheveux. J'ai en effet déjà pris ma décision.

— Quand comptais-tu me le dire ? demanda-t-elle en se retenant avec peine de hurler.

C'était inutile. Andreas ne pouvait pas comprendre ce que l'entreprise signifiait pour elle. Sans compter que si elle commençait à pleurer, elle n'allait plus pouvoir s'arrêter.

— Après notre réunion avec Mlle Patterson.

— Pourquoi as-tu insisté pour que je sois présente ?

— Elle voulait te poser des questions.

— Pourquoi ?

— Tu es ma meilleure amie, répondit Andreas.

— Et elle a besoin d'interviewer tes amis pour te trouver une épouse ?

— En effet.

— Je croyais que tu souhaitais séparer ton travail de ta vie privée ?

— Nous avons réussi à rester amis.

C'est également ce qu'elle avait cru, jusqu'à aujourd'hui. Andreas ignorait combien il l'avait blessée, et il semblait s'en moquer.

— Si ça avait été le cas, tu aurais dû me prévenir de ton intention de te marier et d'engager une professionnelle. Tu aurais dû me dire aussi que tu voulais vendre notre société, continua-t-elle avec colère. Ce n'est pas ainsi que se comportent des amis.

— Je t'ai avertie de la venue de Genevieve, rétorqua-t-il en fronçant les sourcils.

— Aujourd'hui. Tu aurais pu m'en parler avant, c'est ce qu'aurait fait un ami.

— Qu'est-ce que tu en sais ?

— Je le sais, c'est tout.

Elle n'avait certes pas beaucoup d'amis, mais elle en savait visiblement bien plus qu'Andreas sur le sujet.

— Es-tu en train d'insinuer que je ne comprends rien à l'amitié ?

— Andreas, tu es convaincu que l'argent règle tous les problèmes, et ce n'est pas toujours le cas, expliqua-t-elle avec un soupir.

— Je vais faire comme si je n'avais rien entendu,

déclara-t-il, contrarié. Je sais que tu es en colère à propos de la vente de l'entreprise.

— Bradley m'en aurait parlé, lui.

— Bradley n'aurait jamais pu se payer les services de Genevieve, répliqua-t-il, sarcastique.

— Il n'en a pas besoin.

— Pourquoi me parles-tu de lui ? Il n'a rien à voir avec ma décision.

— C'est ce que tu crois.

— Bradley travaille pour moi, nous ne sommes pas amis, lui rappela-t-il.

— C'est évident. Tu ne l'as même pas prévenu qu'il allait perdre son poste parce que tu as décidé de vendre la société.

— J'ai l'intention de le garder à mon service.

— Tu es sérieux ?

— Oui.

— Tant mieux.

Bradley adorait travailler pour Andreas.

— Quant à toi, la vente devrait te rapporter assez pour investir dans la nouvelle compagnie, déclara-t-il avec un grand sourire.

Le sourire qu'il affichait quand il était certain d'avoir remporté la partie…

— Ça ne m'intéresse pas.

— Nous formons une bonne équipe, ajouta-t-il comme pour achever de la convaincre.

— Non.

Visiblement surpris par sa réaction, il reprit :

— Je ne t'ai pas encore parlé de mon projet.

— Peu importe. J'aime mon travail et je n'ai pas l'intention d'en changer, ajouta-t-elle en plongeant son regard dans le sien.

— Tu comptes fonder une entreprise qui sera en

concurrence directe avec Hawk ? s'enquit-il, incrédule. Dois-je te rappeler que tu n'es pas une femme d'affaires ?

Kayla serra les lèvres. Andreas avait de la chance qu'elle ait toujours détesté la violence, sans quoi elle l'aurait déjà giflé !

— Si j'avais l'intention de créer ma propre société, je me trouverais un associé, expliqua-t-elle en s'efforçant de garder son calme. Mais je ne vois pas pourquoi je quitterais mon poste. Sebastian Hawk me connaît. Il apprécie mon travail et ne manquera pas de comprendre que je suis indispensable à la recherche et au développement de nouveaux programmes.

D'autant qu'elle avait l'intention de convaincre son équipe de la suivre si elle quittait l'entreprise…

— Je vois que tu as une haute opinion de toi-même.

— Toi aussi, autrefois.

— C'est toujours le cas.

Ignorant comment répondre, elle se remit au travail.

— Kayla…

— Va-t'en, Andreas.

— Genevieve souhaite te parler.

— Je ne vois pas pourquoi. Elle n'a qu'à m'envoyer un mail, ajouta-t-elle néanmoins.

— Nous pourrions aller la voir tous les deux.

Pour reproduire le désastre de la matinée ? Hors de question !

— Va-t'en, Andreas, répéta-t-elle en mettant ses écouteurs.

Il attendit un long moment, mais finit néanmoins par partir.

S'efforçant de ne pas prêter attention à la douleur sourde qui lui serrait le cœur, elle tenta de se concentrer sur le logiciel, en vain. Ses certitudes s'étaient écroulées en quelques heures. Elle avait besoin de savoir ce que l'avenir lui réservait à présent qu'Andreas l'avait abandonnée...

Avec sa tablette, elle réserva un vol pour New York où se trouvait le siège de la société de Sebastian Hawk. Elle annula ses réunions, puis se mit en congé avant de quitter le bâtiment.

Andreas jura en découvrant le mail de Genevieve qui lui demandait de remplir un formulaire décrivant sa personnalité et ses centres d'intérêt avant leur prochaine rencontre. Si Kayla n'avait pas été aussi en colère contre lui, il aurait pu lui demander de l'aide. Elle pouvait parfois se montrer trop franche et directe avec les inconnus, mais elle n'en possédait pas moins un grand sens de l'observation.

Songeant à la façon dont Kayla l'avait congédié un peu plus tôt, il fronça les sourcils. Inutile de le nier, il avait commis une erreur en mentionnant la vente de la société à Genevieve avant d'avoir pris le temps d'en discuter avec elle. En tant qu'associée, elle méritait davantage d'égards et de respect.

Pour autant, il ne comprenait pas pourquoi elle était furieuse qu'il lui ait tu ses projets de mariage. C'était pourtant une étape logique. Kayla aurait dû le comprendre. Elle était d'ailleurs la seule à qui il avait parlé de ses projets à l'époque où ils n'étaient pas encore associés. Oui, Kayla Jones le connaissait mieux que quiconque et la savoir fâchée contre lui l'irritait profondément.

Une idée s'imposa à son esprit, et il sourit. Il lui suffirait sans doute de l'inviter à dîner dans son restaurant vietnamien préféré pour se faire pardonner...

Sans perdre une seconde, il se rendit dans son laboratoire, mais elle n'y était pas. Il tenta également de l'appeler, mais elle ne décrocha pas. Loin de se laisser décourager, il décida d'aller à son appartement, mais trouva porte close.

Agacé, il lui envoya un texto :

Où es-tu ?

Comme elle semblait décidée à l'ignorer, il en envoya un autre cinq minutes plus tard :

Je peux continuer toute la nuit s'il le faut ou jusqu'à ce que ta batterie rende l'âme.

Las, son message resta sans réponse. Il décida donc de mettre sa menace à exécution et la bombarda littéralement de textos jusqu'à ce qu'elle se décide à le rappeler, quarante-cinq minutes plus tard.

— Ça suffit ! déclara-t-elle d'une voix sèche quand il décrocha.

— Où es-tu ?

— Tu n'as pas besoin de le savoir.

— Il faut qu'on parle, annonça-t-il d'un ton calme.

— Tu aurais dû y penser avant.

— Nous aurions pu avoir une discussion cet après-midi si tu n'avais pas piqué une crise et quitté mon bureau sans me laisser une chance de m'expliquer, dit-il, énervé par sa réaction.

— Je n'ai pas piqué de crise, affirma-t-elle froidement. Je ne suis pas du genre à perdre mon calme ou à m'emporter. Tu devrais le savoir, continua-t-elle d'un ton dénué d'émotion.

Andreas grimaça. Elle ne réagissait ainsi que lorsqu'elle cherchait à se protéger. L'imaginer se méfiant de lui était insupportable…

— Sois raisonnable, Kayla, la pria-t-il. La situation n'est pas aussi grave que tu as l'air de le croire.

— Vraiment ? Tu as décidé de me prendre mon foyer parce que cette bonne femme t'a demandé de le faire !

— Qu'est-ce que tu racontes ? Je n'ai pas l'intention de toucher à ton appartement.

— Ne joue pas les idiots ! s'emporta-t-elle, ce qui le surprit.

Kayla n'élevait jamais la voix, même dans l'étreinte. Il pouvait compter sur les doigts d'une main le nombre de fois où elle s'était autorisée à crier de plaisir.

Chassant ces souvenirs, il s'efforça de se concentrer sur la conversation.

— Kayla ?

— Je ne viendrai pas travailler demain, annonça-t-elle d'une voix vibrante de douleur.

— Pourquoi ?

— J'ai des choses à faire.

— De quoi parles-tu ?

— Comme l'a dit ta chère Genevieve, ça ne te regarde pas, Andreas.

— Arrête, Kayla, ordonna-t-il. Je ne sais pas ce qui t'arrive, mais...

Il s'interrompit en réalisant qu'elle avait raccroché ! Pourquoi était-elle aussi en colère ? Ça n'avait aucun sens. Elle le connaissait assez bien pour savoir qu'il n'aurait jamais vendu la société sans assurer leur avenir à tous les deux.

Les investissements en capital-risque ne l'intéressaient pas, mais Kayla était brillante. Elle n'aurait aucun mal à retrouver un emploi dans l'une des entreprises dans lesquelles il envisageait d'investir, et allait sûrement le réaliser quand elle se serait calmée.

D'ici là, il pouvait tenter de se racheter en lui déposant un mot d'excuse accompagné de ses pâtisseries préférées et d'un café à son appartement. Avec un peu de chance, elle accepterait peut-être de passer la matinée avec lui. Cela faisait si longtemps qu'ils ne s'étaient pas retrouvés tous les deux !

C'était entièrement sa faute. Lorsqu'il était avec elle, les souvenirs des instants qu'ils avaient partagés huit ans plus tôt ne cessaient de le torturer. Il s'était pourtant efforcé de les oublier afin de ne pas commettre les mêmes erreurs que ses parents. Il ne pouvait se permettre de laisser ses sentiments saboter leur amitié. Kayla occupait une place trop importante dans sa vie sans que le sexe vienne tout gâcher.

Kayla ralluma son portable en descendant de l'avion, et ne put retenir une grimace. Elle avait des dizaines de messages et plusieurs appels manqués.

Se faufilant parmi la foule des voyageurs, elle gagna la zone réservée à la classe affaires comme son téléphone se mettait à sonner. Elle prit le temps de vérifier le numéro entrant avant de décrocher. Il s'agissait du bureau de Sebastian Hawk.

— Allô ?

— Mademoiselle Jones ? s'enquit une voix de femme.

— Oui, ici Kayla Jones.

— Je vous appelle de la part de Sebastian Hawk.

— Je vous écoute.

La secrétaire lui apprit qu'il n'était pas en ville pour le moment, mais qu'il devait rentrer dans la soirée. Elle lui proposa également de déjeuner avec lui deux jours plus tard.

— Ce serait merveilleux ! déclara-t-elle sans chercher à cacher son enthousiasme.

Son entreprise était en jeu et elle était prête à tout pour la protéger.

— Donnez-moi votre adresse mail et je vous enverrai une invitation.

Kayla s'exécuta, la remercia et raccrocha, puis décida de vérifier ses messages. La plupart venaient d'Andreas, mais Bradley avait tenté de la joindre lui aussi. Son chef de projet aussi l'avait appelée à la demande de Bradley pour la supplier de contacter Andreas qui le harcelait.

Kayla poussa un soupir, mais composa le numéro de sa ligne privée. Il décrocha à la première sonnerie.

— Où es-tu ? l'interrogea-t-il aussitôt d'un ton inquiet.

— Je t'ai dit que je prenais ma journée.

— Tu n'étais pas chez toi quand je suis passé ce matin.

— Et alors ? J'ai peut-être passé la nuit chez quelqu'un.

Le silence qui suivit ses paroles fut tellement assourdissant qu'elle dut vérifier qu'ils n'avaient pas été coupés.

— Andreas ?

— Tu ne couches jamais avec des inconnus, affirma-t-il avec assurance. Tu as déjà du mal à parler avec des étrangers !

— Une aventure d'un soir ne nécessite pas de longues conversations.

— Comment pourrais-tu le savoir ? s'enquit-il, soupçonneux.

— Tu te conduis comme un amant jaloux, rétorqua-t-elle au lieu de lui répondre.

Sa réaction n'avait aucun sens. Ils avaient certes été amants, mais Andreas tenait à ce qu'ils soient monogames pour des raisons de santé. Il ne voulait pas prendre de risques inutiles. Ce n'était pas une question de sentiments.

— Non, je me comporte en ami inquiet.

— Je suis une adulte, lui rappela-t-elle, irritée.

— Qui refuse de me dire où elle se trouve.

— Tu n'as pas besoin de le savoir.

— Pourquoi es-tu aussi têtue ?

— Je…

— Qu'est-ce que tu fais à New York ?

— Comment sais-tu où je me trouve ?

— Grâce à la fonction « localisation » de ton téléphone, répondit-il sans la moindre gêne.

— Je ne t'ai pas donné mon mot de passe pour que tu me suives à la trace !

— Ce n'est pas le cas.

— Vraiment ?

— Si j'ai agi ainsi, c'est uniquement parce que tu es mon amie et mon associée et que je m'inquiète pour toi.

— Tu sais donc où je suis ?

— Mais pas ce que tu fais là.

— À ton avis ?

— Tu as l'intention de rencontrer Hawk ?

— Exactement.

— Il est en déplacement à l'étranger.

— Il rentre ce soir, rétorqua-t-elle d'un ton sec.

— Tu as dit que tu avais pris ta journée…

— En fait, je suis en congé pour toute la semaine.

— Quoi ? Tu ne peux pas faire une chose pareille.

— Bien sûr que si.

— Tu ne prends jamais de vacances !

— Il y a une première fois à tout, rétorqua-t-elle avec ironie.

— Qu'as-tu l'intention de faire jusqu'à ton rendez-vous avec Hawk ?

— Ce que je veux. Tu devrais être fier, ajouta-t-elle, perfide. C'est toi qui m'as inspiré.

— Je ne prends jamais de vacances sans prévenir mes collaborateurs.

— C'est vrai, concéda-t-elle. Tu décides simplement de vendre ta société sans leur en parler.

— L'accord que j'ai conclu avec Hawk prévoit que mes employés gardent leur emploi tant que leurs résultats se maintiennent.

— Merveilleux…

— Tu pensais réellement que j'aurais pu les abandonner sans aucune garantie ? demanda-t-il, vexé.

— Je ne tiens pas à rencontrer Hawk pour m'assurer que nos employés garderont leur emploi, déclara-t-elle en ignorant sa question.

— Alors pourquoi ?

— Pour parler de mon avenir.

— J'ai déjà des projets pour toi.

— Tu aurais peut-être dû m'en parler avant !

— Je l'ai fait, affirma-t-il d'un ton sérieux. Je veux monter une autre société avec toi.

— Non.

— Tu n'es pas sérieuse !

— Si.

Elle n'avait jamais été aussi sincère, et Andreas dut le sentir, car il resta silencieux.

— Ta chère Genevieve a raison : tes projets ne me regardent pas, continua-t-elle froidement. C'est à moi et à moi seule de décider de mon avenir.

— Elle a eu tort de te dire ça.

— J'aurais pu te croire si tu avais réagi à ce moment-là.

— Kayla, tu sais que je ne mens jamais, souffla-t-il, blessé par sa remarque.

— Non, tu te contentes de me cacher des choses importantes.

— J'avais l'intention de t'en parler…

— Si tu te souciais réellement de ce que je peux

ressentir, tu l'aurais fait avant de négocier la vente avec Sebastian Hawk.

Et avant d'engager Genevieve, ajouta-t-elle pour elle-même.

— Alors c'est de ça qu'il s'agit ? demanda-t-il d'un ton pincé. Tu cherches à te venger ?

— Je ne suis pas aussi mesquine, tu devrais le savoir. C'est une question de survie.

Andreas était incapable de comprendre. Il avait perdu sa mère et entretenait des relations compliquées avec son père, mais il n'avait jamais perdu son foyer. Il n'avait pas été abandonné dans les toilettes d'une aire d'autoroute à l'âge de trois ans. Il ignorait ce que l'on pouvait ressentir quand l'univers s'écroulait autour de vous.

S'il l'avait su, il n'aurait jamais envisagé de vendre la société qui lui avait permis de se sentir en sécurité pour la première fois depuis la mort de sa mère adoptive.

— Je vais prendre soin de toi, Kayla, dit-il avec douceur. Ne t'ai-je pas prouvé que tu pouvais avoir confiance en moi ?

— Non, tu m'as prouvé le contraire, rétorqua-t-elle, la voix tremblante de douleur.

— Kayla, s'il te plaît, je…

— Il faut que j'y aille, Andreas.

— Que comptes-tu faire ?

— Ce que je fais ne te regarde plus.

— Kayla, je ne comprends pas. Dis-moi ce qui se passe, la pria-t-il.

— Je mets fin à une relation toxique.

— Qu'est-ce que tu racontes ? Nous sommes amis, insista-t-il.

— Au revoir, Andreas, conclut-elle en raccrochant.

Il était temps pour elle de prendre sa vie en main.

Elle voulait cesser d'espérer qu'il comprenne enfin qu'ils étaient faits l'un pour l'autre. Andreas ne l'aimait pas et ne l'avait jamais aimée. Et quoi qu'il en dise, il ne la considérait pas comme son amie, car s'il l'avait fait, il l'aurait prévenue de son intention de se marier...

Incrédule, Andreas réalisa que Kayla lui avait raccroché au nez... pour la seconde fois.

— Bradley !

— Oui, patron ? répondit son assistant en entrant dans son bureau.

— Trouve-moi un vol pour New York.

— Je m'en occupe.

— Et continue de tracer le portable de Kayla.

Bradley hocha la tête et s'apprêtait à sortir quand il ajouta :

— Trouve son hôtel. Réserve-moi la chambre voisine de la sienne, continua-t-il. Je me moque qu'il faille déplacer d'autres clients. Débrouille-toi.

Le ton de sa voix l'irrita. Il était aussi arrogant et autoritaire que son père. Pourtant, pour la première fois de son existence, la comparaison ne le gêna pas. S'il lui fallait se transformer en tyran pour régler la situation, alors il n'hésiterait pas...

3

Kayla ôta ses lunettes solaires et sourit au réceptionniste de l'hôtel.

— Je sais qu'il n'est pas encore 15 heures, mais j'espérais pouvoir entrer dans ma chambre.

Elle avait réservé une chambre individuelle et se moquait de l'étage où elle était située, contrairement à Andreas qui insistait toujours pour bénéficier des meilleurs services.

— Bien sûr, mademoiselle Jones, répondit l'employé après un instant. Tout est prêt.

— C'est merveilleux !

Elle ne rêvait que de s'allonger quelques heures pour se remettre de ses émotions. Sa conversation avec Andreas l'avait épuisée.

L'employée fit signe à un porteur.

— Ce n'est pas nécessaire.

— Je vous en prie, mademoiselle Jones, laissez-moi faire, la pria-t-il en prenant son sac, avant de la conduire au dernier étage.

Kayla fronça les sourcils quand il la fit entrer dans une magnifique suite équipée de deux grandes chambres. Un parfum de rose flottait dans la pièce.

Andreas !

Il avait sans doute demandé à Bradley de changer sa réservation ! Comment avait-il pu faire une chose aussi stupide ? Il avait de nombreuses réunions dans les jours à venir ainsi qu'une épouse à trouver. Et surtout, il était censé garder ses distances.

Elle était venue à New York pour assurer son avenir, et Andreas Kostas n'en faisait pas partie. L'avait-il oublié ?

Une pensée s'imposa à son esprit, et elle frissonna. Peut-être avait-il décidé de la retenir au nom de leur amitié ? Si c'était le cas, il allait être déçu. Il avait eu huit ans, dont deux durant lesquels ils avaient été amants, pour comprendre qu'il avait besoin d'elle. Au lieu de cela, il avait engagé une professionnelle pour se trouver une épouse, et avait décidé de vendre son entreprise sans même la prévenir ! Quoi qu'il en pense, ils n'avaient plus rien à se dire. Il n'arriverait pas à la convaincre de redevenir son associée ou de rester à ses côtés.

Le porteur posa son sac dans une des chambres et la salua avant de sortir. Elle récupéra son téléphone, le plaça bien en évidence sur la table, et quitta la suite. Andreas allait sûrement être déçu de ne pas la trouver à l'attendre, mais peu importait. Faire du shopping lui avait toujours remonté le moral et elle en avait bien besoin.

Kayla vérifia son reflet dans le miroir. La robe moulante soulignait ses courbes à la perfection.

— Pas mal du tout, commenta une voix masculine.

En se retournant, elle découvrit un homme blond qui lui semblait étonnamment familier.

— Merci, mais je me demande si je ne devrais pas essayer une veste longue.

— Pour cacher ce corps à damner un saint ? s'enquit-il, choqué. Sûrement pas !

Ses yeux clairs se posèrent sur elle, s'attardant sur sa poitrine.

— Vous êtes en train de me draguer ?

Il éclata de rire.

— Vous sembliez manquer d'attentions.

— Vous avez donc remarqué que j'étais seule ?

— En effet.

— Une femme est tout à fait capable de faire du shopping seule, assura-t-elle en haussant les sourcils.

— Vous pourriez expliquer ça à ma sœur ? Elle insiste toujours pour que je l'accompagne, ajouta-t-il avec un soupir.

— Tu adores le shopping, intervint une jeune femme qui lui ressemblait comme deux gouttes d'eau.

— Nous sommes dans une boutique pour femmes, lui rappela-t-il.

— Tu n'as pas tort, reconnut-elle avec un sourire. Ne t'inquiète pas, Chantal a décidé de me rejoindre. Tu vas pouvoir t'échapper. Au fait, cette robe est superbe, ajouta-t-elle en s'adressant à elle. Prenez-la !

— Je crois que c'est ce que je vais faire.

— Vous devriez la porter ce soir quand je passerai vous prendre, dit le blond avec un sourire.

— Vous êtes vraiment en train de me draguer ! s'exclama-t-elle en éclatant de rire.

Il était à la fois charmant et séduisant…

— Acceptez. N'importe quelle femme tuerait pour être vue avec Jacob.

— Pourquoi ? Il est célèbre ?

Jacob posa une main sur son cœur comme si elle l'avait blessé.

— Vous ne me reconnaissez pas ?

— J'ai l'impression de vous avoir déjà vu quelque part, si ça peut vous consoler.

Sa sœur éclata de rire.

— C'est à mourir de rire ! dit-elle. Tu es tombée sur

la seule femme qui ignore qui tu es. Je me demande ce que mes abonnés vont en penser, ajouta-t-elle en prenant son portable.

— J'ai l'impression d'avoir fait une gaffe…

— Je suis l'acteur principal d'une pièce à succès qui se joue à Broadway, expliqua-t-il avec un sourire. Et cette sale gamine est ma jumelle et un mannequin très connu.

— C'est la vérité, intervint celle-ci en lui montrant son portable. Regardez, j'ai plus d'un million d'abonnés sur Twitter.

— Je suis conceptrice de logiciels, se justifia Kayla, gênée. Je ne sors pas beaucoup.

Jacob et sa sœur éclatèrent de rire, visiblement plus amusés que vexés.

— Je pourrais vous montrer ma ville, proposa-t-il d'un ton enjôleur.

— Dites oui, la pria sa sœur. Ça fait une éternité qu'il n'est pas sorti avec quelqu'un de normal.

— Pourquoi pas…

Elle n'avait aucune envie de rentrer à l'hôtel et d'affronter Andreas.

— Dans ce cas, on pourrait peut-être commencer par…

— Je suis désolée, mais je n'ai pas encore terminé mon shopping, le coupa-t-elle gentiment.

— Dans ce cas, je suis le compagnon idéal. Vous n'avez qu'à demander à ma sœur.

— Il a raison. Il a très bon goût, rétorqua celle-ci d'un air distrait sans quitter son portable des yeux.

— Veux-tu passer à ton hôtel pour te changer ? s'enquit Jacob quelques heures plus tard.

Ils avaient passé l'après-midi ensemble, et étaient vite passés au tutoiement. Jacob était non seulement charmant, mais également cultivé et doté d'un grand sens de l'humour.

— Ce n'est pas la peine, répondit-elle après un instant de réflexion.

Elle ne voulait pas courir le risque de tomber sur Andreas, d'autant qu'elle avait tout ce dont elle avait besoin dans son sac à dos.

— Je peux me préparer chez toi. Ça te permettra de te changer, toi aussi.

— J'aime ta façon de penser, affirma-t-il en glissant un bras autour de ses épaules.

— Ce n'est pas une invitation.

— J'en suis parfaitement conscient, rétorqua-t-il avec un sourire espiègle.

Il l'amena jusqu'à un ancien bâtiment situé à proximité du quartier accueillant les différents théâtres de la ville.

— Tu es magnifique, Kayla, commenta-t-il quand elle ressortit de la salle de bains.

— Merci. Tu n'es pas mal non plus, ajouta-t-elle avec un sourire.

C'était vrai. Son jean sombre mettait ses fesses musclées en valeur et sa chemise blanche soulignait la couleur de ses yeux.

Il s'approcha et se pencha vers elle, mais sursauta quand on frappa à la porte.

— Qu'est-ce que c'est que ça ?

— Ouvre la porte ! ordonna une voix masculine très familière.

— Andreas ! souffla Kayla.

— Je sais que tu es là, Kayla, reprit-il. Tarkent, ouvrez cette porte !

— Tu le connais ? demanda Jacob.

— C'est mon patron, répondit-elle dans un soupir.

— Ton patron ou ton petit ami ?

— Mon patron.

— Il a l'air en colère...

— Kayla ! cria Andreas en s'acharnant sur la porte.

— Vaut-il mieux que j'ouvre ou que j'appelle la police ?

— On devrait éviter la police, répondit-elle après un instant.

Dieu seul savait ce dont Andreas était capable quand il était dans cet état. Avec sa fortune, il avait sans doute les moyens de nuire à la carrière de Jacob s'il le souhaitait.

— Tu as peur de lui ? s'enquit ce dernier.

— Peur de lui ? Le jour où j'aurai peur d'Andreas Kostas, je ne m'appellerai plus Kayla Jones. Sache que je ne crains aucun homme, Jacob ! affirma-t-elle en ouvrant brutalement la porte.

— Te voilà enfin ! lança Andreas.

— En effet. Qu'est-ce que tu fais ici, Andreas ? l'interrogea-t-elle avec froideur. Je ne me souviens pas de t'avoir invité à notre rendez-vous.

— Tu ne peux pas sortir avec lui ! Tu ne sais rien de lui.

Kayla recula et prit un instant pour l'observer. La cravate d'Andreas était mal ajustée et ses cheveux décoiffés comme s'il y avait passé la main à plusieurs reprises.

— J'ai rencontré sa sœur, et passé la journée avec lui. Je vais bien.

— Tu te trompes, affirma-t-il en entrant. À présent, tu vas venir avec moi pour que nous puissions discuter.

— Je passe la soirée avec Jacob et si j'en ai envie, je resterai pour la nuit. Quand je retournerai à l'hôtel, à l'heure où je l'aurai décidé, continua-t-elle en insistant bien pour qu'il comprenne, tu pourras m'expliquer comment tu m'as trouvée.

— Il a sans doute engagé des professionnels, intervint Jacob. Ils ont dû découvrir les tweets de ma sœur.

— C'est vrai ? demanda-t-elle en plongeant son regard dans celui d'Andreas.

Il sembla un instant gêné, mais ne se laissa pas décourager pour autant.

— Je ne partirai pas sans toi.

— Vous n'êtes pas invité, déclara Jacob en glissant un bras autour des épaules de Kayla.

Andreas serra les dents, et Kayla se força à ne pas s'écarter. Jacob était charmant et très séduisant, mais pour une raison inconnue, elle ne ressentait aucune attirance pour lui. Les choses auraient été plus faciles si ç'avait été le cas. Pour autant, elle refusait de donner satisfaction à Andreas en repoussant Jacob.

— Il faut qu'on parle, Kayla, insista Andreas, ignorant le jeune comédien.

— Pas ce soir.

— J'ai tout annulé pour venir te voir.

— C'est amusant, j'ai fait la même chose, rétorqua-t-elle, sarcastique. Je suis en vacances, Andreas. Tu sais ce que ça veut dire.

— Non.

— Kayla n'est pas obligée de partir avec vous, monsieur l'homme d'affaires en costume Armani, dit Jacob.

— Contrairement à ce que vous pensez, Kayla n'est pas mon employée, expliqua Andreas. C'est mon associée.

Kayla manqua s'étrangler.

— Dans ce cas, pourquoi ne puis-je pas t'empêcher de vendre la société ? demanda-t-elle en guise de réponse.

Andreas se tendit aussitôt.

— Nous ne sommes pas un cas isolé, affirma-t-il.

Il est très courant qu'un associé ait un peu plus de pouvoir que l'autre.

— Un peu ? Tu possèdes quatre-vingt-quinze pour cent de l'entreprise ! lui rappela-t-elle.

— Nous avons construit cette société ensemble.

— C'est ce que je croyais aussi jusqu'à ce que tu décides de vendre sans m'avertir.

— Cette conversation est fascinante, intervint Jacob en se glissant entre eux, mais c'est mon seul soir de repos et je compte en profiter pour faire visiter la ville à Kayla.

— C'est hors de question, déclara Andreas.

— Ce n'est pas à vous d'en décider, rétorqua Jacob.

Kayla retint une grimace. Andreas était déterminé. Jacob ne faisait pas le poids. Il était inutile de résister.

— Vous feriez mieux de vous mêler de vos affaires, le prévint Andreas d'un ton dangereusement calme.

— Est-ce une menace ? s'enquit Jacob, nullement impressionné.

— Je ne m'habille pas chez Armani, déclara Andreas en s'avançant. Mes costumes sont faits sur mesure, et si vous étiez capable de faire la différence, vous comprendriez qu'il vaut mieux ne pas m'avoir comme ennemi.

— Laisse tomber, Jacob, le pria Kayla en posant la main sur son bras. Il a raison. Il est plus riche que tu l'imagines.

— Je me moque de son argent, Kayla.

— Je le sais bien, affirma-t-elle avec un sourire. Tu es quelqu'un de bien, Jacob.

Elle ne pouvait donc pas le laisser risquer sa carrière pour elle…

— Je suis certaine que j'aurais passé une bonne soirée avec toi, ajouta-t-elle, ignorant Andreas. Peut-être même meilleure qu'aucun de nous ne pourrait l'imaginer.

— Je suis acteur. J'ai une excellente imagination, dit-il en lui faisant un clin d'œil.

— Je n'en doute pas, mais si j'acceptais ton invitation, Andreas trouverait sûrement un moyen de nous suivre et de tout gâcher.

— À t'entendre, il agit davantage comme un amant éconduit que comme un patron sourcilleux.

— Je le considérais comme mon meilleur ami, précisa-t-elle avec un soupir.

— Qu'est-ce qui a changé ? s'enquit-il avec douceur.

— Hier matin, il m'a annoncé qu'il vendait la société. Il n'a même pas pris la peine de m'en parler.

Andreas émit un son étranglé.

— Je suis navré, commenta Jacob.

— Merci. En tout cas, sache que je me réjouissais de passer la soirée avec toi.

— J'ai pourtant l'impression qu'elle ne se serait pas terminée comme je l'aurais voulu, commenta-t-il.

Il ne semblait pas en colère, seulement déçu.

— Probablement pas.

— Bien sûr que non ! intervint Andreas. Kayla ne donne pas dans les aventures d'un soir.

— Tu es vraiment un mufle !

— Et tu es la femme la plus incroyable que je connaisse, rétorqua-t-il. Jacob devrait savoir à quel point tu es merveilleuse.

— Vous êtes incroyable ! déclara Jacob en éclatant de rire comme Kayla le dévisageait en silence.

— Je suis un brillant homme d'affaires, se défendit Andreas.

— C'était un plaisir de te rencontrer, Kayla Jones, affirma Jacob en l'embrassant. Appelle-moi si tu arrives à échapper à ton patron.

— Je n'y manquerai pas.

Sans perdre une seconde, Kayla rassembla ses affaires.

— Laisse-moi t'aider, offrit Andreas.

— C'est inutile.

Sans un mot, il prit ses sacs, et Kayla secoua la tête. Andreas avait un sens très prononcé de la galanterie. Discuter était inutile. Il refuserait de l'écouter.

— Tu te crois très malin, dit-elle comme l'ascenseur les ramenait dans le hall de l'immeuble.

— Je sais ce que je veux.

— Vraiment ? Dans ce cas, explique-moi ce qui t'amène à New York ? Tu veux vendre la société et je ne peux pas t'en empêcher. Tu veux te marier et ton entremetteuse va t'y aider, mais je suis certaine que ça n'arrivera pas tant que tu es ici. Je te le demande encore une fois : qu'est-ce que tu fais à New York ?

— Je suis là pour toi.

— Pourquoi ? insista-t-elle.

Andreas resta silencieux, et refusa de lui répondre jusqu'à ce que le taxi les ramène à l'hôtel.

Il sortit un instant de la voiture pour confier les sacs au portier avant de remonter.

— Où allons-nous ?

— Dîner. Je n'ai pas l'intention de te priver de nourriture.

— On aurait pu faire appel au service de chambre.

— Je croyais que tu te réjouissais de visiter la ville ?

— Pas avec toi !

— Nous sommes toujours amis.

— Je n'en suis pas sûre.

— Ne dis pas ça, la pria-t-il, visiblement vexé.

— Comme si tu t'intéressais à ce que je ressens…

— Bien sûr que ça m'intéresse !

Andreas n'était pas du genre à perdre son calme.

— Il y a six ans, tu m'as dit que tu avais besoin de

moi, commença-t-elle, et j'ai réalisé combien je m'étais trompée.

— Qu'est-ce que tu racontes ? demanda-t-il en se tournant vers elle. Je croyais que tu étais en colère à cause de la réunion d'hier ?

— C'est le cas, mais tout est lié, n'est-ce pas ? Je n'ai jamais été pour toi qu'un moyen d'arriver à tes fins. C'est pour ça que je ne comprends pas pourquoi tu es venu jusqu'ici, pourquoi tu as gâché ma soirée avec Jacob. J'ai l'impression de ne plus te connaître. Je n'aurais jamais cru que tu pouvais te montrer aussi mesquin.

— Mesquin ? répéta-t-il, choqué. La seule raison pour laquelle ce play-boy n'a pas perdu son travail est parce qu'il a tenté de protéger une femme qui compte à mes yeux.

— Tu te moques de ce qui peut m'arriver ou de ce que je pense.

Andreas la considérait comme un pion. Elle n'était que le cerveau derrière les logiciels vendus par sa société afin d'atteindre le rêve qu'il poursuivait depuis toujours : prouver à son père qu'il n'avait besoin ni de son nom ni de son argent pour réussir.

— Faites demi-tour ! ordonna-t-il au chauffeur.

— Je ne peux pas, rétorqua ce dernier. C'est une rue à sens unique.

— Ramenez-nous à l'hôtel !

4

Andreas serra les poings. C'était la seconde fois de son existence qu'il se sentait aussi perturbé. La première avait été lorsque son père avait fait irruption dans sa vie pour l'emmener en Grèce et le forcer à prendre le nom des Georgas. Il détestait pourtant ce patronyme et l'austère mausolée qui appartenait à leur famille depuis des générations.

Son père avait abandonné sa mère et lui avait brisé le cœur. Melia Kostas avait pourtant été une femme merveilleuse qui lui avait inculqué des valeurs morales et l'avait élevé avec amour. Elle s'était battue pour qu'il ait une enfance heureuse, et elle avait réussi.

Malheureusement, elle était décédée quand il n'avait que dix ans après avoir émigré aux États-Unis. Barnabas avait alors débarqué pour le ramener avec lui sans lui laisser le moindre choix. Il ne s'était jamais senti aussi impuissant que ce jour-là... Du moins jusqu'à aujourd'hui.

Pire, la peur qui lui serrait le cœur était comparable à celle qui l'avait saisi quand son père l'avait traîné derrière lui sans tenir compte de ses protestations. La perspective que Kayla quitte Portland, le quitte lui, était insoutenable. Ils formaient une équipe. Comment pouvait-elle l'avoir oublié ?

Et pour ne rien arranger, il l'avait trouvée en compagnie de ce play-boy qui la déshabillait littéralement du regard.

Il ne méritait pas une femme comme elle. Kayla Jones valait mieux que ça.

Il pourrait peut-être engager Genevieve pour lui dénicher un prince charmant quand il serait marié ? Un homme intelligent, qui la traiterait comme une princesse et non un acteur qui ne cherchait qu'à la mettre dans son lit.

Le taxi s'arrêta devant l'hôtel, et il descendit pour attendre Kayla sur le trottoir. En temps normal, il serait directement entré dans le hall, mais il ne voulait prendre aucun risque. Vu la situation, elle risquait de lui échapper de nouveau, et il était hors de question de la laisser partir avant d'avoir eu une explication.

Comme elle s'approchait de lui, son regard s'attarda sur sa poitrine. Elle était tellement sexy qu'une flèche de désir vint se ficher dans ses reins.

— Tu es prête à entrer ? demanda-t-il en s'efforçant d'ignorer sa réaction.

Elle releva le menton en un geste de défi.

— Ai-je le choix ? .

— Tu réagis comme si j'étais un véritable tyran…

— Veux-tu que je te rappelle ce qui s'est passé avec Jacob ?

— Rien de tout cela ne serait arrivé si tu m'avais attendu dans notre suite, rétorqua-t-il d'une voix posée malgré son irritation grandissante.

— Je n'en avais aucune envie.

— Tu as préféré faire du shopping.

Il n'avait pas été surpris de découvrir qu'elle était dans le quartier commerçant. Kayla aimait faire les boutiques quand elle était stressée. Mais la savoir en compagnie de Jacob Tarkent l'avait mis hors de lui.

— Tu avais vraiment besoin de sortir avec ce type ?

— C'est lui qui m'a draguée, répondit-elle en le dépassant.

— Je m'en doutais, marmonna-t-il comme ses yeux se posaient sur ses fesses.

Que lui arrivait-il ? Il avait réussi à lui résister durant six ans.

— Je ne vois pas où est le problème. Je suis célibataire, ajouta-t-elle.

— Tu es dans une ville que tu ne connais pas. Tu aurais dû te montrer plus prudente.

— Jacob est quelqu'un de bien.

— Peut-être...

Il avait pris des renseignements sur lui en apprenant que Kayla était en sa compagnie.

— Tu savais que j'étais en sécurité, continua-t-elle froidement.

— Tu ne l'étais pas, rétorqua-t-il en la prenant par le bras pour la retenir.

— Bien sûr que si.

— J'oubliais : tu es convaincue que tu peux cerner n'importe qui !

— C'est le cas. J'ai appris cela en famille d'accueil.

— Ce n'est pas fiable à cent pour cent.

— Rien ne l'est, rétorqua-t-elle. Tu veux vraiment qu'on continue cette conversation ici ?

— Tu admets enfin qu'il faut qu'on discute...

Elle était furieuse, c'était évident.

— Sans doute.

— J'en suis certain.

Pour une raison inconnue, il était aussi furieux qu'elle. Cela dit, une chose n'avait pas changé : il était déterminé à régler le problème. Kayla l'avait visiblement oublié, mais ils étaient amis. Elle était sa seule famille, ou presque.

— Entrons.

— À vos ordres, chef !

— Ne va pas trop loin, Kayla.

— Je tremble de peur…

Secouant la tête, il l'entraîna à l'intérieur, et Kayla se laissa faire. Sans un mot, ils prirent l'ascenseur et regagnèrent leur suite.

Il nota aussitôt que les fleurs qu'il lui avait fait livrer étaient toujours sur la table. Elle n'avait pas pris la peine de lire sa carte ou d'ouvrir la boîte de chocolats qui l'accompagnait.

— Qu'est-ce que c'est que tout ça ? demanda-t-elle en suivant son regard.

— Je voulais te mettre à l'aise.

— En m'offrant des roses, du champagne et des chocolats ? s'enquit-elle, incrédule.

— Tu oublies la corbeille de fruits.

— Ce n'est pas un peu trop romantique ? Je te rappelle que je ne suis qu'une employée…

— Tu n'es pas une simple employée, rétorqua-t-il, irrité. Tu es mon amie et mon associée. Je ne cherchais pas à me montrer romantique, poursuivit-il. Je voulais simplement te faire plaisir.

— J'aurais dû m'y attendre.

C'était toujours ainsi qu'il s'excusait, et ça marchait toujours. Du moins, jusqu'à aujourd'hui…

— Je préférerais du thé, annonça-t-elle.

— Je peux appeler le service de chambre à moins que tu préfères t'en charger ? Tu veux manger quelque chose ?

— Je ne pense pas en être capable pour l'instant, mais tu peux commander quelque chose si tu veux.

— Je mangerai un fruit si j'ai faim.

Contrairement à Kayla, ses émotions n'avaient aucun

effet sur son appétit. Elles n'avaient d'ailleurs aucune place dans sa vie. Kayla serait sans doute plus heureuse si elle en faisait autant.

— Je vais me changer, annonça-t-elle après avoir passé commande.

— Tu es magnifique, ne put-il s'empêcher de dire.

— Je m'étais préparée pour un rendez-vous, rétorqua-t-elle en évitant son regard. Et ceci n'a rien d'un rendez-vous. J'en ai pour une minute.

Malgré lui, sa réaction l'irrita. Ils avaient été amants durant deux ans. Kayla lui avait donné plus de plaisir qu'aucune autre femme, mais il avait rapidement compris qu'elle était davantage qu'une maîtresse. Elle était une amie précieuse qu'il ne pouvait se permettre de perdre. Aussi avait-il trouvé un moyen de la garder dans sa vie, en lui proposant de s'associer avec lui.

Lui résister n'avait pas toujours été facile, mais c'était un piètre sacrifice pour s'assurer que Kayla ne le quitterait jamais. Les amants allaient et venaient, mais leur relation était solide, tout comme leur amitié.

Le seul problème était que Kayla affirmait à présent qu'ils ne pouvaient plus être amis, car il avait décidé de vendre la société. Ignorait-elle qu'il avait des projets pour eux ? Ne lui faisait-elle plus confiance ?

On frappa à la porte et il alla ouvrir comme Kayla sortait de sa chambre. Le serveur déposa un plateau sur la table, et Andreas lui donna un pourboire.

Il attendit que Kayla ait fini de préparer son thé pour parler.

— Explique-moi ce que tu as voulu dire en parlant de ce qui s'est passé il y a six ans.

Kayla posa sa tasse d'une main tremblante, et plongea son regard dans le sien. Il était à la fois brûlant de détermination et de douleur, ce qui l'effraya. Il n'avait pourtant peur de rien ni de personne.

Kayla s'installa sur le canapé et glissa ses bras autour de ses genoux en un geste qu'il connaissait bien. C'était sa façon de se protéger.

— Il y a six ans, tu as trouvé un moyen de te servir de moi pour ta société.

— C'est une façon de voir les choses, concéda-t-il.

— Tu en vois une autre ?

— J'ai trouvé un moyen de te garder dans ma vie plus longtemps que n'importe quelle maîtresse.

Kayla écarquilla les yeux.

— Je t'apprécie plus qu'aucune femme ayant partagé mon lit, avoua-t-il. J'avais des sentiments pour toi, des sentiments que je ne m'étais jamais autorisé à ressentir. Je ne voulais pas te perdre.

— Et en tant que maîtresse, j'avais une date de péremption, devina-t-elle.

— J'ignorais combien de temps notre liaison allait durer, mais je savais que notre relation serait plus solide si nous devenions associés.

— Et c'est ce qui s'est passé, commenta-t-elle d'un air absent comme si elle s'efforçait d'assimiler ces informations.

— Nous avons commencé à travailler ensemble et sommes devenus amis, d'excellents amis, ajouta-t-il avec un sourire.

— Ce n'est plus le cas, rétorqua-t-elle. Tu as décidé de vendre la société, tu t'en vas.

Sa voix était tellement triste qu'il frissonna.

— Je veux que tu continues à travailler avec moi.

— Je refuse de quitter KJ Software, répondit-elle d'un ton sans compromis.

— Réfléchis, Kayla, la pressa-t-il. Tu pourrais relever

de nouveaux défis, résoudre de nouveaux problèmes. Tu es tellement brillante que le monde entier te tend les bras. Tu n'es pas obligée de te limiter à un seul domaine.

— J'aime ce que je fais, affirma-t-elle. Cette société est mon foyer. Je m'y sens en sécurité.

Andreas fronça les sourcils. Son *foyer* ? Ça n'avait aucun sens... Sauf pour Kayla. Il possédait quatre-vingt-quinze pour cent de l'entreprise, mais c'était elle qui s'impliquait le plus au sein de la compagnie.

Il sentit la panique l'envahir. Kayla n'avait pas l'intention de changer d'avis... quoi qu'il puisse faire ou dire. Elle avait pris sa décision.

— Ton appartement est ton foyer, pas ton travail, dit-il dans l'espoir de la convaincre.

— Ce n'est que l'endroit où je dors. Je ne m'y sens pas en sécurité.

— Et moi ? demanda-t-il en s'efforçant de combattre son inquiétude. Tu es en sécurité avec moi, non ?

— Tu vas te marier, rétorqua-t-elle simplement.

— Ça ne changera rien.

— Au contraire.

— Je te dis que non, déclara-t-il avec force. Personne ne me dicte ma façon de vivre.

Comment pouvait-elle en douter ? Il avait coupé les ponts avec son père pour cette même raison.

— Tu t'apprêtes à fonder une nouvelle famille, et je n'en ferai pas partie.

— Tu fais partie de ma vie.

C'était plus que cela. Kayla était sa famille, mais il ne pouvait pas le lui avouer.

— Nous pourrons sans doute rester amis, concéda-t-elle, mais nous ne pouvons pas continuer ainsi. Ce ne serait pas juste pour ton épouse et vos futurs enfants. Cette entreprise est tout ce qu'il me reste, Andreas, continua-t-elle d'un ton morne. Il faut impérativement que je parle à Sebastian Hawk. Je tiens à m'assurer qu'il ne va pas me l'arracher.

À ces mots, Andreas fronça les sourcils. Kayla recherchait une sécurité qu'il ne pouvait lui offrir. Elle se sentait menacée par la vente de l'entreprise et par son mariage. Ils étaient pourtant tous deux nécessaires afin de réaliser ses objectifs. C'était la seule solution pour prouver à son père qu'il n'avait pas besoin et n'aurait jamais besoin de lui ou de son nom pour réussir.

Rassurer Kayla impliquait de renoncer à l'un ou à l'autre, ce qu'il ne pouvait se permettre. Il avait travaillé trop dur pour arriver à ses fins. De plus, il en avait déjà terminé avec KJ Software et était pressé de relever un nouveau défi. Kayla l'avait sûrement compris, même si elle éprouvait des difficultés à l'accepter.

En vérité, il n'avait jamais envisagé qu'elle refuse de quitter l'entreprise ou que celle-ci représente autant à ses yeux. Il avait commis une grossière erreur…

— Je croyais que tu quitterais la compagnie avec moi, dit-il néanmoins.

— Tu veux fonder une nouvelle société.

— Oui.

— Que fais-tu des risques ? s'enquit-elle d'une voix triste. Tu pourrais échouer.

— Ça n'arrivera pas.

— Tu es si sûr de toi, affirma-t-elle avec un léger sourire.

— Ce n'est pas le terme que tu as utilisé la dernière fois. Tu m'as dit que j'étais arrogant.

— Tu l'es ! Je n'ai pas l'intention de quitter l'entreprise, ajouta-t-elle d'un ton décidé.

— Ça ne veut pas dire que nous ne pouvons pas être amis.

Après tout, ils vivaient dans le même immeuble…

Kayla l'observa en silence, et prit une gorgée de thé avant de répondre.

— Tu as raison. Être amis ne signifie pas toujours obtenir ce qu'on veut. Cela signifie se soutenir mutuellement. Tu es arrogant et très têtu. Tu vas donc avoir besoin de moi.

— Arrête ça !

— Pourquoi ? Tu ne t'es pas gêné pour me gâcher la soirée.

— Je m'inquiétais.

— Ça aurait pu attendre demain.

— N'essaie pas de me faire croire que tu avais l'intention de coucher avec ce type !

— Je ne suis pas certaine de ce que j'avais l'intention de faire, rétorqua-t-elle, agacée. Tu crois me connaître, Andreas, mais ce n'est pas le cas. Tu pensais que je ne verrais pas d'inconvénient à répondre aux demandes de ta marieuse, continua-t-elle comme il s'apprêtait à protester. Tu étais convaincu que je serais ravie de vendre la compagnie. Je ne t'ai pas encore pardonné, d'ailleurs. Tu croyais que je souhaitais quitter mon poste pour te suivre, mais tu te trompais. Il est évident que tu ne me connais pas aussi bien que tu le penses.

Pour la première fois de son existence, Andreas fut incapable de donner une réponse appropriée. Kayla avait raison et s'il ne trouvait pas rapidement une solution, il risquait de la perdre…

Ignorant un énième message de Genevieve, Andreas termina de répondre à ses mails. Les innombrables demandes de cette dernière le rendaient fou. Il l'avait engagée pour son professionnalisme, mais pourquoi tenait-elle tant à ce qu'il change de coiffure et de style vestimentaire ?

Son travail achevé, il envisagea de commander le petit déjeuner lorsque Kayla ouvrit la porte de sa chambre d'un mouvement brusque. Aussitôt, son regard se posa sur son short en satin qui dévoilait ses jambes fuselées, et son haut qui épousait la courbe de sa poitrine. Son corps réagit immédiatement, et il serra les dents. La passion qu'ils avaient partagée appartenait au passé. Il ne pouvait se permettre de l'oublier…

— Occupe-toi de ça ! ordonna-t-elle en posant son portable devant lui.

Celui-ci vibra, annonçant l'arrivée d'un nouveau texto.

— De quoi ?

— De ça ! répéta-t-elle comme le téléphone vibrait de nouveau.

C'était un message de Genevieve lui demandant de se débrouiller pour qu'Andreas prenne le prochain vol pour Portland.

— Tu lui as donné mon numéro ?

— En effet.

— Appelle-la tout de suite et dis-lui de me laisser tranquille !

— Ignore-la.

— Comme tu l'as fait ? s'enquit-elle, visiblement énervée.

— Je n'ai pas de temps à lui consacrer pour l'instant.

Genevieve allait devoir apprendre qu'il faisait les choses à son rythme.

— Je m'en moque. Appelle-la, maintenant !

— Tu es de mauvaise humeur ce matin.

— J'ai été réveillée par des dizaines de textos et d'appels venant d'une femme avec qui je n'ai pas la moindre envie de discuter.

— Je t'avais pourtant prévenue qu'elle voulait te parler, rétorqua-t-il, nullement impressionné.

— Je ne plaisante pas, Andreas.

— Tu ne fais jamais la grasse matinée.

— J'avais envie de profiter de mes vacances !

Réalisant qu'elle était vraiment furieuse, il reprit :

— Écoute, Kayla, je...

Levant la main pour lui intimer le silence, elle éteignit son portable et le laissa sur le bureau avant de regagner sa chambre.

Avec un soupir, Andreas composa le numéro de Genevieve.

— Enfin ! s'exclama celle-ci. Andreas, vous devez vous impliquer davantage dans le processus.

— Je ne vous ai pas donné le numéro de Kayla pour que vous la harceliez, répondit-il d'un ton sec. Ne la contactez plus !

— Ne soyez pas ridicule, Andreas. Appeler votre assistante était la seule façon d'avoir votre attention.

— Kayla n'est pas mon assistante. Elle est directrice de la recherche et du développement. Et j'exige que vous lui témoigniez le respect qu'elle mérite !

— C'est sans doute...

— Je veux que vous effaciez son numéro de vos contacts, la coupa-t-il.

— Excusez-moi ?

— Je ne vous excuse pas, rétorqua-t-il froidement. Votre comportement vis-à-vis de Mlle Jones est impardonnable.

— Vous avez quitté la ville au beau milieu de la phase de recherche, lui rappela-t-elle. Le *matchmaking* est un art délicat qui requiert votre attention.

— C'est à vous de vous en charger. C'est pour ça que

je vous ai versé un tel acompte, continua-t-il. Comme je vous l'ai déjà dit, j'avais une urgence professionnelle.

— Mlle Jones ne peut pas s'en occuper ?

— Nous y travaillons tous les deux.

— Je suis certaine que…

— Vous devriez faire votre boulot et me laisser faire le mien, l'interrompit-il.

— J'ai besoin de vous pour cela. Vous n'avez quand même pas oublié notre séance de relooking ? S'il le faut vraiment, je suis prête à faire le déplacement à New York…

— Je n'ai pas le temps, affirma-t-il sans la moindre hésitation. Je vous appellerai à mon retour.

— Et le questionnaire ? Vous aurez le temps de le remplir ?

— Je verrai ce que je peux faire, promit-il sans chercher à cacher son irritation.

— J'ai l'impression que vous n'êtes pas aussi motivé que vous me l'avez laissé croire…

— Genevieve, vous apprendrez vite que je ne supporte pas qu'on remette ma détermination en question, déclara-t-il sans chercher à la ménager. Je vous contacterai à mon retour dans l'Oregon.

Il raccrocha et avisa Kayla qui l'observait depuis l'entrée de sa chambre.

— C'était Genevieve ?

— Oui.

— Tu lui as demandé d'arrêter de m'appeler et de m'envoyer des textos ? s'enquit-elle en plissant les yeux.

— Je lui ai dit d'effacer ton numéro de ses fichiers.

— J'aurais pu m'en occuper moi-même si j'avais eu mon ordinateur.

Il n'en doutait pas une seconde. Kayla était l'un des meilleurs experts en sécurité informatique du monde.

Elle était donc parfaitement capable de déjouer les logiciels existants.

— Parfois, tu me fais peur.

— Tu n'as peur de rien.

Il n'allait pas lui avouer le contraire...

— Ta capacité à t'introduire dans les portables et les ordinateurs pourrait t'attirer des ennuis.

— La plupart des concepteurs de logiciels de sécurité en sont capables, rétorqua-t-elle en s'étirant.

En devinant ses seins sous son petit haut, il sentit une pointe de désir se ficher dans ses reins.

— Je retourne me coucher.

— Et le petit déjeuner ?

— Rien ne t'empêche de le commander.

— Tu retournes te coucher, répéta-t-il en guise d'explication. Combien de temps comptes-tu dormir ?

— Aussi longtemps que j'en ai envie. Je suis en vacances, lui rappela-t-elle avec un léger sourire.

— Nous allons rater la croisière si nous ne sommes pas sur la jetée d'ici une heure.

— Une croisière ?

Il haussa les épaules.

— Je me suis dit que tu aurais envie de visiter New York...

— Jacob avait l'intention de me montrer la ville hier soir.

— Dis plutôt qu'il voulait te montrer sa chambre à coucher ! rétorqua-t-il, irrité.

— Elle avait peut-être une belle vue...

N'y tenant plus, il se leva d'un bond.

— Si tu veux apprécier le panorama, je te conseille de prendre ta douche et de t'habiller pour qu'on puisse faire cette croisière.

— Je n'ai jamais dit que j'allais t'accompagner.

— Ne fais pas ta mauvaise tête.

— J'avais l'intention de retourner me coucher, lui rappela-t-elle en fronçant les sourcils.

— Tu pourrais dormir plus tard. Nous avons une ville à visiter.

— Je comprends mieux pourquoi tu ne portes pas de costume, tu ressembles toujours à un puissant homme d'affaires.

— Je suis un homme d'affaires.

Et son petit acteur ferait bien de ne pas l'oublier. S'il avait coupé les ponts avec son père, il pouvait se montrer aussi impitoyable que lui quand les circonstances l'exigeaient.

— Je n'avais pas prévu de rester ici avec toi, reprit Kayla.

— Où veux-tu aller ?

Il n'était pas question de la laisser s'échapper. Il lui avait fallu trois ans pour la convaincre de s'installer dans l'un des appartements de son immeuble. Elle était parfois trop indépendante à son goût.

— Dans un hôtel où tu n'es pas, répondit-elle sans la moindre hésitation.

— Tu me détestes donc tant que ça ? s'enquit-il, blessé.

Réalisant qu'elle était allée trop loin, Kayla combla la distance qui les séparait.

— Bien sûr que non, Andreas. C'est simplement… compliqué.

5

— Tu veux parler de la vente de la société ?

— Et du reste, répondit-elle en croisant les bras comme si elle cherchait à se protéger. J'ai l'impression de vous perdre, toi et l'entreprise.

— Tu ne me perdras pas, Kayla, assura-t-il.

Comme elle secouait la tête, il reprit :

— Kayla, tu as une vision bien précise de la famille alors qu'aucun de nous deux n'a d'expérience dans ce domaine. Mais je sais une chose : ce n'est pas ainsi que j'ai décidé de vivre ma vie. Mon épouse ne prendra pas ta place.

— Ma place en tant qu'amie, corrigea-t-elle avec une grimace.

Avait-elle l'intention de couper les ponts une fois l'entreprise vendue ? C'était inacceptable. Sa place était à ses côtés. Il en avait toujours été ainsi.

— Bon sang, Kayla ! explosa-t-il. Nous nous connaissons depuis le collège. Pourquoi être amie avec moi te semble-t-il soudain insupportable ?

— Je n'ai pas dit ça, affirma-t-elle en tournant les talons. Je vais aller me préparer.

— Cette conversation n'est pas terminée.

— Elle l'est si tu veux que nous puissions faire cette croisière, conclut-elle en regagnant sa chambre.

Malgré lui, son regard se posa sur ses fesses, et le

souvenir des instants qu'ils avaient partagés six ans plus tôt s'imposa à son esprit. Tendu à l'extrême, il n'eut alors plus qu'une envie : la suivre pour la jeter sur le lit.

Que diable lui arrivait-il ? Ces sentiments ne le tourmentaient plus depuis des années. Pourquoi s'étaient-ils soudain réveillés ? Cela n'avait pas de sens, d'autant qu'il n'avait plus aucun droit sur Kayla. Sa place était à ses côtés et non dans son lit. Il ne devait pas l'oublier.

Kayla vérifia une dernière fois sa tenue et hocha la tête d'un air satisfait. Elle mettait sa silhouette en valeur sans donner l'impression qu'elle était obsédée par son look, et convenait à merveille pour visiter la ville.

Elle ignorait ce qui l'avait poussée à accepter la proposition d'Andreas, si ce n'est qu'il semblait prêt à tout pour la garder dans sa vie. Il avait abandonné son travail et sa quête de la parfaite épouse pour la suivre dans une autre ville. Et à présent qu'il l'avait trouvée, il refusait de partir sans elle, comme s'il craignait de ne jamais la revoir. Malgré ce qui s'était passé la veille, toutes ces marques d'affection la touchaient profondément.

— J'ai le temps de prendre le petit déjeuner ? s'enquit-elle en le rejoignant dans le salon.

Andreas leva les yeux de son journal, et l'espace d'un instant, ce qui ressemblait à une lueur de désir s'alluma dans son regard. C'était pourtant impossible…

— Tu comptes porter ça ?

— Oui.

— Tu devrais peut-être enfiler une tenue plus… habillée, ajouta-t-il après un instant.

— Pour faire une croisière touristique ? Non.

— Tu cherches à te faire draguer ? demanda-t-il en fronçant les sourcils.

— Qu'est-ce que tu racontes ?

— Ta tenue est trop sexy, exactement comme la robe que tu portais hier soir. Que t'arrive-t-il, Kayla ?

— Rien du tout si ce n'est que tu te conduis comme un idiot, Andreas. Mes vêtements ne sont pas sexy.

Ils mettaient son corps en valeur, mais ça s'arrêtait là.

— Ils me vont bien. Ce n'est pas un crime, que je sache ? Et ce n'est certainement pas une provocation.

— Au contraire…

— Ne sois pas ridicule, Andreas ! Je refuse de me changer, déclara-t-elle en relevant le menton en un geste de défi.

— Mangeons !

Ils s'installèrent à table, mais l'atmosphère demeura tendue.

Le petit déjeuner terminé, un chauffeur les conduisit jusqu'au port où patientaient de nombreux touristes.

Andreas les ignora et montra sa carte d'identité à un homme en uniforme blanc. Celui-ci les fit remonter la file.

— On a droit au traitement VIP ?

— Tu sais bien que j'ai horreur d'attendre, expliqua-t-il en haussant les épaules.

— Ces gens aussi.

— J'aurais peut-être dû réserver une visite privée ?

— Je n'aime pas ça, répondit-elle en secouant la tête.

— Je le sais bien. Tu aimes jouer les touristes, ce que je ne comprendrai jamais.

— Tu nous as donc pris des places tout en t'arrangeant pour monter à bord avant tout le monde ?

— C'est ça, commenta Andreas en la guidant vers l'avant du bateau.

— Tu es un homme étrange, commenta-t-elle.

— Dixit la femme qui pourrait vivre comme une reine et refuse d'en profiter.

— Ma vie me convient parfaitement, et je préfère consacrer mon argent au centre d'accueil dont je m'occupe pendant mon temps libre.

— Je t'ai proposé de faire un don, mais tu as refusé.

— Ton offre était bien trop généreuse et elle t'aurait empêché de réaliser ton objectif : prouver à ta famille que tu n'avais pas besoin d'eux.

Ce n'était pas la seule raison. Elle avait eu besoin de créer quelque chose sans l'aide d'Andreas.

— Et puis, j'ai fini par accepter ton argent, lui rappela-t-elle avec un sourire.

— Je n'ai rien à prouver à ma famille, rétorqua-t-il sèchement.

— À qui, alors ?

— Je sais ce que je vaux.

— Je le croyais aussi, mais ton comportement me pousse à en douter.

C'était la première fois qu'elle se montrait aussi franche, car elle n'avait plus rien à perdre.

— J'ai l'intention de démontrer aux Georgas qu'un Kostas n'a pas besoin d'eux pour réussir, et que je suis meilleur que tout ce qu'ils auraient pu imaginer.

— Ton père est un salaud, concéda-t-elle. Il n'aurait jamais dû abandonner ta mère enceinte ni te forcer à le suivre quand elle est morte, mais tu as déjà prouvé que tu n'avais pas besoin de lui. Tu as pris le nom de ta mère et tu as refait ta vie aux États-Unis. KS Software est l'une des sociétés les plus cotées sur le marché. Tu n'as plus rien à prouver.

— Je veux leur montrer que je peux fonder une famille sans eux.

À ces mots, Kayla perdit tout espoir qu'il renonce à mener son projet à terme. Genevieve allait lui trouver l'épouse idéale qui n'avait rien en commun avec une orpheline élevée en famille d'accueil comme elle.

Ce n'était pas étonnant qu'il l'ait plaquée, six ans plus tôt. Elle n'avait jamais eu la moindre chance. Genevieve l'aurait probablement recalée sans la moindre hésitation. Mais peu importait, maintenant.

Non, elle ne serait sans doute jamais assez bien pour Andreas, mais elle était fière de ce qu'elle avait accompli. C'était pour cela qu'elle s'impliquait autant dans le développement du centre d'accueil. Ces enfants étaient capables de réussir si on leur donnait une chance.

— Je te souhaite d'être heureux, Andreas, déclara-t-elle se forçant à sourire.

Il ne l'aimerait jamais, mais il n'en demeurait pas moins son ami.

Comme elle restait silencieuse, il reprit :

— Je ne sais pas ce que tu es en train de faire, Kayla, mais je veux que tu arrêtes. Tout de suite, ajouta-t-il en la prenant par le bras.

— Détends-toi, Andreas, dit-elle avec un grand sourire. Tout va bien. Qu'allons-nous voir ?

— N'essaie pas de me rassurer avec ce faux sourire. Je veux savoir ce qui se passe dans ta tête.

D'autres touristes les rejoignirent sur le pont, lui épargnant ainsi de devoir répondre.

Elle fixa sa main jusqu'à ce qu'il se décide à la relâcher, ce qu'il fit visiblement à contrecœur. Il semblait frustré, mais peu importait. Il venait de briser ses rêves et son cœur. Elle avait le droit de garder le silence...

— Ta batterie va tomber à plat si tu continues à prendre autant de photos, la taquina-t-il comme ils approchaient de la statue de la Liberté.

Elle lui sourit.

— Tu n'arriveras pas à me faire croire que tu n'es pas ému devant ce spectacle. Ta mère a immigré aux États-Unis.

— Elle n'est pas passée par Ellis Island, déclara-t-il, d'un ton qui prouvait qu'il n'était pas aussi indifférent qu'il voulait le faire croire.

— C'était un pari risqué, n'est-ce pas ?

— Rien ne la retenait en Grèce, affirma-t-il en contemplant la statue. Son amant l'avait quittée après lui avoir donné de l'argent pour avorter, ce que sa foi lui interdisait, et sa famille l'avait rejetée.

— Parce qu'elle était enceinte de toi ?

— Parce que Barnabas Georgas était leur seule source de revenus, et elle l'embarrassait, expliqua-t-il avec amertume.

— Ça craint !

— Voilà qui est joliment dit, mademoiselle Jones, lança-t-il en éclatant de rire.

Kayla rougit. Elle adorait l'entendre rire…

— Tu es si belle, comme ça.

— Quoi ?

— J'aime quand tu rougis, expliqua-t-il en la prenant par le menton. Tu es mon amie, Kayla, tu le sais, n'est-ce pas ?

— J'ai du mal à croire qu'il ne s'agit que d'amitié quand tu me tiens de cette façon, souffla-t-elle.

Il avait posé la main sur sa hanche, et elle eut soudain envie de se jeter à son cou et de l'embrasser.

— Tu n'as pas tort.

Pourtant, au lieu de s'écarter, il s'approcha davantage

encore, et le reste du monde disparut. Il n'y avait plus qu'Andreas et la lueur qui brillait dans son regard, cette précieuse étincelle qu'elle n'avait pas vue depuis six ans.

— Je me demande ce que je ressentirais si je...

Sans lui laisser le temps de réagir, il prit ses lèvres et pour la première fois depuis longtemps, elle eut l'impression d'être en sécurité, à sa place entre ses bras.

Andreas approfondit son baiser. Kayla entrouvrit les lèvres en une invitation muette, et leurs langues entamèrent une danse sensuelle...

Des applaudissements et des éclats de rire retentirent soudain, les ramenant brutalement à la réalité. Andreas la relâcha et elle avisa que les autres passagers les observaient avec un certain intérêt.

Embarrassée, Kayla rougit comme Andreas éclatait de rire. À croire qu'il appréciait de se donner en spectacle, ce qui ne lui ressemblait pas du tout.

— Débrouille-toi pour que ça s'arrête, ordonna-t-elle, gênée.

— Que veux-tu que je fasse ?

— Je n'en sais rien, mais je veux qu'ils cessent de nous regarder en riant.

— Calme-toi, Kayla, la pria-t-il d'une voix douce. Nous ne faisions rien de mal.

— Tu parles ! On se comportait comme deux ados.

— J'avais oublié à quel point j'aimais t'embrasser, avoua-t-il, ignorant sa honte.

— Je le sais.

— On dirait que ça t'ennuie.

— Ce n'est pas moi qui ai décidé qu'il valait mieux qu'on soit amis plutôt qu'amants ! lança-t-elle avant de plaquer une main sur sa bouche.

Elle observa les autres passagers, espérant qu'ils

n'avaient rien entendu, mais dut se rendre à l'évidence. Ils étaient littéralement pendus à ses lèvres.

— C'est très gênant !

— Tu es embarrassée d'être ma maîtresse ?

— Nous ne sommes plus amants, lui rappela-t-elle à mi-voix.

Il l'observa un instant avant de répliquer :

— Tu ferais bien de te dépêcher si tu veux prendre des photos.

— Tu veux que je joue les touristes après ce qui vient de se passer ?

À ces mots, il lui adressa un grand sourire et elle sentit son cœur chavirer.

Il sortit son portable et prit quelques clichés, insistant pour en faire quelques-uns avec elle. Son comportement était tellement étrange qu'elle ignorait comment réagir.

— Je peux savoir ce que tu fais ? demanda-t-elle quand il glissa un bras autour de ses épaules.

En guise de réponse, il se contenta de poser un baiser léger sur sa tempe.

— C'est magnifique, n'est-ce pas ? dit-il en contemplant le paysage.

— Pourquoi te montres-tu aussi affectueux ?

Pour un peu, elle aurait pu se croire au beau milieu d'un rêve et elle craignait de se réveiller…

— J'avais oublié à quel point j'aime te toucher.

— Tu es sûr que tout va bien ? insista-t-elle, incrédule.

Quand il éclata de rire, son souffle se bloqua dans sa poitrine. Andreas restait toujours impassible sauf lorsqu'il était avec elle, lui donnant l'impression d'être unique, spéciale.

— Ça ne pourrait pas aller mieux.

— Qu'est-ce que tu veux dire ?

— J'ai eu une révélation, annonça-t-il en plongeant son regard dans le sien.

— Quel genre de révélation ?

— Je t'expliquerai quand nous serons rentrés à l'hôtel. Ce n'est pas une discussion que nous devrions avoir devant tous ces gens.

— Ça ne t'a pourtant pas empêché de m'embrasser…

Amusé, il reprit ses lèvres, et Kayla eut l'impression de se retrouver six ans plus tôt.

— Arrête de m'embrasser !

— J'adore tes lèvres.

— Je suis sérieuse, Andreas.

— Moi aussi.

— Andreas !

— Ne t'inquiète pas, Kayla, murmura-t-il en lui caressant la nuque. Je te promets que tout se passera bien.

— Tu ne peux pas. C'est bien trop compliqué.

— Tu te trompes, affirma-t-il d'un air sérieux.

— Comment peux-tu dire une chose pareille ?

Rien n'avait changé, si ce n'est qu'il semblait avoir perdu l'esprit.

— Je suis en train de rêver, c'est ça ?

De nouveau, Andreas lui donna un baiser qui la fit chavirer.

— Ça ressemble à un rêve ?

— Je refuse de répondre à ça.

— Moi aussi je rêve souvent, soupira-t-il, mais je fais de mon mieux pour tout oublier en me levant.

Surprise, elle écarquilla les yeux et rougit en avisant la lueur sensuelle qui brillait dans son regard.

— Andreas ! Tu oublies que nous ne sommes pas seuls.

— Comme je te l'ai dit, cette conversation devra attendre.

— Je ne rêve pas.

— Non, mon amour, tu ne rêves pas.

— Je n'ai jamais compris pourquoi tu m'appelais ainsi alors que tu ne crois pas à l'amour.

— Ce n'est qu'un mot, rétorqua-t-il en haussant les épaules.

Qui ne signifiait rien pour lui…

Cela dit, il se passait vraiment quelque chose, une chose dont il ne voulait pas parler en public. En clair : il avait envie de coucher avec elle…

Le guide reprit ses explications sur la construction du pont, mais Kayla l'entendit à peine. Était-elle capable de céder à Andreas alors qu'il s'apprêtait à épouser la femme parfaite ? Il lui avait brisé le cœur six ans plus tôt et la douleur ne l'avait jamais quittée. Une nuit entre ses bras lui permettrait-elle de renoncer définitivement à ses rêves ou risquait-elle de la faire souffrir davantage ?

Leur rupture avait été très douloureuse, pire encore que tout ce qu'elle avait traversé en perdant sa famille d'accueil. Parce qu'Andreas faisait partie d'elle. Il ne lui avait pourtant jamais vraiment appartenu. Andreas n'en voulait pas davantage.

Cela dit, son amitié représentait énormément à ses yeux. Sinon, pourquoi aurait-il tout abandonné pour la suivre dans une autre ville ? Las, il était incapable de lui donner ce que réclamait son cœur.

— New York est une ville magnifique, déclara-t-il, la tirant de ses pensées. Je pourrais même envisager de m'y installer si elle n'était pas aussi peuplée.

Se forçant à oublier ses préoccupations, elle se tourna vers lui.

— Tu as raison. Je n'avais jamais réalisé à quel point elle était belle. Je ne pourrais jamais quitter Portland, ajouta-t-elle, mais j'aimerais revenir à New York pour un plus long séjour.

— On pourrait.

Kayla garda le silence. Ils avaient souvent voyagé ensemble et ils auraient peut-être l'occasion de recommencer si sa future femme le lui permettait et si les voir ensemble ne lui brisait pas le cœur…

6

La vue était magnifique, mais Kayla s'en rendit à peine compte. Toute son attention était centrée sur Andreas et sur les délicieuses sensations qu'il éveillait en elle. Ce n'était pourtant pas une bonne idée. Elle devait impérativement garder le contrôle de ses émotions et de son corps. Elle n'avait d'ailleurs pas l'intention de coucher avec lui, quoi qu'il en dise.

— Tu as envie d'aller déjeuner ? demanda-t-il comme ils regagnaient le quai.

Elle faillit refuser, mais son estomac gargouilla.

— On dirait que oui !

— Laisse-moi deviner : tu as déjà fait une réservation.

— Bien sûr que oui.

— Monsieur Kostas ? Suivez-moi, je vous prie, dit un homme en les guidant vers un petit véhicule avec des sièges en cuir rouge.

— Un pousse-pousse ?

— Je me suis dit que ça t'amuserait, rétorqua-t-il en lui offrant sa main pour l'aider à s'installer.

À croire qu'ils étaient en plein rendez-vous amoureux…

Andreas se montrait toujours courtois et prévenant avec elle, mais cette fois, les choses étaient différentes. Il se comportait comme un amant empressé.

Le pousse-pousse se glissa dans la circulation à une vitesse alarmante, lui arrachant un petit cri.

— Tout va bien, ma belle.

Ma belle ?

— C'est l'une des meilleures compagnies de la ville, j'ai vérifié.

— Je travaille à New York depuis deux ans, expliqua le chauffeur avec un léger accent.

Kayla lui posa de nombreuses questions jusqu'à ce qu'Andreas intervienne.

— Je crois que tu en sais assez, Kayla.

— Ça ne me dérange pas, monsieur, affirma le chauffeur.

— Où allons-nous ? demanda-t-elle. Dans un établissement fréquenté par les touristes ?

— Pas exactement, répondit-il d'un air énigmatique.

Quelques minutes plus tard, le chauffeur s'arrêta devant un immeuble tout de verre et d'acier.

— Vous allez adorer la vue, assura le chauffeur. Les hommes amènent souvent leurs femmes ici pour les impressionner.

Andreas marmonna quelque chose, mais Kayla l'ignora.

— Je suis certaine que vous avez raison, déclara-t-elle d'une voix forte. Andreas est très doué pour deviner ce que j'aime !

Sauf qu'il avait décidé de vendre leur société, la privant ainsi de son repère...

Le restaurant situé au dernier étage offrait une vue incroyable, comme l'avait annoncé le chauffeur, et Andreas se montra absolument charmant.

— Tu veux bien arrêter ça ? finit-elle par demander.

— De quoi parles-tu ?

— Ne sois pas aussi gentil.

— Tu me reproches d'être trop gentil ? s'enquit-il en fronçant les sourcils.

— Non, je...

Elle s'interrompit, frustrée, avant de reprendre.

— Je sais ce que tu veux et la réponse est non.

— Ne sois pas aussi sûre de toi, ma belle.

— Et arrête avec les petits noms ! ordonna-t-elle, agacée. Ça ne marchera pas.

— Qu'est-ce qui ne marchera pas ?

— Ton plan.

— Je te promets qu'il te plaira, affirma-t-il d'une voix sensuelle.

— Contrairement à ce que tu crois, tu n'as pas toujours raison.

Les dernières quarante-huit heures en avaient apporté la preuve flagrante.

— J'ai presque toujours raison, la corrigea-t-il avec humour.

— Tu te moques de moi.

— Un peu, concéda-t-il. Détends-toi, Kayla. Tu es en sécurité dans ce magnifique restaurant.

— C'est un bel établissement, reconnut-elle, mais c'est plutôt le genre d'endroit où l'on amène une conquête ou un client qu'on cherche à impressionner. Or je ne suis aucun des deux. Je ne comprends même pas comment tu as pu avoir des réservations aussi rapidement.

— J'avais peut-être envie de t'impressionner, rétorqua-t-il en ignorant sa remarque concernant les réservations.

Il avait pourtant dû user de son influence pour obtenir une table, ce qui était plutôt flatteur...

— Comme si j'allais croire une chose pareille !

— Tu devrais.

— Arrête, Andreas.

— Tu es la seule personne que j'aie envie d'impressionner, ajouta-t-il en plongeant son regard dans le sien.

— C'est… Je…

Elle ne pouvait simplement pas y croire.

— Je n'ai jamais cherché à impressionner les Georgas et…

— Tu as pourtant élaboré un plan pour leur prouver que tu étais un brillant homme d'affaires, le coupa-t-elle.

— Non, j'ai simplement essayé de leur montrer que je n'avais pas besoin d'eux.

Voyant qu'elle ne le croyait pas, il reprit :

— Dis-moi qui je pourrais avoir envie d'impressionner ?

— Ta future épouse ? Genevieve ? D'autres milliardaires ? Je n'en sais rien, avoua-t-elle en haussant les épaules.

— Tu te trompes sur toute la ligne.

— Pourquoi te soucies-tu de ce que je pense ? insista-t-elle.

— Parce que nous sommes amis.

— À t'entendre, je suis ta seule amie, or nous savons tous les deux que c'est faux.

— J'ai un carnet d'adresses bien garni, reconnut-il, mais je me moque de tout ce que ces gens peuvent penser. Leur opinion ne m'intéresse pas.

— La mienne non plus.

— Si c'est vraiment ce que tu crois, comment expliques-tu que je sois à New York avec toi alors que je devrais être à Portland avec une entremetteuse ?

— C'est l'excuse que tu as trouvée pour échapper à ton relooking ? offrit-elle, sarcastique.

— Ça n'a rien à voir, et je n'ai d'ailleurs pas l'intention de me prêter à ces bêtises. Je n'aurais jamais dû lui verser cet acompte, ajouta-t-il après un instant.

— Tu crois ?

— Ne me regarde pas comme ça ! J'ai fait les vérifications d'usage avant de l'engager, et je lui ai posé de nombreuses questions.

— J'en suis sûre ! « Pourriez-vous me trouver une épouse satisfaisant ces critères ? » ou encore « Sera-t-elle un atout dans mon travail ? ». Et je suis certaine que tu as bien précisé qu'elle devait avoir un certain âge et posséder un certain pedigree, continua-t-elle avec une grimace.

— Tu sais pourtant que je ne cherche pas à entrer dans la bonne société grâce à mon mariage.

— Ce n'est pas ce que j'ai voulu dire. Tu cherches une femme venant d'une famille unie qui fera une bonne mère pour tes enfants, expliqua-t-elle.

Autrement dit, elle n'avait pas la moindre chance...

— Une femme qui a fait des études, mais pas trop. Les machos comme toi ne supportent pas que leur épouse soit plus intelligente qu'eux.

— Je n'ai pas le moindre problème au fait que tu sois plus intelligente que moi, affirma-t-il.

— Je suis meilleure en informatique, mais nous avons un diplôme équivalent, poursuivit-elle. Tu ne verrais pas d'inconvénient à ce que j'obtienne un doctorat en ingénierie ?

— Je serais fier de toi. Est-ce que ça veut dire que tu envisages de reprendre des études ?

Il lui arrivait d'y penser, mais Andreas n'avait pas besoin de le savoir.

— Qu'est-ce qu'il y a ? demanda-t-il comme elle se contentait de le regarder en silence.

— Mes plans ne te concernent pas.

— Je ne suis pas de cet avis.

— Andreas, tu seras tellement occupé par ta nouvelle

société que tu n'aurais pas le temps de t'inquiéter de ce que je fais de ma vie.

— C'est faux.

— Ce que tu peux être têtu !

— Tu peux parler, rétorqua-t-il en riant.

— Je suis sérieuse, Andreas. Tu as une idée bien précise de ce que tu veux, et tu es persuadé que tout le monde va se plier à ta volonté, mais ce n'est pas ainsi que le monde fonctionne.

— Tenterais-tu de me contrarier ? demanda-t-il en haussant les sourcils.

— Non, mais je tiens à ce que tu saches que tu te trompes.

— Cela fait si longtemps que nous n'avons pas partagé un repas ! lança-t-il, ignorant sa dernière remarque.

— Tu as été plutôt occupé ces derniers mois, souligna-t-elle en plongeant son regard dans le sien. Tu te préparais à la vente, n'est-ce pas ?

— À t'entendre, j'ai fait ça en cachette.

— Tu ne m'en as pas parlé.

— Je suis resté discret.

— Je dirais plutôt « sournois ».

— Non, je…

Son portable vibra et il s'interrompit en avisant que le message venait de Bradley. Son expression changea aussitôt.

— Qu'est-ce qui se passe ?

— Je t'expliquerai dans une minute, répondit-il en composant un numéro.

Une femme décrocha, et Kayla reconnut la voix de Genevieve. Andreas l'écouta un instant avant de déclarer :

— Vous êtes virée ! Je me moque de ce que vous avez vu sur les réseaux sociaux, ajouta-t-il sèchement. Je n'ai pas à me justifier devant vous, et je ne supporte pas que mes ordres soient remis en question par ceux que j'emploie. J'exige un remboursement partiel de mon acompte, continua-t-il, visiblement furieux. Je n'ai plus besoin de vos services. Au revoir, Genevieve.

— Tu veux bien m'expliquer ?

— Tu es sûre de vouloir le savoir ? s'enquit-il, mal à l'aise.

— Oui.

— Genevieve voulait venir à New York pour mon relooking, mais j'ai refusé, commença-t-il. Elle a décidé de ne pas m'écouter, mais heureusement Bradley l'a découvert et m'a prévenu.

— Qu'est-ce qui lui est passé par la tête ?

— Elle a cru qu'elle était sur le point de perdre un client, expliqua-t-il avec une grimace.

— Pourquoi ?

— Quelqu'un a posté une photo de nous sur les réseaux sociaux.

— Comment l'a-t-elle su ?

— On n'a pas eu de chance, précisa-t-il en haussant les épaules. Un paparazzi en herbe t'a vue avec Jacob et a décidé de faire des recherches sur toi, ce qui n'a pas été difficile puisque sa sœur t'a mentionnée sur Twitter. Elle était également sur le bateau, poursuivit-il, et a pensé qu'une photo de toi en train d'embrasser un autre homme ajouterait au scandale.

— Tu plaisantes ?

— Pas du tout.

— Et Genevieve est déjà au courant ? s'enquit-elle, incrédule.

— Ça fait partie de son travail, mais ça n'excuse pas son comportement.

— Justement, elle s'inquiétait pour son boulot.

— Je ne suis pas encore marié, lui rappela-t-il. Je n'ai même pas encore commencé à rencontrer ses candidates.

— Ça ne change rien.

— Au contraire. Je l'ai renvoyée et elle a intérêt à me rembourser une partie de mon acompte si elle ne veut pas avoir de problèmes !

— Elle a refusé ?

— Non, elle m'a déconseillé de m'impliquer dans une relation avec toi.

— Ce n'est pas très gentil, dit-elle, nullement surprise par la réaction de Genevieve.

— Je ne l'ai pas engagée pour sa gentillesse, mais pour son efficacité.

— Je vois…

— Qu'est-ce que ça veut dire ?

— Rien du tout, mais je te rappelle que tu viens de la virer.

— Tu sais que je ne supporte pas qu'on ignore mes ordres, lui rappela-t-il.

— Je le fais tout le temps, tu ne m'as jamais virée.

— Tu es l'exception qui confirme la règle, déclara-t-il en lui faisant un clin d'œil.

Son cœur se mit aussitôt à battre la chamade. Il était tellement sexy !

— Ne le dis à personne.

— Pourquoi tiens-tu donc tant à ce que tout le monde te croie inébranlable ? s'enquit-elle d'un air amusé.

— Parce que je le suis. Tu as terminé ? demanda-t-il en indiquant son assiette.

— Oui.

— Tu es prête à continuer la visite ?

La tension était suffocante, mais il semblait décidé à la faire attendre comme pour mieux la rendre folle de désir… Exactement comme autrefois.

Une voiture les attendait devant l'établissement.

— Où allons-nous ? demanda-t-elle comme il s'installait à ses côtés.

— Tu semblais si fascinée par le pont de Brooklyn ce matin que j'ai décidé de t'y emmener.

— J'adore les ponts. D'une certaine façon, ils sont semblables à un code informatique, expliqua-t-elle avec un sourire. Ils forment une passerelle entre l'endroit où tu es et celui où tu voudrais aller.

— Tu es vraiment unique, tu sais, commenta-t-il avec chaleur.

— Je sais bien que je ne réfléchis pas de la même façon que les gens normaux...

— Qui peut dire ce qui est normal ? la coupa-t-il en plongeant son regard dans le sien. Et pourquoi devrions-nous nous satisfaire d'être dans la norme ? Je préfère viser plus haut.

Il l'avait toujours fait : il s'était construit seul et avait atteint les sommets, l'entraînant avec lui.

— Tu ne devrais jamais avoir honte de qui tu es, reprit-il en lui serrant la main.

— Tu es très affectueux, aujourd'hui...

Visiblement gêné, il détourna les yeux.

— Qu'est-ce qui se passe ?

— Ce n'est rien. Ma façon de m'habiller donne-t-elle l'impression que je suis inaccessible ? l'interrogea-t-il pour changer de sujet.

— Mais qui t'a mis cette idée dans la tête ?

— À ton avis ?

— Genevieve, soupira-t-elle.

— Elle voulait me relooker.

— Tu crains que si tu engages une autre *matchmaker*, elle veuille en faire autant ?

— Je n'ai pas l'intention de lui trouver une remplaçante, répondit-il d'un air sérieux.

Soulagée, Kayla ne put s'empêcher de demander :

— Alors pourquoi cette question ?

Avait-il l'intention de se remettre à sortir dans l'espoir de rencontrer sa future épouse ? Et allait-il lui demander de l'accompagner ?

— Pourquoi refuser de répondre ?

— J'aime ta façon de t'habiller, reconnut-elle. Tu es toi-même, que tu portes un costume hors de prix ou un jean. Si une femme exige que tu changes pour lui plaire, elle ne te convient probablement pas. Tu ne crois pas, Andreas ?

— Je suis d'accord avec toi. Moi aussi j'aime ta façon de t'habiller, ajouta-t-il en glissant un doigt dans le col de son débardeur, la faisant frissonner de désir.

— Ce n'est pourtant pas ce que tu as dit ce matin.

— J'ai changé d'avis depuis. J'aimerais beaucoup que tu portes la robe que tu avais hier soir, murmura-t-il à son oreille.

— Je ne l'avais pas choisie pour toi, réussit-elle à répliquer d'une voix tremblante.

Elle devait le repousser avant qu'il ne soit trop tard.

— Je le sais bien.

— Tu es un ami bien trop possessif, Andreas.

— Vraiment ? s'enquit-il en se penchant vers elle. Je ne suis pas d'accord avec toi.

Sans lui laisser le temps de réagir, il prit ses lèvres et ses doutes s'évanouirent. Il n'y avait plus qu'Andreas et les délicieuses sensations qu'il faisait naître en elle. Pour la première fois depuis des années, elle avait l'impression d'être enfin à sa place. Ce n'était pourtant qu'une illusion. Seul le sexe intéressait Andreas.

Il l'attira à lui, et le reste du monde disparut. Il n'y

avait plus que la danse sensuelle de sa langue contre la sienne, et les frissons parcourant son corps. Elle en voulait davantage, avait besoin de sentir sa peau contre la sienne...

Comme s'il avait lu ses pensées, Andreas glissa la main sous son débardeur pour lui caresser les seins. Elle gémit et agrippa sa chemise comme il taquinait la pointe de son mamelon durci par le désir. Andreas avait toujours été un amant doué et généreux. Il lui avait donné plus de plaisir qu'aucun homme avant lui, et rien n'avait changé, si ce n'était que ses sensations semblaient décuplées. À croire que les six ans qui s'étaient écoulés n'avaient fait qu'attiser le feu qui couvait en elle.

Alors, malgré ce qui s'était passé ces dernières quarante-huit heures, elle s'abandonna totalement à ses caresses, son corps brûlant d'impatience et de désir.

— Tu es si belle, Kayla, et tu m'appartiens, continua-t-il en lui mordillant le lobe d'oreille.

— Andreas...

— Dis-le, l'encouragea-t-il. Tu m'appartiens.

— Tu es trop possessif.

— Oui, rétorqua-t-il en reprenant sa délicieuse torture.

Une vague de plaisir monta en elle, lui arrachant de petits soupirs, et la jouissance l'importa, la laissant pantelante, mais satisfaite, bien à l'abri dans les bras d'Andreas.

7

Kayla laissa sa tête retomber sur l'épaule d'Andreas.

— Tu es vraiment dangereux pour mon équilibre, Andreas.

— Tu t'étonnes que je me montre aussi affectueux ?

— C'est le cas.

— Je devais garder mes distances pour que nous puissions rester amis, expliqua-t-il avec une grimace.

— Tu es sérieux ?

— Je te jure que oui.

C'était difficile à croire et pourtant, Andreas ne lui avait jamais menti…

Le chauffeur frappa à la vitre, la faisant sursauter, et elle réalisa que la voiture était arrêtée.

— Depuis combien de temps est-il là ? demanda-t-elle, les joues rouges.

Andreas haussa les épaules.

— Je n'arrive pas à croire que j'aie pu oublier sa présence.

Heureusement, la vitre de séparation était relevée.

— C'était inévitable, la coupa Andreas. Parce qu'en comprenant que j'étais sur le point de te perdre, j'ai ressenti le besoin de te rappeler que tu m'appartenais.

— Tu te conduis comme un homme des cavernes.

— Vraiment ?

— Oui.

— C'est sans doute mon sang grec qui parle, concéda-t-il, plus amusé qu'irrité.

— Je ne crois pas que ton sang y soit pour quoi que ce soit, fit-elle remarquer en posant la main sur son érection.

— Que veux-tu que je te dise ? Tu me fais de l'effet, ajouta-t-il, une étincelle de désir brûlant dans ses yeux. Et je sais que tu adores ça.

— Le chauffeur nous attend.

Elle devait rester prudente. Andreas ignorait qu'elle l'aimait. Elle ne lui avait jamais dit, et n'avait aucune intention de le faire. S'il l'apprenait, il risquait de prendre ses distances… À nouveau.

— Tu comptes ouvrir la portière ?

Le pont de Brooklyn était magnifique, mais Andreas était trop distrait pour apprécier la vue.

Pourquoi lui avait-il fallu aussi longtemps pour comprendre que la solution à tous ses problèmes se trouvait juste sous son nez ? D'ordinaire, il était bien plus perspicace.

Son objectif final l'avait aveuglé. Il était tellement focalisé sur son envie de prouver à son père et au reste du clan Georgas qu'il n'avait pas besoin d'eux qu'il en avait oublié un autre tout aussi important : s'assurer que Kayla ne le quitterait jamais…

— C'est incroyable, déclara-t-elle, le tirant de ses pensées. Le design est parfait.

Elle prit un cliché du pont avant de pianoter sur son clavier, un sourire aux lèvres, ce qui ne manqua pas de l'irriter. Pourquoi envoyait-elle des textos durant leur rendez-vous ?

— Tu veux que je te prenne en photo ? proposa-t-il.

— On a le temps ?

— Bien sûr que oui !

— Très bien, dans ce cas, j'aimerais en prendre une au milieu du pont.

— D'accord.

Son portable vibra comme ils avançaient parmi les autres touristes, et elle sourit de nouveau.

Andreas s'efforça de rester calme, mais n'en était pas moins curieux. Avec qui parlait-elle ?

— Tu veux bien qu'on prenne une photo ensemble ? demanda-t-elle comme ils arrivaient à destination. Tiens, ton bras est plus long que le mien. On verra mieux le pont en arrière-plan.

Il prit son téléphone, et manqua s'étrangler en comprenant qu'elle discutait avec le type qu'elle avait rencontré la veille ! Sans plus hésiter, il fit défiler la conversation.

Broadway : Ma sœur m'a montré une photo intéressante.

Asducode : Ta sœur devrait se mêler de ses affaires.

Broadway : On dirait que vous êtes de nouveau amis.

Malgré lui, Andreas sourit. Ils étaient bien plus que cela, à en juger par ce qui s'était passé sur le siège arrière de la voiture de location.

Il s'était efforcé de garder ses distances durant six ans, mais le feu de la passion était demeuré intact. Il s'en était d'ailleurs fallu de peu pour qu'il perde tout sens commun et ordonne au chauffeur de les ramener à l'hôtel.

Asducode : Je crois qu'on n'a jamais cessé de l'être.

Elle avait au moins reconnu que leur relation n'était pas aussi fragile qu'elle lui avait laissé entendre.

Broadway : C'est trop mignon !

Asducode : Ne te moque pas de moi.

Broadway : Ma sœur est en colère contre toi.

Asducode : Andreas ne te porte pas non plus dans son cœur.

Broadway : On devrait peut-être aller dîner tous ensemble ?

— Jamais de la vie ! murmura Andreas.

Comme s'il allait partager une table avec l'homme qui avait tenté de lui prendre Kayla !

— Qu'est-ce que tu fais ? demanda-t-elle en lui prenant le poignet. Tu es en train de lire mes messages ?

— Il est hors de question que nous sortions avec Jacob et sa sœur, la prévint-il en plongeant son regard dans le sien. Je me moque de cette femme, et tu ne t'intéresses pas à son frère.

— Tu en es certain ? Elle remplit pourtant tous les critères de Genevieve.

— Genevieve et ses exigences n'ont plus aucune importance.

— Je vois…

— Tu ne t'intéresses pas à cet acteur, n'est-ce pas ? insista-t-il.

Pour une raison inconnue, il avait besoin de le lui entendre dire.

— Tu es bien sûr de toi...

— En effet, rétorqua-t-il en s'efforçant de rester calme.

Kayla éclata de rire, et il faillit s'emporter, mais son expression s'adoucit.

— Non, Andreas, affirma-t-elle en posant un doigt sur ses lèvres. Jacob ne m'intéresse pas.

— Je le savais, maugréa-t-il de mauvaise foi.

— Tu veux bien prendre la photo ?

Il s'exécuta, puis glissa un bras autour de ses épaules pour l'attirer à lui.

Kayla suivit Andreas dans l'escalier, et en profita pour réfléchir.

Depuis son arrivée, Andreas se montrait à la fois possessif et très affectueux. Pour un peu, elle aurait pu se croire au beau milieu d'un rêve. Cela dit, si son comportement était une merveilleuse surprise, il n'en demeurait pas moins une énigme.

— Où allons-nous ?

— Pourquoi sembles-tu aussi convaincue que j'ai fait des projets ?

— Parce que je te connais.

— Nous allons faire du shopping !

Ravie, Kayla lui adressa un grand sourire comme ils se dirigeaient vers un quartier composé de grands entrepôts reconvertis en boutiques et restaurants.

Ils entrèrent dans une libraire, et Andreas se dirigea aussitôt vers la section « bricolage », l'un de ses plaisirs coupables. Il lisait ces ouvrages avec un intérêt comparable à celui qu'elle portait aux romans d'amour — sans aucun espoir de connaître un jour la même félicité que leurs héroïnes. Quoi qu'il arrive, elle ne se voyait pas épouser Andreas et vivre heureuse jusqu'à la fin de ses jours.

Son portable vibra, la tirant de ses réflexions.

Broadway : Tu n'as jamais répondu à mon dernier message.

Asducode : Andreas n'est pas très enthousiaste.

C'était peu dire, mais Jacob était sûrement assez intelligent pour lire entre les lignes.

Broadway : Ça ne m'étonne pas.

Asducode : Il veut travailler à notre amitié.

Broadway : D'après ce que j'ai vu, il veut plus que ça.

Asducode : Il ne sait pas ce qu'il veut.

Kayla soupira. Seul le sexe intéressait Andreas.

Broadway : Je crois qu'il le sait. Et toi ?

Kayla fronça les sourcils. Bien sûr qu'elle savait ce qu'elle voulait. Elle voulait garder sa place au sein de KJ Software et garder Andreas dans sa vie. Ça au moins, elle pouvait l'admettre, mais pouvait-elle se permettre de s'abandonner au désir et de coucher avec lui ?

Son portable vibra de nouveau.

Broadway : Aucune réponse ? Tu sais ce que ça veut dire, n'est-ce pas ?

Asducode : ? ?

Broadway : Tu le sais même si tu n'oses pas te l'avouer.

Asducode : Tu es plutôt malin quand tu veux.

Broadway : Quand je veux ?

Asducode : Et égocentrique avec ça.

Broadway : Je te signale que mon ego a pris un sacré coup à cause d'une beauté grecque.

Asducode : Je suis désolée.

Broadway : Ne le sois pas. Je suis certain que nous allons devenir bons amis.

Kayla sourit. À ses yeux, ils étaient déjà amis.

Asducode : Andreas ne va pas apprécier.

Broadway : Voilà qui est encore mieux.

Asducode : Tu es un fauteur de troubles.

Broadway : Tu n'imagines pas à quel point. Ne commets pas la même erreur que moi.

Asducode : Que veux-tu dire ?

Broadway : N'aie pas peur de prendre un risque.

Asducode : Que t'est-il arrivé ?

C'était difficile à dire par message interposé, mais Jacob semblait triste.

Broadway : J'ai perdu une amie et l'opportunité d'avoir davantage.

— Encore un message de Jacob ? demanda Andreas d'une voix dangereusement douce.

— Oui. Donne-moi une minute, le pria-t-elle.

Asducode : Je suis navrée, Jacob. Tu es quelqu'un de bien.

Broadway : Je ne suis pas à plaindre. J'ai ma carrière.

Jacob voulait faire bonne figure. Sinon, pourquoi lui aurait-il conseillé de tenter sa chance avec Andreas ?

— Dis à Jacob que marcher en envoyant des textos est dangereux.

Il avait donc l'intention de l'emmener ailleurs...

— Tu t'ennuies, patron ?

— Ne m'appelle pas comme ça ! ordonna-t-il d'un ton sec. Nous avons d'autres endroits à visiter.

— Tu pourrais être un peu plus courtois !

— Qu'est-ce que tu veux dire ? s'enquit-il en s'appuyant contre le mur.

Sa position lui donnait l'air détendu, mais elle n'était pas dupe. Il était en colère, mais il était hors de question de se laisser intimider.

— Je suis au beau milieu d'une conversation, expliqua-t-elle en montrant son téléphone.

— Et notre rendez-vous ?

À ces mots, Kayla manqua s'étrangler. C'était un rendez-vous ?

Elle ouvrit la bouche, mais Andreas ne lui laissa pas le temps de répondre.

— Me suis-je servi de mon portable depuis ce matin ?

— Non.

— Tu sais pourquoi ? Parce que j'ai décidé de me

consacrer entièrement à toi, expliqua-t-il en la regardant dans les yeux.

Ignorant comment réagir, elle changea de sujet :

— Je croyais que tu étais plongé dans tes livres de bricolage ?

— C'était le cas, mais je n'ai pas oublié que je dois encore me faire pardonner.

Kayla se mordit les lèvres. Andreas ne l'aimait pas, mais il tenait à elle et ne supportait pas l'idée de la perdre. Et sa détermination était bouleversante.

— Notre conversation était assez sérieuse, commença-t-elle. Donne-moi une minute pour lui dire au revoir.

Andreas acquiesça et s'éloigna pour lui laisser un peu d'intimité.

Asducode : Il faut que j'y aille. À plus tard.

Un frisson de plaisir la saisit quand Andreas lui prit la main en sortant de la librairie. Heureuse, elle en profita pour étudier les touristes qui se mêlaient aux New-Yorkais.

— Tu es de nouveau en train d'observer la foule, fit-il remarquer.

— Tu sais que j'aime ça.

— C'est plutôt original pour quelqu'un qui passe son temps derrière un écran d'ordinateur.

C'était sans doute vrai, mais il n'en demeurait pas moins que les interactions humaines la fascinaient. Elles étaient bien plus difficiles à décrypter que les lignes de codes informatiques, car une partie des messages passait par les gestes et le comportement.

— Ce n'est pas là mon trait de caractère le plus

étrange, rétorqua-t-elle distraitement. J'ai refusé de parler durant des années, et ça ne m'a pas empêchée de sauter plusieurs classes.

— Tu as rejeté le monde extérieur pour te protéger après avoir été abandonnée, dit-il en lui serrant la main. C'était une réaction tout à fait normale. Tu avais peur de faire confiance à quiconque.

Kayla poussa un soupir de soulagement. Andreas la comprenait mieux que tous les assistants sociaux qui s'étaient occupés d'elle. Quand elle lui avait parlé de son passé, il ne lui avait pas donné l'impression d'être « anormale ». Andreas était le seul à la connaître vraiment, sans compter sa première mère adoptive qui avait réussi à faire tomber ses barrières avant de mourir à son tour, quelques années plus tard.

— Ce n'était pas une réaction normale.

— Tu sais ce que je pense de la norme, Kayla.

— Tu as toujours trouvé cela ennuyeux, dit-elle avec un sourire.

— J'ai toujours refusé qu'on me dise comment mener ma vie. Mon père a tenté de me faire croire qu'il était « normal » de me forcer à le suivre après la mort de ma mère, continua-t-il avec amertume. Mais qu'y avait-il de normal à vivre avec des gens qui méprisaient tant ma mère qu'ils refusaient de prononcer son nom ?

— Ils étaient vraiment tous aussi horribles ?

C'était la première fois qu'elle osait lui poser des questions sur sa volonté de prendre ses distances avec les Georgas. Elle n'avait aucune famille, contrairement à Andreas, qui rejetait la sienne sans distinction.

— Je n'en sais rien. Je n'ai jamais eu l'occasion de le découvrir, puisque j'ai gardé mes distances.

— Et tu ne le regrettes pas ?

— Pourquoi aurais-je des regrets ?

— Tu sais ce que je donnerais pour avoir de la famille ? s'enquit-elle en tournant la tête vers lui. Pour avoir quelqu'un sur qui je puisse compter ?

— Tu sais aussi bien que moi qu'on ne peut pas toujours compter sur sa famille !

— Ma mère n'est pas un bon exemple, concéda-t-elle, mais regarde la famille de Bradley ! Et Jacob et sa sœur sont aussi très proches. Elle est en colère contre moi parce que j'ai laissé tomber son frère. Ils se soutiennent mutuellement. Ce n'est pas parce que nous n'avons jamais connu cela que ça n'existe pas, ajouta-t-elle, sincère.

— Tu penses vraiment qu'un des cousins Georgas aurait pu m'apporter cela ? l'interrogea-t-il d'un ton narquois.

— Je n'en sais rien, mais toi non plus. Ton père aurait peut-être pu t'apporter davantage si tu lui en avais donné l'occasion.

Elle prenait un risque en se montrant aussi franche, mais Andreas était aussi têtu que son père. Ils étaient tous deux tellement convaincus d'avoir raison qu'aucun des deux n'était prêt à faire un pas vers l'autre.

— Tu plaisantes ? l'interrogea Andreas en s'arrêtant pour lui faire face. Ce salaud s'est toujours moqué de ce que je voulais. Il n'a agi que dans son propre intérêt.

— Il avait l'habitude d'être obéi. Il avait toujours fait ainsi.

— Tant pis pour lui.

— Je suis certaine qu'il regrette ce qui s'est passé, insista-t-elle.

— Tu en es sûre ?

— Non, mais tout est possible. Je sais qu'il a commis des erreurs, mais il ignorait peut-être comment s'occuper d'un fils qui le détestait avant même de l'avoir rencontré.

— J'avais mes raisons.

— Je le sais bien.

Barnabas Georgas avait donné de l'argent à sa mère pour avorter avant de s'enfuir en Grèce. Melia Kostas avait donc été rejetée à la fois par l'homme qu'elle aimait et par sa famille, mais elle avait décidé de garder son enfant et de l'élever au mieux. Et elle avait fait un excellent travail.

— Les gens changent, déclara Kayla. Il a peut-être des regrets.

Elle-même s'était souvent demandé si sa mère regrettait parfois de l'avoir abandonnée, même si c'était peu probable. Il lui aurait suffi de contacter les services sociaux pour entrer en contact avec elle.

— Que t'arrive-t-il Kayla ? Pourquoi me poses-tu toutes ces questions ?

— Je suis ton amie, Andreas.

— Nous sommes amis depuis huit ans, et tu ne m'as jamais parlé de cette façon.

— J'ai toujours pensé que je n'en avais pas le droit, avoua-t-elle.

— Qu'est-ce qui a changé ?

— J'ai décidé de te dire ce que je pensais.

Andreas était son ami. Il méritait d'être heureux. Sa rancune envers sa famille lui empoisonnait l'existence et il n'en avait même pas conscience.

— J'aime ton honnêteté, déclara-t-il après un instant, mais je dois avouer qu'il me faudra un peu de temps pour m'y habituer.

— Je me suis toujours montrée honnête avec toi.

— C'est vrai, mais tu n'as jamais été aussi franche.

Kayla resta silencieuse. Il avait raison. Elle n'avait jamais osé lui avouer combien elle l'aimait.

— Tu es prête ? demanda-t-il, la tirant de ses pensées.

— Pourquoi ?

Elle remarqua alors les chevaux de bois.

— Tu veux faire un tour de manège ? demanda-t-elle.

— Pourquoi pas ? Comme tu me l'as souvent rappelé, nous sommes en vacances, expliqua-t-il.

— Je suis en vacances, le corrigea-t-elle. Toi… Je ne sais pas ce que tu fais ici.

— Je croyais pourtant avoir été très clair. J'ai l'intention de rester jusqu'à ce que tu rentres avec moi. Nous sommes donc tous les deux en vacances, conclut-il en se glissant dans la file pour acheter des tickets.

Kayla avait du mal à y croire. Andreas avait-il perdu l'esprit ? D'abord, il affirmait qu'il s'agissait d'un rendez-vous, et maintenant il disait qu'ils étaient en vacances !

Andreas l'aida à grimper sur un cheval et s'installa derrière elle, tendant un bras pour atteindre la barre. Son parfum viril l'enveloppa, manquant la rendre folle.

— Tu t'amuses, mon cœur ?

— Oui, souffla-t-elle.

— J'en suis ravi. J'adore l'odeur de tes cheveux, ajouta-t-il en se penchant vers elle.

— C'est de l'huile de coco.

— Non, c'est toi, murmura-t-il. Tu t'es trompée à propos d'une chose que tu as dite.

— Laquelle ?

— Tu as dit que tu ne pouvais compter sur personne, expliqua-t-il, mais c'est faux. Tu peux compter sur moi, Kayla. Je serai toujours là pour toi.

8

Le manège s'arrêta et Andreas l'aida à en descendre.

— Ma mère adorait le carrousel de Portland. Elle m'y a souvent emmené quand j'étais enfant, ajouta-t-il avec un sourire nostalgique qui la bouleversa.

— Ce n'était pas plutôt le petit Andreas qui adorait monter à cheval ?

— Tu n'as peut-être pas tort, mais tu as intérêt à garder le secret.

— Tu sais que tu peux compter sur moi, affirma-t-elle avec sincérité.

— Même si tu n'approuves pas mon attitude envers les Georgas ?

— Oui.

— Tu as déjà envisagé de faire des recherches pour retrouver ta famille ?

— J'y ai pensé, concéda-t-elle comme ils s'éloignaient du manège. Ma mère m'a abandonnée sur une aire d'autoroute. Quel genre de femme ferait ça ? Je n'avais que trois ans, continua-t-elle en secouant la tête. Et je n'ai jamais été adoptée.

— Je le sais.

Mais il ignorait ce qu'elle avait pu ressentir…

— Elle aurait pu me retrouver, si elle l'avait voulu.

— Elle ne te mérite pas, Kayla, déclara-t-il d'un air sombre, mais tu as peut-être encore de la famille.

— Tu ne crois pas que si mes grands-parents, un oncle ou une tante avaient été en vie, elle m'aurait confiée à eux ?

— Tu ne peux pas en être sûre. Ma mère n'était pas la seule Kostas et pourtant ils n'ont rien fait pour elle. Ils l'ont laissée élever son enfant toute seule, poursuivit-il avec une grimace. Ta mère ne les a peut-être pas mis au courant de ta naissance. Ce sont peut-être des gens bien.

— Je pourrais en dire autant de tes cousins...

— Ce n'est pas la même chose, affirma-t-il d'un ton sérieux. Je ne veux rien avoir à faire avec des gens qui ont rejeté la femme qui m'a tout donné.

— Ils ont peut-être des regrets, dit-elle. Tes grands-parents ont sûrement réalisé leur erreur quand elle est morte.

— Tu as vraiment le cœur tendre pour une geek, commenta-t-il en secouant la tête.

Comme elle restait silencieuse, il reprit :

— Ma mère a invité ses parents à venir nous rendre visite aux États-Unis et ils ont toujours refusé de me voir jusqu'à ce que mon père m'accepte.

— Tu as refusé de les voir, devina-t-elle.

— Bien entendu.

— Et ton père ne t'a pas forcé à les rencontrer ?

— Il n'a jamais accepté ma mère, pourquoi se serait-il intéressé à sa famille ?

— Mais il ne t'a jamais interdit de les contacter ? insista-t-elle.

— Non. Je crois qu'il cherchait à m'amadouer.

— Il ne t'a jamais demandé ce que tu avais envie de faire ?

— Il devait se douter que ce n'était pas une bonne idée, déclara-t-il avec un sourire sans joie. Je voulais simplement rentrer aux États-Unis et reprendre le nom de ma mère.

— Ce qui allait à l'encontre de ses projets : faire de toi son héritier.

— Exactement.

Barnabas Georgas n'avait pas compris que son argent et son influence n'étaient rien aux yeux de son fils.

— Il a fini par se trouver un héritier ?

— Je n'en sais rien, mais il aurait pu choisir un de mes cousins s'il n'avait pas été aussi entêté.

Les chiens ne font pas des chats, faillit-elle déclarer, mais elle se retint, craignant de blesser Andreas.

— Tu es certain qu'il est venu te récupérer dans le seul but que tu deviennes son héritier ?

— Oui. Les hommes comme lui accordent énormément d'importance aux liens du sang, expliqua-t-il avec une grimace de dégoût.

Il semblait haïr son père, ce qui n'avait rien d'étonnant. Après tout, il avait tenté de convaincre sa mère d'avorter…

— Je comprends ton point de vue, commença-t-elle, et je ne cherche pas à justifier ses actes…

— Mais ? la coupa-t-il.

— Mais tu pleurais ta mère quand il a débarqué dans ta vie sans s'inquiéter de ce que tu pouvais ressentir. C'était une décision à la fois arrogante et impardonnable, poursuivit-elle, mais je pense qu'il mérite le bénéfice du doute. Peut-être cherchait-il simplement à renouer une relation avec le fils qu'il croyait avoir perdu.

— C'était son choix.

— Il l'a sûrement regretté par la suite, contra-t-elle, et pas juste parce que sa femme n'a jamais pu avoir d'enfant.

— Qu'est-ce qui te fait croire ça ?

— Il aurait pu t'écraser comme un insecte, mais il ne l'a pas fait.

Il n'avait jamais empêché Andreas d'entrer à l'université de son choix. Il n'avait pas non plus cherché à lui nuire en sabotant la réputation de sa société. Bien sûr, rien ne prouvait qu'il n'ait pas agi ainsi dans l'espoir qu'Andreas finisse par accepter de devenir son héritier. Mais il y avait également une chance qu'il ait simplement souhaité le bonheur et la réussite de son fils.

— Et sa femme ? Comment était-elle avec toi ?

— Étonnamment, elle a toujours été très gentille avec moi, répondit-il en haussant les épaules. Je m'attendais à ce qu'elle me déteste, mais ce n'était pas le cas. Elle ne détestait pas mon père non plus.

— Tu trouves qu'elle aurait dû ?

— Il l'a trompée, rétorqua-t-il comme si ça expliquait tout. Elle semblait l'aimer, et il était très attentionné envers elle.

— La liaison qu'il a eue avec ta mère était... une erreur de parcours ?

— C'est ce qu'il semblerait. Je n'ai jamais entendu parler d'une autre maîtresse, continua-t-il, mais il était doué pour garder un secret. Personne n'était au courant pour moi ou pour ma mère, ajouta-t-il en sortant son portable. Notre chauffeur va arriver.

— C'est le même que tout à l'heure ? s'enquit-elle en rougissant au souvenir de ce qui s'était passé.

— Je n'en sais rien. C'est une agence qui les envoie.

— Je vois.

— Tu es toute rouge...

— Tu es censé faire comme si tu n'avais rien vu.

— Je l'ignorais.

— Et dire que j'ai déjà été accusée de ne pas savoir me tenir en société !

— Tu as des difficultés avec les conventions sociales, précisa-t-il. Moi, je les ignore purement et simplement.

— Pourquoi est-ce acceptable venant de toi et pas de moi ?

— Tu sais bien que ça ne me pose aucun problème, affirma-t-il en plongeant son regard dans le sien. Cette excentricité fait partie de ton charme, et je sais que tu acceptes mon impatience.

— Il n'empêche qu'aux yeux du monde tu es normal et je ne le suis pas, insista-t-elle, dépitée.

— Le reste du monde n'a aucune importance.

Une voiture noire s'arrêta et Kayla poussa un soupir de soulagement en découvrant qu'il ne s'agissait pas du même chauffeur. Andreas se moquait de ce qu'on pouvait penser de lui et elle avait appris à en faire autant, mais songer à la façon dont elle s'était abandonnée au plaisir un peu plus tôt était embarrassant.

Comme elle s'installait, Andreas remonta la vitre de séparation. Son cœur se mit aussitôt à battre la chamade.

— Il est hors de question qu'on recommence, le prévint-elle.

— Je ne vois pas de quoi tu parles, rétorqua-t-il, une lueur malicieuse dans les yeux.

— Ne fais pas l'innocent. Ça ne marche pas.

— C'est sans doute parce que j'ai abandonné mon innocence il y a bien longtemps, déclara-t-il avant de prendre ses lèvres.

Elle aurait dû le repousser, mais elle en était incapable. Et elle n'en avait pas vraiment envie. La raison l'avait désertée. Il n'y avait plus que la bouche d'Andreas pressée contre la sienne, et l'incendie qu'il éveillait en elle.

Andreas était comme une drogue courant dans ses veines. Il ne lui avait fait aucune promesse, ne lui avait offert aucune garantie, mais peu importait. Elle connaissait la douleur d'un amour à sens unique et la brûlure du désir inassouvi. Le moment était venu de prendre ce qu'il était prêt à lui donner sans poser de question… Même si ça ne pouvait pas durer.

Sans plus hésiter, elle l'embrassa avec ferveur comme ses mains traçaient le dessin de ses muscles, lui arrachant un soupir de plaisir quand ses doigts se refermèrent sur son sexe gonflé par le désir.

— Doucement, ma belle. Si tu continues ainsi, nous n'atteindrons jamais la prochaine attraction touristique.

— Si tu lui donnes une autre adresse que celle de l'hôtel, je te préviens que…

Elle s'interrompit pour approfondir sa caresse et reprit :

— Je vais infecter tous tes appareils électroniques avec un virus.

Andreas éclata de rire.

— Tu penses que je plaisante ?

— Je sais que tu en es capable, ma chérie, affirma-t-il en posant sa main sur la sienne. Tu es la seule à me faire autant d'effet.

— N'essaie pas de m'amadouer, Andreas. Je ne suis pas d'humeur.

— Serais-tu en train de me demander de retourner à l'hôtel pour faire l'amour ? interrogea-t-il d'une voix sensuelle.

— Tu n'en as pas envie ?

— Au contraire. C'est ce que je veux plus que tout au monde, continua-t-il avec sérieux.

— Et cette attraction touristique ?

— Ce n'était qu'une plaisanterie.

— Elle était de très mauvais goût.

— J'adore te taquiner.

— Tu es vraiment fatigant !

— J'ai de la chance que tu me supportes, rétorqua-t-il avec un grand sourire.

— Encore une plaisanterie ?

— Pas du tout. J'ai beaucoup de chance de t'avoir rencontrée, ajouta-t-il en lui prenant le menton. Je l'ai toujours su.

— Je ne te comprends pas, Andreas.

— Parce que nous ne voyons pas le monde de la même façon.

Il avait raison. Bien qu'ils aient tous deux eu une enfance difficile, les épreuves traversées par Andreas n'avaient rien de commun avec ce qu'elle avait vécu. Il n'en avait probablement pas conscience, mais sa vision du monde en avait été altérée. C'est ce qui expliquait pourquoi Andreas pouvait affirmer qu'il avait besoin d'elle tout en envisageant un futur dans lequel elle n'aurait pas ou peu de place.

Pour autant, elle ne pouvait se résoudre à le repousser. Si son destin était de le voir épouser une autre, elle pouvait au moins le quitter en emportant des souvenirs.

— Nous retournons à l'hôtel ? s'enquit-elle.

— Oui. Je pourrai alors te rendre folle de désir jusqu'à ce que tu acceptes ma proposition.

Kayla resta silencieuse. Si Andreas pensait qu'une nuit de folie allait suffire à la convaincre de quitter KJ Software, il se trompait lourdement.

Kayla était sur le point d'exploser quand la voiture s'arrêta enfin devant l'hôtel. Elle avait besoin de le toucher, de sentir sa peau contre la sienne. Pourtant, Andreas se contenta de la dévisager longuement quand ils regagnèrent leur suite.

— Qu'est-ce qui t'arrive ?

— Tu es magnifique, Kayla.

— Si c'est vrai, pourquoi ne m'as-tu pas touchée durant six ans ? ne put-elle s'empêcher de demander.

— Je te l'ai déjà expliqué.

— Tu ne crains donc plus de me perdre à présent ?

— Les circonstances ont changé.

Kayla cilla. Il avait raison. Il avait l'intention de vendre la société, et ils ne seraient plus associés bien longtemps. Pour autant, ses explications ne tenaient pas la route...

Comme elle ôtait sa veste, le regard d'Andreas se posa sur ses seins, et ses doutes s'évanouirent. Peu importait ses raisons, savoir qu'il la désirait lui suffisait pour l'instant.

Glissant un doigt sous la bretelle de son débardeur, elle demanda :

— Tu aimes ce que tu vois ?

— Tu sais bien que oui, répondit-il d'une voix rauque.

— Vraiment ?

— À ton avis ? rétorqua-t-il en se débarrassant de son T-shirt et de son pantalon.

Le souffle de Kayla se bloqua dans sa poitrine. Andreas était un homme d'affaires, mais il ressemblait davantage à un guerrier antique. Il était déjà incroyablement sexy six ans plus tôt, mais les années l'avaient rendu encore plus viril et séduisant.

— J'ai toujours adoré ta façon de me regarder, avoua-t-il en plongeant son regard dans le sien.

— Je ne suis sans doute pas la seule à avoir apprécié le spectacle.

— Tu te trompes, affirma-t-il avec sérieux. Aucune autre femme ne m'a jamais regardé de cette façon. Tu me rends complètement fou.

— Tant mieux, dit-elle, appréciant la chaleur de ses yeux sur son corps. Je ressens la même chose.

— Je le sais.

— Quelle arrogance !

— Je ne fais que dire la vérité, déclara-t-il, les poings serrés comme s'il se retenait de la toucher. Aucun homme ne peut apprécier ta beauté comme moi.

— Es-tu en train de dire que tu es le seul à me trouver sexy ? l'interrogea-t-elle en ôtant son haut.

— Bien sûr que non ! Je dis simplement que l'alchimie joue un rôle important, poursuivit-il. Tu comprends les réactions chimiques mieux que quiconque, Kayla.

— En effet.

— Et tu comprends donc qu'entre nous, c'est bien plus qu'une réaction. C'est une explosion, conclut-il en s'avançant vers elle.

Elle ne pouvait le nier. Et tout cela parce qu'elle l'aimait…

— Oui, souffla-t-elle en dégrafant son soutien-gorge qui glissa sur le sol.

Andreas prit son sein dans sa main.

— Ton corps est fait pour moi.

Kayla resta silencieuse. Autrefois, elle aurait pu croire qu'il s'agissait d'une promesse ou qu'il l'aimait, mais il n'en était rien.

— Que dois-je faire pour que tu enlèves ce petit pantalon si sexy ? demanda-t-il en lui mordillant le lobe d'oreille.

— Tu veux que je l'enlève ? répéta-t-elle, mutine.

Elle ne rêvait rien tant que de lui obéir, mais Andreas aimait qu'elle lui résiste et elle était déterminée à lui laisser un souvenir impérissable.

— Oui.

— Je suppose que je pourrais, puisque tu as déjà

ôté ton pantalon, ajouta-t-elle, le souffle court. Tu es sûr que c'est ce que tu veux ?

— Continue à me taquiner... À tes risques et périls, la prévint-il en intensifiant sa caresse.

— Mais tu adores ça, mon chéri.

— Répète ça !

— Tu aimes qu'on te taquine, mon chéri, dit-elle avec un sourire. Nous le savons tous les deux.

— Pas ça.

— Tu veux que je t'appelle « mon chéri » ?

— Oui.

C'était la première fois qu'elle se le permettait. Elle n'avait jamais osé, craignant de trahir ses sentiments, mais tout cela n'avait plus aucune importance à présent.

— Que veux-tu que je fasse ensuite, mon chéri ? l'interrogea-t-elle en s'écartant après avoir enlevé son pantalon.

Elle s'offrit à son regard sans crainte ni hésitation, et les battements de son cœur s'accélérèrent quand son regard s'attarda sur ses seins avant de descendre vers sa culotte.

— Tu as toujours eu un faible pour la dentelle.

— J'adore acheter des sous-vêtements, avoua-t-elle en haussant les épaules. Je ne suis pas surprise qu'ils te plaisent. Jacob était du même avis, ajouta-t-elle sans pouvoir s'en empêcher.

9

La réaction d'Andreas la prit totalement au dépourvu.

Sans perdre une seconde, il la souleva dans ses bras et l'emporta dans la chambre à coucher.

— Je sais que tu ne t'es pas déshabillée devant lui, déclara-t-il en la posant sur le lit.

— Comment peux-tu en être aussi sûr ?

— Je le sais, affirma-t-il bien que la lueur dans ses yeux tende à prouver le contraire.

— J'ai acheté ces sous-vêtements il y a plus d'un an, Andreas, avoua-t-elle pour le rassurer. Tu es le premier à les voir. Et le premier à les avoir touchés, continua-t-elle en prenant sa main pour la placer entre ses cuisses.

— Bien. Tu n'imagines pas à quel point c'est important pour moi, murmura-t-il en glissant un doigt sous l'étoffe en satin.

— Tu n'es pourtant pas resté célibataire ces six dernières années, fit-elle remarquer.

— Toi non plus.

Kayla préféra garder le silence. S'il avait su…

— J'étais bien trop occupé à travailler pour collectionner les maîtresses. Tu le sais aussi bien que moi, continua-t-il en la caressant.

Kayla évita son regard. Il n'avait sans doute pas couché avec la moitié de la ville, mais il n'en demeurait pas moins que d'autres femmes l'avaient remplacée dans son lit.

Comme s'il lisait ses pensées, il reprit :

— Tout cela n'a plus aucune importance. Je suis avec toi, mon amour. C'est tout ce qui compte.

— Tu crois ? s'enquit-elle d'une voix tremblante.

— Oui.

Il reprit ses lèvres et le reste du monde disparut. Il n'y avait plus que la chaleur de sa peau sous ses doigts et son parfum viril, comme il l'emmenait vers l'extase.

— Je n'ai pas envie de mettre un préservatif, avoua-t-il soudain.

— Je ne prends pas la pilule.

— Le choix t'appartient, mon amour.

Kayla se donna un instant pour réfléchir. Elle n'avait jamais fait l'amour sans protection même lorsqu'elle fréquentait Andreas. À l'époque, elle prenait la pilule, mais Andreas avait insisté pour ne courir aucun risque.

— Tu as fait des tests récemment ? finit-elle par demander.

Une nuit de plaisir ne valait pas de risquer sa vie… Même lorsqu'il s'agissait d'Andreas.

— Bien sûr que oui. Tu sais que je suis toujours prudent, ajouta-t-il. J'ai les résultats sur mon portable.

— Moi aussi.

Rassurée, elle l'attira à elle, mais Andreas se leva d'un bond.

— Qu'est-ce que tu fais ?

— Ce qui est juste, répondit-il en prenant son téléphone pour le lui montrer. Lis !

— C'est bon, Andreas.

— J'insiste, Kayla. Je veux faire les choses dans les règles.

— Je te fais confiance, Andreas.

— J'en suis ravi, mais je tiens à ce que tu vérifies par toi-même, reprit-il d'un air sérieux.

Elle s'exécuta, et lui montra également ses propres résultats.

— Je le savais, commenta-t-il avec un sourire.

— On peut reprendre, maintenant ?

— Tu me veux en toi ? s'enquit-il d'une voix sensuelle qui la fit frémir.

— Andreas !

Il éclata de rire et s'allongea sur elle.

— Je t'aurais sauté dessus hier, mais tu m'aurais envoyé balader.

— Arrête de parler, et caresse-moi !

Un sourire aux lèvres, il traça un sillon de baisers dans son cou tout en se positionnant entre ses jambes. Son sexe brûlant effleura le cœur de sa féminité et un frisson de plaisir la saisit.

C'était la première fois qu'ils faisaient l'amour sans préservatif, et l'expérience semblait plus intime. Plus que leurs corps, c'étaient leurs âmes qui étaient sur le point de s'unir.

Il entra en elle, et son cœur se mit à battre la chamade. L'attirant plus profondément en elle, elle noua les jambes autour de sa taille comme il se mettait à bouger, lui arrachant des gémissements de plaisir. C'était si bon !

— Tu es si belle ainsi, murmura-t-il à son oreille en accélérant la cadence.

— Continue, Andreas…

Soudain, tout son corps se tendit.

— Andreas !

— Tu m'appartiens, mon amour, murmura-t-il avant de laisser la jouissance l'emporter à son tour.

Il jouit en elle et elle se cambra avec un petit cri de surprise quand un second orgasme la balaya.

Andreas avait encore du mal à y croire. Kayla lui avait donné plus de plaisir qu'aucune femme avant elle. En fait, elle lui avait donné bien davantage. C'était la première fois qu'il vivait une telle expérience. Ce n'était plus uniquement une question de sexe. Kayla lui appartenait. Il lui avait fallu six ans pour le réaliser, mais il ne pouvait plus revenir en arrière. Elle était plus que sa partenaire. Kayla était sa famille, sa meilleure amie, la seule femme qui pouvait lui permettre de réaliser ses projets.

L'attirant à lui, il prit ses lèvres.

— C'était incroyable, mon amour. Tu ne peux pas le nier.

Ses magnifiques yeux clairs s'écarquillèrent quand il entra de nouveau en elle, et elle soupira quand il se mit à bouger.

Il se força à prendre son temps, appréciant la chaleur de sa peau et la douceur de sa main quand elle lui caressa le visage. Et lorsqu'elle se pressa contre lui, il l'embrassa avec passion jusqu'à ce qu'elle gémisse de plaisir avant d'atteindre une nouvelle fois l'orgasme.

Comblée, elle se blottit contre lui et s'endormit presque aussitôt. Inutile de le nier plus longtemps, Kayla lui avait manqué. Ces instants lui avaient manqué. Il n'y avait qu'avec lui qu'elle s'abandonnait ainsi. C'était la preuve ultime qu'elle lui faisait confiance.

Il glissa un bras autour de ses épaules en un geste possessif. Il y avait un risque certes minime qu'elle porte son enfant. L'image d'une petite fille aux yeux clairs et aux cheveux noirs s'imposa à son esprit, et il ne put s'empêcher de sourire.

Kayla s'éveilla une heure plus tard.

— Tu es encore là.

— C'est mon lit, rétorqua-t-il.

Ce n'était pas un hasard s'il l'avait ramenée dans sa chambre, mais elle ne l'avait pas encore compris.

— D'habitude, tu te lèves pour prendre une douche.

— C'est toujours plus agréable à deux, dit-il en lui faisant un clin d'œil.

Sa remarque ne l'amusa pas. Au contraire, elle se contenta de l'observer en silence, ce qui l'irrita. Kayla avait toujours été très douée pour cacher ses émotions.

Sans perdre une seconde, il se leva et la souleva dans ses bras.

— Qu'est-ce que tu fais ?

— Je te porte jusqu'à la salle de bains.

— Je sais marcher.

— Je n'en doute pas.

La cabine de douche était assez grande pour les accueillir tous les deux, mais Kayla semblait mal à l'aise. Ce n'était pourtant pas la première fois qu'ils se douchaient ensemble.

Il avait d'ailleurs toujours apprécié ces instants.

Une fois sous le jet, elle prit la bouteille de gel douche et commença à se savonner.

— Laisse-moi faire, demanda-t-il en lui enlevant l'éponge des mains.

Elle s'y accrocha en lui lançant un étrange regard.

— Ce sera bien plus agréable pour nous deux.

— C'est bien ce qui me fait peur, avoua-t-elle en se mordant la lèvre.

— Qu'est-ce que tu veux dire ?

— Tu ne peux pas comprendre.

— Tu n'as rien à craindre, Kayla. Tu peux me faire confiance, assura-t-il en plongeant ses yeux dans les siens.

Elle finit par capituler, mais semblait toujours aussi méfiante, à croire qu'elle ne lui faisait plus confiance.

Mais que lui arrivait-il ? Son comportement aussi surprenant qu'incompréhensible était très blessant.

S'efforçant d'oublier ses préoccupations, il la savonna avec soin et son désir se réveilla douloureusement. Kayla lui avait toujours fait de l'effet, mais à présent qu'ils avaient fait l'amour, son corps réagissait avec bien plus de force qu'auparavant.

Kayla poussa un gémissement quand sa main se glissa entre ses cuisses, et il l'attira à lui.

— Tu es si belle ! J'adore tes seins, ajouta-t-il en taquinant la pointe de son mamelon durci par le désir.

— Encore ? s'enquit-elle en sentant son membre pressé contre sa hanche.

— Oui, encore, murmura-t-il à son oreille. Dis-moi que tu me désires.

— Je te désire, souffla-t-elle.

À ces mots, il la souleva et entra en elle, lui arrachant un cri de plaisir.

— Laisse-moi te sécher, dit-il en sortant de la cabine de douche.

— Je peux m'en charger, rétorqua-t-elle sans pour autant faire un geste pour prendre une serviette.

— Je le sais bien, mais tu sais combien j'aime ça, dit-il avec un sourire.

— Je ne savais pas que tu étais le genre d'homme à dorloter ses maîtresses.

— Seulement avec toi.

— Vraiment ?

— Oui. Tu es si belle, ajouta-t-il en frottant son corps.

— Tu te répètes, Andreas.

— Dans ce cas, tu ferais mieux de me croire.

— Andreas, je ne suis pas l'un de ces mannequins que tu as l'habitude de fréquenter.

— Tu es toi, et c'est mille fois mieux, assura-t-il avec chaleur.

— Si tu le dis.

— Je te le dis. J'ai une proposition à te faire, continua-t-il après s'être essuyé à son tour.

— Je n'ai aucune envie de parler du travail, le prévint-elle en se tendant aussitôt. Je suis toujours en vacances.

— Ça n'a rien à voir avec la société. Enfin, presque rien.

C'était la stricte vérité. Si elle avait accepté de quitter KJ Software avec lui, il n'aurait jamais réalisé où était sa place.

— Presque rien ? répéta-t-elle avec méfiance. Je t'ai pourtant dit que tu n'arriverais pas à me faire changer d'avis de cette façon.

— Pourquoi réagis-tu ainsi ? On dirait que tu ne me fais plus confiance, ajouta-t-il, vexé.

Inutile de le nier, il était blessé, ce qui n'avait aucun sens. Il avait toujours réussi à contrôler ses émotions.

— Ne joue pas les hypocrites, Andreas.

— Ce n'est pas le cas. Nous avons toujours pu avoir confiance l'un en l'autre, insista-t-il. Rien n'a changé.

— Vraiment ? s'enquit-elle d'une voix vibrante de douleur.

— Je te le promets.

Comment pouvait-elle en douter ?

— Nous venons de faire l'amour, lui rappela-t-elle. Trois fois.

— Et c'était incroyable.

— Ce n'est pas la question ! protesta-t-elle en levant les yeux au ciel.

— Ce n'est pas rien. À ton avis, combien de gens ont la chance de connaître ce genre d'expérience ?

— Tu essaies de me faire croire que notre relation est différente ?

— Tu n'es pas de mon avis ?

— Alors comment as-tu réussi à garder tes distances pendant six ans ?

— Je me suis déjà expliqué, répondit-il en s'évertuant à la patience.

Comme elle restait silencieuse, il reprit :

— J'ai commis une erreur.

Il avait eu peur de la perdre et l'avait convaincue de devenir son associée, car il n'envisageait pas de se marier à l'époque. Il n'était pas encore prêt.

— Tu as commis une erreur ? répéta-t-elle, visiblement surprise par son aveu.

— On devrait poursuivre cette conversation dans la chambre.

Kayla s'installa dans un des fauteuils installés devant la fenêtre.

— Je suis sérieuse, Andreas, le prévint-elle. Je n'ai pas envie de parler de la société.

— J'ai compris. Je souhaite aborder un sujet plus personnel.

— Personnel ?

— Oui.

— Très bien, je t'écoute, dit-elle en nouant les bras autour de ses genoux.

— C'est tout ce que je te demande.

— Ne me prends pas pour une idiote, Andreas, demanda-t-elle en secouant la tête. J'ignore ce que tu me veux, mais si tu penses que je vais accepter sans discuter, sache que ce temps-là est révolu ! Je ne me laisserai plus marcher sur les pieds.

— Je ne t'ai jamais prise pour une femme influençable, assura-t-il.

Au contraire, elle n'hésitait pas à s'opposer à lui quand elle l'estimait nécessaire, ce qu'il avait toujours apprécié. Ses critiques étaient à la fois pertinentes et constructives.

— Tu t'es mise en colère en découvrant que j'avais engagé Genevieve parce que tu avais peur de perdre ta place à mes côtés, n'est-ce pas ?

Elle n'avait pas hésité à s'enfuir à New York pour rencontrer Sebastian Hawk, mais il était évident que leur amitié comptait énormément à ses yeux.

— En effet.

— Tu es convaincue que je devrais passer mon temps libre avec mon épouse ?

Il ne partageait pas son avis, d'autant qu'il avait initialement l'intention d'épouser une autre femme...

— Oui.

Pour une raison inconnue, sa réaction raviva son désir, ce qu'elle ne manqua pas de remarquer.

— Tu veux bien t'habiller ? demanda-t-elle.

— Bien sûr, répondit-il en enfilant une des robes de chambre de l'hôtel. Tu ne me crois pas quand je te dis que rien ne va changer ?

— Tu as des projets...

— Qui prévoient que je me marie et fonde une famille.

— Exactement.

Andreas fronça les sourcils. Elle n'avait plus seulement l'air ennuyé. Elle semblait souffrir.

— Il existe une solution très simple pour résoudre nos problèmes.

— C'est vraiment ce que tu crois ? l'interrogea-t-elle avec une pointe de colère.

Elle ne le croyait pas, c'était évident.

— J'en suis persuadé.

— Laquelle ?

— Épouse-moi.

10

À ces mots, Kayla manqua s'étrangler. C'était impossible. Elle avait sûrement mal compris.

— Qu'est-ce que tu as dit ?

— C'est la bonne décision, affirma-t-il en s'agenouillant devant elle. C'est la seule qui ait du sens.

— Tu ne sais pas ce que tu dis, rétorqua-t-elle en secouant la tête. C'est une plaisanterie ?

— Je suis très sérieux, Kayla. Je n'ai jamais été aussi sérieux de toute ma vie, ajouta-t-il en prenant ses mains dans les siennes.

— Mais Genevieve ne m'aurait jamais considérée comme une candidate potentielle.

— Je l'ai virée, lui rappela-t-il.

— Ce n'est pas le problème.

— Alors, quel est le problème ? s'enquit-il en caressant sa paume.

— Tu ne veux pas m'épouser.

Si ça avait été le cas, il aurait pu le faire six ans plus tôt. Andreas ne l'aimait pas et ne l'aimerait jamais. Elle avait enfin réussi à l'accepter, et voilà qu'il menaçait ce fragile équilibre.

— Je le veux, déclara-t-il avec un sourire. Et si tu y réfléchis, tu verras que c'est une excellente idée.

— C'est de la folie.

— Au contraire.

— Vraiment ? Explique-moi.

— Nous formons déjà une famille. Ce n'est qu'une étape pour rendre cela officiel.

— Tu cherchais la femme parfaite, lui rappela-t-elle avec humeur.

— Tu remplis toutes mes conditions, Kayla.

— Tes conditions ?

Était-ce ainsi qu'il voyait le mariage ? Comme un simple contrat ? C'était tellement froid et impersonnel…

— Mes préférences, corrigea-t-il.

— Je ne comprends pas comment je pourrais remplir tes conditions. Je ne viens pas d'une bonne famille, continua-t-elle, et je n'ai aucun statut social.

Il se releva pour récupérer son portable.

— Tout est ici.

Genevieve lui avait envoyé un questionnaire comprenant une liste de qualités indispensables chez sa partenaire.

— Raisonnable, pratique, capable de maîtriser ses émotions, lut-il. Doit avoir fait carrière, posséder un diplôme universitaire… Ne peut pas être grecque, doit vouloir des enfants.

— Pourquoi pas une Grecque ?

— Quand mon père m'a forcé à le suivre en Grèce, commença-t-il d'une voix pleine de colère contenue, on m'a répété qu'un jour j'épouserais une fille de bonne famille grecque qui ferait honneur aux Georgas.

Bouleversée, Kayla posa une main sur son torse.

— Ta mère était une femme bien.

— Je le sais, mais mon père l'a toujours méprisée. Il n'a jamais voulu reconnaître que c'était à cause de lui que ses parents l'avaient rejetée, ajouta-t-il avec amertume.

— Tu as donc décidé de ne pas lui obéir sur ce point ?

— Tu as tout compris.

Andreas avait eu de la chance de ne jamais tomber amoureux d'une Grecque. Il aurait souffert le martyre.

— Tu ne recherchais donc pas une épouse avec un statut social ou une famille respectée ?

— Non. C'était ce que voulait mon père, mais je prends mes propres décisions.

— Je ne suis pas toujours capable de maîtriser mes émotions, fit-elle remarquer.

— Mais tu es une femme raisonnable quand tu ne t'enfuis pas à New York en ignorant mes appels, continua-t-il avec un sourire.

— Je ne suis pas un robot, Andreas, insista-t-elle. Je suis capable d'aimer.

Son manque de tact pouvait passer pour de l'indifférence, mais rien n'était moins vrai.

— Et tu aimeras nos enfants.

Malgré elle, une lueur d'espoir s'alluma dans son cœur.

— Je veux adopter.

— Je sais.

Surprise, elle plongea son regard dans le sien. Elle lui en avait parlé, mais n'avait pas imaginé qu'il s'en souvienne.

— Ça ne te gêne pas ?

— Non. J'espère simplement que le fait que nous n'ayons pas utilisé de préservatif prouve que tu envisages également de porter mes enfants. Je veux transmettre les gènes de ma mère, expliqua-t-il d'un ton plus doux.

— J'ai fait le calcul, Andreas, assura-t-elle. Il n'y a presque aucune chance que je tombe enceinte.

— Encore ton côté pratique !

— Ne te moque pas de moi, Andreas.

— Je ne me moque pas, ma chérie. Le risque zéro n'existe pas. Tu aurais insisté pour utiliser une protection si la perspective d'avoir des enfants avec moi t'était insupportable.

— Je le sais bien, soupira-t-elle.

— Alors ? Qu'en dis-tu ?

— Tu serais capable de traiter tous nos enfants de la même manière ?

Elle s'était toujours sentie comme une étrangère au sein de ses familles d'accueil, et il était hors de question que ses propres enfants connaissent une telle souffrance.

— Je te promets d'aimer et de protéger nos enfants. Aucun d'entre eux ne doutera de mon amour, continua-t-il avec force. Comment pourrais-tu penser le contraire ?

Kayla eut l'impression de fondre. Comment aurait-elle pu ne pas l'aimer ? Andreas la comprenait mieux que quiconque.

— Je te crois, Andreas. Mais pourquoi maintenant ? ne put-elle s'empêcher de demander. Pourquoi pas il y a six ans ?

— Parce que je n'étais pas encore prêt.

— Tu l'es, à présent ?

— Le moment est venu.

Sa réponse lui rappela aussitôt qu'Andreas ne voulait pas l'épouser parce qu'il l'aimait. Ce n'était qu'une étape de son plan pour prouver à son père qu'il n'avait pas besoin de lui ou de sa famille pour réussir. Et si elle refusait, il allait sûrement se trouver une autre candidate…

— Allons, Kayla. Ce mariage pourrait te donner le sentiment de sécurité que tu recherches, poursuivit-il avec chaleur. Il n'y aura plus aucun mensonge entre nous. Tu prendras enfin la place qui te revient, à mes côtés.

Andreas était sincère, c'était évident. Mais il la connaissait assez pour savoir ce qu'il fallait dire pour la convaincre.

— Un mariage n'est pas un accord commercial. Je ne suis pas sûre que tu le comprennes.

— Est-ce vraiment si différent ?

— Bien sûr que oui, insista-t-elle.

— Tu sais que je tiens mes promesses, Kayla, dit-il d'un ton sérieux. Je remplis toujours ma part du marché quand je signe un contrat, et je sais que tu en feras autant. Je ne reviendrai pas sur ma parole.

Andreas était un homme loyal, mais sa vision du mariage la gênait. Pour lui, ce n'était qu'un contrat, mais pour elle, cela représentait une chance d'avoir enfin la famille dont elle rêvait.

— Qu'attends-tu de moi ?

— Ce sera un mariage dans tous les sens du terme, expliqua-t-il. J'attends donc que nous soyons fidèles l'un à l'autre et que nous nous soutenions mutuellement à travers les épreuves.

— J'ai du mal à y croire quand tu en parles comme d'un simple contrat.

— Si je l'ai fait, c'est parce que je comprends les termes d'un contrat.

C'était une explication plausible. Andreas n'avait jamais compris à quel point il lui avait brisé le cœur en rompant avec elle. Les sentiments n'avaient pas de place dans sa vie.

— Et qu'en est-il de l'amour ? s'enquit-elle d'une voix tremblante.

— Ma mère aimait mon père, rétorqua-t-il avec colère. Et regarde où ça l'a menée.

— Toutes les relations ne se terminent pas ainsi, fit-elle remarquer.

— Mon père affirmait qu'il aimait sa femme, mais ça ne l'a pas empêché de la tromper. Je ne prendrai jamais de maîtresse, ajouta-t-il, sincère, et je ne te tromperai jamais.

— Tu parles d'intégrité et d'engagement, mais pas d'amour.

— Je te donne des garanties, corrigea-t-il. Mon père est intègre quand il s'agit de son travail, mais à cause de lui, ma mère a été rejetée par sa famille.

Comme Kayla restait silencieuse, il reprit :

— Il me disait qu'il tenait à moi parce que j'étais son fils, mais il ne m'a jamais demandé ce que je voulais et ne s'est jamais inquiété de ce que je pouvais ressentir. Il n'a jamais rien fait pour moi, poursuivit-il avec amertume. L'amour n'est qu'une excuse que se donnent les gens pour justifier leurs erreurs ou leur égoïsme.

— Je n'y crois pas, murmura-t-elle, la gorge serrée par le chagrin.

— Que connais-tu à l'amour ?

Sa question la bouleversa tant qu'elle faillit lui avouer la vérité. Heureusement, elle réussit à se retenir.

— Tu viens de me promettre que tu aimerais nos enfants.

— C'est différent, rétorqua-t-il en secouant la tête. Ma mère m'a appris qu'un parent pouvait et devait aimer ses enfants.

— Mais tu ne pourras jamais m'aimer ?

Son cœur était sur le point d'exploser, mais c'était plus fort qu'elle. Elle avait besoin de le lui entendre dire.

— C'est important ? demanda-t-il d'une voix tendue. Ce que nous partageons ne transcende-t-il pas ces bêtises ? N'importe quel homme pourrait te promettre de t'aimer et d'aimer vos enfants, et te quitter du jour au lendemain, affirma-t-il avant qu'elle ait le temps de répondre. Je te promets que je ne t'abandonnerai jamais.

Kayla l'observa un instant avant de déclarer :

— Je te donnerai ma réponse à mon retour à Portland.

Loin de se mettre en colère, Andreas acquiesça.

— Je n'en attendais pas moins de toi. Je te connais, Kayla, quoi que tu puisses en penser. À présent que la question est réglée, ajouta-t-il en lui donnant un baiser, pourquoi on n'en profiterait pas encore un peu ?

Le lendemain matin, Andreas lui annonça qu'il avait l'intention de l'accompagner à son rendez-vous avec Sebastian Hawk. La nouvelle ne la surprit pas le moins du monde, mais elle ne la réjouissait pas non plus.

— Cet accord ne te concerne pas, Andreas, déclara-t-elle en lui lançant un regard noir.

— Je refuse de te laisser seule dans les rues de New York.

— Arrête d'essayer de me contrôler !

— Je ne cherche pas à te contrôler.

— Dans ce cas, pourquoi insistes-tu pour m'accompagner ?

— Pourquoi est-ce aussi difficile pour toi de croire que je ne cherche qu'à te protéger ? demanda-t-il, irrité. Tu es brillante, mon amour, mais Hawk est un véritable requin.

— Un requin comme toi, tu veux dire ?

— Tu ne penses pas que je pourrais me rendre utile ?

— En sapant mon autorité ? s'enquit-elle en croisant les bras. Non, merci.

— Tu me crois capable de faire une chose pareille ?

— Tu veux dire que tu ne le feras pas ?

— Je te promets que non.

Kayla plissa les yeux. Pouvait-elle lui faire confiance ? C'était indispensable si elle envisageait d'accepter sa proposition.

— Très bien, tu peux m'accompagner, dit-elle avec un soupir. Mais tu n'interviendras pas dans mes négociations avec Sebastian.

Andreas contacta aussitôt Bradley pour modifier la réservation.

— Andreas, il doit dormir…

Le portable d'Andreas vibra et il grimaça en découvrant le texto. Bradley n'avait sans doute pas apprécié d'être réveillé par son patron…

Sebastian Hawk était déjà installé quand ils arrivèrent au restaurant.

— Je suis ravi de vous rencontrer, mademoiselle Jones, déclara-t-il en lui serrant la main.

Se tournant vers Andreas, il ajouta :

— Je ne m'attendais pas à te voir.

— Andreas est convaincu que vous allez me dévorer toute crue, expliqua-t-elle avec un sourire. Appelez-moi, Kayla. Les formalités me rendent nerveuse.

Andreas grimaça, mais Sebastian Hawk se contenta d'éclater de rire.

— Dans ce cas, oublions-les. Appelez-moi Sebastian.

— Arrête de flirter avec elle, Hawk, intervint Andreas. Ta femme n'approuverait pas ton comportement.

— Lina sait faire la différence entre une conversation polie et un flirt, Andreas.

Andreas fronça les sourcils, mais resta silencieux en aidant Kayla à s'installer. Ils passèrent commande et Hawk attendit que le serveur se soit éloigné pour reprendre.

— Je suis ravi que vous envisagiez de rester chez KJ Software, dit-il avec un sourire. C'est grâce à vous que l'entreprise a autant de succès.

— Kayla souhaite également garder ses parts dans la société, prévint Andreas.

— Pourquoi ? Vous pourriez devenir riche si vous acceptez de me les vendre, poursuivit-il. Et je suis prêt à vous offrir un contrat à la hauteur de votre talent.

— Ce n'est pas une question d'argent, déclara Kayla.

— Non ?

Kayla hésita, ignorant comment continuer. Elle n'avait aucune envie d'expliquer à un étranger ce que la compagnie représentait à ses yeux.

— Kayla est plus attachée que moi à la société, expliqua Andreas. Contrairement à moi, elle n'a aucune envie de se lancer dans une nouvelle entreprise.

— Vous n'aimez pas le changement ? l'interrogea Hawk.

— Pourriez-vous vendre Hawk Entreprises ? demanda Kayla en guise de réponse.

— Non, répondit-il avec sérieux. Vous avez raison, Kayla. Certaines choses sont plus importantes que l'argent.

— Je suis contente que vous compreniez.

— C'est le cas, mais je n'ai aucune envie que vous possédiez cinq pour cent de ma compagnie.

— Tu es plutôt possessif, Hawk.

— Lina serait sûrement de ton avis, répliqua ce dernier en haussant les épaules, mais c'est plus fort que moi.

— Ce n'est pas de chance pour toi, parce que Kayla tient vraiment à conserver ses parts et que je n'envisage pas de vendre si tu ne peux pas le lui garantir.

Visiblement surpris, Sebastian écarquilla les yeux comme Kayla restait silencieuse. Andreas était sérieux, mais sa décision n'en demeurait pas moins aussi inattendue qu'inespérée.

— Certains de mes meilleurs employés reçoivent

des actions en guise de bonus, expliqua Sebastian à l'intention de Kayla. C'est une excellente motivation.

— J'en suis conscient, commenta Andreas, mais si tu veux Kayla, tu devras lui permettre de garder ses parts.

— Lina a renoncé à son titre de princesse pour épouser un Américain. Je tiens à léguer un héritage digne de son sacrifice à nos enfants.

— Et pour cela, tu as besoin de Kayla.

— Alors, marché conclu ? intervint-elle.

— J'ai une offre à vous faire, rétorqua Hawk en les observant avec attention.

— Laquelle ?

— J'aimerais que vous vendiez vos cinq pour cent à Andreas.

— Pourquoi ? demanda ce dernier.

— Vois ça comme un investissement, répondit Hawk. Tant que tu as des intérêts dans la société, le nouveau président pourra te demander de l'aide et des conseils. Et un jour, tu pourras devenir le mentor de mes enfants.

Cette proposition inattendue lui plut aussitôt, mais il n'y avait aucune chance qu'Andreas accepte. Elle ne faisait pas partie de ses projets.

— Pourquoi aurais-tu besoin de moi ? objecta Andreas. Tu es parfaitement capable de conseiller ton président et celui-ci pourra devenir le mentor de tes enfants.

— Je tiens à leur donner le meilleur, affirma Hawk avec sérieux.

— C'est un grand honneur, concéda Andreas, mais je n'ai pas l'intention de m'impliquer davantage dans KJ Software.

Malgré elle, le cœur de Kayla se serra.

— Je comprends, mais serait-ce vraiment si difficile de conserver une participation minimale dans la société ?

Kayla écarquilla les yeux comme la vérité lui apparaissait. C'était ce que Sebastian Hawk avait toujours voulu.

— Ce n'est pas la première fois que vous faites cette offre à Andreas, mais il a refusé.

— En effet, je lui ai dit que c'était impossible, avoua ce dernier.

— La situation a changé, affirma Sebastian.

— Parce que je vous ai fait une demande que vous ne pouvez accepter ? devina Kayla, déçue.

Hawk n'avait aucune envie de l'avoir pour associée, ce qui était parfaitement compréhensible. Les affaires n'avaient jamais été son fort.

— Je suis certain que contrairement à ce qu'il cherche à nous faire croire, Hawk est ravi que tu veuilles conserver tes parts. C'est la garantie que tu n'iras pas postuler ailleurs.

Kayla observa les deux hommes. Aucun des deux ne semblait prêt à faire la moindre concession.

— Andreas n'a pas changé d'avis concernant KJ Software, commença-t-elle. Et si vous essayez de me forcer à vous vendre mes parts, je quitterai moi aussi la société sans signer de clause de non-concurrence.

Ce n'était pas vraiment une menace. Elle ne faisait pas le poids contre l'empire de Hawk, mais comme il l'avait lui-même reconnu, sa présence était indispensable au succès de la compagnie.

— Tu l'as bien formée, Andreas, commenta Sebastian d'un air amusé.

Irritée, Kayla dut se contenir pour ne pas lui flanquer un bon coup de pied. C'était de son avenir qu'il s'agissait.

Andreas devait avoir perçu son agacement, car il prit sa main dans la sienne.

— Du calme, ma belle. Hawk est un homme raisonnable.

— Je n'ai pas dit que je refusais, expliqua ce dernier. Vous avez raison, Kayla : j'ai besoin de vous et je n'ai aucune envie de vous perdre. Mais vous êtes tous deux assez intelligents pour comprendre que KJ Software a de meilleures chances de succès si Andreas et moi conseillons son président. C'est une entreprise relativement jeune et même si elle est intégrée au conglomérat de Hawk Entreprises, sa croissance n'est pas garantie.

— Le risque zéro n'existe pas, mais nous savons tous les deux que notre société a énormément de valeur, fit remarquer Andreas.

— En effet, concéda Hawk.

Kayla retint un soupir. Ils campaient tous deux sur leurs positions.

— Je suis venue à New York pour assurer mon avenir et non pour saborder les projets d'Andreas, déclara-t-elle en se levant. Je n'ai pas l'intention de te faire perdre un contrat qui te tient à cœur, Andreas. Cet accord est très important pour toi.

— Et ton avenir n'est pas important ? s'enquit-il en se levant à son tour. Assieds-toi, Kayla. Je sais que tu n'apprécies pas ces négociations, mais ça fait partie du jeu. C'est pour ça que je suis là.

Kayla fronça les sourcils en comprenant que c'était pour cela qu'il avait insisté pour l'accompagner. Pour autant, elle ne pouvait pas le laisser faire.

— Je crois que nous en avons terminé. Je vous remercie d'avoir pris le temps de me rencontrer, continua-t-elle en tendant la main à Sebastian. N'hésitez pas à me contacter si vous acceptez mes conditions.

— Vous êtes une brillante programmatrice, Kayla, déclara Hawk en se levant pour lui serrer la main. Je tiens vraiment à vous garder chez KJ Software.

La gorge de Kayla se serra. Le message était on ne

peut plus clair : il appréciait son travail, mais pas assez pour se passer de la participation d'Andreas.

Percevant sa détresse, celui-ci poussa un juron en grec avant de glisser un bras autour de sa taille pour la soutenir.

— C'était un plaisir de te voir, Hawk. J'ai fait une offre à Kayla, ajouta-t-il soudain. Si elle accepte, j'accepterai tes conditions.

Kayla manqua s'étrangler. Ce n'était pas possible, elle avait sûrement mal compris. Andreas semblait pourtant très sérieux.

— On dirait que cette offre te tient à cœur, affirma Sebastian en les observant avec attention.

— Au revoir, Sebastian, le salua Kayla avec un sourire.

11

Sous le choc, Kayla suivit Andreas en silence. Elle n'avait pas prononcé un mot depuis qu'ils avaient quitté le restaurant parce qu'elle en était tout simplement incapable.

— Alors ? demanda Andreas, la tirant de ses pensées.

Il avait ôté sa veste et défait sa cravate, ce qui lui donnait l'air très sexy.

— Comment as-tu pu dire une chose pareille ?

— Je ne vois pas de quoi tu parles.

— C'est faux ! Tu as dit à Hawk que tu accepterais ses conditions si j'acceptais de t'épouser !

— En effet, répondit-il sans s'émouvoir de sa réaction.

— Tu n'as aucune envie de conserver des parts dans la société.

— Comme l'a deviné Sebastian, je tiens à ce que tu acceptes ma proposition, avoua-t-il en déboutonnant sa chemise.

Malgré elle, son regard se posa sur son torse musclé, mais elle se força à se concentrer sur la conversation.

— Et tu es prêt à aller jusque-là ?

— Tu détestes les négociations, mais pas moi. C'est un aspect de mon travail que j'apprécie et où j'excelle, ajouta-t-il en l'invitant à s'asseoir.

— Mais tu ne veux pas...

— Je savais parfaitement ce que Sebastian allait me

demander, la coupa-t-il. Il n'a jamais cherché à cacher son désir de me garder impliqué dans la société.

— Vous en aviez déjà discuté ?

— Oui, il y a plusieurs mois.

— J'aurais dû m'en douter. Tu es vraiment prêt à considérer son offre si j'accepte de t'épouser ?

— Oui.

— Pourquoi ?

C'était insensé. Andreas ne l'aimait pas.

— Il y a six ans, je t'ai demandé de devenir mon associée afin de m'assurer que tu ferais toujours partie de ma vie. Je n'avais pas compris qu'il y avait un autre moyen de le faire, continua-t-il en s'asseyant à ses côtés.

— Tu ne prends jamais de vacances.

— Tu peux parler !

— Ce n'est pas ce que je veux dire. Tu as tout quitté pour me rejoindre ici.

— J'ai sauté dans un avion.

— Parce que tu tiens à moi ?

— Je croyais avoir été clair.

— Mais tu ne m'aimes pas.

— C'est si important pour toi ?

Kayla prit un instant pour réfléchir. Andreas refusait de l'aimer, et cette décision risquait d'avoir des conséquences sur leur relation. Pour autant, elle ne pouvait imaginer sa vie sans lui. Andreas était son meilleur ami. Il la comprenait mieux que quiconque et elle avait besoin de lui.

— Kayla ?

— Excuse-moi, je réfléchissais.

— Et ?

— Ce n'est pas indispensable, répondit-elle, la gorge nouée.

— J'en suis ravi.

— Mais je t'interdis de tomber amoureux d'une autre femme. Je n'ai aucune envie d'être mise à l'écart parce que tu aurais regretté ta décision.

— Ça n'arrivera pas !

— Tu es d'accord pour adopter ?

— Oui.

— Mais tu veux aussi avoir des enfants biologiques.

— Je veux transmettre les gènes de ma mère. Elle le mérite.

— Ton père considérera cet enfant comme son petit-fils ou sa petite-fille, fit-elle remarquer en posant la main sur son torse.

— Il est assez arrogant pour ça.

— Tu as l'intention de laisser nos enfants connaître leur famille éloignée ? s'enquit-elle, curieuse.

— Je n'y verrai aucune objection tant que les Kostas et les Georgas les traitent tous de la même façon.

— Je pensais que tu serais contre.

— La famille est importante à tes yeux. Je ne veux rien faire pour te blesser, ajouta-t-il avec chaleur.

— Tu es incroyable, tu le sais ?

— Je suis ravi que tu le penses.

— Je refuse de signer un contrat de mariage.

— Genevieve aurait une attaque si elle t'entendait !

— Je te rappelle que tu l'as renvoyée.

— J'avais mes raisons.

— Lesquelles ?

— Tu ne l'aimais pas.

— Je croyais que tu l'avais virée parce qu'elle insistait pour venir à New York.

— C'est la goutte d'eau qui a fait déborder le vase, expliqua-t-il avec une grimace, mais j'aurais pu facilement la convaincre de ne pas me suivre jusqu'ici.

— Je m'en doute. Tu n'es plus le petit garçon forcé

d'obéir à son père, poursuivit-elle. Tu fais tes propres choix, à présent.

— En effet.

— Mais tu devrais peut-être réviser ton jugement sur lui. Il t'a laissé partir quand tu avais dix-huit ans, lui rappela-t-elle. Il n'y était pas obligé.

— C'est un excellent homme d'affaires, rétorqua-t-il avec une grimace. Il a cru qu'en soutenant ma décision, il pourrait gagner mes faveurs.

— Je n'en suis pas sûre. Tu as repris le nom de ta mère, ce qui n'a pas dû lui plaire, mais il a continué à payer tes études.

— Il a simplement compris qu'il ne pouvait pas me plier à sa volonté.

Les choses n'étaient sans doute pas aussi simples, mais Andreas n'avait aucune envie de l'écouter. Pour lui, l'amour n'était qu'un mensonge et elle n'avait aucune chance de le faire changer d'avis.

Andreas ne l'abandonnerait jamais. Il lui avait promis de rester fidèle, et il avait l'intention de tenir parole. Elle pouvait lui faire confiance.

— Je veux bien t'épouser, dit-elle en plongeant son regard dans le sien, mais je ne veux pas te forcer à accepter les conditions de Sebastian. Je t'épouserai même si tu refuses.

— Je refuse de signer un accord qui te priverait de tes parts.

— Tu pourrais rendre la situation publique, proposa-t-elle, et engager un président pour te remplacer.

— Ça n'offrirait pas les mêmes garanties à nos employés.

— Tu as vraiment tout prévu, n'est-ce pas ?

— Ça fait partie de mon travail, dit-il avant de prendre ses lèvres.

Le lendemain matin, Kayla se réveilla aux côtés de l'homme qu'elle aimait et qu'elle allait bientôt épouser. Il ne l'aimait pas et ne l'aimerait probablement jamais, mais peu importait, puisqu'il resterait à ses côtés pour toujours.

Un sourire aux lèvres, elle étudia son visage aux traits d'ordinaire si sévères à présent adoucis, presque vulnérables.

Ils s'étaient rencontrés à l'université huit ans plus tôt, et ils allaient bientôt devenir mari et femme. Il se moquait qu'elle soit orpheline ou n'ait aucune relation. Il voulait fonder une famille avec elle.

— Tu me regardes dormir à présent ? s'enquit-il en ouvrant les yeux.

— Tu en fais autant.

— J'aime te voir abandonnée dans ton sommeil, dit-il avec un sourire sexy.

— Je ne te comprendrai jamais.

— Je suis pourtant parfaitement normal.

— Je peux t'assurer qu'un homme « normal » ne tient pas la comparaison avec toi, le taquina-t-elle.

— Je suis ravi de le savoir, déclara-t-il, une étincelle dans ses yeux verts.

Elle repoussa le drap.

— Qu'est-ce que tu fais ?

— Je vais préparer mon sac.

— Pourquoi ?

— Parce que je sais que tu as déjà demandé à Bradley de nous réserver un vol, répondit-elle en lui empruntant sa robe de chambre. On dirait que mes vacances sont terminées.

— Qu'est-ce qui te fait croire ça ? Notre vol ne décolle qu'après-demain, ajouta-t-il avec un sourire sensuel.

— Quoi ? Pourquoi ?

— J'avais envie de faire du tourisme avec toi.

— Du tourisme ? Toi ?

— Ça avait l'air de te plaire avant-hier, reprit-il, comme si cela expliquait tout.

— C'est vrai.

— Et tu es en vacances, je te rappelle.

— Je pensais que tu ne croyais pas à ce concept ?

— Je n'ai jamais dit ça.

— Tu n'en as pourtant pris aucune ces six dernières années, fit-elle remarquer.

Elle adorait son travail, mais elle réservait néanmoins quelques jours chaque année pour travailler sur son projet de centre d'accueil.

— Je vais bientôt me marier et fonder une famille. Je dois m'y habituer, expliqua-t-il d'un air sérieux.

Kayla faillit éclater de rire. Il en parlait comme s'il s'agissait d'un sacrifice.

— Le tourisme est censé être agréable.

— Ai-je dit le contraire ?

Il semblait tellement perdu qu'elle ne put s'empêcher de sourire.

— Nous avons donc deux jours ?

— Nous pourrions aller à Central Park. Il paraît que c'est magnifique.

— Tu es venu à New York à plusieurs reprises, mais tu n'y es jamais allé ? demanda-t-elle, surprise.

— Je n'avais aucune raison de le faire.

— Mais maintenant, oui ?

— Je sais que tu vas adorer.

Touchée, Kayla combla la distance qui les séparait et lui donna un long baiser. Andreas la fit basculer sur le lit et elle s'abandonna à la passion.

La visite de Central Park fut aussi merveilleuse qu'elle l'avait imaginé. Andreas n'avait pas lâché sa main, et ne cessait de l'embrasser.

Quand le guide leur parla du château du Belvédère, Kayla demanda aussitôt :

— On peut y aller ?

— Bien sûr que oui.

— C'est magnifique, déclara-t-elle comme ils traversaient un jardin de style anglais.

— C'est vrai. Tu aimerais qu'on vende nos appartements pour acheter une maison ? s'enquit-il.

— J'aimerais que nos enfants aient un endroit pour jouer et j'adore les fleurs.

— Je le savais déjà. Tu as planté des violettes sur le rebord de tes fenêtres, expliqua-t-il comme elle fronçait les sourcils.

— C'est plus accueillant.

— Mon appartement semble toujours plus accueillant quand tu y es, dit-il avec un sourire.

— Je n'ai pas l'habitude que tu me fasses autant de compliments.

— Je t'en fais pourtant très souvent.

Mal à l'aise, Kayla tourna la tête.

— Ce parc est vraiment incroyable. C'est tellement beau !

— Toi aussi tu es belle.

— Ne sois pas ridicule, Andreas !

— Je ne fais que dire la vérité.

— Tu n'as pas besoin de me flatter. J'ai déjà accepté de t'épouser.

— Je t'ai toujours trouvée magnifique, dit-il, visiblement vexé par sa remarque.

Sans perdre une seconde, il l'attira à lui pour l'embrasser comme pour lui prouver qu'elle lui appartenait.

Kayla n'arrivait plus à réfléchir. Il n'y avait plus que son corps pressé contre le sien, et son parfum viril qui l'enveloppait, menaçant de lui faire perdre la tête.

— On devrait arrêter là, murmura-t-il après un instant. Sans quoi, nous n'arriverons pas à terminer la visite.

Ils venaient d'atteindre le bâtiment quand Andreas reprit :

— Quand mon père est venu me récupérer, il ne m'a pas donné le temps de faire mes bagages. Il m'a simplement dit qu'il me donnerait ce dont j'avais besoin.

— Je croyais qu'il avait demandé à ses employés de vider l'appartement de ta mère ?

— C'est le cas et il leur a ordonné de tout jeter, expliqua-t-il avec amertume. D'après lui, je ne devais garder aucun souvenir de ma vie aux États-Unis. C'était peut-être pour se venger de moi : il a dû faire appel à ses gardes du corps pour me faire monter dans l'avion.

— Ton père est plutôt du genre têtu...

— Il a toujours fait ce qu'il voulait sans s'inquiéter de ce que pensaient les autres.

— Parfois, je me dis qu'il vaut mieux ne pas avoir de famille qu'avoir quelqu'un comme lui, commenta-t-elle en secouant la tête.

— Tu te trompes, affirma-t-il avec force, ce qui ne manqua pas de la surprendre. Nos futurs enfants méritent de connaître leur famille.

— Tu en es sûr ?

— Oui. Mais je ne t'ai pas amenée ici pour te parler du caractère de mon père, continua-t-il en grimpant les escaliers menant au sommet de la tourelle. Il s'est débarrassé des affaires de ma mère, mais il a demandé à ses gardes du corps d'emporter quelques vêtements et ma petite boîte de souvenirs. Il m'a dit que si un garçon de mon âge avait pris la peine de les conserver, c'est qu'ils devaient être importants.

— Il t'a vraiment dit ça ?

C'était difficile à croire, mais c'était également la preuve que son père n'était pas un monstre. Pour autant, son manque de considération pour les sentiments d'Andreas l'avait blessé.

— Oui.

— Et ? Qu'est-ce qui t'a poussé à m'en parler ?

En guise de réponse, Andreas sortit un petit sac en velours de sa poche et le lui tendit.

— Qu'est-ce que c'est ? demanda-t-elle en l'ouvrant.

Il contenait un médaillon en argent gravé d'un K en son centre.

— C'est magnifique !

— Ma mère l'adorait.

— Il lui appartenait ?

— C'est le seul bijou que mon père m'ait autorisé à garder.

— Je suis désolée, souffla-t-elle en lui caressant le visage.

— Les autres pièces n'avaient aucune valeur.

— Mais ces bijoux venaient d'elle…

— Oui. Tu peux l'ouvrir si tu veux, ajouta-t-il en lui donnant un baiser sur la joue.

Kayla s'exécuta et découvrit d'un côté la photographie d'un garçonnet d'une dizaine d'années et de l'autre, celle d'une ravissante femme.

— C'est toi et ta mère ?

— Oui. Ce médaillon t'appartient, à présent. Tu peux en faire ce que tu veux, continua-t-il en plongeant son regard dans le sien.

Il semblait inquiet, comme s'il craignait qu'elle refuse son cadeau.

— Il a l'air ancien…

— Il a été transmis de génération en génération par les Kostas. Normalement, il revenait au fils aîné qui l'offrait à son épouse, mais mon grand-père l'a donné à ma mère quand sa famille l'a répudiée.

— En compensation pour la perte de sa famille ? s'enquit-elle, incrédule.

— Ma mère le voyait comme la preuve que ses parents l'aimaient toujours, bien qu'ils l'aient rejetée et qu'ils aient refusé de reconnaître mon existence, dit-il d'un ton cynique.

— Ils dépendaient des Georgas.

— Ils auraient pu déménager et trouver un autre emploi, mais ils ont préféré abandonner leur fille.

— Ce dont tu es incapable.

— Mes enfants seront toujours ma priorité quoi qu'il arrive.

— Ce médaillon devait être important pour ta mère puisqu'elle l'a gardé. C'est elle qui te l'a donné ?

— Oui, juste avant sa mort, répondit-il, la mâchoire serrée. Elle le chérissait comme elle chérissait les lettres envoyées par sa mère, qui a toujours refusé que l'on sache qu'elles avaient conservé des relations. Elle avait honte, conclut-il avec rancœur.

— Il y avait de quoi : tes grands-parents n'auraient jamais dû la traiter de cette façon.

Melia Kostas était une femme merveilleuse, c'était évident. Elle était visiblement prête à tout pour son fils. Andreas avait eu de la chance de l'avoir.

— Je partage ton avis, affirma-t-il en déposant un baiser sur sa tempe.

— Tu as pourtant l'air de beaucoup tenir à ce médaillon.

— C'est vrai, avoua-t-il. C'est tout ce qui me reste de

ma mère, mais c'est également un moyen de perpétuer la tradition. C'est ce qu'elle aurait voulu.

— Tu veux vraiment me l'offrir ?

— Oui, et un jour, tu le donneras à notre aîné.

— À l'aîné de nos enfants biologiques ? le corrigea-t-elle, le cœur battant.

— Non. Au premier enfant qui rejoindra notre foyer, expliqua-t-il d'un air sincère. Je tiens à ce que nos enfants sachent que nous perpétuons les traditions, mais nous n'en sommes pas prisonniers.

L'émotion lui serra la gorge.

— Tu vas faire un merveilleux père.

— J'ai toujours aspiré à l'excellence.

Une vague de bonheur la submergea. Andreas ne croyait pas à l'amour, mais il venait pourtant de lui offrir un bijou appartenant à la seule personne qu'il admettait avoir jamais aimée. Tout espoir n'était peut-être pas perdu…

— Tu veux bien m'aider à le fermer ?

— Avec plaisir, murmura-t-il, visiblement ému. Voilà, c'est parfait.

Kayla sourit. Andreas tenait à elle plus qu'à n'importe qui d'autre. Il venait de lui en donner la preuve.

12

Les jours qui suivirent leur retour à Portland se déroulèrent comme dans un rêve. Andreas l'attendait tous les soirs, l'emmenant au restaurant ou au théâtre avant de la raccompagner à son appartement où ils faisaient l'amour avec passion. Elle aurait presque pu croire qu'il commençait à l'aimer.

Elle ne pouvait cependant se permettre de perdre la tête. Andreas s'était toujours montré attentionné envers elle-même lorsqu'ils n'étaient qu'amis. Six ans plus tôt, elle s'était d'ailleurs convaincue qu'il allait demander sa main quand il lui avait annoncé qu'il avait une proposition à lui faire. Elle avait eu le cœur brisé en comprenant qu'il la voulait comme associée et rien de plus.

Pour autant, elle ne pouvait s'empêcher de croire que tout espoir n'était pas perdu quand il insistait pour organiser un grand mariage ou quand il lui montrait des photographies de propriétés dénichées par son agent immobilier.

— Pourquoi es-tu si pressé ?

Ils avaient passé la soirée de la veille à goûter des échantillons de gâteaux de mariage et à discuter du menu avec le traiteur.

— Tu sais bien que je ne perds jamais de temps quand j'ai pris une décision.

— La plupart des gens ont besoin de plus d'un an pour organiser un mariage de cette importance.

— Allons, nous n'avons pas beaucoup d'invités, affirma-t-il en vérifiant sa cravate dans le miroir.

— Pardon ?

Andreas avait accepté sa proposition d'inviter les Georgas et les Kostas. Il avait également tenu à ce que tous les employés de KJ Software soient présents ainsi que des amis comme Sebastian Hawk et son épouse.

— Tu aurais préféré qu'on se marie en secret ?

— Non.

Ses rêves étaient sur le point de se réaliser. Elle avait envie de le hurler au monde entier.

— Alors je ne vois pas où est le problème, reprit-il en posant la main sur sa taille.

— Je n'arrive pas à croire que la *wedding planner* a réussi à nous trouver une salle, un traiteur, un excellent photographe et un pâtissier renommé aussi rapidement.

— Je n'engage que les meilleurs. Tu devrais le savoir.

— Tu ne lui as donné que deux mois pour tout organiser. C'est de la folie, continua-t-elle en secouant la tête.

Il ne restait que trois semaines avant leur mariage dont la préparation avait été à la fois excitante et épuisante.

— Elle a réussi, non ?

— Si elle l'a fait, c'est uniquement parce que tu es riche. Comment as-tu pu dépenser autant ?

— Ce mariage est important pour moi, et je tiens à ce que tout le monde le sache.

Sa réaction l'émut. Il ne croyait pas à l'amour, mais il la traitait mieux que n'importe laquelle de ses anciennes maîtresses.

— Mais je ne comprends pas pourquoi il faut aussi trouver une maison aussi vite, insista-t-elle en songeant aux visites qui les attendaient ce soir-là.

Ses standards en la matière étaient largement supérieurs à ceux d'Andreas, car elle ne pouvait imaginer élever ses enfants dans une énorme bâtisse sans âme.

— Tu n'as pas envie de rester ici pour te détendre ?

— Je veux que tu vives avec moi, souffla-t-il en l'attirant à lui.

— Dans ce cas, je peux m'installer ici, proposa-t-elle avant de l'embrasser. Je vis déjà pratiquement ici.

— Ce serait une perte de temps d'organiser deux déménagements.

— C'est toi qui le dis.

Elle avait déjà transféré la moitié de ses vêtements dans sa penderie, et ne passait à son appartement que pour arroser les plantes et relever le courrier.

— Tu veux vraiment acheter une maison dans l'urgence ?

— Seulement si nous en trouvons une qui nous plaît à tous les deux, répondit-il d'une voix rauque.

Kayla secoua la tête dans l'espoir d'oublier les délicieuses sensations qu'il faisait naître en elle. Si elle se laissait aller, ils allaient être en retard.

— Toutes les maisons que nous allons visiter ce soir sont incroyables.

— Ce ne sera donc pas difficile d'en choisir une.

— Je ne comprends pas pourquoi tu es aussi pressé, insista-t-elle néanmoins.

Andreas réfléchissait toujours avant d'agir, alors pourquoi tant d'impatience, tout à coup ?

— Je veux partager ma vie avec toi, dit-il doucement.

— C'est déjà le cas, murmura-t-elle en posant sa tête contre son torse, même si tu n'as pas l'air de t'en être rendu compte.

— Au contraire.

— Alors pourquoi ? demanda-t-elle en plongeant son regard dans le sien.

La vulnérabilité qu'elle y lut la laissa sans voix.

— Je veux que nous soyons liés.

À ces mots, son cœur se mit à battre la chamade.

— Je n'arrive pas à t'en vouloir quand tu dis des choses pareilles.

— Tant mieux.

Quelques jours plus tard, Kayla se présenta devant Bradley. Il lui avait annoncé qu'Andreas l'attendait à 15 heures, mais sans lui expliquer la raison de sa présence, ce qui n'était pas pour la rassurer. La dernière fois, elle s'était retrouvée face à Genevieve.

— Qu'est-ce qui se passe ?

— Je ne peux rien dire, répondit-il en évitant son regard.

— Ce qui veut dire que tu sais de quoi il s'agit ?

— Entre, Kayla. S'il te plaît.

Kayla sentit son cœur se serrer. Andreas s'était sûrement déjà trouvé un remplaçant. Elle n'était pourtant pas prête à le voir quitter la société même s'il n'allait pas partir tout de suite. Il lui faudrait d'abord former le nouveau président, mais c'était le commencement de la fin.

Après avoir pris une profonde inspiration, Kayla entra et aperçut une jeune femme assise dans l'un des fauteuils de cuir. Elle paraissait trop jeune pour devenir la nouvelle P-DG, et lui semblait étrangement familière.

Comme elle refermait la porte, la jeune femme se tourna vers elle, les yeux pleins de larmes.

— Que se passe-t-il, Andreas ?

— Kayla, ma chérie, commença-t-il en comblant la distance qui les séparait, laisse-moi te présenter ta sœur.

Kayla chancela et serait tombée si Andreas ne l'avait pas rattrapée.

— Ma sœur ? répéta-t-elle d'une voix tremblante.

Andreas l'aida à s'installer avant de répondre.

— Oui.

— Je ne savais pas que j'avais une sœur, affirma la jeune femme.

— Comment vous appelez-vous ?

— J'aurais dû commencer par là, déclara Andreas, visiblement embarrassé.

— Je me fais appeler Miranda Smith à présent. Randi, pour les amis, ajouta-t-elle avec un sourire.

— À présent ? Qu'est-ce que ça veut dire ? s'enquit Kayla, perdue.

— Elle a changé de nom durant son adolescence, précisa Andreas.

— À cause de… notre mère ?

— Non, répondit Miranda avec une grimace de dégoût. Ça n'a rien à voir avec cette cinglée.

— Notre mère est malade, corrigea-t-elle malgré elle.

— C'est ce que son avocat a dit quand elle a essayé de me noyer dans la baignoire alors que je n'avais que six ans. Mais ce n'était qu'une excuse, c'était une junkie.

— Elle a tenté de te tuer ?

— Et toi, elle t'a abandonnée sur une aire d'autoroute quand tu n'avais que trois ans, rétorqua-t-elle avec amertume.

— Mais quelqu'un m'a trouvée et amenée dans un commissariat.

Les services sociaux l'avaient récupérée dans un état préoccupant, mais elle ignorait si c'était à cause de sa mère ou du temps qui s'était écoulé entre le moment où elle avait été abandonnée et celui où on l'avait recueillie.

— Elle se moquait de ce qui pouvait nous arriver. Elle ne s'intéressait qu'à elle, continua Miranda. Selon les psychiatres, le narcissisme peut être considéré comme un trouble de la personnalité. Alors peut-être qu'elle était malade, en fin de compte, ajouta-t-elle en haussant les épaules.

De toute évidence, Randi souffrait toujours de ce que leur mère lui avait fait endurer.

— J'ai peut-être eu de la chance, souffla-t-elle.

— Tu n'aurais jamais dû te retrouver chez des étrangers, déclara Miranda avec force. Tu avais de la famille, mais cette sale égoïste t'en a privée. Nos grands-parents sont merveilleux, poursuivit-elle en plongeant ses yeux dans les siens. Mon père t'aurait élevée comme sa propre fille, mais Marla t'a volé tout ça en t'abandonnant.

— Tu sembles amère.

— C'est vrai, mais je ne le suis pas. Enfin, pas vraiment, déclara-t-elle avec un sourire. Je méprise notre mère, mais mon père est un type génial. Lui et ses parents se sont toujours bien occupés de moi.

— Pourquoi as-tu changé de nom ?

— Disons que c'était devenu nécessaire, répondit-elle, visiblement peu encline à s'expliquer davantage.

Le cœur de Kayla se serra. De toute évidence, Randi n'avait pas eu la vie facile malgré la présence de sa famille. Avec un peu de chance et de temps, elle finirait par se confier à elle.

— Si j'ai bien compris, tu as eu une enfance heureuse malgré notre mère ? s'enquit-elle en souriant à son tour.

— Oui. Je regrette simplement de ne pas t'avoir connue plus tôt.

— Quel âge as-tu ?

— J'ai vingt-quatre ans.

— Tu es donc née un an après qu'elle m'a abandonnée…

— Elle est revenue vivre avec nos grands-parents pendant quelque temps, expliqua Randi. Elle a rencontré mon père à l'église. À l'époque, elle jouait à la fille parfaite, dit-elle, sarcastique.

— Une enfant illégitime aurait mis cette image à mal, devina Kayla.

— Nos grands-parents t'auraient acceptée, assura-t-elle. Ils t'auraient aimée, et ils voudraient avoir la chance de le faire à présent, mais notre mère n'a pas voulu prendre ce risque.

— Mais je…

— Tu sais ce qu'on dit, la coupa Randi, les chiens ne font pas des chats, mais dans ce cas-ci, c'est tout le contraire. Nos grands-parents ne pourraient pas être plus différents de notre mère.

Pour une raison inconnue, Kayla la croyait. Pour autant, elle ignorait comment réagir.

— Je ne sais pas quoi dire.

— Donne-moi une chance de te connaître, la pria Randi. Je sais que j'ai commis des erreurs. On dirait que j'ai complètement oublié ma formation, mais tu es ma sœur et je pense qu'on devrait essayer.

— Ta formation ?

— Je suis assistance sociale, expliqua-t-elle. J'aide les enfants qui ont été abandonnés ou abusés par leurs parents. J'essaie de leur trouver un bon foyer.

— Tu as vraiment transformé cette horrible expérience en quelque chose de positif, commenta Kayla, impressionnée.

— J'ai essayé. Je suis désolée si je te semble amère ou pleine de colère, reprit-elle en se mordant la lèvre.

Je t'assure que ce n'est pas le cas. Je veux simplement t'aider.

— Tu essaies de me protéger ? demanda-t-elle, surprise.

— Nous sommes sœurs, malgré tout.

— Tu crois qu'elle va essayer de me retrouver ?

— Si elle découvre que tu as réussi, je te garantis que tu vas la retrouver en larmes sur le pas de ta porte.

— J'ai fait mon enquête, intervint Andreas. Ta sœur a raison. Cette femme n'a pas sa place dans nos vies.

Kayla hocha la tête. Elle n'avait jamais cherché à retrouver sa mère, car ce qu'elle avait fait lui paraissait trop monstrueux.

— Vous venez de confirmer mes craintes. Comment as-tu trouvé Randi et pourquoi ? demanda-t-elle en se tournant vers Andreas.

— J'ai engagé un détective privé parce que la famille est importante à tes yeux, poursuivit-il avec un sourire. Rien n'aurait pu m'empêcher de te rendre la tienne.

— Et si vous n'aviez rien trouvé ? s'enquit Randi.

— Je n'aurais rien dit, répondit Andreas.

— Pour combien de temps es-tu en ville ?

— Je reprends l'avion ce soir. J'ai eu du mal à obtenir un congé, ajouta-t-elle sur un ton d'excuse.

Kayla décida aussitôt de passer le reste de l'après-midi avec elle avant de la déposer à l'aéroport. Elle était à la fois ravie d'avoir rencontré sa sœur et déçue de la voir repartir aussi vite.

— Comment ça s'est passé ? demanda Andreas quand elle rentra ce soir-là.

— Nous nous ressemblons beaucoup, répondit-elle avec un sourire. Nous avons des goûts communs !

— D'après le rapport du détective que j'ai engagé, il

semblerait que ce soit quelqu'un de bien, déclara-t-il en s'installant à ses côtés sur le canapé. Tu n'es pas trop déçue de ce qu'elle t'a appris sur ta mère ?

— Je ne la considère pas comme ma mère, répondit-elle. Elle n'était qu'une génitrice.

— Très bien, commenta-t-il visiblement amusé par sa remarque. Mais que penses-tu d'elle ?

— J'ai l'impression que mes pires cauchemars sont devenus réalité. Je savais qu'elle ne m'avait jamais aimée, continua-t-elle, mais je n'imaginais pas qu'elle puisse être assez cruelle pour tenter de tuer sa propre fille. Savoir que nous sommes liées me donne la nausée, avoua-t-elle. Et si je lui ressemblais ?

— Ce n'est pas le cas. Tu es la femme la plus merveilleuse et la plus attentionnée que je connaisse.

— Mais...

— Je t'interdis de douter de toi. C'est elle qui t'a mise au monde, mais tu as également un père, un géniteur si tu préfères.

Kayla sourit.

— Tu as entendu ce que ta sœur a dit, continua-t-il. Tes grands-parents sont des gens bien. Leur fille n'a rien de commun avec eux, et tu n'as rien de commun avec elle.

— Tu en es sûr ?

— Certain, répondit-il comme s'il désespérait de la convaincre.

— Merci pour tout, murmura-t-elle en se pelotonnant contre lui.

— Je t'en prie.

— Je ne sais pas comment te remercier.

Grâce à Andreas, elle allait pouvoir tourner la page et rattraper le temps perdu avec Randi.

— J'ai bien une idée, déclara-t-il, une lueur sensuelle s'allumant dans son regard.

Elle éclata de rire comme il se penchait pour l'embrasser.

— Je t'aime, Andreas. Je t'ai toujours aimé, avoua-t-elle en plongeant ses yeux dans les siens.

Son visage s'illumina aussitôt.

— Merci. Je vais chérir ce cadeau, ajouta-t-il en prenant ses lèvres.

Kayla ne s'attendait pas à ce qu'il réponde. Aussi se contenta-t-elle de s'abandonner à ses caresses.

De toute évidence, Andreas n'était pas prêt à admettre ses sentiments, mais il tenait à elle. C'était suffisant… Pour l'instant.

Randi la rejoignit une semaine avant le mariage et ne la quitta plus d'une semelle, affirmant que c'était son devoir de sœur. Surprise, mais ravie, Kayla l'accueillit avec plaisir, soulagée de pouvoir compter sur elle.

— Cette robe est encore plus belle que sur les photos, commenta-t-elle avec un grand sourire.

Kayla vérifia son reflet dans l'imposant miroir de la suite.

La robe bustier en satin et mousseline de soie blanche avait été créée par une styliste ayant participé à une émission télé. Quant à son maquillage et sa coiffure, ils avaient été réalisés par des professionnels à la demande d'Andreas.

— J'ai l'impression d'être une princesse, dit-elle avec un sourire.

— C'est ce que chaque mariée devrait ressentir le jour de ses noces, assura Miranda. Tu es contente d'avoir écouté Andreas ?

— Oh oui !

— J'espère qu'un jour je pourrai épouser un homme aussi attentif aux détails et à mon bonheur que ton fiancé.

— Je te souhaite de trouver un homme qui t'aimera autant que j'aime Andreas, répondit Kayla, en omettant de lui avouer que ses sentiments étaient à sens unique.

Comme Miranda lui tendait une boîte noire entourée d'un joli ruban blanc, elle demanda :

— Qu'est-ce que c'est ?

— Andreas m'a demandé de te la donner, mais je ne sais pas ce qu'elle contient. Je suppose que ce sont des bijoux, ajouta-t-elle avec un sourire.

Elle avait raison. Il s'agissait d'un collier et d'un bracelet assortis à une paire de boucles d'oreilles en diamants et en perles.

— Comment a-t-il deviné ?

— Il te connaît et savait sans doute quel genre de robe tu choisirais.

— Il est tellement attentionné !

— Il est prêt à tout pour te rendre heureuse, c'est évident.

— Tu crois ? demanda-t-elle, le cœur brûlant d'espoir.

— Tu en doutes ?

— Parfois, reconnut Kayla. Il n'est pas très loquace.

— Tu sais ce qu'on dit : les actes sont plus éloquents que les mots.

Miranda avait sans doute raison. Elle mit le bracelet et les boucles d'oreilles, mais remplaça le pendentif par le médaillon qu'il lui avait offert à New York.

La cérémonie se déroula comme dans un rêve, mais la réalité reprit ses droits durant la réception. La famille entière d'Andreas avait fait le déplacement ainsi que leurs employés et ses relations d'affaires.

Leur présence ne la surprit pas, mais ils étaient si nombreux qu'elle en eut le tournis, contrairement à Andreas qui semblait dans son élément. Il s'était montré cordial avec tous leurs invités y compris avec son père, ce qui n'avait pas manqué de l'étonner.

Discrètement, elle s'éloigna de la foule pour se glisser derrière d'énormes pots de fleurs. Elle avait besoin de souffler un instant, mais une tirade en grec la fit sursauter.

— Parle en anglais si tu veux que je te réponde, ordonna Andreas d'un ton sec.

— Pourquoi as-tu choisi d'épouser une moins-que-rien ? demanda son père.

— Kayla est mon épouse. Je n'ai pas besoin de ton approbation. Je n'ai rien à te prouver.

Malgré elle, Kayla en eut les larmes aux yeux. Andreas avait enfin compris !

— Elle n'a aucune famille !

— Je pensais pourtant t'avoir présenté ses grands-parents et sa sœur, rétorqua froidement Andreas.

— Je n'ai pas oublié, mais j'ai mené mon enquête sur elle. Elle a grandi dans un foyer, continua-t-il. Elle n'a aucune relation. Je suis certain que sa sœur et ses grands-parents ont renoué le contact parce qu'ils avaient découvert qu'elle épousait un homme riche.

Blessée, Kayla cilla.

13

— Tu ferais mieux de ne pas faire de supposition, l'avertit Andreas. D'autant que tu n'es pas bien placé pour faire ce genre de remarque.

— Qu'est-ce que tu veux dire ?

— Tu te permets de soupçonner mon épouse et sa famille alors que tu ne sais rien d'eux. Comment oses-tu les insulter ainsi ? demanda-t-il avec colère.

— Tu aurais pu épouser une jeune femme fortunée venant d'une bonne famille grecque !

— Comme ton épouse ?

— Exactement comme Hera.

— C'est elle que tu as épousée, et non la femme qui t'avait donné un fils, fit remarquer Andreas.

Curieuse, Kayla s'avança pour les observer.

— C'est vrai, reconnut Barnabas avec une grimace de douleur. Je n'aurais jamais pu me marier avec Melia même si j'avais été célibataire à l'époque.

— Pourquoi ? Parce qu'elle n'avait pas d'argent ? continua-t-il sans lui permettre de répondre, ni de relations ?

— J'avais besoin d'une épouse qui ne m'embarrasserait pas.

— Ma mère ne t'aurait jamais embarrassé, affirma Andreas d'un ton furieux. Elle était loyale, bonne et sincère.

— Mais sans aucune éducation, exactement comme la femme que tu as choisie pour te venger de moi.

Kayla secoua la tête. Comment pouvait-il penser qu'Andreas irait jusque-là pour le punir ? Il ne le connaissait vraiment pas...

— Tu t'accordes beaucoup trop d'importance !

— Où est ton épouse ? l'interrogea Barnabas d'une voix lourde de mépris. Elle n'a même pas pris le temps de se mêler aux invités ou de les accueillir pour toi, comme l'a fait Hera pour moi à de multiples reprises. Elle était mal à l'aise, c'était évident.

— De quoi parles-tu ? s'enquit Andreas, troublé.

Il se moquait de ce que les autres pouvaient penser. C'était pour elle qu'il s'inquiétait.

— Ton épouse déteste être le centre de l'attention, renchérit Barnabas. Elle ne m'a pas salué et a ignoré notre famille.

— C'est moi qui n'ai pas pris le temps de vous présenter.

— C'est un boulet !

— Comment peux-tu dire une chose pareille ? Kayla est la seule raison pour laquelle je vous ai invités.

— Nous sommes ta famille, lui rappela Barnabas.

— C'est pour ça que Kayla m'a poussé à me réconcilier avec vous, expliqua Andreas en s'éloignant du vieil homme. Elle est convaincue que nos enfants ont le droit de connaître leur famille, mais je te préviens : je couperai tout lien avec toi si tu ne lui témoignes pas le respect qu'elle mérite.

— Elle est enceinte ?

— Non, mais nous envisageons d'adopter.

— D'adopter ?

— Oui, et je tiens à ce que nos enfants soient tous

traités de la même façon, ajouta-t-il en lui lançant un regard d'avertissement.

— Je me suis toujours bien occupé de toi, déclara Barnabas, même si tu as toujours rejeté ta famille grecque.

— Ma mère était grecque et je l'aimais, rétorqua Andreas avec sincérité. Elle s'est battue pour que je ne manque de rien. Elle n'a jamais regretté ma naissance et elle m'aimait pour qui je suis et non pour ce que je pourrais lui apporter.

— Je n'ai jamais regretté ta naissance ! affirma Barnabas, visiblement outré par ses accusations.

— Alors, pourquoi avoir insisté pour qu'elle avorte ?

Andreas veillait à rester impassible, mais Kayla n'était pas dupe. La réponse de son père comptait beaucoup pour lui.

— J'étais marié, commença Barnabas avec un soupir. Tu es adulte à présent, tu sais que tout mariage connaît des hauts et des bas.

— Tu as raison : je ne suis plus un enfant. Il y a longtemps que j'ai compris que certains hommes sont faibles quand d'autres femmes sont fortes. Nous savons tous les deux à quelle catégorie tu appartiens, poursuivit-il avec cynisme.

À ces mots, Barnabas sembla sur le point de suffoquer. Kayla décida d'intervenir et sortit de sa cachette.

— Voulez-vous faire partie de la vie d'Andreas ? demanda-t-elle tout à trac en plongeant son regard dans le sien.

— Oui, répondit le vieil homme qui tentait visiblement de se ressaisir.

— Même si pour cela vous devez accepter son mariage avec une femme qui n'est pas assez bien pour lui ? insista Kayla, bien qu'elle n'eût pas besoin de son approbation.

— Oui.

— Tu es assez bien pour moi, ma chérie, assura Andreas. Tu es la seule qui me convienne.

— Je suis ravie que tu le penses, commenta-t-elle en lui caressant la joue, mais ton père a raison sur un point : je ne serai jamais à l'aise en société. La réception m'a épuisée.

— Je suis navré, ma chérie, dit-il en lui prenant les mains. J'aurais dû m'en apercevoir.

— C'est tout ce que ça te fait ? l'interrogea son père avec une grimace de dégoût.

— C'est tout ce qui compte, répondit Andreas. Kayla est à moi, et je prends soin de ce qui m'appartient.

— Tu es tellement possessif ! dit-elle avec un sourire indulgent.

— Vous êtes ridicules.

— Non, nous sommes heureux. Et je suis certaine que vous pourriez améliorer votre relation avec votre fils si vous cessiez de le critiquer.

— Comment osez-vous me parler ainsi ?

— Je suis la seule personne pour qui Andreas accepterait de changer, affirma-t-elle comme il nouait les bras autour d'elle. Vous pensez réellement qu'il soit dans votre intérêt de me mépriser ? Andreas ne me quittera jamais pour épouser une femme qui aurait votre approbation.

— Vous semblez bien sûre de vous ! Andreas vous a pourtant rejetée par le passé.

— Les choses étaient différentes, à l'époque.

— En quoi ?

— Andreas n'avait pas encore compris qu'il m'aimait.

— Tu penses que je t'aime ? s'enquit-il dans un souffle.

Kayla lui sourit comme son cœur se mettait à battre

la chamade. Elle était plus heureuse qu'elle ne l'avait jamais été.

— Je le sais.

— Il ne vous l'a jamais dit ? intervint Barnabas.

— Il n'en a pas eu besoin. Il est prêt à tout pour me rendre heureuse.

— Et vous pensez que ça veut dire qu'il vous aime ?

— Je le sais, répéta-t-elle en soupirant. Vous entretenez une relation compliquée avec Andreas, mais ça ne va pas s'arranger si vous persistez à être aussi autoritaire. Andreas vous a invité parce que je le lui ai demandé, continua-t-elle. Ne laissez pas votre colère et votre culpabilité gâcher cette opportunité, car vous le regretterez.

— Vous êtes directe.

Kayla haussa les épaules. Ce n'était pas la première fois qu'on le lui disait, mais ça n'avait plus aucune importance. Andreas était le seul qui comptait vraiment.

— Nous avons l'intention d'adopter et rien ne nous fera changer d'avis, annonça-t-elle avec sérieux. Mais nous voulons également avoir des enfants biologiques. C'est à vous de décider si vous êtes capable de les accepter ou non.

— Et si je refuse, Andreas coupera les ponts avec moi. C'est ce que vous voulez me faire comprendre ?

— À toi de saisir ta chance, dit Andreas.

— La famille est importante, assura Barnabas.

— Elle peut aussi être toxique, rétorqua Andreas, refusant de se laisser intimider.

— Tu es mon fils, mais tu refuses de porter mon nom. J'aurais dû te féliciter, reprit-il après un instant. Ton épouse a raison : j'ai agi ainsi parce que je me sentais coupable.

Il était évident que cet aveu lui coûtait.

— J'accepte tes félicitations, affirma Andreas, mais tu n'auras pas droit à une seconde chance avec nos enfants.

— Je comprends, soupira-t-il. Tu as bien réussi, Andreas.

— Et je l'ai fait tout seul.

Kayla lui donna un coup de coude, mais il feignit de ne pas l'avoir remarqué.

— Je sais que tu ne me crois pas, mais j'ai toujours aimé Hera. J'ai commis une erreur avec ta mère, et je me suis laissé aveugler par la culpabilité. Nous avons toujours su que Hera ne pouvait pas avoir d'enfant, continua-t-il d'un air peiné. J'aurais eu l'impression de la trahir en te reconnaissant ou en soutenant ta mère. Elle avait déjà fait trois fausses couches et a failli mourir de chagrin quand j'ai cherché du réconfort auprès de Melia.

— Ma mère était quelqu'un de bien.

— C'est vrai. Je ne peux pas en dire autant, ajouta le vieil homme avec une grimace. Elle ne m'a jamais demandé de quitter Hera même après avoir découvert qu'elle était enceinte. Elle m'aimait tout en sachant que je ne l'aimais pas.

— Elle devait être une femme exceptionnelle, commenta Kayla.

— Elle l'était, dirent-ils tous les deux au même moment.

Kayla sourit.

— Vous regrettez de lui avoir demandé d'avorter, n'est-ce pas ?

— Oui, reconnut-il, les yeux humides. Je donnerais n'importe quoi pour revenir en arrière.

— Parce que tu veux un héritier, affirma froidement Andreas.

— Parce que tu es mon fils et que je t'aime…

— On dirait que vous avez eu la chance d'être aimé par deux femmes merveilleuses, intervint Kayla. Hera vous a visiblement pardonné.

— Elle l'a fait.

— Pourquoi as-tu essayé de me faire oublier ma mère ?

— Parce que je me sentais coupable, avoua-t-il. Je croyais que si tu l'oubliais, je pourrais oublier ce que j'avais fait, ce que je leur avais fait à toutes les deux.

— Tu es bien honnête, tout à coup !

— Le moment est venu. J'aimerais gagner l'estime de mon fils. Ta femme a raison, poursuivit-il avec un soupir. Il faut que j'arrête de te critiquer ainsi.

— Je ne serai jamais un Georgas.

— Peut-être pas sur le papier, mais tu seras toujours mon fils, conclut-il en posant la main sur son épaule avant de s'éloigner.

— Je ne m'attendais pas à ça, commenta Andreas en se tournant vers Kayla, une fois son père parti.

— Je ne suis pas surprise.

— Vraiment ?

— C'est une question de choix, Andreas. Il a préféré oublier sa fierté pour rester dans ta vie.

— En discutant avec lui, j'ai compris que je n'aurais eu aucun problème à couper les ponts, dit-il en secouant la tête. Je n'ai rien à lui prouver. Je n'ai rien à prouver à personne. Je sais qui je suis.

— Tu es un homme merveilleux et je t'aime, murmura-t-elle, touchée par son discours.

— T'ai-je dit combien tu étais jolie, mon amour ? s'enquit-il en prenant son visage dans ses mains.

— Une dizaine de fois, le taquina-t-elle.

— Mon père te sous-estime.

— Et toi ?

— Tu sais bien que non.

Kayla acquiesça.

— Tu ne t'es pas rendu compte de ce que notre société représentait pour moi, car c'est ce que je représentais pour toi depuis six ans.

— Je savais que tout irait bien tant que tu serais à mes côtés, expliqua-t-il en l'embrassant. Je croyais que tu ressentais la même chose pour moi.

— C'était le cas jusqu'à ce que tu rompes avec moi.

— Tu n'as jamais compris pourquoi j'avais agi ainsi.

— Je ne crois pas que tu l'aies compris toi-même, rétorqua-t-elle en plongeant son regard dans le sien.

— C'était la seule façon de m'assurer que tu ne me quitterais jamais.

— Tu avais peur de tes sentiments, mais tu ne voulais pas me laisser partir.

— J'avais des projets, et le mariage n'en faisait pas partie à l'époque.

— Tu n'avais pas non plus prévu de tomber amoureux.

— Non.

— C'est pourtant ce qui est arrivé, souffla-t-elle en savourant son aveu.

Il la serra contre lui.

— Je t'aimais déjà à l'époque, reconnut-il.

— Mais tu croyais que l'amour était une faiblesse.

— J'ai découvert quelque chose quand tu t'es enfuie à New York.

— Quoi ?

— Que la perspective de te perdre m'était insupportable, lui confia-t-il.

— Ce n'est pourtant pas ce que tu as tenté de me faire croire.

— Je suis un homme têtu.

— Un homme têtu et amoureux, le corrigea-t-elle avec un sourire.

— Un homme têtu et raide dingue de toi.

— Ton père n'est pas le seul à s'être montré honnête aujourd'hui...

— Sa réaction m'a permis de comprendre que ma fierté m'interdisait aussi d'accepter mes sentiments.

— Ce n'était donc qu'une question de fierté ? s'enquit-elle sans y croire réellement.

Andreas était arrogant, mais il était incapable de la blesser par orgueil.

— J'avais peur, avoua-t-il avec une grimace, parce que j'avais perdu la seule femme que j'aie jamais aimée.

— Tu ne me perdras jamais, assura-t-elle. Nous sommes unis pour toujours.

— Quand ma mère est morte, j'ai compris que l'éternité n'existe pas. Il n'y a aucune garantie, ajouta-t-il avec cynisme.

— Nos âmes sont liées, Andreas. Même la mort ne saura pas nous séparer, affirma-t-elle pour achever de le convaincre.

Il lui adressa un grand sourire qui la fit fondre.

— Certains pourraient t'accuser de te montrer sentimentale...

— Et toi ? demanda-t-elle en posant la main sur son cœur.

— Jamais, répondit-il en l'embrassant. Je t'aime, mon amour, ma femme, ma meilleure amie, ma partenaire, ma Kayla.

— Je t'aime aussi de tout mon cœur, Andreas.

— L'éternité ne sera jamais suffisante, murmura-t-il en reprenant ses lèvres. J'en veux plus.

Ivre de bonheur, Kayla s'abandonna entre ses bras.